KB040801

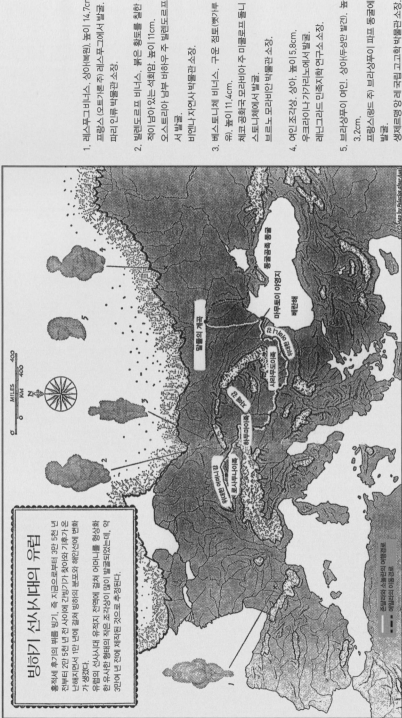

빙하기 선사시대의 유럽

홍적세 후기의 빙름 받기, 즉 지금으로부터 3만 5천 년 전부터 2만 5천 년 전 사이에 간빙기가 찾아와 기후가 온난해지면서 1만 년에 걸쳐 빙하의 분포와 해안선에 변화가 생겼다.

유럽의 선사시대 유적지 전역에 걸쳐 어머니를 형상화 한 우세한 형태의 작은 조각상이 많이 발굴되었는데, 이 3만여 년 전에 제작된 것으로 추정된다.

1. 레스푸그비너스. 상아(복원). 높이 14.7cm. 프랑스 (오트가론 주) 레스푸그에서 발굴. 파리 인류박물관 소장.

2. 빌렌도르프 비너스. 붉은 황토를 칠한 흔적이 남아있는 석회암. 높이 11cm. 오스트리아 남부 바하우 주 빌렌도르프에서 발굴. 비엔나 자연사박물관 소장.

3. 베스토니체 비너스. 구운 점토(옛가루 함유). 높이 11.4cm. 체코 공화국 모라비아주 미쿨로프 돌니 베스토니체에서 발굴. 브르노 모라비안 박물관 소장.

4. 메인 조각상. 상아. 높이 15.8cm. 우크라이나 가가리노에서 발굴. 레닌그라드 민족지학 연구소 소장.

5. 브라상푸이 여인. 상아(두상만 발견). 높이 3.2cm. 프랑스(랑드 주 브라상푸이 파프 동굴에서 발굴. 생제르맹앙레 국립 고고학 박물관 소장.

대지의
아이들
II

말들의 계곡

3

대지의 아이들 II

JEAN M. AUEL · 진 M. 아우얼 지음
정서진 옮김

II

말들의 계곡 3

THE VALLEY OF HORSES

EARTH'S CHILDREN

검은숲

• 에일라 •

자신과 다른 종족에서 자란 소녀. 부모와 다름없던 이자와 크렙이 죽고 새 족장 브라우드에 의해 죽음의 저주를 받는다. 야생에 남겨져 여러 위험에 처하고, 홀로 있다는 외로움에 좌절하지만 늘 삶의 의지를 다지며 강한 여성으로 성장한다.

• 이자 •

동굴곰족의 주술 치료사. 에일라를 구해주고 길러준 어머니 같은 존재다. 자신이 알고 있는 약재와 치료술에 대한 지식을 에일라에게 전해준다.

• 크렙 •

동굴곰족에서 가장 신성한 주술사. 편견 없이 자신을 따르는 에일라에게 주술사만이 볼 수 있는 먼 과거를 알려준다. 에일라를 통해 씨족의 한계를 깨닫고 큰 충격을 받는다.

• **존달라** •

젤란도니족의 남자. 키가 크고 파란 눈을 가진 매력적인 남성이다. 과묵하고 배려 깊은 성격으로 인기가 많지만 정작 어떤 여성도 진심을 다해 사랑하지 못한다. 가장 아끼는 사람을 잃은 직후, 에일라와 만나게 된다.

• **소놀란** •

존달라의 이부동생. 형과는 달리 활달하고 모험을 좋아하는 성격이다. 자신의 의지로 떠난 모험에서 사랑하는 여자를 만나 정착한다.

THE VALLEY OF HORSES

EARTH'S CHILDREN

20

에일라는 뚫어질 듯 남자를 바라봤다. 예의에 어긋나는 줄 알면서도 어쩔 수 없었다. 의식이 없을 때나 잠을 잘 때 보던 것 과는 또 달랐다. 깨어 있는 남자는 에일라의 예상을 뛰어넘는 전혀 다른 모습이었다. 그의 눈은 파란색이었다!

에일라는 자신의 눈이 파란색이란 것을 알았다. 동굴곰족과 자신이 다른 점 중 하나가 바로 파란색 눈이었다. 그녀는 샘물 에 비쳤던 자신의 파란색 눈을 자주 떠올리곤 했다. 하지만 동 굴곰족 사람들의 눈은 갈색이었다. 파란 눈, 그것도 실제라고는 믿기 어려울 만큼 선명하게 파란 눈을 본 적이 없었다.

에일라는 그 파란 눈에서 눈을 떼지 못했다. 미동조차 할 수 없을 것 같던 그녀는 자신의 몸이 떨리고 있음을 느꼈다. 그제 야 그녀는 자신이 남자를 똑바로 쳐다보고 있었다는 사실을 깨달았다. 당황하며 얼른 시선을 돌린 그녀의 얼굴이 발갛게

달아올랐다. 누군가를 뚫어지게 보는 것은 예의에 어긋나는 일
일뿐더러 여자가 남자를, 특히 낯선 남자를 정면으로 쳐다보는
것은 금기시되었다.

에일라는 평정을 되찾기 위해 애쓰며 땅바닥을 내려다보았
다. 그가 나를 어떻게 생각하겠어! 하지만 사람과 떨어져 지낸
지 너무도 오래 시간이 흘렀다. 게다가 그녀가 기억하는 한 다
른 종족 사람을 보는 것은 이번이 처음이었다. 에일라는 남자
를 보고 싶었다. 또 다른 인간의 모습을 그저 넋을 잃고 한없이
바라보고 싶었다. 하지만 남자가 자신에 대해 좋게 생각하는
것도 중요했다. 자신의 부적절한 호기심 때문에 처음부터 나쁜
인상을 심어주고 싶지 않았다.

"미안해요. 당황스럽게 하려던 건 아니었어요."

존달라는 그가 여자의 기분을 상하게 한 것인지, 아니면 그
저 수줍음이 많은 것인지 궁금해하며 말했다. 여자가 아무런
대답도 하지 않자 그는 자신이 젤란도니 말을 썼다는 것을 깨
닫고 쓴웃음을 지었다. 그는 마무토이 언어로 말했다. 하지만
아무런 대답이 없자 다시 샤라무도이 언어로 바꿔 말했다.

에일라는 남자의 신호가 떨어지길 기다리며 다소곳한 눈빛
으로 그를 바라봤다. 그는 손짓을 하는 대신 뭔가를 말했지만,
그녀는 하나도 알아들을 수 없었다. 그것은 목 깊은 곳에서 나
오는 소리가 아니었다. 뚜렷한 음절들이 물 흐르듯 이어진 소리
였다. 에일라는 그 소리를 이룬 여러 음절들이 어디에서 끝나고

다시 시작하는지조차 구분할 수 없었다. 그의 어조는 깊고도 유쾌했지만 에일라는 당황했다. 간단한 수준이라도 그의 말을 이해하고 싶었지만 전혀 알아들을 수 없었다.

에일라는 남자가 어떤 신호를 보내주길 계속 기다렸지만, 점점 길어지는 기다림의 시간이 어색하게 느껴졌다. 그때 문득 어린 시절 동굴곰족과 함께 생활할 때 크렙이 손짓언어를 가르쳐주던 일이 떠올랐다. 크렙은 그녀가 여러 소리를 냈다면서 다른 종족은 소리로 의사소통을 하는 것인지 궁금해했었다. 그러면 이 남자는 손짓에 대해서는 전혀 모르는 걸까? 마침내 남자가 아무런 손짓도 하지 않을 것임을 깨달은 에일라는 우선 남자를 위해 만들어놓은 약을 먹게 하기 위해서라도 그에게 뜻을 전할 다른 방법을 찾아야겠다고 생각했다.

존달라는 어리둥절했다. 그가 무슨 말을 해봐도 여자에게서는 아무런 대꾸가 없었다. 그는 여자가 소리를 듣지 못하는 것은 아닌지 의심해봤지만 처음 그가 말을 했을 때 여자가 곧장 고개를 돌려 자신을 봤다는 것을 기억했다. 참으로 이상한 여자야. 존달라는 생각했다. 다소 불편한 마음마저 들었다. 저 여자의 부족 사람들은 다들 어디 있을까. 작은 동굴을 둘러보던 그의 눈에 황갈색 암말과 밤색 수망아지가 들어오자 퍼뜩 또다른 생각이 떠올랐다. 대체 말이 왜 동굴 안에 있는 거지? 어째서 여자가 새끼 낳는 것을 도왔을까? 그는 한 번도 말이 새끼를 낳는 모습을 본 적이 없었다. 초원에서조차 그런 광경을 보기는 힘들었다. 저 여인에게 무슨 특별한 능력이라도 있는 걸까?

이 모든 상황이 꿈처럼 비현실적으로 느껴지기 시작했다. 하지만 그는 꿈을 꾸고 있는 게 아니었다. 아니면 더 최악의 상황인지 몰라. 저 여인이 너를 데리러 온 도니인지도 몰라, 존달라. 그런 생각이 들자 갑자기 몸서리가 쳐졌다. 저 여인이 만약 정령이라면, 자비로운 정령일지 확신할 수 없었다. 그는 여자가 다소 머뭇거리며 불가로 가는 것을 보고는 안도했다.

그녀의 태도는 다른 여인들과는 달랐다. 여자는 그가 보지 않기를 바라는 듯이 조심스레 움직였다. 그녀를 보니 뭔가가 떠오를 듯 말 듯 했다. 입은 옷도 이상하기는 마찬가지였다. 가죽을 몸에 둘러서 끈으로 묶은 게 전부였다. 전에 어디에서 저런 걸 봤더라? 떠올리려고 애써봤지만 기억이 잘 나지 않았다.

여자의 머리 모양도 흥미를 끌었다. 머리카락 전체를 가닥가닥 나누어 단정하게 땋은 머리였다. 전에도 땋은 머리를 본 적이 있었지만 그런 모양은 처음이었다. 보기 싫지는 않았지만 독특했다. 처음 여자를 본 순간 존달라는 여자가 꽤 예쁘장하다고 생각했다. 앳된 얼굴이었지만—눈에는 천진난만한 빛이 어려 있었다—투박한 두르개를 걸친 몸을 자세히 살펴보니 성숙한 여인의 몸이었다. 여자는 자신의 호기심 어린 시선을 피하려는 듯 보였다. 어째서? 그는 의아해했다. 도대체 저 여인이 누구인지 호기심에 몸이 달아오르기 시작했다. 생소하기 그지

없는 수수께끼 같은 여인이었다.

여자가 내민 걸쭉한 죽 냄새를 맡고 나서야 그는 자신이 얼마나 허기졌는지 알았다. 일어나 앉으려고 했지만 오른쪽 다리에서 강렬한 통증이 느껴졌다. 살펴보니 몸 곳곳이 상처투성이였다. 그는 그제야 처음으로 자신이 어디 있는지, 어떻게 이곳에 왔는지 의문이 들었다. 불현듯 협곡으로 달려갔던 소놀란이 떠올랐다. 짐승이 포효하는 소리……. 그리고 지금껏 본 것 중에서 가장 몸집이 거대한 동굴사자.

"소놀란!"

공포에 사로잡혀 그가 소리를 지르며 주위를 둘러봤다.

"소놀란은 어디 있습니까?"

동굴에는 여자를 제외하고 아무도 없었다. 그의 명치끝이 조여왔다. 그는 알면서도 믿고 싶지 않았다. 어쩌면 소놀란은 근처 다른 동굴에 있을지도 몰랐다. 다른 누군가가 보살피고 있을지 몰랐다.

"내 동생은 어디 있죠? 소놀란은 어디 있나요?"

그 소리는 에일라의 귀에 익숙했다. 깊은 잠에 빠져 있을 때도 남자는 깜짝깜짝 놀라며 그 소리를 반복해서 외치곤 했다. 에일라는 남자가 함께 있던 청년을 찾는 것임을 짐작했다. 그녀는 죽은 청년에게 조의를 표하는 의미로 고개를 숙였다.

"내 동생 어디 있습니까?"

존달라는 에일라의 양팔을 움켜쥐고 흔들며 소리쳤다.

"소놀란은 어디 있냐고!"

에일라는 남자가 갑작스럽게 감정을 폭발시키자 큰 충격을 받았다. 커진 목소리, 분노, 절망 같은 억제되지 않은 감정들이 그의 말투와 몸짓에서 고스란히 느껴지자, 에일라는 혼란스러웠다. 동굴곰족 남자들은 감정을 드러내는 법이 없었다. 강렬한 감정을 느낄지라도 표현을 자제하는 것이 남자답다고 여겨졌다.

남자의 눈에는 슬픔이 어려 있었다. 에일라는 남자의 눈빛과 긴장된 어깨, 어금니를 꽉 깨문 모습에서 진실을 알면서도 받아들이길 벅차하는 마음을 읽었다. 동굴곰족은 단순히 손짓으로만 의사소통을 하는 게 아니었다. 몸짓이나 태도, 표정을 통해서도 다양한 의미를 전달했다. 근육의 작은 움직임에도 미묘한 의미가 담겨 있었다. 에일라는 몸짓언어를 읽는 데 익숙했다. 사랑하는 사람을 잃은 고통은 누구에게나 다 똑같이 아팠다.

에일라의 눈에도 슬픔과 연민이 가득 차올랐다. 그녀는 머리를 가로젓고는 다시 고개를 숙였다. 남자도 더 이상 자신이 알고 있는 것을 부인할 수 없었다. 남자는 여자를 잡은 손을 풀었다. 이제 그만 인정한다는 듯이 그의 어깨가 축 처졌다.

"소놀란…… 소놀란……. 어째서 너는 멈추지 않았던 것이냐? 오, 도니, 어째서? 어째서 제 아우를 데려가셨습니까?"

그는 목멘 소리로 울부짖었다. 그는 밀려드는 슬픔과 사투를 벌이다가 끝내는 고통에 압도당했다. 그는 이토록 엄청난 절망을 경험한 적이 없었다.

"어째서 그를 제게서 데려가시고 저를 홀로 남겨두신 겁니까? 아시지 않습니까? 그는 제가 유일하게…… 사랑한 이였습니다. 위대한 어머니시여, 그는 제 아우였습니다. 소놀란……
소놀란……."

에일라는 슬픔이란 감정을 누구보다 잘 알았다. 그녀 역시 슬픔으로 피폐해진 경험이 있었다. 남자의 슬픔에 깊이 공감한 에일라는 마음이 아팠고, 그를 위로해주고 싶었다. 그녀는 자기도 모르는 새 고통에 차서 이름을 부르짖는 남자를 안고 함께 어깨를 들썩이고 있었다. 남자는 이 여인을 알지 못했다. 하지만 그녀는 사람이었고, 연민의 정이 깊었다. 여자는 그에게 위로가 필요하다는 것을 느끼고 그 느낌에 따라 행동한 것이었다.

에일라를 꼭 안은 남자는 갑자기 깊은 내면에서부터 아주 강렬한 힘이 차오르는 것을 느꼈다. 그것은 화산 내부에 갇힌 에너지처럼, 일단 밖으로 분출되자 막을 수가 없었다. 깊은 곳에서부터 올라오는 울음을 토해냈다. 몸은 발작적으로 심하게 흔들렸다. 크게 흐느끼며 고통에 찬 숨을 몰아쉬었다.

그는 어린 시절 이후로 이토록 완전하게 자신의 감정을 터뜨린 적이 없었다. 그는 내밀한 감정을 드러내는 성격이 아니었다. 그의 깊은 감정은 너무도 강렬해서 어려서부터 감정을 자제하도록 배웠다. 하지만 소놀란의 죽음으로 마음속에 참아왔던 감정이 한꺼번에 쏟아져 나왔다. 그와 함께 저 깊은 구석에 묻어놓았던 기억이 떠올랐다.

세레니오의 말이 옳았다. 그의 사랑은 대다수 사람들이 감당하기에는 너무 벅찼다. 그의 분노는 한 번 터져버리면 다 쏟아내야 직성이 풀렸지 마음속에 담아둘 수 없었다. 존달라는 성장 과정에서 큰 소동을 일으킨 적도 있었다. 스스로 정당하다고 느낀 분노를 쏟아내 누군가에게 심각한 상해를 입힌 적이 있었다. 그의 감정은 무엇이 되었든 너무 강렬했다. 그의 어머니조차 어느 정도 거리를 두어야겠다고 느낄 정도였다. 존달라의 어머니는 그가 지나치게 뜨거운 사랑으로 누군가에게 집착하거나 너무 많은 요구를 하는 바람에 그의 친구들이 그를 멀리하는 모습을 말없이 안타깝게 지켜보았다. 존달라의 성정은 그녀가 예전에 짝을 맺었던 남자와 비슷했다. 존달라는 그 남자의 불터에서 태어난 아이였다. 오직 그의 남동생 소놀란만이 형의 사랑을 편하게 받아들였다. 너무 뜨거운 사랑에서 생겨나는 긴장도 너털웃음을 치며 잘 모면하곤 했다.

하지만 존달라로 인해 온갖 잡음이 끊임없이 일어나자 그의 어머니는 더 이상 자신이 그를 감당할 수 없겠다고 판단했다. 그래서 존달라를 달라나가 사는 동굴에서 얼마 동안 지내라고 보냈다. 그녀의 판단은 현명했다. 존달라가 다시 동굴로 돌아왔을 때, 그는 달라나에게서 석공 기술뿐 아니라 감정을 자제하는 방법도 배웠다. 그는 키가 크고 다부진 근육질의 몸에 눈이 번쩍 뜨일 정도로 잘생긴 청년이 되어 돌아왔다. 그의 깊이를 반영이라도 하듯 눈은 범상치 않게 빛났고 사람들을 휘어잡는 알 수 없는 매력이 온몸을 휘감고 있었다. 특히 여자들은 그가 밖으로 보여주는 것보다 훨씬 많은 것이 그의 내면에 담겨 있음을 육감적으로 느꼈다. 그는 너무 매력적이어서 거부할 수 없는 대상이었지만 누구도 온전히 그의 마음을 차지할 수는 없었다. 아무리 그의 마음 깊은 곳에 닿으려고 해도 닿을 수 없었고, 그의 마음을 가능한 많이 빼앗으려고 해도 역부족이었다. 그는 어떤 여자이든 간에 그녀와 얼마나 오래갈 수 있을지 금세 알아챘다. 그에게 있어 여자와의 관계는 피상적이고 늘 뭔가가 부족했다. 그는 인생의 여자라고 할 만한 여인을 만난 적도 있었지만 그녀는 또 다른 소명에 헌신해야 하는 몸이었다. 하지만 둘이 함께 했다고 해도 결국 서로에게 어울리지 않는 짝이 되었을 터였다.

존달라의 슬픔은 그가 숨겨놓았던 본성만큼이나 강렬했다. 하지만 그를 안아주는 젊은 여인은 그토록 강렬한 슬픔을 이해했다. 그녀는 모든 것을 잃은 적이 있었다. 그녀는 정령의 세계에서 불어오는 차가운 숨결을 느낀 적도 있었다. 그것도 몇 번씩. 하지만 그녀는 굴하지 않고 이겨냈다. 상실의 아픔을 겪어본 에일라는 남자가 쏟아내는 격렬한 슬픔이 평범한 애도 그 이상이라는 것을 느꼈고, 그의 슬픔을 달래주고 싶었다.

고통에 찬 흐느낌이 잦아들 무렵, 에일라는 자신이 그를 안은 채 나직하게 흥얼거리고 있다는 것을 알았다. 이자의 딸, 우바를 재우며 얼러주던 노래였다. 그녀의 아들도 그 노랫소리를 들으며 눈을 감곤 했다. 그녀는 자신의 슬픔과 외로움도 그 나직한 흥얼거림으로 달래곤 했다. 노래는 효과가 있는 듯했다. 마침내 온몸의 울음을 다 쏟아내고 지친 남자는 격렬한 감정에서 풀려났다. 그는 고개를 모로 한 채 눕더니 동굴의 암벽을 바라봤다. 에일라가 그의 얼굴을 돌려 차가운 물로 닦아주자 남자는 눈을 감았다. 그는 여자의 얼굴을 보고 싶지 않았다. 아니 볼 수가 없었다. 곧 몸의 긴장이 풀어지더니 남자는 잠이 들었다.

에일라는 히힝이와 새끼가 어떤지 살펴보고는 밖으로 나가 걸었다. 그녀 역시 온몸의 기운이 빠져나간 듯했지만 한편으로는 마음이 놓였다. 암붕의 가장자리에서 계곡을 내려다보며 남자를 운반대에 싣고 마음을 졸이며 동굴까지 오던 때를 떠올렸다. 그녀는 그가 죽지 않기를 마음속으로 애타게 빌었다. 그가 죽을지 모른다는 생각만으로도 애간장을 졸였다. 그 어느 때보다도 강렬하게 그를 살려야겠다고 의지를 다졌다. 그녀는 서둘러 동굴로 돌아가 그가 숨을 쉬고 있는지 확인했다. 차갑게 식은 죽을 불에 다시 올리고—그에게는 생명을 유지시킬 또 다른 자양물이 필요했다—그가 깨어나면 먹일 약을 준비했다. 그리고 나서 남자 옆에 갖다 놓은 털가죽 위에 조용히 앉았다.

에일라는 그의 얼굴을 아무리 계속 들여다봐도 성이 차지 않았다. 그녀는 사람을 애타게 찾아 헤매던 오랜 시간을 보상이라도 받고 싶은 듯, 그의 얼굴을 찬찬히 살폈다. 이제 낯설다는 느낌은 가셨다. 눈, 코, 입을 하나하나 뜯어보는 대신에 전체적인 얼굴이 눈에 들어왔다. 만져보고 싶다는 생각이 들어 손가락으로 그의 턱선을 따라가다가 밝은 색의 부드러운 눈썹을 쓸어보았다. 그 순간 퍼뜩 스치는 생각이 있었다.

남자의 눈에서 눈물이 났어! 그의 얼굴을 적신 눈물을 자신이 닦아주었던 것이다. 그녀의 어깨는 여전히 그의 눈물로 인해 축축하게 젖어 있었다. 나만 그런 게 아니었어. 그녀는 생각했다. 크렙은 내가 슬플 때마다 내 눈에 왜 물이 고이는지 이해하지 못했어. 씨족 사람 중 누구도 눈물을 흘리지 않았으니까. 내 눈이 약하다고 생각했지. 하지만 이 남자도 슬퍼하면서 눈물이 났어. 틀림없이 다른 종족 사람들은 다 눈물을 흘리는 거야.

밤새 남자를 간호하고 강렬한 감정을 함께 나누었던 에일라에게도 피곤이 몰려왔다. 아직 해가 지지 않았지만 에일라는 남자 옆에서 잠이 들었다. 어스름이 깔릴 무렵, 존달라가 깨어났다. 갈증을 느낀 그는 여자를 깨우고 싶지는 않아 마실 물이 있는지 주위를 둘러보았다. 말과 새끼의 울음소리가 들렸지만 동굴 입구 반대편 가까이에 누워 있는 황갈색 암말만 간신히 볼 수 있었다.

그는 다시 여자를 바라봤다. 등을 바닥에 댄 채 고개를 모로 돌리고 있어서 목과 턱선, 코의 윤곽밖에 보이지 않았다. 감정적으로 폭발했던 것이 떠올라 약간 부끄러운 생각이 들었다. 하지만 곧 그가 슬퍼했던 이유가 떠올라 다른 감정들을 몰아냈다. 또다시 눈물이 차오르자 눈을 꼭 감았다. 그는 소놀란에 대해 생각하지 않으려고 애썼다. 그는 그 무엇도 생각하지 않으려고 했다. 곧 머릿속에서 잡념을 지워낸 그는 다시 잠에 빠져들었다가 한밤중이 되어 깨어났다. 에일라는 그의 신음에 잠에서 깼다.

밖은 어두웠고 불은 꺼져 있었다. 에일라는 부싯깃과 불쏘시개, 불을 피우는 데 쓰는 부싯돌을 챙겨 더듬더듬 불가로 향했다.

열이 다시 올랐지만, 존달라는 깨어 있었다. 그는 자신이 깜박 졸았다고 생각했다. 눈을 떴을 때 불씨는 하나도 남아 있지 않았는데, 에일라가 순식간에 불을 피우는 모습에 그는 크게 놀랐다.

여자는 남자에게 이미 만들어놓았던 차갑게 식은 버드나무 껍질 차를 가져다주었다. 그는 잔을 받기 위해 팔꿈치를 괴고 일어났다. 맛은 썼지만 갈증을 달래기 위해 마셨다. 그는 무슨 차인지 바로 알았지만—모두가 버드나무 껍질 차의 용도 정도는 다 알았다—맹물을 더 마시고 싶었다. 요의도 느꼈지만 여자에게 의사를 전할 마땅한 방도가 없었다. 그는 찻잔을 거꾸로 들어 비어 있다는 것을 보여주고는 잔을 입가에 댔다.

그 몸짓을 즉시 이해한 에일라는 물 부대를 가져와 잔에 물

을 따라준 뒤, 그 옆에 부대를 놓아두었다. 물이 갈증을 달래주
긴 했지만 요의가 더 강하게 느껴졌다. 그는 불편한 듯 몸을 꿈
틀댔다. 에일라는 바로 알아채고는 횃불을 만들어 들고 여러
가지 물건을 쌓아놓은 동굴 뒤편으로 갔다. 용기로 쓸 것을 뒤
지다가 몇 가지 쓸 만한 것들을 더 찾았다.

그녀는 돌로 등잔을 만들어놓았지만 모닥불로도 충분히 환
했기 때문에 그 동안에는 별로 쓸 일이 없었다. 그녀는 등잔과
심지로 쓸 마른 이끼를 챙기고, 굳어 있는 기름이 담긴 방광 주
머니를 찾았다. 그 옆에 깨끗하게 씻어 손질해놓은 빈 방광이
보이자 그것도 챙겼다.

에일라는 굳은 기름을 녹이기 위해 방광 주머니를 불가 옆
에 놓고, 빈 방광은 존달라에게 가져다주었다. 하지만 어떻게
사용하는지 설명하기가 쉽지 않았다. 그녀가 끝부분을 펼쳐서
입구를 보여줬지만 남자는 어리둥절한 표정을 지었다. 달리 설
명할 길이 없었던 그녀는 남자에게 덮어주었던 털가죽을 걷어
내고 다리 사이에 방광으로 만든 부대를 갖다 댔다. 그제야 남
자도 눈치를 채고 부대를 받아 들었다.

그는 누운 채로 볼일을 봐야 하는 자신이 바보처럼 느껴졌
다. 에일라는 불편해하는 남자의 표정을 보고는 불가에 와서
등잔에 기름을 채워 넣는데, 슬며시 웃음이 나왔다. 전에는 일
어나지 못할 정도로 다친 적이 없었나봐. 에일라는 생각했다.
남자가 멋쩍어하며 부대를 건네주자 에일라는 그것을 비우러

밖으로 나갔다. 그녀는 남자가 필요할 때 쓰라고 부대를 도로 건네준 뒤, 등잔에 불을 붙여 잠자리에 갖다 놓고는 다시 덮개를 걷었다.

그는 상처를 보고 싶어 통증을 참으며 일어나 앉으려고 애썼다. 에일라는 남자가 앉을 수 있도록 털가죽을 두툼하게 받쳐주었다. 가슴과 팔에 난 상처들을 보고 나서야 그는 오른쪽 팔을 움직일 때마다 왜 그토록 아팠는지 이해가 되었다. 하지만 더욱 걱정스러운 것은 다리의 통증이었다. 그는 여자의 치료술이 어느 정도인지 궁금했다. 버드나무 껍질 차를 만든다고 해서 치유자는 아니었다.

피 묻은 찜질약을 떼어내자 존달라는 더욱 걱정이 되었다. 등잔불이 햇빛처럼 밝은 것은 아니었지만 상처의 정도가 심하다는 것은 한눈에 봐도 분명했다. 그의 다리는 군데군데 멍이 들고, 피부가 벗겨진 채 퉁퉁 부어 있었다. 자세히 살펴보니 찢어진 살을 봉합한 매듭 같은 게 보였다. 그는 치료술에 대해서는 조예가 깊지 않았다. 대다수 젊고 건강한 남자들이 그러하듯 치료술에 대해서는 큰 관심이 없었다. 그는 젤란도니가 이렇게 상처 부위를 묶어 매듭지은 것을 본 적이 있었는지 기억을 더듬어보았다.

그는 새 찜질약을 만드는 여자를 유심히 지켜보았다. 전에는 식물의 뿌리였고, 이번에는 나뭇잎이었다. 그는 에일라가 치료술에 얼마나 정통한지 궁금해서 무슨 나뭇잎인지 물어봤지만 여자는 자신이 하는 말을 전혀 알아듣지 못했다. 사실 그녀는 지금껏 한 마디 말도 한 적이 없었다. 말을 하지 않고 어떻게 치유자가 된단 말인가? 하지만 여자는 자신이 하는 일에 대해 잘 아는 듯 보였다. 다리에 얹은 나뭇잎이 무엇이든 간에 통증이 가라앉았다.

그는 몸을 편안하게 하고―그가 달리 무얼 할 수 있겠는가?―가슴과 팔에 난 상처에 통증을 덜어주는 약을 바르는 에일라를 지켜봤다. 존달라가 머리에도 상처를 입었다는 것을 안 건 에일라가 머리에 단단하게 감아놓은 부드러운 가죽을 풀고 나서였다. 손으로 만져보니 부어올라 있었고 특히 쓰라린 곳이 있었다. 여자는 새 가죽을 다시 머리에 겹겹으로 감았다.

그녀는 죽을 데우기 위해 불가로 돌아왔다. 그는 여전히 여인의 정체를 가늠하려고 애쓰며 계속해서 여자를 눈으로 좇았다.

"냄새가 좋군요."

고기 냄새가 퍼지자 그가 말했다.

존달라는 자신의 목소리가 허공으로 흩어지는 것만 같았다. 왜 그런 느낌이 드는지 확신할 수는 없었지만 단지 그의 말을 여자가 못 알아듣기 때문만은 아니었다. 그가 처음 샤라무도이 족을 만났을 때, 그들은 서로의 말을 한 마디도 이해하지 못했다. 하지만 그들은 거리낌 없이 하고 싶은 말들을 쏟아냈다. 못 알아들어도 서로의 말을 주고받는 것이 의사소통의 시작이었다. 하지만 이 여인은 서로의 말을 주고받을 생각이 전혀 없었다. 그가 몇 번이고 시도를 해봤지만 돌아오는 것은 여자의 어리둥절한 표정뿐이었다. 여자는 그가 하는 말을 알아듣지 못할 뿐 아니라 말로 자신의 뜻을 전하려는 의지도 없어 보였다.

아니, 그렇지 않아. 그는 생각을 바꿨다. 그들은 사실 서로의 뜻을 전하고 있었다. 그가 목이 마르면 여자는 물을 갖다주었고, 여자가 어떻게 알았는지는 모르겠지만 그가 소변을 볼 수 있는 용기도 따로 마련해주었다. 그가 슬픔을 터뜨릴 때도—그 고통은 여전히 너무도 생생했다—자신의 감정을 알아주고 슬픔을 나눠 갖기를 바라지 않았는데도 그는 여자가 자신을 이해했다고 느꼈다. 그로서는 의아한 점이 한두 가지가 아니었다.

"내 말을 이해하지 못한다는 걸 알아요."

그가 다소 머뭇대며 입을 열었다. 여자에게 무슨 말을 해야 할지 몰랐지만 뭔가 말하고 싶었다. 일단 입을 열자 그다음은 쉬웠다.

"당신은 대체 누굽니까? 다른 사람들은 어디 있는 거죠?"

그는 모닥불과 등잔이 비추는 곳 너머로는 아무것도 볼 수 없었지만, 지금껏 다른 사람이라고는 그림자도 보지 못했고 흔적조차 발견하지 못했다.

"어째서 말을 하지 않으려는 거죠?"

그녀는 그를 봤지만 아무 말도 하지 않았다.

그때 새로운 생각 하나가 피어올랐다. 그는 불가에서 치유자와 함께 앉아 대화를 주고받던 때가 떠올랐다. 샤무드는 어머니를 모시는 이들이 겪어야만 하는 시험에 대해 이야기했었다. 그들은 혼자서 지내야 한다고 하지 않았던가? 누구하고도 말을 섞을 수 없는 침묵의 기간? 금욕과 단식의 기간?

"여기서 혼자 사는 거예요?"

남자 쪽을 힐끗 본 에일라는 마치 그녀를 처음 보는 것처럼 호기심이 잔뜩 어린 남자의 얼굴을 보고 깜짝 놀랐다. 한편으로는 자신이 관습을 어기고 남자의 얼굴을 봤다는 생각에 얼른 만들고 있던 죽을 향해 눈을 내리깔았다. 하지만 남자는 자신의 경솔한 행동에 신경 쓰지 않는 듯했다. 그는 동굴 주위를 둘러보더니 다시 입으로 소리를 내고 있었다. 그녀는 그릇에 죽을 담아 그의 앞에 앉고서 어깨를 두드려주길 바라며 다시 한 번 고개를 숙였다. 하지만 그에게서는 아무런 반응도 없었다. 에일라가 고개를 들었을 때 그는 의아해하는 표정으로 그녀를 응시하며 계속해서 소리를 내고 있었다.

이 남자는 모르는 거야! 내가 뭘 기다리는지 몰라. 그는 내가 하는 손짓을 전혀 모르는 것 같아. 그 순간 에일라는 갑자기 뭔가를 깨달았다. 그가 내 손짓을 보지 못하고, 내가 그가 말하는 소리를 알아듣지 못하면 우리는 어떻게 서로 뜻을 전하지?

그때 크렙이 자신에게 동굴곰족의 말을 가르치려고 애쓰던 모습이 떠오르며 가슴이 덜컥 내려앉았다. 그녀는 처음에 크렙이 손으로 말하고 있다는 것을 눈치채지 못했다. 그녀는 동굴

곰족 사람들이 손으로 말한다는 것을 몰랐었다. 그녀도 한때
는 소리로만 말을 했던 것이다! 에일라는 아주 오랫동안 씨족
의 손짓언어만 사용했기 때문에 소리로 된 말은 기억이 나지
않았다.

　하지만 나는 더 이상 동굴곰족의 여자가 아니야. 난 죽었어.
저주를 받았다고. 그리고 다시는 돌아가지 못할 거야. 이제는
다른 종족 사람들과 살아야 하고, 그들처럼 말하는 방법을 배
워야 해. 소리로 하는 말을 알아듣고, 내가 직접 소리를 내서
말해야 해. 그러지 않으면 사람들은 나를 이해하지 못할 거야.
다른 종족 사람들을 찾는다 해도 내가 그들에게 말을 할 수 없
고 그들이 내가 하는 말을 이해하지 못한다면 그게 무슨 의미
가 있겠어? 그래서 내 토템이 나를 여기에 머물게 한 걸까? 이
남자가 이곳에 올 때까지? 그래서 그가 내게 말하는 법을 가르
치도록? 그녀는 갑자기 한기를 느끼며 몸서리를 쳤지만 바람
한 점 불지 않았다.

　존달라는 대답을 기대하지 않고 혼자 이런저런 질문을 늘어
놓으며 장황하게 말을 이어갔다. 여자에게서는 아무런 대답도
없었고 그는 그 이유를 알 것도 같았다. 존달라는 여자가 어머
니를 섬기는 여인이거나 그렇게 되기 위한 수련 과정에 있다고
확신했다. 그렇다면 아주 많은 궁금증이 해결되었다. 치유 능력
과 말을 돌보는 능력, 혼자 사는 이유와 그에게 말을 하지 않는
이유까지. 또한 어떻게 자신을 발견해서 이 동굴에 데리고 왔

는지 짐작이 될 만했다. 그는 자신이 있는 곳이 어디인지 궁금했지만 그 순간만큼은 중요한 문제가 아니었다. 살아남은 것 자체가 운이 따른 것이었다. 하지만 샤무드가 한 말이 떠올라 마음이 아팠다.

그는 그제서야 흰 머리의 치유자가 했던 말을 귀담아듣지 않았던 게 마음속 깊이 사무쳤다. 샤무드는 소놀란이 죽을 운명이라는 것을 알고 있는 듯했다. 하지만 또한 그가 덧붙이기를, 소놀란이 아니었더라면 가지 않았을 길을 존달라는 동생을 따라 오게 된 것이라고 했다. 어째서 자신은 이곳에 오게 된 것일까?

에일라는 남자의 말을 어디서부터 어떻게 배우면 좋을지 골몰하고 있었다. 그러다가 크렙이 손짓언어를 가르칠 때 이름부터 시작했던 것이 기억났다.

에일라는 마음을 단단히 먹고 그의 눈을 직시하며 자기 가슴을 두드린 다음, "에일라" 하고 말했다.

존달라의 눈이 휘둥그레졌다.

"결국에는 말을 하기로 결심했군요! 그게 당신의 이름인가요?"

그는 여자를 가리키며 말했다.

"다시 한 번 말해주세요."

"에일라."

그녀의 억양은 독특했다. 단어의 두 부분을 잘리듯 흐리게

발음해 마치 속으로 소리를 삼키는 것 같았다. 그는 여러 부족
의 말을 들어봤지만 여자가 내는 소리는 굉장히 낯설게 들렸
다. 그는 따라 말할 수 없을 것 같았지만 가장 비슷하게나마 소
리 내보았다.

"에이—라아."

그녀는 남자가 내는 소리를 알아들을 수 없었다. 씨족 사람
들 모두 자신의 이름을 어려워했지만 남자처럼 말하는 이는 없
었다. 그는 소리를 연결해 발음하면서 소리의 높낮이를 변화시
켰다. 첫 번째 음절은 높았고 두 번째 음절은 낮았다. 자신의 이
름을 그렇게 발음하는 것을 들어본 기억은 없었지만 그렇게 말
하는 게 맞는 것 같았다. 그녀는 남자를 가리키며 기대에 찬 눈
초리로 몸을 숙였다.

"존달라. 제 이름은 젤란도니족의 존달라입니다."

에일라는 전혀 알아들을 수가 없었다. 그녀는 고개를 젓더
니 다시 남자를 가리켰다. 여자가 혼란스러워한다는 것을 알아
차리고서 그는 천천히 다시 말했다.

"존달라."

에일라는 어떻게든 비슷하게 소리를 내보려고 애썼다.

"두우—다."

그것이 최대한 가깝게 따라 해본 소리였다.

그는 여자가 정확한 소리를 내는 데 어려움이 있다는 것을
알아챘지만 여자는 무던히도 애쓰고 있었다. 그는 여자의 입에

장애가 있어서 말을 제대로 못하는 게 아닌지 의심스러웠다. 그래서 말을 하지 못했던 걸까? 말을 못 해서? 남자가 그의 이름을 다시 천천히 말했다. 어린아이나 지적 능력이 부족한 사람에게 말하듯이 한 음절씩 또박또박 말해주었다.

"존—달—라."

"돈—다—라."

그녀가 다시 시도해보았다.

"훨씬 좋아졌어요!"

그가 미소 띤 얼굴로 고개를 끄덕이며 말했다. 그녀는 최대한 노력하고 있는 게 분명했다. 여자가 어머니를 모시기 위한 수련 단계에 있다는 생각에 자신이 없어졌다. 어눌한 발음을 듣고 보니 그렇게 총명할 것 같지는 않았다. 그는 계속 고개를 끄덕이며 미소 지었다.

그가 미소 지었어! 씨족 사람들 중에는 누구도 저렇게 미소 짓는 사람이 없었어. 두르크를 제외하면. 그녀에게 미소는 아주 자연스러운 것이었다. 그런데 남자도 미소를 지었다.

에일라의 놀란 표정이 재미있어서 존달라는 쿡쿡 터져 나오려는 웃음을 참아야 했다. 하지만 얼굴에는 미소가 활짝 번졌고, 재미있다는 듯 눈이 반짝거렸다. 그런 감정은 전염성이 있어서 에일라의 입가도 올라갔다. 그가 보낸 미소에 에일라도 커다란 미소를 지어 보였다.

"오, 당신이란 여자는 말은 많이 하지 않을 듯하지만 미소 짓는 모습이 사랑스럽네요!"

존달라는 남자의 본능으로 그녀를 여자로, 그것도 아주 매력적인 여자로 보기 시작했다. 뭔가가 달라졌다. 입가에 띤 미소는 그대로였지만 남자의 눈빛은 달라져 있었다. 에일라는 모닥불에 비친 그의 눈이 짙은 보라색이며, 즐거움 이상의 어떤 감정이 담겨 있다는 것을 알아차렸다. 에일라는 남자의 시선에 담긴 뜻이 정확히 무엇인지 알 수 없었지만 그녀의 몸은 반응했다. 그녀의 몸은 유혹의 눈빛을 알아차리고는 똑같이 남자를 끌어당기고 있었다. 그것은 히힝이와 수말이 함께 있을 때 느꼈던, 몸 깊은 곳에서 올라오는 저릿저릿한 느낌이었다. 그의 눈빛이 너무도 강렬해서 에일라는 황급히 고개를 돌려 시선을 피할 수밖에 없었다. 에일라는 더듬더듬 남자의 덮개를 쫙 펴서 덮어주고는 남자의 시선을 피한 채 그릇을 들고 일어났다.

"수줍음을 많이 타는 것 같군요."

존달라는 강렬한 눈빛을 거두며 말했다. 여자에게서 초야 의식을 앞두고 있는 젊은 처녀의 느낌이 났다. 그는 처녀의 첫 쾌락 의식을 치를 때마다 느꼈던 부드러우면서도 강렬한 욕망에 사로잡혔다. 그의 아래도 강하게 반응하기 시작했다. 하지만 곧바로 오른쪽 허벅지에 통증을 느꼈다.

"오히려 다행이네요. 그런 걸 생각할 몸 상태가 아니라서."

그는 여자가 받쳐주었던 털가죽을 빼 펴고는 편하게 누웠다.

더 이상 말할 기운도 남아 있지 않은 것 같았다. 몸은 아팠고, 그 일을 떠올리면 마음은 더욱 아팠다. 그는 기억도, 생각도 하고 싶지 않았다. 그는 눈을 감은 채 모든 고통을 끝낼 수 있게 망각 속으로 빠져들고 싶었다. 그때 팔에 닿는 손길에 눈을 떠보니 에일라가 잔을 들고 있었다. 차를 마시자 머지않아 통증이 약해지더니 잠이 쏟아졌다. 남자는 그녀가 잠이 오게 하는 뭔가를 주었다는 것을 알고는 고마운 생각이 들었다. 그가 아무런 말도 하지 않았는데도 어떻게 자신이 필요로 하는 것을 알아차리는지 신기할 따름이었다.

에일라는 고통으로 일그러지는 표정만 보고도 그의 상처가 얼마나 심한지 알았다. 그녀는 노련한 주술 치료사였다. 그가 깨어나기 전에 미리 흰독말풀 차를 준비해놓았다. 에일라는 남자의 이마에 잡혀 있던 주름이 펴지고 몸이 편안해지는 것을 보고는 등잔불을 껐다. 모닥불은 꺼지지 않게 재로 덮어두었다. 그녀는 남자 곁에 털가죽을 펴고 누웠지만 잠은 멀리 달아나 있었다.

재로 덮어둔 불빛에 의지해 에일라는 히힝이가 나직하게 우는 소리를 들으며 동굴 입구 쪽으로 갔다. 누워 있는 암말을 보자 기분이 좋아졌다. 새끼를 낳은 뒤로 히힝이는 동굴에서 나는 낯선 남자의 체취에 한동안 예민해져 있었지만 얼마 후 동굴에서 누워 있을 만큼 남자의 존재를 편하게 받아들였다. 에일라는 히힝이의 목 아래 가슴팍 앞에 앉아 얼굴과 귀 주변을 쓸어주었다. 어미의 젖꼭지 근처에 누워 있던 새끼 말은 호기심이 발동한 모양이었다. 망아지가 코를 들이밀었다. 에일라는 망아지를 쓸어준 뒤 손가락을 내밀었다. 망아지는 몇 번 손가락을 빨더니 아무것도 나오는 게 없자 그냥 가버리고는 빨고 싶은 욕구를 어미 말에게 풀었다.

훌륭한 아기로구나, 히힝아. 너처럼 힘세고 건강한 말로 자랄 거야. 이제 너에겐 너와 닮은 누군가가 생겼어. 나도 그래. 믿을 수가 없어. 이토록 오랜 시간이 흐르고서야 난 이제 더 이상 혼자가 아냐. 뜻밖에도 눈물이 흘러내렸다. 내가 저주를 받고 누구도 보지 못하게 된 이후로, 얼마나 많은 시간이 흐른 것인지. 그런데 이제 여기에 누군가가 있어. 남자야, 히힝아. 다른 종족의 남자. 그는 살 수 있을 것 같아. 그녀는 손등으로 눈물을 닦았다. 남자의 눈에서도 나처럼 눈물이 나오고, 또 나를 보고 웃었어. 나도 웃어줬지.

나는 다른 종족의 사람이야. 크렙이 말했던 것처럼. 이자는 나보고 내 종족을 찾아서 내 짝을 찾으라고 말했어. 히힝아! 저 남자가 내 짝일까? 그래서 여기 내게로 오게 된 걸까? 내 토템이 그를 내게로 데려다준 걸까?

아기! 아기가 그를 내게 데려다준 거야! 저 남자는 내가 선택받았듯이 선택된 거야. 내 토템이 내게 보내준 새끼 동굴사자 아기가 저 남자를 시험하고 표식을 남긴 거야. 그럼 이제 저 남자의 토템도 동굴사자야. 내 짝이 될 수 있다는 뜻이지. 동굴사자 토템을 가진 남자는 동굴사자 토템을 가진 여자만큼 강할 테니까. 그러면 아기를 더 가질 수 있을지도 몰라.

에일라는 얼굴을 찌푸렸다. 하지만 아기는 토템에 의해 생기는 게 아니야. 두르크가 생겨난 것은 브라우드가 그의 성기를 내 안에 집어넣어서야. 남자들이 아기를 생기게 하는 거야. 토템이 아니고. 돈—다—라는 남자이고……

갑자기 에일라는 요의를 느낄 때마다 단단해지던 그의 남성을 생각했다. 당황스러워하던 그의 파란 눈빛도 떠올랐다. 그러자 이상하게도 자꾸만 맥박이 빨라졌고, 온몸이 들썩이는 것처럼 느껴졌다. 왜 이런 이상한 느낌이 드는 거지? 짝짓기를 하던 히힝이와 진한 밤색 수말을 봤을 때 처음 찾아온 그 느낌이었다.

진한 밤색 수말! 그리고 히힝이는 진한 밤색 망아지를 낳았어. 그 수말이 히힝이가 새끼를 밸 수 있게 한 거야. 돈—다—라는 내게 아기가 생기게 할 수 있어. 그는 내 짝이 될 수도 있어.

그가 나를 원하지 않으면 어쩌지? 이자가 말하길, 남자는 여자가 마음에 들어야 그것을 한다고 했어. 브라우드는 나를 싫어했어. 만약 돈—다—라도 나를……. 그렇다면 나도 하고 싶지 않을 것 같아. 갑자기 에일라의 얼굴이 확 붉어졌다. 난 너무 크고 못생겼어! 그가 하고 싶을 리가 없어. 나를 짝으로 원할 이유가 없잖아? 어쩌면 이미 짝이 있을지도 몰라. 그가 떠나고 싶어 하면 어쩌지?

당장은 떠날 수 없겠지. 내가 다시 소리 내 말할 수 있도록 그가 가르쳐줘야 해. 내가 그 사람 말을 이해하게 되면 그가 여기 머물러줄까?

꼭 그가 하는 말을 다 배우겠어. 그러면 내가 크고 못생겼어도 머물지 몰라. 지금 당장은 몸을 움직일 수도 없고. 난 너무 오랫동안 혼자였어.

에일라는 거의 공포에 질려 벌떡 일어나서는 동굴 밖으로 나갔다. 새까만 어둠이 점차 짙은 푸른빛으로 서서히 바뀌고 있었다. 어느새 밤이 거의 끝났다. 그녀는 점차 윤곽을 드러내는 나무와 익숙한 주위의 모습을 물끄러미 바라봤다. 동굴로 들어가 남자를 다시 보고 싶은 충동과 싸웠다. 그녀는 남자에게 아침으로 신선한 먹을거리를 가져다주고 싶다는 생각에 줄팔매를 가지러 동굴로 발걸음을 옮겼다.

내가 사냥하는 것을 남자가 좋아하지 않으면 어떡하지? 누구도 내가 하는 행동을 못 하게 막을 수는 없다고 이미 마음먹었잖아. 그녀는 자신의 결심을 떠올렸다. 하지만 줄팔매를 가지고 나오지는 않았다. 대신 그녀는 강가로 걸어가 두르개를 벗고서 아침이면 종종 하던 헤엄을 쳤다. 복잡한 감정들이 물살에 씻겨 나가는 것처럼 머릿속이 맑아지는 듯했다. 그녀가 즐겨 물고기를 잡던 곳은 봄철의 홍수가 지나간 후 사라졌지만 얼마 떨어지지 않은 하류에서 물고기가 잡힐 만한 곳을 이미 봐둔 터였다. 그녀는 하류로 헤엄쳐 내려갔다.

존달라는 음식 냄새에 잠에서 깼다. 새삼 자신이 얼마나 허기가 진지 깨달았다. 그는 부대에 요의를 해결하고 주위를 둘러보기 위해 몸을 일으켜 앉았다. 여자도, 말과 망아지도 없었다. 한데 동굴에는 여자와 말이 잠을 자는 곳 말고는 따로 잠자리라고 보일 만한 곳이 없었고, 불터도 하나뿐이었다. 여자는 여기서 말이랑 혼자 사는 거야. 말이야 사람으로는 볼 수 없으니.

그렇다면 여자의 부족 사람들은 어디 있는 걸까? 근처에 다른 동굴이 있는 걸까? 멀리 사냥이라도 떠났나? 저장 공간에는 여러 가지 물건들과 모피와 가죽, 선반에 말려놓은 푸성귀, 고기와 저장 음식들이 있었는데 큰 규모의 동굴에서 볼 법한 많은 양이었다. 혼자 살면서 어째서 저렇게 많은 게 필요할까? 누가 나를 여기까지 옮긴 걸까? 어쩌면 여자의 부족 사람들이 그를 데려다주고 여자에게 맡긴 것인지도 몰랐다.

그런 게 틀림없어! 여자는 그들 부족의 젤란도니인 거야. 그래서 나를 보살피라고 여기에 데려다 놓고 간 거야. 젤란도니가 되기에 어려 보이지만 치료술은 뛰어나. 그건 분명해. 뭔가 스스로를 시험하기 위해, 특별한 능력, 어쩌면 동물과 관련된 능력을 연마하기 위해 여기 와 있는 건지도 몰라. 여자의 부족 사람들이 나를 발견했는데, 달리 누가 없으니까 나를 여기에 데려다 놓았겠지. 짐승까지 길들인 것을 보면 대단히 뛰어난 젤란도니임이 틀림없어.

에일라가 하얗게 바랜 짐승의 골반뼈로 만든 접시에 올린 갓 구운 커다란 송어를 들고 동굴로 들어왔다. 남자가 깨어 있는 것을 보고는 놀라더니 그에게 미소를 지었다. 그녀는 생선을 내려놓고 남자가 더 편안하게 앉을 수 있도록 털가죽과 마른 풀로 속을 채운 깔개를 등 뒤에 받쳐주었다. 그런 다음, 먼저 열을 내리고 통증을 완화해주는 버드나무 껍질 차를 주고서 무릎 위에 생선이 담긴 접시를 올려주었다. 밖으로 나갔다가 돌아온 여자의 손에는 곡물을 끓인 죽과 껍질을 벗긴 엉겅퀴 줄기와 들풀인 카우 파슬리, 이제 막 열매를 맺기 시작한 산딸기가 들려 있었다.

존달라는 아무거나 다 먹겠다 싶을 정도로 허기졌지만 몇 입을 베어 먹고부터는 맛을 음미하기 위해 천천히 먹었다. 에일라는 이자에게서 약재뿐만 아니라 양념으로도 쓰는 식물의 용도에 대해서 배웠다. 에일라의 손끝에서 생선과 곡물로 끓인 죽은 그 맛이 한층 더 깊어졌다. 신선한 줄기는 부드러우면서 아삭아삭했고, 산딸기는 몇 개 되지 않았지만 다른 무엇을 가미하지 않고도 오로지 햇빛을 잘 받은 덕분에 무척 달콤했다. 그는 음식 맛에 감탄했다. 존달라의 어머니도 음식을 잘 한다고 정평이 나 있었다. 어머니가 만든 음식과 맛이 같지는 않았지만 공들여 준비한 음식이라는 것을 알 수 있었다.

에일라는 남자가 천천히 맛을 음미하며 음식을 먹는 모습에 기분이 좋아졌다. 그가 다 먹고 나자 그녀는 박하를 넣은 차를 가져다준 다음, 찜질약과 붕대를 갈아주기 위해 준비했다. 먼저 머리에 감은 가죽을 풀어냈다. 붓기는 가라앉았지만 약간의 쓰라림은 남아 있었다. 가슴과 팔에 난 상처도 나아가는 중이었다. 흉터는 남겠지만 움직이는 데는 지장이 없을 듯했다. 문제는 다리였다. 잘 치료되고 있는 걸까? 다리를 제대로 쓸 수 있을까? 혹 장애가 생기지는 않을까?

에일라는 찜질약을 떼어냈다. 예상했던 대로 야생 양배추 잎 덕분에 곪은 부위가 가라앉은 것을 눈으로 확인하자 안심이 되었다. 분명 상처 부위가 좋아지고 있었지만 아직까지는 다리를 예전처럼 쓸 수 있을지는 장담하기 어려웠다. 찢어진 상처 부위를 힘줄로 봉합해놓은 것도 효과가 있는 듯했다. 그가 입었던 큰 상처를 생각해볼 때, 큰 흉터가 남고 어쩌면 약간의 변형이 올지도 모르지만 그래도 원래 모양에 가까워지고 있었다. 에일라는 치료 경과에 흡족했다.

존달라가 자신의 다리를 제대로 본 것은 그때가 처음이었다. 그는 전혀 흡족하지 못했다. 생각했던 것보다 상처가 훨씬 심각해 보였다. 상처를 본 그의 얼굴은 놀란 듯 창백해졌고 몇 번이나 침을 삼켜야 했다. 그는 상처 부위에 왜 매듭을 묶어놓았는지 알 듯했다. 하지만 그래서 큰 차도가 있을지, 과연 다시 걸을 수 있을지 걱정이 되었다.

그는 대답을 기대하지 않으면서도 어디에서 치료술을 배웠는지 여자에게 물었다. 그녀는 자신의 이름만 알아들을 뿐이었다. 에일라는 남자에게 말을 가르쳐달라고 부탁하고 싶었지만 어떻게 그 뜻을 전해야 할지 몰랐다. 답답함을 느낀 에일라는 땔감을 구하러 밖으로 나갔다. 그녀는 어서 말을 배우고 싶었지만 어떻게 시작하면 좋을지 감이 오지 않았다.

존달라는 방금 먹은 음식에 대해 생각해보았다. 누가 그 많은 먹을거리를 구해다 주었는지 모르겠지만 비축해놓은 식량이 꽤 많았다. 하지만 아무리 봐도 그녀 혼자서 모든 것을 할 수 있는 것 같았다. 산딸기와 식물의 줄기, 송어는 신선했다. 하지만 곡물은 지난가을에 모아놓은 것일 테니 겨울 내내 먹고도 남은 것이었다. 그렇다면 미리 준비를 잘 해놓아 늦겨울이나 초봄에 겪기 쉬운 식량 부족의 문제는 없다는 뜻이었다. 또한 여자는 주위 지형에 대해서도 잘 알고 있는 게 분명했고, 그렇다면 꽤 오래 여기에서 살았다고 추측해볼 수 있었다. 연기 구멍 주위에 묻은 거무스름한 그을음이나 잘 다져진 바닥에서 알 수 있듯 동굴 곳곳에는 세월의 흔적이 느껴졌다.

동굴에는 생활에 필요한 물품이나 도구들이 잘 구비되어 있었지만 자세히 살펴보니 조각이나 장식 같은 것들은 거의 없었고 대부분 투박했다. 그는 차를 마실 때 썼던 찻잔을 들여다보았다. 그렇다고 아주 거칠지는 않아. 그는 생각했다. 아니, 아주 잘 만들었네. 나무의 결로 보건대 나무의 옹이를 파서 만든 것이었다. 자세히 살펴보니 옹이나 곡선 같은 나무의 결을 잘 살린 것이, 어렵지 않게 작은 짐승의 얼굴이 연상되었다. 의도적으로 이렇게 만든 걸까? 참으로 절묘한 모양이었다. 그는 일부러 장식을 많이 한 것보다 그 찻잔이 더 마음에 들었다.

입구가 바깥쪽으로 펼쳐진 찻잔은 속이 깊고 좌우가 대칭을 이루고 있었다. 표면은 매끄러웠고 안쪽에도 상처가 나거나 튀어나온 부분이 없었다. 옹이진 나무를 깎아 모양을 만드는 것은 어려운 작업이었다. 이 찻잔을 만드는 데만 수일이 걸린 게 분명했다. 자세히 살펴볼수록 단순한 모양새에 가려지기는 했지만 의심의 여지없이 뛰어난 솜씨가 돋보이는 찻잔이었다. 마르소나가 이걸 보면 좋아하겠군. 그는 생각했다. 에일라가 정리해놓은 물건들을 보니 가장 실용적인 도구나 용기들도 미적으로 즐거움을 주는 방식으로 정리하는 어머니의 솜씨가 떠올랐다. 그의 어머니 마르소나는 단순한 물건 안에서도 아름다움을 찾아내는 재주가 있었다.

고개를 드니 에일라가 땔감을 한 아름 가지고 들어오고 있었다. 그는 여자가 입은 투박한 가죽 두르개를 보며 고개를 저었다. 그때 그가 누워 있는 깔개가 눈에 들어왔다. 땅을 파서 신선한 건초를 넣었고 그 위에 깔아놓은 깔개는 여자의 두르개처럼 모양을 내 자르지 않은 그냥 가죽이었다. 그는 끝자락을 들어 자세히 살펴보았다. 가장 바깥쪽 끝부분은 다소 뻣뻣했고 사슴 털도 몇 오라기 그대로 남아 있었지만 굉장히 부드러웠다. 그렇게 부드러운 질감을 얻으려면 가죽의 안쪽과 털이 난 바깥쪽을 모두 다 잘 긁어내야 했다. 한데 털가죽은 그보다 더 인상 깊었다. 가죽을 벗겨서 안쪽 가죽의 지방 등을 제

거하고 유연하게 만드는 것도 어려운 기술이었지만 겉가죽의
털을 남기고 안쪽 가죽만 손질하는 것은 더욱 까다로운 작업
이었다. 털이 붙어 있는 가죽은 뻣뻣해지기 쉬웠는데, 잠자리에
놓인 털가죽은 무두질한 가죽만큼 유연했다. 털가죽에서 느껴
지는 질감은 어딘지 모르게 익숙했지만 그 이유는 생각나지 않
았다.

조각이나 장식은 없어도 여기 있는 물건들은 다 뛰어난 솜
씨로 만든 것들이야. 그는 생각을 이어나갔다. 가죽이나 모피들
도 모두 능숙하게 손질해놓은 것이었다. 하지만 옷가지의 경우,
몸에 잘 맞게 잘라서 꿰매거나 하지 않고 그냥 두르고 있었다.
구슬이나 깃털로 장식을 하거나 염색을 하지도 않았다. 하지만
다리 상처를 힘줄로 봉합한 것을 보아 여자는 꿰매고 매듭짓는
법을 알고 있었다. 앞뒤가 맞지 않는 이상한 점투성이였다. 참
으로 수수께끼 같은 여인이었다.

존달라는 딱히 큰 관심을 갖지는 않고 에일라가 불을 피우
기 위해 준비하는 모습을 멍하니 보고 있었다. 이전에도 여러
번 불을 피우는 모습을 본 적이 있었다. 왜 여자는 음식을 만
들 때 썼던 모닥불에서 불씨를 가져오지 않을까 스치듯 생각
한 적이 있었지만 그냥 불이 꺼진 모양이라고만 짐작했다. 그는
여자가 부싯깃과 돌 몇 개를 가져온 것을 멍하니 보고 있었다.
그때 여자가 돌을 맞부딪치자 갑자기 불꽃이 일었다. 방금 여
자가 무슨 일을 한 것인지 알아차릴 새도 없이 순식간에 불이

활활 타올랐다.

"위대한 어머니시여! 어떻게 그렇게 빨리 불을 피운 겁니까?"

그는 한밤중에도 여자가 아주 빠르게 불을 피우던 일이 희미하게 떠올랐다. 하지만 그때는 잘못 봤다고 생각하고 그냥 지나갔다. 에일라는 남자가 갑작스럽게 입을 열자 약간 놀란 눈초리로 바라봤다.

"어떻게 피운 거예요, 그 불?"

그가 앞으로 몸을 숙이며 다시 물었다.

"오, 도니! 여자는 내가 하는 말을 못 알아듣잖아."

그가 과장되게 두 손을 쳐들었다.

"당신이 방금 무슨 일을 했는지 알기는 알고 한 겁니까? 이리 와봐요, 에일라."

그가 여자에게 손짓하며 말했다. 그녀는 즉시 그에게 다가갔다. 남자가 어떤 의미가 담긴 손짓을 한 것은 이번이 처음이었다. 남자는 지금 뭔가에 지대한 관심을 보이고 있었다. 에일라는 그의 말을 이해하면 얼마나 좋을까 생각하며 집중해 들으려고 미간을 찡그렸다.

"어떻게 한 거죠? 불 말이에요. 불."

그는 어떻게든 여자가 이해하기를 바라면서 불을 가리킨 채천천히 다시 물었다.

"부우?"

에일라는 마지막 말을 머뭇거리며 따라 해보았다. 뭔가 중요한 말 같았다. 그녀는 더욱 귀를 곤두세웠다.

"불! 맞아요, 불."

남자가 불을 향해 손짓하며 소리쳤다.

"어떻게 하면 그렇게 빨리 불을 피울 수 있나요?"

"부르."

"네, 저거요."

그는 모닥불을 손가락으로 가리키며 말했다.

"어떻게 한 거예요?"

그녀는 일어나 모닥불로 가더니 손으로 가리켰다.

"부르?"

그녀가 말했다.

그는 한숨을 쉬더니 다시 털가죽에 기댔다. 불현듯 자신이 여자에게 억지로 자신의 말을 이해시키려 한다는 것을 깨달았다.

"미안해요, 에일라. 내가 어리석었어요. 내가 뭘 묻는지도 모르는데 그걸 어떻게 말해주겠어요?"

긴장된 분위기가 사라졌다. 답답해진 존달라는 지친 듯 눈을 감았다. 하지만 에일라는 흥분에 휩싸였다. 새로운 말을 알게 된 것이다. 이제 말 하나에 불과했지만 드디어 시작된 것이다. 어떻게 하면 계속해서 배울 수 있을까? 어떻게 남자에게 더 가르쳐달라고 말하면 좋을까?

"돈—다—라?"

그가 눈을 떴다. 에일라는 다시 모닥불을 가리켰다.

"부르?"

"네, 불. 저게 불이에요."

그가 고개를 끄덕이며 말했다. 그러더니 피곤한지 다시 눈을 감았다. 잠시나마 흥분했던 자신이 바보 같기도 했고, 몸도 마음도 여전히 쓰라렸다.

그가 별다른 관심을 보이지 않자 에일라는 실망스러웠다. 어떻게 하면 그에게 자신의 뜻을 전달할 수 있을까? 뾰족한 방법이 생각나지 않아 화가 날 정도였다. 그녀는 다시 한 번 시도해 보기로 했다.

"돈—달—라."

그녀는 남자가 눈을 뜰 때까지 기다리더니 기대감에 찬 눈빛으로 "부르?" 하고 말했다. 왜 그러는 거지? 존달라는 호기심이 일었다.

"불이 어떻다는 거죠, 에일라?"

에일라는 남자의 어깨 모양이나 얼굴 표정을 보고 그가 질문을 하고 있다는 것을 눈치챘다. 그가 관심을 보이고 있었다. 에일라는 그에게 말할 방법을 생각하면서 주위를 살펴보았다. 그때 불 옆에 있는 나무가 보였다. 그녀는 나무 막대기를 집어 들어 그에게 가져가 아까처럼 기대감에 찬 눈빛으로 나무를 들었다.

당황한 남자의 미간에 주름이 잡혔다. 하지만 이내 이해가 된 듯 이마가 펴졌다.

"그걸 뭐라고 부르는지 알고 싶은 건가요?"

존달라는 지금껏 말하는 것에 관심이 없는 것처럼 보이던 여자가 갑자기 그의 말을 배우려고 하자 의아해하며 물었다. 말하는 것! 그녀는 지금껏 그와 한 마디도 말을 주고받지 않았다. 하지만 지금은 말을 하려고 애쓰고 있었다. 그래서 지금껏 아무 말도 안 했던 걸까? 말을 할 줄 몰라서?

그는 여자의 손에 들린 막대기를 잡고 "나무"라고 말했다.

에일라가 숨을 내뱉었다. 자신이 숨을 죽이고 있었는지도 몰랐다.

"나므?"

그녀가 따라 해보았다. 남자는 발음을 정확하게 하기 위해 입을 크게 벌려 천천히 다시 말해주었다.

"나아무우."

에일라는 남자의 입모양을 흉내 냈다.

"아까보다 좋아졌네요."

그가 고개를 끄덕이며 말했다. 그녀의 심장이 쿵쾅대기 시작했다. 남자가 알아들은 걸까? 그녀는 계속해서 새로운 말을 배우고 싶어 정신없이 주위를 둘러봤다. 그때 잔이 눈에 들어왔다. 그녀는 잔을 들어 내밀었다.

"말하는 법을 가르쳐달라는 겁니까?"

그녀는 남자가 하는 말을 알아듣지 못하고 고개를 저은 뒤 다시 잔을 들었다.

"당신은 대체 누굽니까, 에일라? 어디에서 왔죠? 어떻게 그 모든 걸 할 수 있는 겁니까? 말하는 법도 모르면서. 참으로 수수께끼 같은 사람이군요. 당신에 대해 알아가려면, 우선 당신에게 말부터 가르쳐줘야겠어요."

에일라는 여전히 간절한 눈빛으로 잔을 든 채 남자 옆을 지키고 있었다. 에일라는 남자가 그 많은 말들을 하느라 자신이 묻는 것에 답하는 것을 잊을까봐 애가 탔다. 그녀는 다시 한 번 그의 얼굴 앞으로 잔을 내밀었다.

"뭐가 궁금한 거죠? 마시다, 아니면 잔? 그게 중요한 게 아니겠지만."

그는 에일라가 들고 있는 것을 잡고서 "잔"이라고 말했다.

"자아."

그녀는 따라하더니 안심한 듯 미소 지었다. 존달라는 작정한 듯 물 부대에 남은 물을 잔에 따르더니 "물"이라고 말했다.

"무우."

"다시 한 번 해봐요. 물."

"무우르."

존달라는 고개를 끄덕이고는 잔을 입에 대고는 한 모금 삼켰다.

"마시다. 물을 마시다."

"마시이다."

에일라는 제법 비슷하게 따라했다.

"무우르 마시이다."

21

"에일라, 더 이상 동굴 안에 못 있겠어요. 저 햇빛 좀 보라고
요! 이제 움직일 수 있을 정도로 나았어요. 동굴 밖이라도 나가
볼게요."

에일라는 존달라가 하는 말을 전부 다 알아듣지는 못했지
만 그가 불평을 하고 있다는 것쯤은 눈치챘다. 그가 답답해하
는 것도 이해했다.

"매듭. 매듭 잘라요. 아침 다리 봐요."

그녀는 상처를 봉합한 부위를 만지며 말했다. 그러자 존달
라는 의기양양하게 미소 지으며 에일라의 말을 받았다.

"매듭을 자를 거라고요. 그래서 내일 아침에는 동굴 밖에 나
갈 수 있다고요."

에일라는 새로 배우고 있는 말로 그에게 자신의 생각을 완
벽하게 전달하지는 못했지만 그렇다고 해서 그의 말에 따라 자

신이 결정한 생각을 바꾸는 일은 결코 없었다.

"봐요."

그녀는 힘주어 말했다.

"에일라 봐요."

그녀는 머릿속의 말들을 쥐어짜며 어떻게든 말을 하려고 애
썼다.

"다리 안 나왔어요, 돈—다—라, 안 나가요."

존달라가 다시 미소 지었다. 그는 에일라가 자기 말에 동조
해주기를 바라며 일부러 그녀가 한 말을 왜곡해서 부풀렸다.
하지만 그녀가 자기 꾀에 넘어가지 않고 거듭 자기 생각을 이해
시키려고 하는 것을 보자 오히려 기분이 좋았다. 그는 내일 동
굴 밖에 못 나가겠지만 이런 대화를 통해 에일라는 더 빠르게
말을 배워갈 것이었다.

에일라에게 말을 가르치는 것은 해볼 만한 일이었다. 늘 진
도가 잘 나가는 것은 아니었지만 진전이 보일 때마다 그는 기뻤
다. 무엇보다 에일라가 말을 배우는 방식이 흥미로웠다. 이미 에
일라는 놀랄 만큼 많은 단어들을 알고 있었는데, 새로 가르쳐
주면 주는 대로 빠르게 외웠다. 어느 오후는 둘이 생각해낼 수
있는 모든 사물의 이름을 가르쳐주는 데 할애했다. 그가 모든
단어들을 알려주고 나자 에일라는 사물과 단어를 정확하게 연
결해 다시 그 단어들을 말했다. 하지만 문제는 발음이었다. 몇
몇 소리는 아무리 애를 써도 발음하기가 어려웠다.

하지만 존달라는 에일라 특유의 말투를 좋아했다. 에일라의 목소리는 나직하면서도 감미로웠고, 억양은 독특한 느낌을 주었다. 그는 단어들을 연결해 말하는 방법에 대해서는 천천히 고쳐주기로 마음먹었다. 때가 되면 적절하게 단어들을 조합할 수 있을 터였다. 진짜 문제는 특정한 사물과 행동에 대한 이름들을 다 알려주고 난 뒤에 나타났다. 아주 간단한 추상적인 개념도 이해하기 어려워한 것이다. 그녀는 같은 계열의 색이라 해도 색조에 따라 다 다를 것이라 생각해 그것을 지칭하는 각각의 단어들을 알고 싶어 했다. 소나무의 짙은 푸른색과 버드나무의 연한 푸른색을 통틀어 **초록색**이라고 칭하는 것을 납득하지 못했다. 그녀가 어렴풋이 추상적인 개념을 이해하게 된 것은 전혀 뜻밖의 일처럼 보일 정도였다. 혹은 오랫동안 잊힌 기억이 떠오른 것인지도 몰랐다.

한번은 존달라가 경이에 가까운 그녀의 기억력에 칭찬을 한 적이 있었다. 하지만 에일라는 그의 칭찬을 이해하기가—아니 믿기가—어려웠다.

"아니요, 돈—다—라. 에일라 안 좋아요, 기억. 에일라 애써요. 좋은…… 기억, 안 좋아요. 애써요. 늘 애써요."

존달라는 자신의 기억력이, 그리고 배우고자 하는 지칠 줄 모르는 강한 의욕이 그녀의 반만 돼도 좋겠다는 생각을 하며 머리를 절레절레 흔들었다. 그가 보기에 에일라는 나날이 발전했지만 결코 만족하는 법이 없었다. 한데 서로 어느 정도 소통이 가능해지자 존달라는 에일라에 대해 궁금한 점들이 더욱 늘어만 갔다. 그녀는 어떤 면에서는 믿기 어려울 정도로 노련하고 지식도 많았다. 하지만 한편으로는 아주 천진난만하고 무지한 구석도 있었다. 그러다 보니 어느 쪽이 그녀의 본모습인지 헷갈릴 때가 많았다. 그녀의 몇 가지 능력, 예를 들어 불을 피우는 기술은 어디에서도 보지 못한 진보한 방식이었다. 하지만 어떤 부분들은 믿기 어려울 정도로 원시적이었다.

한 가지 분명한 게 있다면 에일라의 부족 사람들이 근처에 있든 없든 간에 그녀는 완벽하게 스스로를 돌보며 혼자 지낼 능력이 있다는 것이었다. 덮개를 걷어내고 상처 난 다리를 살펴보는 그녀를 보니 스스로만 돌보는 게 아니라 그까지 보살펴주고 있었다.

에일라는 소독물을 준비했다. 상처를 봉합해 매듭지어 놓은 힘줄을 빼내려고 준비를 하는 내내 긴장이 되었다. 상처가 잘 아물고 있는 것으로 보아 다시 벌어질 것 같지는 않았다. 하지만 힘줄로 상처를 봉합하고 빼내는 것은 처음 해보는 일이라 자신이 없었다. 그녀는 며칠 동안 언제쯤 매듭을 풀어 힘줄을 빼내야 할지 고심했다. 거기에 밖으로 나가고 싶어 하는 존달라의 성화에 에일라는 마음을 굳혔다.

에일라는 몸을 숙여 다리에 있는 매듭을 자세히 살폈다. 조심스럽게 사슴 힘줄로 매듭을 지어놓은 부분을 잡아당겨 보았다. 살이 힘줄에 붙어버렸는지 따라 올라왔다. 에일라는 진작 뺐어야 한 건 아닌지 걱정이 되었지만 후회해봐야 소용이 없었다. 그녀는 손가락으로 힘줄을 잡고 아직 사용한 적 없는 가장 날카로운 칼로 가능한 살에서 가까운 부분에서 힘줄을 끊었다. 다른 매듭들도 손으로 잡아당겨 빼려고 했지만 쉽게 나오지 않았다. 결국 이로 매듭을 물고 한 번에 휙 잡아 뺐다.

존달라는 통증을 느꼈는지 움찔하며 놀랐다. 그녀는 미안한 생각이 들었지만 다행히 상처는 벌어지지 않았다. 살갗이 살짝 찢어진 자리에 피가 조금 보였지만 근육이나 피부 모두 잘 아문 뒤였다. 약간의 통증은 어쩔 수 없는 일이었다. 그녀는 상처를 봉합한 남은 힘줄도 가능한 빠르게 제거했다. 존달라는 힘줄을 하나하나 제거할 때마다 소리를 지르지 않기 위해 이를 악물고 주먹을 꼭 쥐었다. 그들 모두 몸을 숙여 힘줄을 빼낸 자리를 보았다.

에일라는 상처가 덧나지 않으면 다리에 힘이 들어가는 연습을 시킬 겸 해서 동굴 밖으로 나가도록 할 참이었다. 칼과 소독물이 든 그릇을 들고 일어나려는데 존달라가 그녀를 멈춰 세웠다.

"그 칼 좀 볼 수 있을까요?"

그가 칼을 가리키며 물었다. 에일라는 칼을 건네고는 그것을 자세히 살피는 남자를 지켜봤다.

"부싯돌로 만든 거네요! 칼날을 따로 손본 것은 아니군요. 이걸 만들려면 약간의 기술이 필요했겠지만 만드는 기법 자체는 아주 구식이네요. 손 자루도 없고요. 손을 베는 일이 없도록 등 부분만 다듬었군요. 이건 어디서 구했죠, 에일라? 누가 만들었어요?"

"에일라 만들어요."

그녀는 존달라가 칼의 품질과 기술에 대해 말하고 있다는 것을 알았다. 에일라는 그녀가 씨족 최고의 석공인 드루그에게 칼 만드는 법을 배웠지만 그만큼 솜씨가 좋지는 않다고 말하고 싶었다. 존달라는 칼을 유심히 살펴봤다. 표정에는 살짝 놀라는 기색도 있었다. 그녀는 그 도구의 장점과 부싯돌의 특징에 대해서도 논하고 싶었지만 역부족이었다. 그와 관련된 용어도 몰랐을뿐더러 그와 관련된 개념을 설명할 방법도 알지 못했다. 그저 답답할 뿐이었다.

에일라는 무엇이든 그에게 다 말하고 싶었다. 누군가와 이야기를 나누는 것은 실로 오랜만이었다. 하지만 존달라가 오기 전까지는 자신이 얼마나 간절히 대화를 원하고 있었는지 깨닫지 못했다. 허기진 그녀 앞에 온갖 진미들이 펼쳐져 있어 걸신들린 듯 먹고 싶은데 그저 맛만 보고 끝낸 것처럼 아쉽기 그지없었다.

존달라는 에일라에게 칼을 돌려주며 고개를 갸웃거렸다. 단면이 날카로워서 칼로 쓰기에는 모자람이 없었지만 한편으로는 호기심을 증폭시켰다. 그녀는 젤란도니처럼 많은 것을 배워 알고 있었고 실로 꿰어 매듭을 짓는 것 같은 고난이도의 기술도 사용했다. 하지만 저토록 미개한 칼이라니. 새삼스레 에일라에게 궁금한 것을 물어보고 답을 들을 수 있다면 얼마나 좋을까 하는 생각이 들었다. 어째서 그녀는 말을 못 하는 걸까? 그녀는 빠르게 말을 배워갔다. 하지만 전에는 왜 배우지 못했던 걸까? 에일라의 말 배우기는 두 사람 모두에게 아주 강렬한 바람으로 자리 잡았다.

  존달라는 아침 일찍 눈을 떴다. 동굴은 여전히 어두웠지만 입구와 연기 구멍으로 동트기 전의 남빛 하늘이 보였다. 감지할 수 없을 만큼 아주 서서히 날이 밝아지면서 암벽의 윤곽들이 드러나기 시작했다. 눈을 감고도 훤히 보일 만큼 암벽의 튀어나오고 들어간 부분이 머릿속에 새겨졌다. 그는 이제 밖으로 나가 다른 것을 보고 싶었다. 밖으로 나갈 생각을 하니 설레기 시작했다. 그는 어서 나가고 싶어서 옆에서 자고 있는 여자를 흔들어 깨울 작정이었다. 그는 여자에게 손을 뻗으려다가 마음을 고쳐먹었다.
  그녀는 털가죽으로 몸을 감싸고 옆으로 누운 채 잠들어 있었다. 존달라는 여자가 평소 잠을 자던 자리를 자신에게 내준 것을 알고 있었다. 그녀는 언제라도 일어날 준비가 되어 있는 것처럼 두르개를 입은 채 자고 있었다. 그녀가 몸을 돌려 똑바로 눕자 그는 여자가 어디에서 왔는지 짐작해볼 만한 특징이 있지나 않은지 얼굴 구석구석을 뜯어보았다.

골격이나 얼굴의 모양, 광대뼈를 보면 젤란도니족 여자들과는 조금 달랐다. 하지만 눈에 띄게 예쁘다는 것을 제외하면 달리 특이한 점은 없었다. 이제 와서 자세히 보니 그녀는 그냥 예쁜 정도가 아니었다. 누가 보아도 아름답다고 할 만한 얼굴이었다.

여러 가닥으로 나누어 땋은 뒤 옆과 뒤는 늘어뜨리고 나머지는 올려서 고정시켜놓은 머리 모양은 낯설었지만 이보다 더 특이한 머리 모양을 본 적도 있던 터였다. 흘러내린 기다란 머리카락은 귀 뒤에 꽂힌 채 늘어져 있었고, 뺨에는 검댕이 묻어 있었다. 생각해보니 그녀는 자신이 의식을 되찾은 이후로 한 번도 그의 곁을 떠난 적이 없었다. 아마 그 전부터 그랬으리란 생각이 들었다. 누구도 환자를 돌보는 그녀에게서 흠을 잡아낼 수 없으리라.

꼬리를 물고 이어지던 생각은 눈을 뜬 에일라가 놀라 비명을 지르는 바람에 뚝 끊어졌다.

에일라는 눈을 떴을 때 누군가의 얼굴을 보는 일에 익숙하지 않았다. 그것도 반짝이는 파란 눈에 듬성듬성 자란 금빛 수염을 한 남자의 얼굴이었다. 너무도 급하게 일어나는 바람에 순간 휘청했지만 곧 정신을 차리고 불을 뒤적였다. 하지만 불은 이미 꺼져 있었다. 재를 덮어두는 것을 또 깜박한 것이다. 에일라는 새로 불을 피우기 위해 필요한 것들을 가져왔다.

"불을 어떻게 피우는지 보여줄래요, 에일라?"

에일라가 돌을 집어 들자 존달라가 물었다. 이번에는 존달라의 질문을 이해했다.

"안 어려워요."

그렇게 말하더니 불을 피울 때 쓰는 돌 두 개와 부싯깃을 가지고 남자 곁으로 갔다.

"에일라 보여줘요."

그녀는 돌 두 개를 맞부딪히는 것을 보여주더니 부싯깃으로 쓰는 나무껍질의 섬유질과 솜털을 쌓았다. 그리고 그에게 부싯돌과 황철광을 건넸다.

그는 부싯돌은 바로 알아봤다. 다른 돌도 본 적이 있는 듯했지만 그 돌 두 개를 가지고 불을 피울 시도는 해본 적이 없었다. 그는 에일라가 보여준 대로 돌을 맞부딪쳤다. 살짝 어긋났지만 언뜻 작은 불꽃을 본 것 같기도 했다. 그는 에일라가 직접 보여줬는데도 불구하고 돌을 가지고 불을 피운다는 것에 여전히 반신반의하며 다시 한 번 돌끼리 부딪치게 했다. 몇 번 시도를 하고 에일라가 도움을 준 끝에 마침내 작은 불이 피워졌다. 그는 다시 돌 두 개를 바라봤다.

"이렇게 불 피우는 것을 누가 가르쳐준 거예요?"

그녀는 그의 질문을 이해했지만 어떻게 설명해야 할지 몰라서 간단하게 답했다.

"에일라 해요."

"네, 당신이 그렇게 한다는 것을 알아요. 그런데 누가 당신에게 보여줬나요?"

"에일라, 보여줘요."

불이 꺼져버리고 주먹도끼가 부서졌던 날에 불을 피울 수 있는 황철광을 발견한 일을 어떻게 그에게 설명한단 말인가? 그녀는 잠시 설명할 방도를 찾으려는 듯 손에 머리를 묻고 있더니 고개를 들고 그를 보며 고개를 저었다.

"에일라 못 말해요. 좋게."

그는 에일라가 풀이 죽은 것을 알아챘다.

"잘 말할 수 있게 될 거예요, 에일라. 그때 말해주세요. 오래 걸리지 않을 거예요. 당신은 정말 대단한 여자예요."

그러고서 그는 미소 지었다.

"오늘 나 밖에 나가는 거죠?"

"에일라 봐요."

그녀는 덮개를 걷더니 존달라의 다리를 확인했다. 상처를 봉합했던 자리에 작은 딱지가 앉았지만 잘 아무는 중이었다. 이제 일어나서 걷는 데 장애가 있지 않은지 확인할 때였다.

"네, 돈—다—라 나가요."

존달라가 그 어느 때보다 활짝 웃었다. 긴 겨울이 지나 여름 축제에 가기 위해 길을 나서는 소년 같은 모습이었다.

"자, 갑시다!"

그는 털가죽을 완전히 걷어내더니 의욕에 불타서 일어나려고 했다. 그의 소년 같은 열정은 전염성이 강했다. 그녀도 남자에게 미소를 지어 보였지만 일어나려는 그를 다시 앉혔다.

"돈—다—라 먹어요, 음식."

전날 밤 미리 만들어놓은 음식을 데우고 차를 끓이기만 하면 되어서 아침 준비는 오래 걸리지 않았다. 그녀는 알곡을 히힝이에게 가져다주고는 잠시 산토끼꽃 꽃대로 히힝이와 새끼의 털을 빗어주었다. 존달라는 에일라를 지켜봤다. 에일라가 말과 함께 있는 모습을 줄곧 봐온 터였지만 처음으로 그녀가 말의 울음소리를 그럴 듯하게 낸다는 것을 알아차렸다. 그녀의 손짓은 그에게 아무런 의미도 없었다. 그는 에일라의 손짓을 알아차리지도 못했고, 그 손짓이 히힝이에게 하는 말의 일부라는 것도 전혀 몰랐다. 하지만 불가사의한 방식으로 그녀가 말과 대화를 한다는 것은 알고 있었다. 무엇보다 말이 그녀의 말을 알아듣는다는 게 참으로 신기할 따름이었다.

어미 말과 새끼를 쓰다듬어주는 에일라를 보며 그녀가 도대체 어떤 주술로 짐승을 길들였는지 궁금증에 사로잡혔다. 한편으로는 그 자신도 그녀에게 길들여지고 있다는 느낌마저 받았다. 에일라가 말과 새끼를 데리고 그의 곁으로 오자 그는 놀라는 한편 기쁘기까지 했다. 그는 한 번도 살아 있는 말을 두드려준 적이 없었고 솜털이 보송보송한 새끼 짐승에게 그토록 가까이 가본 적이 없었다. 무엇보다 짐승들이 사람을 전혀 두려워하지 않는다는 것이 인상 깊었다. 그가 새끼 말을 조심스럽게 토닥이고 쓸어주자 새끼 말은 자신이 원하는 쪽을 정확히 긁어주었던지 남자에게 마음이 끌리는 듯했다.

그는 에일라에게 그 짐승의 이름을 알려주지 않았던 게 생각났다. 그래서 암말을 가리키며 "말"이라고 일러주었다.

하지만 히힝이에게는 에일라나 존달라처럼 이름이 따로 있었다. 에일라는 고개를 저으며 말했다.

"아니요, 히힝이."

그에게 그 소리는 이름이 아니었다. 그것은 말의 울음소리를 완벽하게 따라한 것으로밖에 들리지 않았다. 그는 크게 놀랐다. 그녀는 사람의 말은 못 하면서 말의 언어를 할 수 있단 말인가? 짐승에게 말을 한다고? 존달라는 경외감마저 느꼈다. 대단한 주술임에 틀림없었다.

에일라는 넋이 나간 남자의 표정을 보더니 자신의 말을 알아듣지 못한 것으로 오판했다. 그녀는 다시 한 번 설명하기 위해 자신의 가슴을 두드리고 이름을 말한 다음, 존달라의 가슴을 가리키고 그의 이름을 말했다. 그러고는 말을 가리키며 다시 한 번 부드럽게 말의 울음소리를 냈다.

"그게 저 어미 말의 이름인가요? 에일라, 난 그런 소리는 내지 못해요. 어떻게 말과 대화를 나누는지 정말 모르겠네요."

존달라는 잠시 후 인내심을 가지고 다시 한 번 흉내를 내보기는 했다. 전혀 말의 울음소리처럼 들리지 않았지만 그래도 에일라는 만족한 듯 보였다. 에일라는 말 두 마리를 다시 원래의 자리에 데려다 놓았다.

"히힝아, 저 남자가 내게 말을 가르쳐주고 있어. 난 그가 하는 말을 전부 배울 생각이야. 하지만 네 이름은 내가 가르쳐줘야 했어. 새끼 이름은 뭐로 지을지 같이 생각해봐야겠다. 글쎄, 저 남자가 네 새끼 이름을 지어주고 싶어 할까?"

존달라는 짐승들이 사냥꾼에게 다가오도록 유인하는 능력을 가진 젤란도니가 있다는 말은 들어본 적이 있었다. 사냥꾼들 중에는 짐승의 소리를 비슷하게 흉내 내 짐승을 유인하는 이도 있었다. 하지만 짐승과 말을 하고 짐승을 데리고 사는 사람이 있다는 얘기는 한 번도 들어본 적이 없었다. 그녀 덕분에 그는 야생말이 그의 눈앞에서 새끼를 낳는 것도 봤으며 심지어 그 새끼를 만져보기까지 했다. 그는 뜬금없이 그녀가 가진 능력이 경이롭다 못해 약간 두렵기까지 했다. 저 여자는 대체 누구란 말인가? 어떤 주술을 행한 것일까? 하지만 얼굴에 미소를 띤 채 그를 향해 다가오는 그녀는 보통 여자와 다르지 않아 보였다. 그저 보통의 여자지만, 사람이 아니라 말과 대화하는 여자였다.

"돈—다—라 나가요?"

그는 밖에 나갈 거라는 것마저 잊고 있었다. 그의 얼굴이 환해졌다. 그는 에일라가 다가오기 전에 먼저 일어나려고 했다. 하지만 그의 의욕은 금세 꺾이고 말았다. 그의 몸은 약해져 있었다. 움직이자 통증이 밀려오더니 어지럽기까지 했다. 에일라는 의욕에 가득 찼던 미소가 통증으로 일그러지더니 갑자기 얼굴색이 창백해지는 것을 놓치지 않았다.

"약간의 도움이 필요할 것 같네요."

그가 말했다. 그는 진심 어린 미소를 짓기는 했지만 어딘가 부자연스러웠다.

"에일라 도와요."

그녀는 남자가 기댈 수 있도록 어깨와 손을 내주며 말했다. 처음에 그는 가능한 여자에게 무게를 많이 싣지 않으려고 했다. 하지만 그녀는 힘도 꽤 있어서 그를 받치면서 일으켜 세웠다. 존달라는 여자의 도움을 받아들였다.

그는 마침내 약초를 말리는 선반의 말뚝에 기댄 채 성한 다리 하나로 섰다. 에일라의 눈이 휘둥그레지더니 깜짝 놀라 입까지 벌어졌다. 그녀의 머리끝이 남자의 턱 끝에 간신히 닿았다. 에일라는 남자의 키가 동굴곰족 남자들보다 큰 것은 알았지만 몸을 일으켜 세웠을 때 그렇게 키가 클 것이라고 상상하지 못했다. 그렇게 큰 사람은 지금껏 본 적이 없었다.

에일라는 어린 시절 이후로 누군가를 올려다본 기억이 없었다. 아직 다 자란 여인이 되기도 전에 그녀는 남자들을 포함해 씨족 중에서 가장 키가 컸다. 그녀는 늘 크고 못생긴 여자로 통했다. 키는 너무 크고, 얼굴은 너무 하얗고 밋밋했다. 그녀의 강력한 토템이 굴복해 아기를 갖게 되었을 때도 남자들은 저마다 자신의 토템이 동굴사자를 이긴 것이라 생각하고 싶어 했지만 정작 그녀와 짝을 지으려는 남자는 없었다. 아기를 낳기 전에 짝을 짓지 않으면 태어난 아기는 불운하다고 생각하면서도 선뜻 나서는 남자가 없었다.

그리하여 두르크는 불운한 아이였다. 나중에 브룬이 아이를 씨족의 일원으로 받아들이기로 했지만, 처음에는 아기가 기형이라며 살려두려고 하지 않았다. 에일라의 아들은 불운을 극복했다. 어머니를 잃은 불운도 극복해야 할 터였다. 그리고 그녀가 동굴곰족을 떠나기 전에 짐작했듯이 키도 누구보다 클 터였다. 하지만 존달라만큼 클 것 같지는 않았다.

존달라 옆에 있으니 에일라는 자신이 작아진 것처럼 느꼈다. 처음에 그를 봤을 때 그는 꼭 소년처럼 보여서 이 정도로 클 줄은 몰랐다. 새로운 각도에서 그를 올려다보니 그의 얼굴에는 수염이 자라고 있었다. 그녀는 왜 처음 그를 봤을 때는 수염이 없었는지 이상한 일이라 생각했다. 턱에서 자라고 있는 황금빛 무성한 수염을 보니 그는 소년이 아니라 남자였다. 키가 크고 건장한, 완전히 성숙한 남자였다.

에일라의 표정을 보자 남자는 여자가 왜 놀랐는지 이유를 알 수 없었지만 웃음이 나왔다. 에일라도 남자가 짐작했던 것보다 키가 더 컸다. 평소 고개를 숙이고 다니는 탓에 그녀는 실제보다 훨씬 작아 보였지만 실은 키가 꽤 컸다. 존달라는 키가 큰 여자를 좋아했다. 키가 큰 여자들은 언제나 그의 눈을 사로잡았다. 물론 에일라는 어떤 남자의 시선도 사로잡을 만한 여자라는 생각이 들었다.

"이만큼은 해냈으니 나가봅시다."

존달라가 말했다. 에일라는 그가 가까이, 그것도 벌거벗은 채 옆에 서 있다는 것이 의식되기 시작했다.

"돈―다―라 필요해요, 옷."

그녀는 그가 자신의 두르개를 지칭할 때 쓰는 단어를 사용해 말했다.

"필요해요, 덮개."

그녀는 남자의 음부 쪽을 가리켰다. 그 부분과 관련된 단어를 배운 적이 없었다. 에일라는 괜스레 얼굴이 달아올랐다.

부끄러워 얼굴이 상기되는 것은 아니었다. 남자는 물론 여자들의 나체를 전에도 본 적이 많았던 만큼 자연스러운 일이었다. 하지만 그녀는 그에게 보호가 필요하다고 생각했다. 비바람 같은 물질적인 것이 아니라 사악한 정령으로부터 보호해야 한다고 믿었다. 여자들은 남자들의 의식에 참여할 수 없었지만 에일라는 남자들이 사냥을 하거나 의식을 치를 때 음부를 노출하지 않는다는 것을 알고 있었다. 한데 어째서 그런 생각이 자신을 안절부절못하게 하고 얼굴을 뜨겁게 하는지는 알 수가 없었다. 그녀는 왜 공연스레 심장이 뛰고 신경이 팽팽해지면서 온몸에 저릿저릿한 기분이 감도는지 이유를 알지 못했다.

존달라는 자신의 몸을 내려다보았다. 그 역시 성기와 관련된 미신을 믿고 있었다. 하지만 사악한 정령에게서 보호하는 것과는 거리가 멀었다. 사악한 정령이 젤란도니를 부추겨 큰 해를 입히거나 여인이 그에게 저주를 내리려고 한다면 그저 옷가지로 그 부분을 보호한다고 해서 막을 일이 아니었다.

하지만 그는 긴 여행 끝에 깨달은 것이 있었다. 부족의 관습을 잘 모르는 자가 실수를 하면 용서를 받을 수 있기는 했지만 그래도 가능한 미묘한 분위기를 잘 감지해서 터부를 깨지 않는 게 현명했다. 그는 여자가 가리키는 곳을 보았다. 여자의 얼굴은 발갛게 달아올라 있었다. 그는 여자의 표정을 보고 자신이 성기를 드러낸 채 나가서는 안 된다는 의미로 받아들였다. 어쨌든 알몸으로 나갔다가 맨 바위에라도 앉게 된다면 혼자서는 제대로 움직일 수도 없을 테니 불편할 터였다.

그때 그는 한 다리로 서서 말뚝에 기댄 채 너무도 밖에 나가고 싶은 나머지 알몸인 것도 몰랐다는 것을 깨달았다. 돌연 자기가 처한 상황이 우스워 견딜 수 없던 그는 크게 웃음을 터뜨렸다.

존달라는 그의 웃음이 에일라에게 어떤 생각을 불러일으켰는지 알 길이 없었다. 그에게 웃음은 숨쉬기만큼이나 자연스러운 일이었다. 에일라는 웃지 않는 사람들 속에서 커왔다. 그녀가 웃으면 이상하게 바라보는 사람들 때문에 그녀는 동굴곰 족에 맞춰 살아가기 위해 억지로 웃음을 참았다. 그것은 생존을 위해 지불해야 하는 대가였다. 그녀의 아들이 태어난 후에야 비로소 웃는다는 것의 기쁨을 되찾았다. 웃음은 그녀의 아들이 그녀에게서 물려받은 자질 중 하나였다. 에일라는 아이가 사람들 앞에서는 웃지 못하게 했다. 하지만 둘이 있을 때면 장난스럽게 키득거리는 아이의 웃음이 어쩌나 듣고 싶은지 간지 럼을 태우기도 했다.

에일라에게 웃음은 그냥 자연적으로 튀어나오는 반응, 그 이 상의 의미가 있었다. 웃음은 그녀와 아들을 끈끈하게 이어주 는 연결고리였다. 아이의 웃음소리를 통해서 에일라는 아들에 게서 자신을 보았으며 이는 자신의 정체성을 표현하는 방법이 기도 했다. 새끼 동굴사자가 노는 모습을 지켜보며 웃음이 터 져 나온 이후로 에일라는 웃는 것을 무척 좋아하게 되었다. 그 녀는 앞으로도 웃음을 포기하지 않을 터였다. 웃지 않는다는 것은 아들과의 기억을 저버릴 뿐만 아니라 점점 커져가는 자아 를 포기한다는 뜻이기도 했다.

하지만 다른 누군가도 웃을 거라고는 한 번도 상상해본 적 이 없었다. 그녀와 두르크를 제외하면 다른 누군가의 웃음소리 를 들어본 기억도 없었다. 존달라의 웃음에는 따뜻하면서도 호 탕한 자유로움이 느껴지는 특별한 뭔가가 있었다. 스스로를 보 고 하하 터져버린 그의 즐거운 웃음에는 거리낌이라고는 전혀 찾아볼 수 없었다. 웃음소리에 힐난의 눈초리를 보내던 씨족 남자들과는 달랐다. 에일라는 남자의 웃음소리를 듣자마자 바 로 그 소리가 좋아졌다. 그 웃음소리 자체가 웃어도 좋다고 말 하고 있었다. 그냥 괜찮은 정도가 아니라 같이 웃자고 부추겼 다.

에일라는 더 이상 참을 수가 없었다. 처음에는 충격에 가까

울 정도로 놀랐던 에일라의 얼굴에도 미소가 번지더니 웃음이
터져 나왔다. 뭐가 그렇게 우스운지 꼭 집어 말할 수는 없었지
만 존달라가 웃으니까 그녀도 웃음이 나왔다.

"돈—다—라."

에일라가 얼마 후에 말했다.

"말 뭐예요…… 하하하하?"

"웃다? 웃음?"

"뭐가 '하하하'예요?"

"둘 다 맞아요. '하하하' 하는 것을 '웃다.' '우리는 웃어요'라
고 말하면 돼요. 웃는 것을 가리키는 말이 웃음이고요."

그가 설명하자 에일라는 잠시 생각에 잠겼다. 에일라는 이미
많은 낱말들을 알고 있었지만 존달라의 말에는 그냥 낱말보다
항상 더 많은 말들이 들어 있어 완전히 이해하기가 어려웠다.
자신의 생각을 표현하려고 애쓸 때마다 늘 장벽에 부딪혀 매번
좌절하고는 했다. 낱말들을 연결하는 방법이 있는 것 같았지만
완전히 깨우치지는 못했다. 존달라가 하는 말들을 대강은 알
아들었지만 단어들을 통해서 끼워 맞춰 생각하는 것에 가까웠
다. 무엇보다 남자가 무심코 하는 몸짓을 통해 그의 의중을 파
악할 때도 많았다. 하지만 에일라는 그들이 서로 정확한 의중
을 파악하고 깊은 대화를 나누지 못한다고 느꼈다. 사실 그녀
를 더욱 괴롭히는 것은 뭔가가 기억날 것만 같은 어떤 느낌이었
다. 뭔가가 떠오를 것 같다가도 꽁꽁 묶여 있어 아무리 풀려고

해도 풀리지 않는 매듭처럼, 떠오르지 않는 그 무엇 때문에 에일라는 견디기 힘든 긴장감에 시달렸다.

"돈—다—라 웃어요?"

"네, 맞아요."

"에일라 웃어요. 에일라 좋아요, 웃어요."

"지금 존달라는 '좋아요', 나가요."

그가 대답했다.

"내 옷은 어디 있죠?"

에일라는 그에게서 잘라내 보관해놓은 그의 옷을 가져왔다. 사자의 발톱에 찢겨 누더기가 다 된 옷들에는 갈색 얼룩이 군데군데 묻어 있었다. 옷에 달려 있던 구슬이나 다른 장식들은 떨어져 나가고 없었다.

그 옷가지들을 보자 정신이 번쩍 들었다.

"심하게 다쳤었나 보네요. 이걸 입을 수는 없겠어요."

피가 밀라 붙어 뻣뻣해진 바지를 들어 올리며 말했다.

에일라도 같은 생각이었다. 그녀는 물건들을 저장해놓은 곳에서 아직 한 번도 사용하지 않은 가죽과 긴 끈을 가져와 동굴 곰족 남자들이 두르던 방식대로 허리에 감아주었다.

"내가 할게요, 에일라."

그는 부드러운 가죽을 다리 사이에 넣고는 앞뒤로 잡아당기며 간격을 맞췄다.

"그런데 도움을 받아야겠네요."

허리에 두른 천이 내려가지 않게 끈을 묶으려다가 잘 되지 않자 존달라가 말했다. 에일라는 끈을 묶어준 다음, 그가 기대 도록 자신의 어깨를 빌려주었다. 에일라는 그에게 다리에 힘을 줘보라고 손짓했다. 그는 한쪽 발을 조심조심 내디뎌보았다. 생 각했던 것보다 훨씬 통증이 심해서 과연 할 수 있을지 의심스 러울 정도였다. 하지만 다시 한 번 의지를 다지며 에일라에게 몸의 일부를 의지한 채 한 발 한 발 내디뎠다. 작은 동굴 입구 에 다다르자 그는 여자를 보고 환하게 웃더니 암봉과 건너편 절벽 가까이에서 자라고 있는 키가 큰 소나무들을 보았다.

그녀는 잠시 남자를 암벽 옆에 세워두고서 동굴 안으로 들 어가 깔개와 털가죽을 가지고 나와 계곡이 가장 잘 보이는 암 봉 가장자리에 깔았다. 그러고는 다시 그를 돕기 위해 돌아왔 다. 통증이 가시지 않은 그는 벌써 지쳤지만 마침내 털가죽 위 에 앉아 처음으로 주위를 둘러보자 한껏 기분이 좋아졌다.

히힝이와 망아지는 들판에 있었다. 에일라가 데리고 와 존달 라와 만나게 한 뒤 얼마 안 되어 말들은 밖으로 나갔다. 계곡은 건조한 초원지대에 숨어 있는 푸르른 낙원처럼 보였다. 그는 이 러한 곳이 있으리라고는 상상조차 해본 적이 없었다. 그는 고개 를 돌려 좁은 협곡을 파고든 강 상류와 돌투성이 강변 쪽을 바 라봤다. 하지만 저 멀리 강 하류를 따라 펼쳐진 푸른 계곡 쪽으 로 다시 시선을 돌렸다.

그가 내린 첫 번째 결론은 에일라가 여기에서 혼자 산다는 것이었다. 다른 사람이 사는 흔적은 전혀 보이지 않았다. 그녀는 잠시 남자와 함께 앉아 있더니 동굴로 들어갔다가 알곡 한 줌을 들고 나왔다. 에일라는 입을 오므려 꼭 새들의 노랫소리 같은 휘파람을 부르며 씨앗들을 암붕 위에 뿌렸다. 어리둥절하게 지켜보던 존달라의 눈에 새 한 마리가 내려와 씨앗을 쪼기 시작하는 게 보였다. 곧 온갖 크기와 색깔의 새들이 날개를 퍼덕이며 여자 주위로 내려오더니 빠르게 씨앗들을 쪼아 먹었다.

새들의 노랫소리—높고 짧게 지저귀는 소리, 물 흐르듯 재잘대는 소리, 꽥꽥거리는 소리—가 대기를 가득 채웠다. 새들은 좋은 자리를 차지하려고 옥신각신하며 깃털을 한껏 부풀리고 있었다. 존달라는 수많은 새들의 노랫소리 사이로 들리는 여인의 목소리에 몇 번씩 에일라를 바라봤다. 그녀가 새소리를 내고 있었다! 그녀는 모든 높낮이로 소리를 내더니 하나를 택해 노래하기 시작했다. 그러자 어떤 새 한 마리가 그녀의 손가락에 앉았다. 그녀는 그 새와 함께 이중창을 펼쳐 보였다. 에일라는 새가 날아가기 전에 몇 번이나 존달라가 만질 수 있을 만큼 가까이에서 새를 보여줬다.

씨앗들을 다 먹자 대부분의 새들이 떠났다. 하지만 검은 새 한 마리는 남아서 에일라와 노래를 주고받았다. 그녀는 개똥지빠귀의 풍부한 소리들을 완벽하게 따라했다.

존달라는 새가 날아가자 숨을 깊이 들이마셨다. 그는 에일라가 펼치는 새들과의 공연을 방해하지 않으려고 숨을 참고 있던 터였다.

"어디에서 배웠어요? 대단해요, 에일라. 살아 있는 새를 이렇게 가까이서 보기는 처음이군요."

그녀는 남자가 하는 말을 정확히 알아들을 수는 없었지만 그가 감탄하고 있다는 것을 눈치채고는 미소를 지어 보였다. 그녀는 남자가 새의 이름을 가르쳐주길 바라며 다른 새의 울음소리를 냈다. 하지만 그는 에일라의 재주를 감상하며 미소만 지을 뿐이었다. 에일라는 이 새, 저 새의 울음소리를 내보다가 그만두었다. 존달라는 에일라가 무얼 원하는지 몰랐고, 마침 어떤 생각이 떠올라 미간을 찡그렸다. 에일라가 입으로 내는 소리가 샤무드의 피리 소리보다 더 새소리에 가까웠다! 그녀는 새의 소리를 빌려 어머니의 정령들과 교감하는 게 아닐까? 새 한 마리가 갑자기 내려와 에일라의 발치에 앉았다. 그는 조심스레 새를 쳐다봤다.

하지만 오랜만에 느끼는 햇빛과 산들바람에 흠뻑 취하느라 덧없는 생각들은 금세 지나갔다. 그는 기쁜 마음으로 계곡을 내려다봤다. 에일라는 누군가 옆에 있다는 사실 때문에 기쁨에 젖었다. 그가 자신의 동굴 앞 암붕에 앉아 있다는 사실을 믿을 수가 없어 눈조차 깜빡이고 싶지 않았다. 눈을 감았다 뜨면 그가 사라질 것만 같아서였다. 마침내 그가 결코 환영이 아니라는 것을 확신하고 나서야 에일라는 눈을 감았다. 다시 눈을 떴을 때 그가 보인다는 게 얼마나 기쁜지 몰랐다. 에일라가 눈을 감고 있는 동안, 존달라가 뭔가를 말했다. 눈을 감고 듣는 깊이 있는 남자의 목소리가 또 그렇게 좋을 수 없었다.

해가 떠오르자 따뜻한 기운이 느껴졌다. 저 아래 반짝이는 개울이 에일라의 시선을 끌어당겼다. 그녀는 존달라가 언제 자신을 필요로 할지 몰라서 매일 아침 해오던 수영을 한동안 거르고 있었다. 하지만 이제 그는 많이 회복되었고 자신이 필요하면 이름을 부를 수 있을 터였다.

"에일라 가요, 물."

그녀가 헤엄치는 손짓을 하며 말했다.

"헤엄."

존달라가 같은 동작을 하며 말했다.

"그 말은 '헤엄.' 같이 갈 수 있다면 얼마나 좋을까요."

"해어므."

그녀가 천천히 말했다.

"헤엄."

그가 다시 말해주었다.

"해엄."

에일라가 다시 따라하자 존달라는 고개를 끄덕였다. 에일라는 비탈을 내려가며 생각에 잠겼다. 이 길을 걸으려면 아직 더 기다려야 할 거야. 이따가 그가 마실 물을 떠와야겠다. 그래도 다리는 잘 아물고 있어. 다리를 쓰는 데 무리는 없을 것 같아. 조금 절게 될지는 몰라. 그래도 빨리 걷지 못할 만큼은 아니길 빌어야지.

강변에 닿은 에일라는 두르개 끈을 풀었다. 머리도 감고 싶어서 에일라는 석회패랭이꽃을 찾아 하류로 내려갈 생각이었다. 고개를 들어 위를 보자 존달라가 보였다. 그녀는 남자에게 손을 흔들어주고는 그의 시선이 닿지 않는 강변 쪽으로 걸어갔다. 봄이 오기 전까지만 해도 절벽의 일부였지만 이제는 떨어져 나온 커다란 바위 위에 앉아 땋은 머리를 풀기 시작했다. 봄 홍수로 바위들이 제자리에서 떨어져 나와 움직이면서 전에 없던 새로운 물웅덩이가 생겨났는데, 에일라는 그곳에서 씻는 것을 좋아했다. 물이 깊은 데다 근처 바위에는 그릇처럼 옴폭 파인 부분이 있어서 거기에 석회패랭이꽃을 놓고 돌로 빻으면 거품이 잘 났다.

존달라의 눈에 몸을 씻고 상류로 헤엄을 치며 거슬러 오는 에일라가 보였다. 힘 있고 깔끔하게 물살을 가르는 모습에 그는 감탄했다. 그녀는 다시 유유히 헤엄쳐 바위로 다가가더니 그 위에 앉았다. 햇빛에 머리를 말리며 나뭇가지로 엉킨 머리를 풀고는 꽃대로 빗어 내렸다. 숱이 많은 머리가 말라갈 즈음, 에일라는 햇볕이 꽤 따갑다는 생각에 존달라가 자신을 부르지는 않았지만 어쩐지 그가 걱정이 되기 시작했다. 지금쯤이면 피곤할 거야. 에일라는 생각했다. 그녀는 벗어놓은 두르개를 보더니 새것으로 갈아입어야겠다는 생각에 두르개를 들고 비탈길을 올랐다.

존달라는 에일라보다 훨씬 더 햇볕이 뜨겁게 느껴졌다. 그와 소놀란이 길을 나섰을 때는 봄이었다. 마무토이족을 떠날 때만 해도 건강하게 그을렸던 구릿빛 피부는 에일라의 동굴에서 지내는 동안 점점 색이 옅어졌다. 그는 그동안 겨울날의 창백한 피부를 하고 있었다. 아니 적어도 햇볕을 쬐러 동굴 밖으로 나오기 전만 해도 그러했다. 햇볕이 따갑다고 느껴질 무렵에 에일라는 보이지 않았다. 그는 자기를 보살피느라 오랜만에 혼자만의 시간을 만끽하는 에일라를 방해하고 싶지 않아 그냥 참으려 했다. 하지만 시간이 흐를수록 에일라가 어서 와주기를 바라며 혹시라도 헤엄을 계속 치고 있는 것은 아닌지 개울 위아래를 눈으로 훑었다.

에일라가 동굴 입구에 당도했을 때 존달라는 다른 곳을 보고 있었다. 한눈에도 남자의 등은 빨갛게 성이 나 있었고, 에일라는 죄책감에 휩싸였다. 저 화상 좀 봐! 바깥에 남자를 이렇게 오랫동안 그냥 두다니, 대체 나 같은 치료사가 어디 있겠어? 그녀는 서둘러 남자에게 달려갔다.

그는 기척에 고개를 돌렸다. 마침내 여자가 와서 다행이라고 여기면서도 조금 더 일찍 와주지 하는 생각에 조금은 마음이 상했다. 하지만 그녀가 눈에 들어온 순간, 그는 화상으로 인한 따가움은 깡그리 잊었다. 그는 밝은 햇살을 받으며 자신에게 다가오는 나체의 여자를 보자 숨이 턱 막혔다.

에일라의 피부는 황금빛이 도는 갈색이었고, 움직일 때마다 힘든 육체노동으로 다져진 근육은 살갗 아래에서 물결처럼 움직였다. 다리는 완벽한 각선미를 자랑했다. 왼쪽 허벅지에 나란히 난 네 줄의 흉터만이 굳이 찾자면 흠이었다. 그가 있는 각도에서는 둥글고 탄탄한 엉덩이를 볼 수 있었고, 짙은 금빛 음모 위로는 배를 따라 임신으로 인해 피부가 늘어났던 임신선이 남아 있었다. 임신? 여자의 가슴은 풍만했지만, 처지지 않고 처녀의 유방처럼 균형 잡힌 아름다운 모양이었고, 짙은 분홍색 유륜에는 젖꼭지가 봉긋 솟아 있었다. 두 팔은 길고 우아했는데, 은연중에 강인한 힘을 드러내고 있었다.

남녀 할 것 없이 타고나기를 힘이 센 사람들 사이에서 에일라는 성장했다. 동굴곰족 여자에게 주어지는 일들—물건을 들어 옮기고, 가죽을 손질하고, 나무를 자르는 일 등—을 해내기 위해 에일라는 근육에 힘을 키우는 수밖에 없었다. 사냥까지 하게 되면서 근육에는 강단과 함께 탄력도 붙었고, 혼자 살아남기 위해 꾸준히 힘을 키워야 했다.

지금껏 본 여자들 중에 가장 강인한 여자일 거야. 존달라는 생각했다. 그녀가 자신을 일으켜 세워 부축할 정도로 힘이 세다는 것도 놀랄 일이 아니었다. 그는 에일라보다 더 아름다운 몸매를 한 여인을 본 적이 없다고 확신했다. 하지만 그녀의 몸매는 단순한 아름다움 그 이상의 뭔가가 있었다. 처음부터 그는 에일라가 예쁘장하다고 생각했지만 밝은 대낮에 그녀를 보는 것은 처음이었다.

작은 흉터가 있는 목은 길었고, 턱선은 우아했으며 입술은 도톰했다. 폭이 좁은 코가 곧게 뻗어 있었고, 광대뼈는 도드라졌으며 넓은 미간 사이에는 푸른빛이 도는 회색 눈이 빛나고 있었다. 섬세하게 조각한 듯한 이목구비가 아름다운 조화를 이루고 있는 얼굴이었다. 긴 속눈썹과 반달 같은 눈썹은 옅은 갈색으로, 햇빛에 반짝이며 넘실대는 금발 머리보다 조금 더 짙었다.

"풍요로운 위대한 어머니시여!"

존달라가 한숨을 몰아쉬었다. 그는 에일라를 묘사할 만한 적당한 단어를 찾아보려고 애썼지만, 눈이 부시도록 아름다운 그녀 앞에서 말문이 막혔다. 그녀는 사랑스럽고, 놀랍도록 아름다웠으며, 대단히 매력적이었다. 그는 이토록 숨이 멎을 만큼 아름다운 여자를 본 적이 없었다. 어째서 저토록 근사한 몸을 투박한 두르개 속에 감추고 있을까? 빛나는 머리카락은 왜 꽁꽁 따는 걸까? 그는 에일라가 그저 예쁘장한 얼굴이라고만 생각했다. 어째서 전에는 그녀의 아름다움을 보지 못했을까?

그녀가 암봉을 가로질러 가까이 다가오자 그는 자신의 남성이 일어나는 것을 느꼈다. 이내 그의 남성은 욱신거리기 시작했고, 그는 전에 없던 강렬한 욕구에 사로잡혀 여자를 원하게 되었다. 그의 손은 완벽한 여자의 몸을 애무하고 싶어서, 그녀의 내밀한 곳을 알고 싶어서 근질거렸다. 그는 간질히 여자의 몸 곳곳을 탐험하고 맛보고 그녀에게 쾌락을 주고 싶었다. 그녀가 몸을 숙이자 여자의 따뜻한 살냄새가 느껴졌다. 그는 자신의 몸 상태가 좋아 할 수만 있었다면 물어보지도 않고 그녀를 덮쳤을 것만 같았다. 하지만 한편으로 그녀는 쉽게 가질 수 있는 여자가 아니라는 생각이 스쳤다.

"돈—다—라! 등에…… 불."

에일라는 빨갛게 익은 화상을 어떻게 표현해야 할지 몰라 쩔쩔매며 말했다. 멈칫멈칫 다가오던 그녀는 자신을 끌어들이는 것 같은 남자의 강렬한 동물적인 눈빛과 마주치자 그 자리에 우뚝 섰다. 강렬한 파란 눈을 들여다보자 그의 눈 속으로 더 깊게 빨려 들어가는 것 같았다. 심장이 뛰고 무릎에 힘이 풀리고 얼굴이 달아올랐다. 갑자기 다리 사이가 축축해지는 것 같더니 몸이 바르르 떨렸다.

에일라는 자신에게 무슨 문제가 있는 것인지 알지 못했다. 그녀는 고개를 홱 돌려 그의 시선을 피했다. 그러자 그녀의 눈에 허리를 가리고 있는 가죽 천 위로 윤곽이 드러난 그의 남근이 들어왔다. 그녀는 손을 뻗어 그것을 만져보고 싶다는 강렬한 욕망에 사로잡혔다. 그녀는 눈을 질끈 감고 심호흡을 하면서 몸의 떨림을 진정시키려고 애썼다. 눈을 뜬 에일라는 일부러 남자의 시선을 피했다.

"에일라 도와요, 돈—다—라 동굴 가요."

그녀가 말했다.

등에 입은 화상도 따가웠고 오랜 시간 밖에 있던 탓에 피곤이 몰려왔다. 하지만 에일라에게 기댄 채 동굴까지 가는 짧은 시간 동안, 여자의 벌거벗은 몸이 가까이 닿다 보니 그의 욕구는 더욱 불타올랐다. 그녀는 그를 잠자리에 눕히고서 서둘러 약초 선반 위를 훑어보더니 갑자기 밖으로 달려 나갔다.

존달라는 여자가 어디에 간 것인지 궁금했다. 그의 궁금증은 그녀가 솜털이 달린 회색빛이 도는 초록색 우엉 잎을 한 아름 따 가지고 왔을 때야 풀렸다. 에일라는 질긴 가운데 잎맥에서 나뭇잎을 결대로 길쭉하게 잘라 그릇에 넣은 뒤 차가운 물을 붓고서 돌로 찧었다.

햇볕에 화상을 입은 자리가 계속 따가웠던 그는 에일라가 시원한 찜질약을 등에 붙여주자 새삼스레 그녀가 치료술을 행한다는 것에 감사한 생각이 들었다.

"아아, 훨씬 낫네요."

그가 말했다. 에일라가 부드럽게 차가운 잎으로 등을 문질러주자 그는 다시 한 번 그녀가 아직 두르개를 걸치지 않았다는 것을 의식했다. 에일라가 곁에 무릎을 꿇고 앉는 순간, 그녀의 향기가 손에 닿을 듯 가깝게 느껴졌다. 따뜻한 살냄새와 신비한 여자의 체취에 이끌려 그는 에일라의 몸을 만졌다. 그의 손은 여자의 무릎에서 시작해 허벅지와 엉덩이를 쓸었다.

에일라는 남자의 손길을 느끼자마자 하던 일을 멈추고 그대로 얼어붙었다. 그녀의 몸이 자신을 쓰다듬는 남자의 손을 예민하게 의식하고는 뻣뻣하게 굳었다. 그가 무엇을 하고 있는 건지, 자신이 무엇을 해야 하는 건지 알 수가 없었다. 한 가지 분명한 것은 그의 손길이 계속되기를 바란다는 것뿐이었다. 하지만 그의 손이 젖꼭지에 닿는 순간, 그녀는 자신의 몸속으로 파고든 저릿한 느낌에 깜짝 놀라 헉 하고 숨을 내쉬었다.

존달라는 에일라의 충격 어린 표정에 놀랐다. 남자가 아름다운 여자를 만지고 싶어 하는 것은 아주 자연스러운 일이 아니던가? 게다가 이렇게 만질 수 있을 만큼 가까운 거리에 있는데? 그는 어떻게 생각하면 좋을지 어리둥절해하며 손을 뗐다. 지금껏 남자의 손길을 한 번도 느껴보지 못한 듯 행동했어. 그는 생각했다. 하지만 그녀는 어린 소녀가 아니라 성숙한 여인이었다. 그리고 아이가 있다는 흔적은 찾아볼 수 없었지만 임신선으로 보아 출산을 한 경험도 있을 터였다. 아이를 유산했을 수도 있지, 하지만 어머니의 축복을 받아 아기를 낳을 준비를 하려면 분명히 초야 의식도 치렀을 텐데.

에일라는 남자의 손길이 지나간 자리가 불에 덴 듯 화끈거리는 것을 느꼈다. 그녀는 그가 왜 멈췄는지 알지 못했다. 혼란스러워진 그녀는 자리를 떠났다.

어쩌면 나를 좋아하지 않는지도 몰라. 존달라는 생각했다. 하지만 그의 욕구가 분명하게 보이는데도 어째서 그렇게 가까이 다가왔을까? 그녀는 화상을 치료해주느라 그의 욕구에 응할 수 없었는지도 몰랐다. 한데 그녀의 태도에서는 남자를 유혹하는 몸짓이라고는 일절 찾아볼 수 없었다. 사실 그녀는 자

신이 존달라에게 미치는 영향에 대해 무심한 듯 보였다. 자신
의 아름다움에 감탄하는 남자들의 반응에 아주 익숙한 것일
까? 그녀는 노련한 여인들 같은 노골적인 무관심으로 그를 대
하지도 않았다. 하지만 어떤 여자가 자신이 남자에게 미치는 영
향을 모르는 척할 수 있단 말인가?

존달라는 그의 등에서 떨어진, 곱게 찧은 젖은 잎을 손으로
집었다. 샤라무도이족의 치유자도 화상에 우엉을 썼지. 에일라
는 숙련된 치료사야. 그래! 존달라, 넌 어쩜 그렇게 어리석은 게
냐. 그는 혼잣말을 했다. 샤무드는 어머니를 섬기는 이들이 받
는 시험에 대해 말해준 적이 있잖아. 그들은 쾌락도 포기해야
한다고 했지. 그녀가 자신의 아름다움을 감추기 위해 투박한
가죽을 두를 만도 하지. 네가 화상을 입지만 않았어도 그렇게
너한테 가까이 오지 않았을 거야. 그런데 너는 사춘기 소년처
럼 여자를 붙잡았으니.

그의 다리에서 동증이 느껴졌다. 찜질약이 도움이 되긴 했지
만 등에 입은 화상도 여전히 따가웠다. 그는 쉬기 위해 모로 누
워 눈을 감았다. 목이 말랐지만 가까스로 편안한 자세를 찾았
는데 물 부대를 찾기 위해 다시 몸을 돌리고 싶지 않았다. 그는
비참한 기분이 들었다. 여기저기 아픈 통증 때문이기도 했지만
자신이 저지른 혐오스럽고 무분별한 행동 때문이었다. 그는 부
끄러웠다.

그는 어린 시절 이후로 사람들 사이에서 실수를 저질러서

창피함을 느낀 적이 없었다. 그는 자제심이 몸에 밸 때까지 연습했다. 하지만 조금 전에 그는 도를 넘어선 행동을 했고, 거절당했다. 이토록 아름다운 여인이, 그가 어느 여인보다 더 간절히 원했던 여인이 그를 거절한 것이다. 그는 그 일이 어떻게 흘러갈지 예상이 되었다. 그녀는 아무 일도 없었다는 듯 행동할 터였다. 하지만 할 수 있는 한 그를 피할 것이었다. 멀리 갈 일이 없을 때도 그녀는 남자와 거리를 두려고 하고 차갑고 냉담하게 대할 터였다. 입은 웃고 있지만 눈은 속마음을 드러낼 터였다. 눈에는 더 이상 따뜻함이 어리지 않을 것이고, 더 최악의 경우에는 동정심이 비칠 터였다.

에일라는 존달라가 화상을 입은 것에 죄책감을 느끼며 깨끗한 두르개를 입고 머리를 땋았다. 그녀는 환자에게 관심을 더욱 기울여야 할 때 헤엄을 치고 머리를 감으며 혼자만의 시간을 즐겼다. 나는 이자의 혈통을 물려받은 주술 치료사, 동굴곰족의 혈통 중에서 가장 존경을 받는 이자의 혈통이라고. 하지만 내 경솔한 행동을 보면 이자라 뭐라고 할까? 에일라는 부끄러웠다. 그는 심한 상처를 입은 데다가 여전히 후유증에 시달리는데 그녀가 또 다른 통증을 느끼게 만든 것이다.

하지만 에일라가 단지 그 일만으로 혼란스러워하는 것은 아니었다. 그가 그녀를 만진 일이 뇌리에서 떠나지 않았다. 여전히 허벅지에서 그의 따뜻한 손길이 느껴졌다. 그녀는 남자의 손이 정확히 어디를 스쳤는지 기억했다. 마치 그의 부드러운 손길에 화상이라도 입은 것 같았다. 젖꼭지는 왜 만졌던 것일까? 여전히 저릿저릿한 느낌이 남아 있었다. 그의 남근은 부풀어 있었고, 에일라는 그게 무엇을 의미하는지 알았다. 남자들이 욕구를 풀고 싶을 때 여자에게 신호를 보내는 것을 얼마나 많이 봐왔던가? 브라우드가 그녀에게 욕구를 풀었던 적도 있었다. 그녀는 몸서리를 쳤다. 그때에는 그의 남근이 단단해지는 것을 보는 것만으로도 진저리를 쳤다.

하지만 지금은 전혀 그렇지 않았다. 존달라가 그녀에게 신호를 보냈다면 그녀는 기뻐했을지도 모를 일이었다.

바보 같은 생각이야. 그는 신호를 보낼 수 없어. 다리에 힘을 완전히 줄 수 있을 정도로 다 낫지도 않았어.

하지만 그녀가 헤엄을 치고 돌아왔을 때 그의 남근은 단단해져 있었다. 그리고 그의 눈빛은……. 그의 눈빛이 떠오르자 그녀는 몸을 바르르 떨었다. 그의 눈은 너무도 파랗고, 욕구로 끓어올랐고, 그래서…….

에일라는 자신이 느끼는 것을 정확히 표현할 수 없었다. 그래서 머리를 땋다가 말고 눈을 감은 채 그녀의 마음을 강하게 끌어당기던 그 힘을 가만히 느껴보았다. 그는 그녀를 만지다가 돌연 멈췄다. 그 생각에 에일라는 곧추 앉았다. 그가 신호를 보냈던 걸까? 그녀가 응하지 않아서 멈췄던 것일까? 여자는 언제든 남자의 요구에 응해야 했다. 동굴곰족의 여자들은 처음으로 정령이 굴복해 피를 흘리게 된 때부터 그렇게 배웠다. 그녀가 배운 대로라면 미세한 몸짓이나 태도만으로도 남자가 자신에게 욕구를 풀도록 부추길 수 있었다. 전에는 여자들이 왜 그런 몸짓을 하는지 전혀 이해하지 못했다. 하지만 이제야 에일라는 자신이 그런 태도를 보였음을 불현듯이 깨달았다.

에일라는 남자가 그의 욕구를 자신에게 풀기를 바라면서도 그의 신호를 알아차리지 못한 것이다! 내가 그의 신호를 알지 못했다면 그도 내 몸짓을 알지 못했을 테지. 내가 나도 모르는 새 그의 신호를 거절한 것이라면, 그는 다시는 시도하지 않을 거야. 하지만 그가 정말로 나를 원할까? 이렇게 크고 못생긴 나를?

에일라는 남은 머리를 다 땋은 뒤 존달라의 통증을 덜어줄 약을 만들기 위해 불가로 갔다. 에일라가 약을 가지고 존달라에게 갔을 때 그는 모로 누워 쉬고 있었다. 이미 편히 쉬고 있는 남자를 귀찮게 하면 안 될 것 같아 에일라는 그의 옆에 책상다리를 하고 앉은 채 그가 눈을 뜰 때까지 기다리기로 했다. 그는 꼼짝하지 않았지만 잠들지 않았다는 것을 알았다. 그의 숨결은 잠잘 때처럼 고르지 않았고 미간에는 깊게 잠이 들었다면 보이지 않았을, 어딘가 불편한 듯한 주름이 잡혀 있었다.

존달라는 에일라가 다가오는 소리를 듣고 잠든 척 눈을 감았다. 그는 여자가 아직 그 자리에 있는지 보고 싶어 눈을 뜨고 싶다는 생각과 싸우며 기다렸다. 몸 근육이 여기저기 긴장되기 시작되었다. 왜 저리도 조용하지? 아직 자리를 뜨지 않은 걸까? 베고 있던 팔도 저려왔다. 곧 몸을 움직이지 않았다가는 감각이 없어질 것 같았다. 다리마저 욱신거렸다. 그는 한 자세를 오래 유지할 때 생기는 긴장을 풀기 위해 자세를 바꾸고 싶었다. 얼굴은 새로 나기 시작한 까칠한 수염 때문에 간지러웠다. 화상을 입은 등은 화끈댔다. 어쩌면 옆에 없을 거야. 벌써 일어났는데 움직이는 소리를 못 들었던 것일 수 있어. 한데 그대로 앉아서 뚫어져라 보고 있으면 어쩌지?

그녀는 남자를 강렬한 눈빛으로 응시하고 있었다. 그녀는 지금껏 어떤 남자를 봤던 때보다 더 직접적으로 그를 보고 있었다. 동굴곰족 여자가 남자를 보는 것은 예의에서 어긋나는 행동이었다. 하지만 그녀는 이미 여러 차례 관습에서 어긋나는 행동을 해온 터였다. 에일라는 환자를 성의껏 보살피는 것을 잊었듯이 이자가 가르쳐준 예절을 모두 잊은 걸까? 그녀는 무릎 위에 흰독말풀 차가 담긴 잔을 놓고서 자신의 손을 내려다보았다. 땅바닥에 앉아 아래를 내려다보면서 남자가 어깨를 두드려줄 때까지 기다리는 게 여자가 남자에게 다가갈 때 취하는 올바른 행동이었다. 이제부터는 그간 배운 것들을 잘 떠올려야 할 때인지도 몰라. 그녀는 생각했다.

존달라는 에일라가 눈치채지 못하게 그녀가 아직 곁에 있는지 확인하려고 실눈을 떴다. 그녀의 발이 보이자 그는 얼른 눈을 감았다. 그녀는 아직도 있어. 왜 거기 그러고 앉아 있는 걸까? 뭘 기다리는 걸까? 어째서 비참하고 부끄러운 그를 그냥 혼자 내버려 두지 않는 걸까? 그는 다시 눈을 내리깔고 흘깃 여자 쪽을 훔쳐봤다. 그녀의 다리는 미동도 않았다. 그녀는 책상 다리를 하고 앉아 있었다. 손에는 차가 든 잔이 들려 있었다. 오, 도니! 그는 목이 말랐다! 저 차는 내 것인가? 약을 주기 위해 내가 깰 때까지 기다리고 있는 걸까? 그렇다면 그녀는 그를 흔들어 깨울 수도 있을 텐데. 그냥 기다릴 게 아니라.

그는 눈을 떴다. 에일라는 눈을 내리깔고 머리를 숙인 채 앉아 있었다. 그녀는 투박한 두르개를 하고 있었고, 머리는 전처럼 여러 갈래로 땋아서 올리고 있었다. 얼굴은 검댕 같은 얼룩 하나 없이 깨끗했다. 두르개는 한 번도 사용한 적 없는 깨끗한 가죽으로 갈아입었다. 머리를 숙이고 앉아 있는 그녀는 자신의 본모습을 참으로 잘도 숨기고 있었다. 하지만 가식이나 수줍어 하는 태도라고는 찾아볼 수 없었다. 유혹하는 듯한 곁눈질도 없었다.

꽁꽁 땋아 올린 머리 모양은 주머니로 풍성한 두르개가 그녀의 몸매를 감추듯이 숱 많은 탐스런 머릿결을 감추고 있었다. 저 모든 게 여인의 풍만한 몸매와 탐스런 머리를 일부러 감추려는 의도로 보였다. 얼굴은 감출 수가 없으니 아래나 옆을 보면서 시선을 다른 곳으로 돌렸다. 그녀는 어째서 자신을 감추려고만 하는 걸까? 어쩌면 그것이 그녀가 통과해야 하는 시험일지 몰랐다. 그가 알고 있는 여자들이 저토록 몸매가 황홀했다면 대부분 자랑하고 싶어 안달이었을 터였다. 또한 어떻게든 자신의 황금빛 머리와 아름다운 얼굴을 돋보이게 하려고 노력했을 것이다.

그는 통증도 잊은 채 미동도 없이 여자를 지켜봤다. 왜 저렇
게 꼼짝도 않고 있는 걸까? 어쩌면 여자가 자신을 보고 싶지
않을지도 모른다는 생각이 들자 당황스러웠던 순간의 기억이
돌아오며 통증도 다시 찾아왔다. 더 이상은 참을 수가 없어 몸
을 움직여야 했다.

그가 팔을 빼내자 에일라가 고개를 들었다. 에일라가 아무
리 예의에 맞는 태도로 남자를 대해도 남자는 어깨를 두드려
줄 수 없었다. 그는 신호를 몰랐다. 존달라는 에일라의 얼굴을
보고 무척 놀랐다. 그녀의 얼굴은 뭔가를 깊이 뉘우치는 표정
이었고, 눈에는 그 무엇도 감추는 것 없이 진심 어린 호소가 어
려 있었다. 그를 비난하거나 거부하는 눈빛도, 가엾게 여기는
눈빛도 아니었다. 오히려 그녀는 혼란스러워 보였다. 그녀가 혼
란을 느낄 이유가 뭐가 있단 말인가?

그녀는 그에게 잔을 건넸다. 그는 흰 모금 마시고는 쓴맛에
얼굴을 찡그렸다. 차를 다 마시고 나서 입에 남아 있는 쓴맛을
가시게 하기 위해 물 부대에 손을 뻗었다. 그러고 나서 다시 누
웠지만 뭔가가 계속 불편했다. 그녀는 그에게 일어나 앉으라는
동작을 취했다. 존달라가 앉자 뭉쳐져 있던 깔개와 덮개를 잘
펴주었다. 그는 곧장 누울 수가 없었다.

"에일라, 당신에 대해서는 모르는 것투성이입니다. 당신에 대
해 더 많이 알고 싶어요. 당신이 어디에서 치료술을 배웠는지,

그리고 내가 어떻게 여기까지 오게 되었는지조차 모르네요. 내가 아는 것이라고는 당신에게 고마움을 느낀다는 것입니다. 당신이 내 목숨을 구했고, 더욱 중요한 것은 내 다리를 치료해주었어요. 내가 살았다고 해도 다리 없이는 고향으로 돌아가지 못할 테니까요.

바보 같이 굴었던 것은 사과합니다. 하지만 에일라, 당신이 너무나 아름다워서. 난 당신이 당신의 아름다움을 그토록 잘 숨기고 있는지 몰랐어요. 어째서 감추려고만 하는지 모르겠지만 분명 이유가 있겠지요. 당신은 말을 빠르게 배우고 있으니까 괜찮다면 더 잘 말할 수 있게 되었을 때 설명해주겠지요. 그 이유를 말해주고 싶지 않다고 해도 받아들일게요. 당신이 내가 하는 말을 전부 알아듣지는 못하겠지만 이것만은 꼭 말하고 싶어요. 다시는 당신을 귀찮게 하지 않을게요, 에일라. 약속합니다."

22

"나를 맞게 고쳐줘요. 돈—다—라."

"내 이름을 알아듣게 말하고 있어요."

"아니에요. 에일라는 틀리게 말해요."

그녀가 고개를 힘차게 저었다.

"나를 맞게 고쳐줘요."

"존달라. 존—달—라."

"즈으온……."

"조."

그가 에일라에게 보여주기 위해 입모양을 또렷하게 해 다시 발음해주었다.

"존달라."

"즈…… 즌……."

그녀는 익숙하지 않은 소리를 내기 위해 안간힘을 썼다.

"즈온—달—라"

그녀가 마침내 'ㄹ'의 받침소리를 내며 말했다.

"좋아요! 아주 잘 했어요."

그가 말했다. 에일라도 자신의 정확해진 발음에 기뻐하며 웃었다.

그런데 이내 그녀의 미소가 장난스럽게 변했다.

"젤—란—도—니이 으즈온—달—라."

존달라는 자신의 이름 앞에 부족의 이름을 붙여 말할 때가 많았다. 그녀는 혼자서 이름 앞에 붙는 말을 연습해왔던 터였다.

"맞아요!"

존달라는 진심으로 놀랐다. 그녀가 정확하게 발음한 것은 아니었지만, 젤란도니족 사람이 아니라면 틀렸는지도 모를 것이었다. 그가 기뻐하며 고개를 끄덕여주는 것으로 보아 그간의 노력이 헛되지 않은 듯했다. 에일라가 기뻐하며 짓는 미소는 참으로 아름다웠다.

"젤란도니이가 무슨 뜻이에요?"

"제가 속한 부족 사람들을 뜻하는 거예요. 남서쪽에 사는 어머니의 아이들이요. 도니는 위대한 대지의 어머니예요. 그렇게 설명하는 게 가장 쉬울 것 같군요. 모든 사람들이 자신들을 그들의 언어로 대지의 아이들이라고 부르지요. 그냥 사람들을 뜻해요."

그들은 같은 뿌리에서 나온 여러 개의 단단한 몸통에서 뻗어 나온 줄기들이 서로 얽혀 있는 자작나무 덤불에 기댄 채 서로 마주 보았다. 그는 지팡이를 사용하면서도 눈에 띌 정도로 다리를 절었지만 계곡의 푸른 들판에 서 있는 것만으로도 다행이란 생각이 들었다. 처음으로 띄엄띄엄 걷기를 시도한 이후로 그는 매일 스스로를 몰아붙이며 걷는 연습을 했다. 가파른 비탈길을 처음 내려올 때는 참으로 힘겨웠지만 그는 해냈다. 비탈길을 다시 올라가는 것은 내려오는 것보다는 수월했다.

그는 여전히 에일라가 누구의 도움도 받지 않고 그를 동굴까지 어떻게 데려왔는지 알 수 없었다. 만약 다른 누군가가 도왔다면 그들은 어디 있단 말인가? 그것은 오래전부터 묻고 싶었던 질문이었지만 처음에는 그녀가 그의 말을 이해하지 못했고, 시간이 지난 뒤에도 자신의 호기심을 충족시키고자 불쑥 꺼낼 질문은 아닌 듯싶었다. 그는 적당한 때를 기다리고 있었는데, 지금이 바로 그때라는 생각이 들었다.

"당신의 사람들은 누구인가요, 에일라? 그 사람들은 어디 있죠?"

에일라의 얼굴에서 미소가 떠났다. 그는 괜히 물어봤다는 생각이 들었다. 긴 침묵이 이어지자 그는 에일라가 자신의 말을 이해하지 못했다고 여겼다.

"사람들 없어요. 에일라 사람들 없어요."

마침내 나무에 기대고 섰던 에일라가 몸을 일으키며 그늘 밖으로 걸어 나왔다. 존달라는 지팡이를 짚고 다리를 절룩이며 그녀의 뒤를 따라갔다.

"하지만 누군가가 있었을 텐데요. 어머니에게서 태어났잖아요. 누가 당신을 돌봐주었죠? 누가 당신에게 치료술을 가르쳐주었나요? 당신의 사람들은 지금 어디 있지요, 에일라? 왜 혼자인 겁니까?"

에일라는 땅바닥을 응시하며 천천히 앞으로 걸어갔다. 그녀는 대답을 피하려는 것이 아니었다. 그녀는 어떻게든 그의 질문에 답해야 했다. 동굴곰족의 여자는 남자가 묻는 직접적인 질문에 반드시 대답을 해야 했다. 사실 동굴곰족의 모든 이들은 남자든 여자든 반드시 질문에 대답했다. 더 정확히 말하자면 여자들은 남자들에게 질문을 하는 일이 없었고, 남자들은 서로에게 질문을 하는 일이 드물었다. 보통 질문을 받는 쪽은 여자들이었다. 존달라의 질문은 에일라에게 여러 기억들을 떠올리게 했다. 하지만 존달라의 몇몇 질문에 대해서는 그녀 스스로도 답을 알지 못했다. 또 다른 질문에 대해서는 어떻게 대답을 해야 할지 감이 오지 않았다.

"내게 말하고 싶지 않다면……."

"아니요."

그녀가 그를 보더니 고개를 저었다. 그녀의 눈에는 고통스러운 빛이 어른댔다.

"에일라 말해요. 하지만 말을 몰라요."

존달라는 다시 한 번 괜한 말을 꺼낸 게 아닌가 싶었지만 여전히 궁금하긴 했다. 게다가 에일라는 말하고 싶어 하는 듯했다. 그들은 절벽에서 떨어져 나온 삐죽삐죽한 큰 바위 앞에서 잠시 쉬었다가 다시 들판까지 걸어가 멈췄다. 존달라는 바위에 편하게 등을 받치고 앉았다.

"당신의 사람들은 스스로를 뭐라고 부르지요?"

에일라는 잠시 생각했다.

"사람들. 남자…… 여자…… 아기."

그녀는 어떻게 설명해야 할지 모르겠다는 듯 다시 고개를 흔들었다.

"씨족."

그녀는 동시에 그 말을 뜻하는 손짓을 해 보였다.

"가족 같은 건가요? 가족은 남자, 여자, 여자의 아이들이 같이 사는 거예요."

에일라가 고개를 끄덕이며 "가족…… 더 커요" 하고 말했다.

"작은 무리요? 여러 가족이 함께 동굴에 살지요. 물론 꼭 한 동굴에 다 같이 사는 건 아니지만."

"네. 씨족 작아요. 그리고 씨족들 많아요. 모든 사람들 다 말해요."

그는 처음에 그녀가 하는 말들을 잘 알아듣지 못했다. 그녀가 손짓을 하고 있다는 것은 전혀 눈치채지 못했다. 그녀가 하는 말은 목구멍 뒤에서 나는 소리 같이 무거웠다. 마치 말들을

우물우물 삼키는 것처럼 들렸다. 그는 사실 그것이 하나의 단
어라고 생각하기조차 어려웠다. 그녀는 남자에게서 배운 말을
하는 게 아니었고, 그래서 그는 더욱 흥미를 느꼈다.

"시족?"

그가 그녀의 말을 따라했다. 정확하지는 않았지만 비슷했다.

"에일라 존달라 말 잘 못해요. 존달라 에일라 말 잘 못해요.
존달라 알아듣게 말해요."

"나는 당신이 다른 말을 알 거라고 생각지도 못했어요, 에일
라. 나는 당신이 소리 내 말하는 것을 못 들었어요."

"많은 소리 안 해요. 씨족 말 안 해요."

존달라는 이해가 되지 않았다.

"말을 하지 않으면 어떻게 뜻을 전달하죠?"

"씨족 손 말해요."

그녀는 설명이 완전히 정확하지 않다는 것을 느끼면서도 그
렇게 말했다. 그녀는 뜻을 전달하기 위해 자신이 무심결에 손
짓을 하고 있다는 것을 알아차렸다. 존달라의 당혹스러운 표정
을 본 에일라는 그의 손을 잡고 움직이며 자신이 했던 말을 다
시 한 번 해보였다.

"씨족 말 안 해요. 씨족 손 말해요."

당혹감으로 인해 미간에 잡혀 있던 존달라의 주름이 마침
내 펴졌다.

"손으로 말을 한다고요? 내게 보여주세요. 손으로 뭔가를

말해봐요."

에일라는 잠시 생각하더니 손짓으로 말을 하기 시작했다.

"당신에게 하고 싶은 말이 아주 많지만 그러려면 당신의 말을 배워야 해요. 내가 따를 수 있는 방식이라고는 지금으로선 당신밖에 없으니까요. 내 사람들이 누구인지 어찌 말할 수 있을까요? 나는 더 이상 씨족의 여자가 아니에요. 내가 죽었다는 것을 어떻게 설명할 수 있을까요? 내게는 아무도 없어요. 씨족 사람들에게 나는 저세상에 가 있는 사람이에요. 당신이 함께 여행을 했던 그 남자처럼. 당신의 형제, 당신의 아우라고 생각되네요.

그가 마지막 가는 길을 잘 찾을 수 있도록, 그래서 당신 마음속의 큰 슬픔이 덜어지도록 내가 그의 무덤 위에서 손짓언어로 기도했다는 것을 당신에게 말해주고 싶네요. 그를 모르지만 내가 그를 위해 슬퍼했다는 것을 말해주고 싶어요.

나는 내가 어떤 사람들에게서 태어났는지 몰라요. 어머니와 가족이 분명 있었을 테지요. 나처럼 생긴…… 그리고 당신처럼 생긴 사람들. 하지만 나는 그 사람들을 다른 종족으로만 알고 있을 뿐이에요. 이자가 내가 기억하는 유일한 어머니예요. 이자가 내게 치료술을 가르쳐주고 주술 치료사가 되도록 키워주셨어요. 하지만 그녀는 이제 죽었답니다. 크렙도요. 존달라, 당신에게 이자와 크렙, 그리고 두르크 이야기를 하려고 하니 가슴이 아프네요."

그녀는 잠시 손짓을 멈추고는 심호흡을 해야 했다.

"내 아들도 내 곁에 없지만 살아 있어요. 내게 가족이라고는 그들이 전부였어요. 하지만 지금은 동굴사자가 당신을 데려와 내 곁에 있어요. 난 다른 종족의 남자들이 브라우드 같을까봐 걱정했는데, 당신은 크렙을 더 많이 닮았어요. 따뜻하고 인내심이 많아요. 난 당신이 내 짝이 될 거라고 믿고 싶어요. 당신이 처음 왔을 때 당신이 내게 온 이유가 바로 그 때문이라고 생각했어요. 그동안 너무 외로웠기 때문에, 그리고 당신이 내가 기억하는 한 처음으로 본 다른 종족의 남자이기 때문에 그렇게 믿고 싶었던 것 같아요. 처음엔 당신이 어떤 사람이든 상관없었어요. 그저 짝이 있었으면 해서 당신이 짝이 되길 원했던 거예요.

하지만 지금은 달라요. 매일 당신이 여기에 있으니 당신에 대한 내 마음이 점점 커져갔어요. 그리 멀지 않은 곳에 다른 종족 사람들이 살고 있으니 짝이 될 만한 다른 남자도 있겠지요. 하지만 다른 남자는 싫어요. 당신의 몸이 완전히 회복되면 당신이 더 이상 나와 함께 여기에 머물고 싶어 하지 않을까봐 두려워요. 당신마저 잃게 될까봐 두려워요. 당신에게 말할 수 있다면 얼마나 좋을까요. 당신이 여기 있어서 내가 얼마나…… 얼마나 고마운지. 때로는 그 고마움이 너무 벅차서 참기 힘들 때도 있어요."

에일라는 더 이상 말을 이어갈 수 없어 멈췄지만 여전히 자신의 감정을 다 표현하지 못한 채 미진한 느낌이었다.

그녀를 지켜보고 있는 남자는 그녀의 생각을 완전히 이해하지 못한 것은 아니었다. 그녀의 움직임—손짓뿐 아니라 표정, 눈빛, 몸 전체의 기운—은 표현력이 너무도 풍부해서 그는 깊은 감명을 받았다. 간혹 우아한 몸짓에 섞여드는 거친 소리를 내긴 했지만 그녀는 조용한 무희를 떠올리게 했다. 그는 오로지 느낌으로만 어렴풋이 그녀가 하는 손짓을 받아들일 뿐이었다. 존달라는 그녀가 자신이 하고 싶은 말을 손으로 그에게 전하고 있음을 느꼈지만 믿을 수가 없었다. 하지만 그녀가 움직임을 멈췄을 때 그는 그녀가 자신의 뜻을 전했음을 깨달았다. 또한 자신의 예상과는 달리 손과 몸의 움직임으로 된 그녀의 언어는, 그가 간혹 말을 하다가 강조를 위해 하는 손짓과는 다르다는 것을 깨달았다. 오히려 그녀가 내는 소리가 몸짓을 강조하는 데 쓰이고 있었다.

그녀는 손짓을 멈추더니 삼시 수심에 잠긴 채로 서 있었다. 잠시 후, 기품 있게 무릎을 꿇고 앉더니 고개를 숙였다. 존달라는 기다렸다. 하지만 그녀가 움직이지 않자 그는 불편해지기 시작했다. 그녀는 그가 뭔가 해주기를 기다리는 듯 보였고, 또 한편으로는 그녀가 뭔가에 경의를 표하는 것 같기도 했다. 위대한 대지의 어머니께 그러한 존경을 표하는 것이라면 괜찮았다. 하지만 오로지 자신만을 섬기길 바라는 어머니께 바쳐야 하는 존경의 표시를 그녀의 아이들 중 하나에게 보내는 것이라면 문제가 있었다.

마침내 존달라는 앉아서 그녀의 팔을 잡았다.

"일어나요, 에일라. 뭘 하는 겁니까?"

씨족 남자들이 여자에게 말하도록 허락할 때 어깨를 두드리는 신호와 꼭 같지는 않았지만 에일라는 비슷하다는 생각을 했다. 그녀는 고개를 들어 앉아 있는 남자를 봤다.

"씨족 여자 말하고 싶어요. 그러면 앉아요. 에일라 존달라 말하고 싶어요."

"내게 말하고 싶다고 땅에 앉을 필요는 없어요."

그는 손을 뻗어 에일라를 일으켜 세우려고 했다.

"말하고 싶으면 그냥 말하면 돼요."

에일라는 단호하게 계속 무릎을 꿇고 앉아 있었다.

"씨족 방법이에요. 에일라 말하고 싶어요."

그녀의 눈빛은 간절하게 이해를 바라고 있었다. 마음속의 말을 다 할 수 없다는 답답함에 눈물이 한가득 고이기 시작했다. 그녀는 다시 말을 이어갔다.

"에일라 말 좋게 못 해요. 에일라 말하고 싶어요. 존달라가 에일라 말하게 해요. 말하고 싶어요."

"고맙다는 말을 하려는 건가요?"

"무슨 말이에요, 고맙다?"

그는 잠시 생각했다.

"당신이 내 목숨을 구했어요, 에일라. 당신이 나를 보살펴주고, 상처를 치료해주고, 내게 음식을 주었어요. 그래서 나는 당신에게 고맙다고 말하고 싶었어요. 고맙다는 말로도 다 표현 못 하지만."

에일라는 인상을 찡그렸다.

"같지 않아요. 사람이 다쳐요, 에일라 보살펴요. 에일라 모든 사람 보살펴요. 존달라 에일라 말하게 해요. 더 커요. 고맙다보다 더 커요."

그녀는 그가 자신의 말을 이해해주길 바라며 간절한 눈빛으로 그를 봤다.

"당신이 '말 좋게' 하지 못할지라도 당신의 마음은 매우 잘 전달하고 있어요. 일어나요, 에일라. 아니면 내가 당신 옆에 앉아야겠네요. 당신이 치유자라는 것, 당신의 소명이 도움을 필요로 하는 자를 보살피는 것임을 알고 있어요. 당신이 내 목숨을 구한 일이 특별하지 않다고 생각할지 모르지만 그렇다고 내가 고마움을 덜 느끼는 것은 아닙니다. 당신에게 내 말을 가르치고, 당신이 말할 수 있도록 돕는 것이야말로 내게는 사소한 일일 뿐입니다. 하지만 당신에게는 그것이 매우 중요하고, 당신이 고맙게 생각하고 있다는 것을 이해할 것 같아요. 어떤 말로든 고마움을 표현하는 것은 늘 어렵지요. 내 방식으로 고맙다고 말하는 것입니다. 당신의 방식은 더욱 아름다운 것 같군요. 이제 일어나세요."

에일라는 그가 이해한다는 느낌을 받았다. 그녀 자신은 잘 몰랐지만 그녀의 미소에는 고마운 감정 이상의 무언가가 담겨 있었다. 에일라가 자신의 뜻을 누군가에게 전한다는 것은 어렵지만 중요한 생각의 시작이었다. 그녀는 자신의 뜻이 전달되었다는 생각에 기쁜 마음으로 일어났다. 그녀는 홀가분한 기분을 몸으로 표현하고 싶었다. 그때 히힝이와 망아지가 눈에 들어오자 크고 날카로운 휘파람을 불었다. 암말은 귀를 쫑긋하더니 그녀를 향해 달려왔다. 말이 다가오자 에일라는 훌쩍 뛰더니 가볍게 말의 등에 올랐다. 에일라를 태운 말과 그 뒤를 바싹 따라오는 새끼 말은 들판을 크게 한 바퀴 돌았다. 에일라는 존달라를 발견한 이후로는 그를 돌보느라 말을 전혀 타지 못했다. 다시 말을 타자 날아갈 듯한 자유로움을 느꼈다. 그들이 바위가 있는 곳으로 방향을 틀 무렵, 존달라는 선 채로 기다리고 있었다. 처음 말을 타고 출발하는 모습을 본 순간, 그는 놀라 입이 딱 벌어졌다. 등을 따라 전율이 흘렀다. 얼마 후 입을 다물고 놀란 가슴을 진정시키기는 했지만 에일라가 지상의 존재가 아닌 것 같다는, 어쩌면 도니일지도 모른다는 생각을 하기에 이르렀다. 어머니의 정령이 동굴사자를 다른 곳으로 움직이게 하는 젊은 여인의 형상으로 나타났던 꿈이 어렴풋이 기억났다.

하지만 이내 말을 하지 못해 답답해하던 에일라의 인간적인 모습을 떠올렸다. 위대한 대지의 어머니의 정령이라면 그런 문제를 겪을 리가 없었다. 그럼에도 그녀는 동물과 소통하는 아주 특별한 재능이 있었다. 그녀가 부르면 새들이 와서 손에 놓

인 모이를 먹고, 새끼에게 젖을 먹이던 암말은 그녀의 휘파람
소리에 달려와서 등에 그녀를 태웠다. 소리를 내는 언어가 아니
라 몸짓으로 말을 한다는 사람들은 또 어떤가? 에일라는 그날
그에게 생각할 거리를 많이 주었고, 그는 망아지를 쓰다듬으며
깊은 사색에 빠졌다. 그녀에 대해 생각하면 할수록 더욱 미궁
속에 빠지는 기분이었다.

에일라가 함께 지낸 사람들이 말을 하지 않았으니 그녀가
그간 말을 못 한 것도 이해가 되었다. 하지만 그 사람들은 누구
란 말인가? 지금은 어디 있을까? 그녀는 자신에게 아무도 없으
며 계곡에서 혼자 살았다고 말했다. 하지만 누가 그녀에게 치
료술이나 동물과 소통하는 주술적인 방법을 가르쳤을까? 불을
피우는 돌은 어디에서 구했을까? 그토록 뛰어난 젤란도니가 되
기에 그녀는 젊었다. 보통 그녀 정도의 능력에 도달하려면 오랜
세월이 걸렸으며 특별한 칩거의 시간을 거쳐야 했다.

그녀의 사람들이 바로 젤란도니 같은 능력을 가진 이들이었
을까? 그는 어머니를 섬기는 이들로 이루어진 특별한 무리에
대해 들어 알고 있었다. 그들은 심오한 신비를 풀어내기 위한
깊은 통찰력을 얻는 데 헌신했다. 이러한 무리는 큰 존경을 받
았는데, 젤란도니는 몇 년씩 이들 무리에 들어가 함께 생활하
곤 했다. 샤무드는 통찰력과 특별한 능력을 얻기 위해 스스로
에게 부과하는 시험에 대해 말했었다. 에일라가 손짓만을 통해
소통하며 묵언하는 무리와 함께 살았던 것일까? 그리고 지금

은 자신의 능력을 더욱 연마하기 위해 혼자 지내는 것일까?

그런데 너는 그녀와 쾌락을 나눌 생각을 했던 것이구나, 존달라. 그녀가 그런 반응을 보인 것도 무리가 아니지. 저토록 아름다운데 쾌락을 포기하다니. 너는 그녀의 아름다움과 상관없이 그녀의 뜻을 반드시 존중해야 돼.

갈색 망아지는 존달라를 향해 머리를 내밀며 비벼댔다. 한창 털갈이를 하고 있어서 간지러운 곳을 항상 잘 찾아내 세심하게 긁어주는 그의 손길을 자주 찾았다. 존달라는 그럴 때마다 즐거웠다. 그에게 말이라는 동물은 한때 그저 식량에 지나지 않았다. 이렇게 자신의 손길을 좋아하여 친해질 수 있는 동물이라고는 한 번도 생각해본 적이 없었다.

에일라는 존달라와 히힝이의 새끼가 친해진 것을 보고 기뻐 미소가 절로 났다. 그녀는 전부터 품고 있던 생각이 난 듯 불쑥 존달라에게 말했다.

"존달라 새끼에게 이름 줘요?"

"새끼에게 이름을? 나보고 새끼의 이름을 지어달라고요?"

그는 주저하면서도 기분은 좋았다.

"모르겠어요, 에일라. 뭔가의 이름을 짓는 것에 대해서는 생각해본 적이 없어서. 더구나 말의 이름이라니. 어떻게 말의 이름을 지은 건가요?"

에일라는 그의 당황스러운 심정을 잘 이해했다. 그녀도 처음부터 쉽게 받아들일 수 있었던 생각은 아니었다. 이름에는 중요한 의미가 담겨 있었다. 이름을 짓는다는 것은 그 존재를 인정하는 것이었다. 히힝이를 말이라는 전체적인 개념과 분리해 하나의 개성을 지닌 개체로 인정하는 것에는 여러 가지 결과가 따라왔다. 히힝이는 더 이상 초원을 떠돌아다니는 무리에 속한 짐승이 아니었다. 히힝이는 인간과 교류하며 안정감을 느끼고 인간에 대한 믿음을 키워갔다. 이제 암말은 자신의 무리에 속한 평범한 말이 아니었다. 말에게는 이름이 있었다.

하지만 그로 인해 에일라에게도 여러 가지 의무가 생겨났다. 암말의 안위를 위해서 상당한 관심과 노력을 쏟아야 했다. 그녀의 머릿속에서 말에 대한 생각이 떠난 적이 없었다. 그들의 삶은 불가분하게 엮여 있었다.

에일라는 히힝이가 돌아온 이후로 그러한 관계에 대해 인식하기 시작했다. 계획되거나 계산된 것은 아니었지만 존달라가 새끼 말에게 이름을 지어주길 바라는 데에는 그들도 그런 관계가 되었으면 하는 희망도 담겨 있었다. 그녀는 존달라가 자신과 머무르기를 원했다. 그가 어린 말과 친해진다면, 이곳은 새끼 말이 적어도 한동안은 제 어미와 자신과 함께 있어야 하는 곳이므로 그가 머물러야 하는 이유가 하나 더 늘어나는 셈이었다.

하지만 그에게 재촉할 필요는 없었다. 다리가 완전히 다 나을 때까지 한동안은 길을 나서지 못할 터였다.

에일라는 움찔 놀라 깨어났다. 동굴 안은 어두웠다. 그녀는 등을 바닥에 대고 누운 채 칠흑 같은 어둠을 응시하고는 다시 잠을 청하려고 애썼다. 하지만 결국 조용히 잠자리에서 빠져나와—그녀는 이제 존달라가 사용하는 잠자리 옆에 흙바닥을 얕게 파서 자신의 잠자리를 만들었다—더듬더듬 동굴 입구로 향했다. 그녀가 지나가자 히힝이가 에일라를 아는 척하며 콧바람을 불었다.

또 불이 꺼지게 내버려 두었구나. 그녀는 벽에 붙어 걸으며 생각했다. 존달라는 나만큼 동굴에 익숙하지 않아. 한밤중에 혹 볼일이라도 보려면 불빛이 있어야 해.

동굴 밖으로 나온 그녀는 한동안 그대로 서 있었다. 서쪽으로 지고 있는 반달이 절벽 가장자리에 걸쳐 있었지만 곧 절벽 뒤로 사라질 터였다. 한밤은 어느새 지나가고 새벽에 가까워져 있었다. 속삭이듯 흐르는 개울에 비친 희미한 별빛을 제외하면 저 아래도 여전히 깜깜했다.

어두컴컴했던 밤하늘이 아주 서서히 짙은 파란색으로 물들어가고 있었다. 무슨 이유에서인지 에일라는 잠자리로 돌아가지 않기로 했다. 그녀는 반대편 절벽의 거무스름한 가장자리에 다가갈수록 상대적으로 짙어져 보이는 달을 지켜봤다. 마지막 달빛이 모두 사라지자 그녀는 불길한 느낌에 몸을 떨었다.

서서히 하늘이 밝아왔다. 별들은 점차 환해지는 파란 하늘 속으로 자취를 감췄다. 계곡 저 끝에 보이는 지평선이 보랏빛으로 물들었다. 그녀는 핏빛처럼 붉은 태양이 또렷한 윤곽을 드러내며 떠오르는 것을 지켜봤다. 태양은 계곡으로 환한 빛줄기를 쏟아 내렸다.

"동쪽에 들불이 일어난 모양이에요."

존달라가 말했다. 에일라는 뒤돌아보았다. 그가 강렬한 햇빛을 받으며 서 있었다. 불가에서와는 달리 햇빛을 받은 그의 눈은 연보랏빛을 띠고 있었다.

"네, 큰 불. 연기 많아요. 일어난 줄 몰랐어요."

"꽤 오래전부터 당신이 오기를 기다리며 깨어 있었어요. 안 와서 나도 일어나야겠다고 생각했죠. 불이 꺼졌네요."

"알아요. 부주의. 밤에 불이 타도록 제대로 못 해서."

"'재를 덮다'라고 말해요. 불이 꺼지지 않도록 재를 덮어놓지 않았군요."

"재를 덮다."

그녀가 따라했다.

"가서 불을 피울게요."

그는 그녀를 따라 동굴 안으로 들어오며 머리를 숙였다. 동굴 입구가 낮아서가 아니라 깜깜한 동굴 안을 걷는 데 익숙하지 않아 걱정이 되어서였다. 에일라는 황철광과 부싯돌을 꺼내고 부싯깃과 불쏘시개를 준비했다.

"불을 피우는 돌을 강가에서 찾았다고 말했지요? 강가에 더 많이 있나요?"

"네. 많지는 않아요. 물이 와서 가져가요."

"홍수요? 개울이 불어나서 물에 돌들이 쓸려갔다고요? 그럼 가서 가능한 한 많이 주워와야겠네요."

에일라는 멍하니 고개를 끄덕였다. 사실 그녀는 그날 다른 계획이 있었고 존달라의 도움이 필요했지만 어떻게 말을 꺼내야 할지 막막했다. 고기가 떨어져가서 에일라는 사냥을 나가기로 했다. 하지만 혹 존달라가 자신이 사냥에 가는 것을 반대하지 않을까 걱정이 되었다. 그녀는 자주 줄팔매를 가지고 나갔다 돌아왔는데, 그는 토끼와 날쥐, 비단털쥐를 어디에서 구했는지 묻지 않았다. 하지만 씨족의 남자들도 그녀가 줄팔매로 작은 짐승을 사냥하는 것은 허락해주었다. 하지만 이제는 더 큰 짐승을 사냥할 때였다. 그 말인즉슨, 히힝이와 함께 초원으로 나가 함정을 파야 하는 시기라는 것이었다.

사실 이런 사냥은 에일라가 고대하는 방식이 아니었다. 그녀는 아기와 함께 사냥에 나서는 것을 더 좋아했지만 아기는 가고 없었다. 하지만 함께 사냥하는 단짝이 없다는 게 가장 큰 문제는 아니었다. 그녀의 가장 큰 걱정거리는 존달라였다. 그가 사냥을 못마땅하게 생각해도 자신을 막을 수 없다는 것을 에일라는 알았다. 이곳은 그녀의 동굴이었고 그는 아직 완전히 회복되지 않았다. 하지만 그는 계곡에서 히힝이와 망아지와 함께 하는 삶을 즐기는 듯 보였다. 그는 심지어 그녀를 좋아하는 것 같았다. 그녀는 이러한 지금의 상황에 그 어떤 변화도 주고 싶지 않았다. 그녀의 경험상 남자들은 사냥하는 여자를 좋아하지 않았다. 하지만 달리 선택의 여지가 없었다.

에일라는 단순히 자신의 사냥을 인정하는 것 이상을 원했다. 그가 지지해주고 도와주기를 원했다. 그녀는 새끼 말을 사냥에 데려가고 싶지 않았다. 자칫 우르르 도망가는 짐승 무리에 섞여 다치기라도 하면 큰일이었다. 존달라가 망아지와 함께 있어준다면 망아지를 남겨 두고 히힝이와 둘이서만 사냥을 떠날 수 있으리란 확신이 들었다. 그녀는 그렇게 오래 떠나 있지는 않을 예정이었다. 사냥할 짐승의 무리를 살피고, 함정을 파놓은 다음 돌아와서 다음 날 사냥을 할 생각이었다. 하지만 그녀가 사냥을 간 사이, 존달라에게 망아지를 돌봐달라고 어떻게 부탁을 한단 말인가? 하물며 아직 사냥을 나갈 수도 없는 처지인 그에게?

에일라는 아침에 먹을 죽을 만들다가 점점 줄어드는 마른 고기를 보며 결심을 굳혔다. 우선은 그에게 좋아하는 무기로 작게나마 자신이 사냥하는 것을 보여주어야겠다고 마음먹었다. 줄팔매로 사냥하는 것에 대한 존달라의 반응을 살피면 그에게 도움을 청해도 될지 판단이 설 듯싶었다.

그들에게는 아침이면 개울을 따라 띠처럼 형성된 덤불을 따라 산책하는 것이 일과가 되었다. 존달라에게는 걷기 연습으로 그만이었고, 그녀도 함께 걷는 시간을 좋아했다. 그날 아침 그녀는 동굴을 나서며 허리끈에 줄팔매를 끼워 넣었다. 이제 짐승 한 마리가 사정거리 안에만 들어오면 되었다.

개울가에서 들판 쪽으로 걸어 들어가는 순간, 그녀의 바람이 이루어졌다. 버들뇌조 한 쌍이 푸드덕 날아오르고 있었다. 에일라는 뇌조가 눈에 들어온 순간, 바로 줄팔매를 들어 돌을 날렸다. 한 마리는 공중에서 명중시켰고, 다른 한 마리는 날아가려는데 두 번째 돌이 날아와 그대로 떨어졌다. 그녀는 뇌조 두 마리를 가지러 가기 전에 흘끗 존달라를 봤다. 그는 놀란 표정이었지만 무엇보다 그의 얼굴에서 미소를 봤다는 것이 더욱 중요했다.

"참 대단하군요! 저렇게 짐승들을 잡아온 거였어요? 난 당신이 덫을 놓은 거라 짐작했었는데. 그 무기는 뭔가요?"

그녀는 그에게 가운데가 불룩 튀어나온 가죽끈을 건네고는 새를 가지러 갔다.

"줄팔매 같군요."

그녀가 돌아오자 존달라가 말했다.

"윌로마가 이런 무기에 대해 말해준 적이 있어요. 그때는 잘 상상이 안 갔는데, 이게 분명해요. 솜씨가 대단해요, 에일라. 타고난 능력도 있는 것 같지만 연습도 많이 했겠어요."

"나 사냥하는 것 당신 좋아요?"

"당신이 안 하면 누가 하겠어요?"

"씨족 남자 여자 사냥하는 것 안 좋아해요."

존달라는 에일라를 유심히 살폈다. 그녀는 뭔가 걱정스러운 듯 애를 태우고 있었다. 남자들이 사냥하는 여자를 좋아하지 않는다고 해도 그녀는 멈추지 않고 사냥을 배웠던 것이리라. 한데 하필 왜 오늘 자신의 사냥 실력을 보여주는 것일까? 어째서 그녀가 그에게 인정을 받고 싶어 한다는 느낌이 들까?

"젤란도니족 여자들은 대부분 사냥을 해요. 최소한 젊었을 때는 말이지요. 내 어머니도 사냥감의 뒤를 밟는 데 능했고요. 본인이 원한다면 여자가 사냥을 못 할 이유야 없지요. 나는 사냥하는 여자들을 좋아해요, 에일라."

그는 에일라의 얼굴에서 긴장감이 사라지는 것을 보았다. 그는 에일라가 듣고 싶었던 말을 한 게 틀림없었다. 하지만 그는 사실 그대로 말한 것뿐이었다. 그는 왜 자신의 말이 그녀에게 그토록 중요한지 궁금했다.

"나 사냥하러 가야 해요. 도움이 필요해요."

그녀가 말했다.

"나도 도와주고 싶어요. 하지만 아직 사냥에 나서기는 어려울 것 같은데."

"사냥을 도와주는 것 아니에요. 나는 히힝이를 데려가요. 당신이 망아지를 데리고 있을래요?"

"아, 그거로군요."

그가 말했다.

"당신이 암말과 사냥을 간 사이, 내가 망아지를 돌봐주길 바라는군요?"

그가 빙그레 웃었다.

"역할이 바뀌는 거네요. 보통은 여자가 아이를 한둘 낳으면 그 아이들을 돌보느라 동굴에 남게 마련이죠. 여자와 아이를 위해 사냥을 하는 것은 남자의 책임이고요. 좋아요, 내가 망아지랑 여기 있을게요. 누군가는 사냥을 해야 하니까요. 그리고 망아지 친구가 사냥에 따라갔다 다치는 것도 안 될 일이고요."

에일라는 안도하며 미소 지었다. 그는 개의치 않았다. 정말로 그렇게 보였다.

"사냥 계획을 세우기 전에 동쪽에 난 저 불을 자세히 관찰해 보는 게 좋을 거예요. 저 정도 큰 불이면 사냥에 도움이 될 수 있어요."

"불 사냥?"

그녀가 말했다.

"연기만으로 질식해서 짐승 무리 전체가 죽을 수도 있다더 군요. 잘 익은 고기를 발견할 때도 있고요. 이야기꾼들이 하는 재미난 이야기도 있어요. 어떤 남자가 들불에 구워진 고기를 발견하고는 동굴 사람들에게 일부러 고기를 불에 구워 먹자고 설득하느라 애를 썼다지요. 옛날이야기예요."

존달라의 말을 이해한 그녀의 얼굴에 미소가 번졌다. 빠르게 번지는 불은 짐승 무리를 다 덮칠 수도 있었다. 그러면 구덩이를 파지 않아도 될 터였다.

에일라가 바구니, 마구, 운반대를 가지고 나오자 존달라는 그 복잡한 장비들이 무엇에 쓰이는지 호기심을 보였다.

"히힝이가 고기 동굴까지 가져와요."

그녀가 운반대를 보여주며 말했다. 그녀는 설명을 하면서 장비를 히힝이에게 얹고 끈을 조절했다.

"히힝이가 당신을 동굴까지 데려와요."

그녀가 덧붙였다.

"그렇게 나를 여기로 실어 온 것이군요! 전부터 궁금했었어요. 당신 혼자서 나를 여기까지 옮겼을 리는 없고. 다른 사람들이 나를 발견해서 당신에게 데려다주고 갔다고 생각하기도 했죠."

"다른 사람…… 없어요. 내가 찾아요, 당신…… 다른 남자."

존달라의 표정이 굳어지더니 어둡게 변했다. 소놀란을 언급하는 것만으로도 심장이 쿵 떨어졌다. 상실의 고통이 그의 마음을 사로잡았다.

"그곳에 남겨놓아야만 했습니까? 같이 데려올 수는 없었어요?"

그가 여자를 향해 원망의 목소리를 높였다.

"남자 죽어요, 존달라. 당신 다쳐요. 많이 다쳐요."

그녀는 마음 한가득 답답함이 차오르는 것을 느끼며 말했다. 그녀는 자신이 그 남자를 땅에 묻었고, 그의 죽음을 애도했다는 것을 말하고 싶었지만 할 수가 없었다. 긴단한 정보는 전할 수 있었지만 추상적인 생각을 정리해 표현할 수는 없었다.

말로 표현할 수 있는지조차 자신이 없는 생각들을 그에게 전하고 싶었지만 숨만 턱 막혀왔다. 첫날 존달라는 그녀에게 자신의 슬픔을 쏟으며 위로를 받았었다. 하지만 지금은 그의 슬픔을 나눌 수조차 없었다.

그녀는 말로 그를 위로해주고 싶었다. 그 즉시 생각나는 단어들을 적절한 순서로 정리해 그처럼 자유롭게 하고 싶은 말을 다 하고 싶었다. 하지만 말로 생각을 표현하려고 할 때마다 그녀가 건널 수 없는 희미한 장벽을 느꼈다. 그 벽은 금세라도 깨질 것 같으면서도 견고해서 뭔가에 막혀 있는 기분이 들었다. 직관은 그녀가 소리로 말하는 법을 알고 있다고 말했다. 그녀의 무의식 깊은 곳에는 언어에 대한 기억이 갇혀 있었다. 기억의 봉인을 푸는 열쇠를 찾기만 한다면 되는 일이었다.

"미안해요, 에일라. 당신에게 그렇게 소리를 질러서는 안 되는 거였는데. 하지만 소놀란은 내……."

그는 울먹였다.

"형제. 당신과 다른 남자…… 어머니가 같아요?"

"네, 우리는 어머니가 같아요."

그녀는 고개를 끄덕이고는 말을 향해 돌아섰다. 그에게 같은 어머니에게서 태어난 두 남자 사이에 존재하는 특별한 관계에 대해 그리고 형제끼리의 친밀함에 대해 이해한다고 말해주고 싶었다. 크렙과 브룬도 형제였다.

에일라는 바구니를 히힝이에게 다 싣고서 낮은 동굴 입구를 빠져나간 뒤, 다시 들어와서 창을 들고 나갔다. 존달라는 그녀가 사냥을 떠나기 위해 막바지 준비를 하는 것을 보면서 말이 단지 독특한 동반자 이상의 존재라는 것을 깨달았다. 말이 있다는 것이 에일라에게는 단연 유리했다. 그는 말이 얼마나 유용한 동물일 수 있는지 이제야 깨달았다. 하지만 그녀에게서 또 다른 모순점을 발견하고는 의아해졌다. 말을 활용해 사냥을 하고 사냥한 짐승을 싣고 오는 것은 한 번도 들어본 적 없는 진보한 방식이었다. 하지만 그녀가 사용하는 창은 지금껏 본 창들 중에서도 가장 원시적이었다.

존달라는 여러 부족의 사람들과 사냥을 해보았는데, 각 부족은 저마다 조금씩 변형된 형태의 창을 사용했다. 하지만 에일라가 쓰는 창만큼 판이하게 다른 창은 없었다. 겉보기에 창인 것은 분명했다. 불에 단련된 창끝은 날카로웠고, 자루 부분은 곧고 매끄러웠다. 그러나 아무리 봐도 투박하기 짝이 없었다. 분명 멀리서 던지는 종류의 창은 아니었다. 저런 창으로 어떻게 사냥을 하지? 저 창을 던질 만큼 사냥감에게 가까이 다가간단 말인가? 그녀가 돌아오면 그는 꼭 물어볼 작정이었다. 지금 물어보고 설명을 들으려면 꽤 오랜 시간이 걸릴 터였다. 말을 잘 배우고는 있었지만 여전히 원활한 소통을 하기에는 어려웠다.

에일라와 히힝이가 떠나기 전, 그는 망아지를 동굴에 데려다 놓았다. 에일라와 어미 말이 지금쯤 멀리 갔을 것이라는 확신이 들 때까지 망아지를 여기저기 긁어주고 쓸어주며 말을 건넸다. 그날 하루 종일 에일라는 사냥을 나가 있고 자신이 혼자 동굴을 지켜야 한다는 생각을 하니 기분이 묘했다. 그는 지팡이를 짚고 일어서다가 호기심에 굴복하고는 속이 움푹 파인 돌로 만든 등잔을 들고 동굴이 얼마나 큰지, 어디까지 이어지는지 살펴보기 위해 동굴 벽을 따라 걸었다. 동굴의 넓이는 그가 처음에 생각했던 정도의 크기였다. 벽면에 난 틈새를 제외하면 다른 동굴로 이어지는 통로는 없었다. 하지만 그 틈새 속에는 놀라운 흔적이 숨겨져 있었다. 최근까지도 동굴사자가 지낸 흔적이 고스란히 남아 있었다. 심지어 커다란 사자 발자국까지 있었다!

다른 곳도 구석구석 살펴보고 나니 에일라는 여기에서 수년간 살았던 게 분명했다. 그러면 동굴사자의 흔적은 그가 잘못 본 것이리라. 하지만 다시 그 틈새를 유심히 살펴보았더니 지난해까지도 그 구석에서 얼마간 동굴사자가 지냈던 게 틀림없었다.

또 하나의 수수께끼였다! 이 모든 당혹스러운 의문들에 대한 해답을 언젠가는 찾을 수 있게 될까?

그는 사용한 적이 없는 듯한 바구니 하나를 들고 불을 피울 때 쓰는 돌을 찾으러 강가에 가기로 했다. 그는 어떻게 해서든 도움이 되고 싶었다. 망아지가 신이 나서 껑충껑충 앞서 내려갔고, 존달라는 지팡이를 의지해 가파른 비탈길을 내려왔다.

그는 잠시 수북이 쌓인 뼈 무더기가 있는 근처 절벽에서 등을 기대고 쉬었다. 지팡이를 사용하지 않고 걸을 수만 있다고 해도 참으로 감사할 성싶었다.

그의 손으로 주둥이를 들이미는 망아지의 몸을 긁어주자 어린 말은 기분이 좋은지 제 어미와 자주 들어가는 진흙탕에서 이리저리 몸을 뒹굴었다. 그 모습에 존달라는 웃음이 났다. 신이 나서 새된 소리로 울어대며 망아지는 다리를 허공에 대고 차며 부드러운 진흙 위에서 몸부림을 쳤다. 한동안 놀던 망아지는 일어나 사방에 흙을 튀기며 몸을 흔들더니 평소 좋아하는 버드나무 그늘로 들어가 앉았다.

존달라는 천천히 돌이 많은 강변으로 걸어가며 몸을 숙여 돌들을 하나씩 살폈다.

"찾았다."

그가 흥분해 소리치자 망아지가 움찔 놀랐다. 그는 자신이 바보처럼 느껴졌다.

"또 하나 있어!"

이번에는 멋쩍게 웃으며 번쩍거리는 회색 돌멩이를 주워 올렸다. 그때 다른 돌멩이들보다 훨씬 큰 돌을 보고 존달라는 멈춰 섰다.

"이 강변에 부싯돌이 있어!"

에일라가 여기에서 부싯돌을 구해나가 도구들을 만든 거야! 돌망치와 구멍을 뚫는 도구를 만들 부싯돌만 찾으면, 어떤 도구든 만들 수 있어, 존달라! 칼날이 예리한 돌칼은 물론이고 정도 만들 수 있고. 그는 일어나 강물이 절벽에 쓸어다 놓은 뼈 무더기와 잔해들을 살펴보았다. 여기에 쓸 만한 뼈들도 있어. 가지진 뿔도 있고. 에일라에게 꽤 좋은 창도 만들어줄 수 있겠네.

에일라는 '꽤 좋은 창'을 원하지 않을지도 몰라, 존달라. 그녀가 그런 창을 쓰는 이유가 있을지도 모르지. 그렇다고 내가 쓸 창을 만들지 말라는 법은 없잖아. 하루 종일 앉아만 있는 것보다야 나을 거야. 조각을 할 수도 있고. 조각 일에서 손을 떼기 전까지 아주 솜씨가 나쁜 것도 아니었으니까.

그는 절벽에 쌓인 뼈와 유목 더미 그리고 그 옆을 돌아 다른 잔해물이 쌓인 곳을 뒤져 탈골된 뼈와 두개골, 사슴뿔 등을 골라냈다. 불을 피우는 돌들을 몇 줌 모으면서 돌망치를 만들 부싯돌도 찾았다. 부싯돌 덩어리의 외피를 쪼개본 존달라의 얼굴에 미소가 번졌다. 그는 자신이 얼마나 석공 일을 그리워했는지 그제야 깨달았다.

부싯돌을 손에 넣은 그는 이제 만들 수 있는 모든 것들에 대해 생각했다. 자루가 달린 제대로 된 칼과 도끼, 그리고 창도 만들고 싶었다. 또 송곳을 만들면 옷도 지을 수 있었다. 그리고 에일라도 그가 만든 도구를 마음에 들어할지 몰랐다. 그렇지 않다 하더라도 적어도 그가 만든 것들을 보여줄 수는 있을 터였다.

그가 우려했던 것처럼 하루는 길지 않았다. 어스름이 찾아올 무렵, 그는 부싯돌로 도구를 만드는 데 사용한 연장들과 그가 새로 만든 도구를 조심스레 모아 에일라에게서 빌린 가죽으로 둘둘 말았다. 동굴에 돌아오니 망아지가 관심을 받고 싶다는 듯 가까이 다가왔다. 아무래도 배가 고픈 것 같았다. 에일라가 망아지를 위해 만들어놓은 곡물로 만든 묽은 죽을 건넸다. 한낮에는 먹지 않겠다고 도리질을 치던 녀석도 이제는 배가 고픈지 받아먹었다.

날이 어두워지자 존달라는 정말로 걱정이 되었다. 망아지도 어미를 찾았다. 이제 에일라가 돌아와야 하는 때였다. 그는 그녀가 오고 있는지 보기 위해 암붕 끝에 나가보고는 혹 길을 잃을지도 모르니 불을 보고 찾아오라고 불을 피우기로 했다. 길을 잃을 리가 없지. 그는 속으로 생각했지만 어쨌든 불을 피웠다.

에일라는 밤이 다 되어서야 나침내 돌아왔다. 히힝이의 소리를 듣고 존달라가 그들을 맞이하기 위해 길을 따라 내려갔다. 어느새 망아지는 그보다 앞서 달려 나갔다. 에일라는 강변에 짐을 내려놓고 운반대에서 사냥해 온 고기를 끌어 내렸다. 그러고는 좁은 비탈길을 통과할 수 있도록 운반대 양옆의 막대 너비를 조절했다. 암말을 이끌고 비탈길을 오르려던 순간, 마침 밑에 내려온 존달라가 옆으로 비켜섰다. 에일라는 사냥감을 농굴 앞에 두고 햇불을 가지고 다시 강가로 돌아왔다. 존달라가 횃불을 받아들자 에일라는 두 번째 사냥한 고기를 운반대에 실었다. 그가 도와주기 위해 다리를 절룩거리며 다가갔을 때는 이미 에일라 혼자서 옮긴 뒤였다. 그는 육중한 사슴 주검의 무게를 혼자서 감당해내는 그녀의 힘에 깊은 인상을 받았다. 에일라가 그렇게 힘을 단련하기까지 얼마나 힘든 시간을 보냈을지 생각하니 감탄이 절로 나왔다. 물론 말과 운반대 또한 없어서는 안 될 중요한 것들이긴 했지만 무엇보다 그녀는 이곳에서 다른 사람의 도움 없이 혼자 지내온 것이었다.

망아지는 애타게 제 어미의 젖꼭지를 찾았지만 에일라는 그들이 동굴에 당도할 때까지 망아지를 밀쳐냈다.

"당신 맞아요, 존달라."

암봉에 이르자 에일라가 마침내 말했다.

"큰 불. 전에 그렇게 큰 불 보지 못해요. 아주 멀리. 동물 많아요."

그녀의 목소리에서 감지되는 다른 느낌 때문에 그는 그녀를 자세히 들여다보았다. 매우 지쳐 있었다. 피곤에 지친 공허한 눈빛에는 들불에 속수무책으로 당한 짐승들로 아수라장이 된 현장을 직접 본 충격이 화인처럼 남아 있는 듯했다. 손은 새까맸고, 얼굴과 두르개에는 피와 검댕이 얼룩져 있었다. 에일라는 마구와 운반대를 풀고서 히힝이의 목을 팔로 두르고는 지친 암말의 머리에 몸을 기댔다. 말은 새끼가 젖을 먹을 수 있도록 앞다리를 벌리고 서서 고개를 숙였다. 암말 역시 매우 지쳐 보였다.

"들불이 아주 멀리에서 일어난 모양이군요. 늦었어요. 하루 종일 말을 타고 달렸던 거예요?"

존달라가 물었다. 그녀는 고개를 들어 그를 보았다. 잠시나마 그녀는 그가 있다는 것조차 잊고 있었다.

"네, 하루 종일."

그녀는 말한 뒤 깊게 숨을 들이쉬었다. 아직은 피곤에 쓰러질 때가 아니었다. 해야 할 일이 산더미 같이 많았다.

"많은 짐승 죽어요. 많은 짐승 고기 가지러 와요. 늑대. 하이에나. 사자. 전에 못 본 다른 짐승. 큰 이빨."

그녀는 입을 벌린 채 집게손가락 두 개로 송곳니가 길게 뻗어 있는 것을 보여주며 그 짐승의 특징을 설명했다.

"검치호랑이를 봤군요! 진짜 있는 줄 몰랐어요! 어렸을 때 여름 축제에서 만난 한 노인이 말해준 적이 있거든요. 어렸을 때 검치호랑이를 봤다고요. 물론 모두가 다 그의 말을 믿은 건 아니었죠. 그런데 정말 당신이 봤다고요?"

그는 자신도 그녀를 따라 함께 사냥에 나섰더라면 얼마나 좋았을까 하는 생각이 들었다. 그녀는 고개를 끄덕이며 눈을 질끈 감고 몸서리를 쳤다. 검치호랑이를 떠올리자 어깨 근육이 긴장되었다.

"히힝이 무섭게 해요. 따라와서. 줄팔매로 도망가게 해요, 히힝이, 나 달려요."

그녀가 멈칫거리며 낮에 있었던 일을 말해주자 존달라의 눈이 휘둥그레졌다.

"줄팔매로 검치호랑이를 쫓았다고요? 오, 세상에, 에일라!"

"고기 많아요. 호랑이…… 히힝이 안 필요해요. 줄팔매로 가게 해요."

그녀는 그 일에 대해 더 말하고 싶었다. 얼마나 무서웠는지 그에게 다 설명해주고 싶었지만 그럴 방도가 없었다. 그녀는 너무 피곤해서 몸짓을 섞어가며 설명하거나 어떤 단어가 적절할지 고민할 힘도 남아 있지 않았다.

지친 것도 당연하지. 존달라는 생각했다. 들불이 난 것을 말해주지 말았어야 했어, 하지만 사슴을 두 마리나 가져오다니. 게다가 검치호랑이까지 쫓아내다니 배짱도 두둑하고. 그녀는 정말로 대단한 여자였다.

에일라는 손을 보더니 강가로 발길을 돌렸다. 그녀는 존달라가 땅에 꽂아둔 횃불을 들고 강으로 가서 주위를 둘러봤다. 털비름 줄기를 뽑아내 손으로 짓이긴 이파리와 뿌리를 물에 묻혀 모래를 섞은 뒤 그것으로 손을 문지르고 얼굴에 묻은 때를 닦고 돌아왔다.

존달라가 요리용 돌을 모닥불에 넣어 달구고 있었다. 뜨거운 차 한 잔이 간절했던 그녀는 참으로 고마운 생각이 들었다. 그녀는 사냥이 끝나고 돌아왔을 때 그가 저녁을 해주길 바랄까봐 저녁 준비까지 다 해놓고 떠났었다. 지금은 끼니를 생각할 때가 아니었다. 사슴 두 마리의 가죽을 벗기고 고기를 잘라 말릴 준비를 해야 했다.

그녀는 가죽도 필요했기 때문에 그슬리지 않은 짐승을 찾아
헤맸었다. 그런데 막상 작업을 시작하려고 보니 날이 예리한
칼을 아직 만들어두지 않았다는 게 떠올랐다. 지금 들고 있는
칼은 오래 사용한 탓에 날이 떨어져 나간 데도 많고 무뎌져 있
었다. 새 칼을 만들고 오래된 칼은 긁개 같은 다른 도구로 쓰는
게 나을 때였다.

무딘 칼을 보고 있자니 에일라는 더 이상 참을 수가 없었다.
잘 안 드는 칼을 가지고 억지로 가죽을 자르다 보니 피곤과 함
께 무력감까지 몰려왔다. 어느새 눈물이 가득 차올랐다.

"에일라, 무슨 일이에요?"

존달라가 물었다. 그녀는 무딘 칼로 더욱 거칠게 가죽을 자
를 뿐이었다. 그녀는 설명할 수 없었다. 그는 에일라의 손에서
칼을 받아 들고는 그녀를 일으켜 세웠다.

"피곤한 거에요. 그냥 누워서 좀 쉬지 그래요?"

그녀는 그가 말한 대로 간절히 쉬고 싶었지만 도리질을 했
다.

"사슴 가죽, 고기 말려요. 시간 없어요. 하이에나 와요."

그는 사슴을 동굴 안으로 들여놓자고 굳이 말하지도 않았
다. 어차피 그녀는 지금 제정신으로 생각을 하기가 어려웠다.

"내가 지키고 있을게요."

그가 말했다.

"당신은 휴식이 필요해요. 들어가서 누워요, 에일라."

그녀는 온 마음으로 고마움을 느꼈다. 그가 지킬 것이다! 그녀는 그에게 부탁할 생각조차 못하고 있었다. 그녀는 다른 누군가에게 도움을 청하는 것이 익숙하지 않았다. 그녀는 안도하며 쓰러질 듯 동굴로 들어가더니 몸을 떨며 털가죽 위로 쓰러졌다. 얼마나 고마운지 존달라에게 말하고 싶었지만 그래봤자 소용이 없을걸 알기에 속상한 마음에 또다시 눈물이 솟아올랐다. 그녀는 말을 할 수 없었다!

존달라가 밤새 동굴을 들락날락하며 잠든 에일라를 서서 내려다보았다. 그는 걱정이 되어 미간을 찡그렸다. 에일라는 편안히 잠이 든 게 아니었다. 잠결에 팔을 휘두르며 알아들을 수 없는 말로 뭔가를 중얼거리기를 반복했다.

에일라는 도와달라고 소리치며 안개 속을 걷고 있었다. 엷은 안개 속에 휩싸인 키가 큰 여인이 두 팔을 내밀었다. 여자의 얼굴은 흐릿했다.

"조심하겠다고 말했잖아요, 엄마. 어디 갔던 거예요?"

에일라가 중얼거렸다.

"내가 불렀는데 왜 안 온 거예요? 내가 부르고 또 불렀는데, 엄마가 오지 않았어요. 어디 있었던 거예요? 엄마? 엄마! 다시 가지 마요! 여기 있어요! 엄마, 기다려요! 가지 마요!"

키가 큰 여인의 모습이 희미해지더니 안개가 걷혔다. 그녀가

서 있던 자리에 이번에는 키가 작고 다부진 몸집의 다른 여자가 서 있었다. 근육질의 단단한 다리는 바깥쪽으로 활처럼 휘어 있었지만 똑바로 서서 걸었다. 높게 튀어나온 매부리코는 컸으며 입 부분은 앞으로 쭉 나와 있었지만 턱 끝은 뒤로 들어가 있었다. 이마는 낮고 뒤로 경사져 있었고 머리는 매우 컸지만 목은 짧고 두꺼웠다. 두툼한 눈썹뼈의 그늘 아래 자리 잡은 총명해 보이는 커다란 갈색 눈에는 사랑과 슬픔이 어려 있었다.

그녀가 손짓했다.

"이자!"

에일라는 그녀를 향해 소리쳤다.

"이자, 도와주세요! 날 도와줘요!"

하지만 이자는 의아한 표정으로 그녀를 바라볼 뿐이었다.

"이자, 내 말이 안 들리나요? 왜 내 말을 이해하지 못하는 거예요?"

"제대로 말하지 못하면 누구도 너를 이해하지 못한단다."

또 다른 목소리가 말했다. 그녀는 지팡이를 짚고 걸어오는 남자를 보았다. 나이가 많았고, 다리를 절뚝거렸다. 한 팔은 팔꿈치 아래로 잘려 나가고 없었다. 얼굴 왼쪽에는 끔찍한 흉터가 있었고 눈 한쪽도 없었다. 하지만 온전한 오른쪽 눈에는 강인한 힘과 지혜, 연민이 느껴졌다.

"말하는 법을 배워야 한다, 에일라."

크렙이 한 손으로 손짓했다. 하지만 그녀는 그의 목소리까지

들을 수 있었다. 그는 존달라의 목소리로 말했다.

"어떻게 말을 할 수 있겠어요? 기억이 안 나요! 도와주세요, 크렙!"

"네 토템은 동굴사자다, 에일라."

노주술사가 말했다. 그때 황갈색 털을 가진 고양잇과 동물이 오록스를 향해 번쩍 날아올랐다. 사자는 공포에 울부짖는 거대한 적갈색 들소와 땅바닥을 뒹굴었다. 에일라는 숨이 턱 막혀 멈춰 섰다. 그때 송곳니와 주둥이에서 시뻘건 피를 뚝뚝 흘리는 검치호랑이가 그녀를 향해 으르렁댔다. 에일라에게 다가온 호랑이의 길고 날카로운 송곳니가 점점 길어지고 더 예리해졌다. 작은 동굴 속으로 비집고 들어간 그녀가 단단한 바위 벽에 바싹 등을 대고 있었다. 동굴사자가 포효했다.

"안 돼!"

그녀가 외쳤다.

날카로운 발톱이 달린 거대한 앞발이 동굴 안을 휘젓더니 그녀의 왼쪽 허벅지를 할퀴었다. 그녀의 다리에 네 줄의 깊은 상처가 생겼다.

"안 돼!"

그녀가 외쳤다.

"난 못 해! 난 못 한다고!"

안개가 그녀 주위를 소용돌이치며 돌았다.

"기억이 안 나!"

키가 큰 여인이 팔을 내밀었다.

"내가 도와줄게. 네가……."

그 순간 안개가 걷히더니 그녀와 다르지 않은 한 얼굴이 보였다. 속이 뒤집힐 듯 메스꺼운 현기증이 온몸을 흔들더니 눅눅하고 시큼한 냄새가 솟아올랐다. 갈라진 땅 틈새에서 온갖 썩은 물질들이 훅 올라왔다.

"엄마! 엄마아아!"

"에일라! 에일라! 무슨 일이에요?"

존달라가 그녀를 흔들어 깨웠다. 암붕에 나가 있던 그는 낯선 언어로 울부짖는 에일라의 소리를 들었다. 그는 절룩이는 다리로 자신이 생각한 것보다 훨씬 빠르게 동굴 안으로 들어왔다.

그녀가 일어나 앉자 존달라는 두 팔로 그녀를 안았다.

"오, 존달라! 내 꿈을 꿨어요. 내 악몽이요."

그녀가 흐느꼈다.

"괜찮아요, 에일라. 이제는 다 괜찮아요."

"지진이요. 지진이 일어났던 거예요. 지진이 일어나 죽었어요."

"누가 지진 때문에 죽었어요?"

"엄마요. 그리고 나중에는 크렙도. 오, 손달라, 나는 너무도 지진이 싫어요!"

그녀는 그의 품에 안긴 채 온몸을 떨었다. 존달라는 에일라의 양어깨를 잡고 있다가 그녀의 얼굴을 보기 위해 뒤로 살짝 밀었다.

"당신의 꿈에 대해 말해봐요, 에일라."

그가 말했다.

"내가 기억하는 한 아주 오래전부터 그 꿈들을 꿨어요. 언제나 날 찾아오는 악몽이에요. 하나는 내가 작은 동굴 안에 있고 발톱이 안으로 들어와요. 그때 내 토템이 내게 표식을 남긴 것 같아요. 다른 꿈은 늘 기억이 안 났어요. 하지만 늘 온몸을 떨면서 속이 메스꺼운 채 일어나곤 했어요. 그런데 이번에는 달랐어요. 여자를 봤어요, 존달라. 엄마를 본 거예요!"

"에일라, 지금 당신이 말한 것 들었어요?"

"무슨 말이죠?"

"당신이 말을 하고 있어요, 에일라. 말을 한다고요!"

에일라는 오래전에 소리를 내서 말하는 법을 알았다. 물론 그 말은 존달라의 언어와 똑같지는 않았지만 그녀의 머릿속에는 소리 언어의 느낌, 억양, 감각이 새겨져 있었다. 그녀는 자신의 생존이 다른 형태의 의사소통 방식에 달려 있었기 때문에, 또한 그녀가 혼자 남겨진 비극적인 사건을 잊고 싶었기 때문에 소리 내는 방법을 잊어버리게 된 것이었다. 의식적인 노력이 아니었음에도 그녀는 존달라가 가르쳐주는 단어들 말고도 더 많은 것들을 듣고 기억했다. 그가 말하는 것을 들을 때마다 에일라는 무의식적으로 말의 순서, 문법, 강세를 터득했던 것이다.

처음 말을 배우는 아이처럼 그녀는 말을 배우려는 욕구는 물론 소질까지 타고났다. 그녀에게 필요한 것은 그 언어에 지속적으로 노출되는 것뿐이었다. 하지만 말을 배우겠다는 그녀의 의지는 아이보다 더욱 강했다. 그리고 그녀의 기억력은 아이보다 더욱 발달되어 있었다. 그녀는 빠르게 언어를 배웠다. 존달라의 어조나 억양까지 완전하게 따라할 수는 없었지만 젤란도니족에서 태어난 사람처럼 말을 할 수 있었다.

"할 수 있어요! 존달라, 내가 언어로 생각할 수 있어요!"

그때 두 사람 모두 그가 그녀를 안고 있다는 것을 의식하기 시작했다. 존달라는 갑자기 팔을 내렸다.

"벌써 아침이에요?"

에일라가 동굴 입구와 천장의 연기 구멍으로 새어 들어오는 빛을 보더니 물었다. 그녀는 덮고 있던 털가죽을 젖혔다.

"이렇게 오래 잔 줄 몰랐어요. 위대한 어머니시여! 고기를 말려야 해요."

그녀는 존달라가 탄식할 때 내뱉는 표현까지 기억하고 있었다. 그가 미소 지었다. 그녀가 갑자기 말하는 것을 듣는 것은 경이에 가까운 일이었다. 하지만 그녀의 입에서 자신이 쓰는 말이 독특한 강세를 띤 채 나오자 이상하기까지 했다.

그녀는 서둘러 입구로 가서 밖을 내다보더니 갑자기 멈춰 섰다. 그녀는 눈을 비비고서 다시 봤다. 혀 모양으로 정갈하게 잘린 고기들이 암붕의 이 끝에서 저 끝까지 널려 있었고, 그 주변으로 곳곳에 작은 불이 피워져 있었다. 그녀가 아직도 꿈을 꾸고 있는 걸까? 갑자기 씨족 여자들이 나타나 도와주고 가기라도 했나?

"저쪽 불터에 뒷다리와 허리 살을 꼬챙이에 꿰어놓았어요. 배고프면 들어요."

존달라는 아무렇지 않게 말하는 것 같았지만 얼굴 한가득 득의양양한 미소를 짓고 있었다.

"당신이? 당신이 한 거예요?"

"그럼요. 내가 했죠."

그의 미소가 더욱 커졌다. 그가 기대했던 것보다 에일라가 훨씬 더 놀라 그도 속으로 조금은 놀랐다. 아직 사냥에 나갈 수 있을 만큼은 회복되지는 않았어도 에일라가 가져온 짐승의 가죽을 벗기고 고기를 말릴 수는 있었다. 게다가 새 칼도 만든 참이었다.

"하지만…… 당신은 남자잖아요."

그녀가 큰 충격에 휩싸인 채 말했다. 조금 놀랐던 존달라도 에일라의 말에 큰 충격을 받았다. 동굴곰족 사람들이 생존을 위한 지식과 기술을 습득하는 방법은 오로지 기억에 의존하는 것이었다. 그들은 본능으로 선조로부터 내려온 기술과 기억을 두뇌 뒤쪽에 저장해 후손에게 전하는 식으로 진화해왔다. 남자와 여자의 역할은 누대에 걸쳐 구분되었기 때문에 성별에 따라 기억은 차이가 났다. 한 성은 다른 성이 수행하는 역할을 해낼 수 없었는데, 그에 대한 기억이 없었기 때문이었다.

동굴곰족 남자는 사슴을 사냥해 왔다. 여자보다 손놀림이 느리긴 해도 가죽을 벗길 수 있었다. 굳이 부탁을 한다면 고기를 큰 덩어리로 잘라줄 수 있었다. 하지만 고기를 잘게 잘라 말리는 일은 생각조차 하지 않았다. 그 일을 해야 한다고 해도 어디서부터 시작해야 할지 모를 것이었다. 따라서 제대로 모양까지 내서 얇게 저민 고기를 가지런하게 널어놓은 것을 눈으로 직접 보고도 에일라는 믿을 수가 없었다.

"남자가 고기를 자르는 게 금지된 일인가요?"

존달라가 물었다. 그는 일부 부족의 경우 남녀의 역할이 구분되는 관습이 있다는 것을 알고 있었다. 하지만 그는 그저 그녀를 돕고 싶었던 것뿐이었다. 그는 자신이 그녀의 마음을 상하게 하리라고는 생각지도 못했다.

"씨족 여자들은 사냥을 할 수 없어요. 남자는 음식을……만들지 못해요."

그녀가 설명하려고 애썼다.

"하지만 당신은 사냥을 하잖아요."

그의 말에 에일라는 정신이 번쩍 들었다. 그녀는 동굴곰족과 다른 종족의 차이에 대해 그에게 말한나는 것을 잊고 있었다.

"나는…… 나는 씨족 여자가 아니에요."

그녀는 당혹스러운 표정으로 말했다.

"나는……."

그녀는 어떻게 설명해야 할지 막막했다.

"나는 당신과 같아요, 존달라. 다른 종족 사람이에요."

23

　에일라는 말에서 내려 물방울이 뚝뚝 떨어지는 물 부대를 존달라에게 건넸다. 존달라는 벌컥벌컥 물을 마셨다. 그들은 계곡에서 한참 내려온 초원 근처에 있었다. 개울에서도 멀리 떨어진 곳이었다.

　그들 주위로 황금빛 풀들이 바람에 물결쳤다. 두 사람은 아직 영글지 않은 채 이삭을 까딱거리는 두줄보리와 외알밀, 에머밀이 뒤섞여 자라는 들판에서 기장과 야생 호밀을 거두어들이고 있었다. 작고 딱딱한 알곡들을 얻기 위해 일일이 손으로 줄기를 훑는 것은 고된 노동이었다. 그들은 손을 자유롭게 쓰기 위해 목에 걸 수 있는 바구니를 가지고 다녔다. 두 칸으로 나뉜 바구니의 한쪽 칸에는 이삭에서 잘 떨어지긴 하지만 나중에 따로 키질을 해야 하는 삭고 동글동글한 기장을, 디른 칸에는 제멋대로 잘 뒹굴어 다니는 호밀을 모았다.

에일라는 다시 바구니를 목에 걸더니 알곡을 모으기 시작했다. 존달라도 곧 다시 일을 시작했다. 한동안 나란히 서서 알곡을 훑던 존달라는 갑자기 에일라를 향해 몸을 돌리며 물었다.

"에일라, 말을 타면 기분이 어떤가요?"

"설명하기가 어려워요."

에일라는 어떻게 설명하면 좋을지 생각하며 잠시 뜸을 들였다.

"빨리 달리면 흥분이 돼요. 하지만 천천히 달려도 좋아요. 히힝이를 타면 기분이 좋아져요."

그녀는 다시 알곡을 따는 일로 돌아가더니 얼마 후 손을 멈추고 말했다.

"한번 해볼래요?"

"해보다니요?"

"히힝이를 타봐요."

그는 에일라가 진심으로 묻는 것인지 가늠해보려고 그녀의 표정을 살폈다. 한동안 말을 타보고 싶다는 생각은 해왔지만 에일라는 말과 매우 친밀한 관계를 유지하고 있는 것으로 보였다. 그래서 어떻게 하면 그녀의 기분을 상하게 하지 않고 말을 꺼내볼 수 있을까 망설이고 있던 터였다.

"네. 해보고 싶어요. 하지만 히힝이가 날 태워줄까요?"

"모르겠어요."

그녀는 시간이 얼마나 지났는지 확인하기 위해 태양을 힐끗 봤다. 그러더니 바구니를 등에 짊어졌다.

"한번 해봐요."

"지금?"

그가 물었다. 그녀는 이미 발길을 돌리며 고개를 끄덕였다.

"물을 더 채워 와서 곡물을 계속 모을 줄 알았는데."

"그러려고 했는데, 두 사람이 같이 하니까 곡물을 더 빠르게 거둘 수 있다는 걸 미처 생각 못 했어요. 내 바구니만 봤거든요. 누군가의 도움에 익숙하지 않아서요."

에일라는 존달라의 다양한 기술에 매번 놀랐다. 그는 어떤 일이든 기꺼이 도맡아 할 뿐 아니라 그녀가 할 수 있는 일은 무엇이든 할 수 있었고, 새로 배울 수도 있었다. 그는 모든 것에 관심과 호기심을 보였고, 특히 새로운 것을 시도하길 좋아했다. 에일라는 그에게서 자신의 모습을 보는 것 같았다. 새삼 씨족 사람들에게 자신이 얼마나 이상하게 보였을지 이해가 되었다. 하지만 그들은 그런 그녀를 받아들이고 그녀가 자신들의 생활 방식에 적응하도록 했던 것이다.

존달라도 바구니를 등에 짊어지고 그녀 뒤를 따랐다.

"이제 그만하는 게 좋겠다고 생각했어요. 에일라도 벌써 그렇게나 많이 수확했잖아요. 보리와 밀은 아직 여물지도 않았고요. 알곡들을 왜 필요 이상으로 많이 모으려는지 모르겠네요."

"히힝이와 망아지 몫이에요. 풀도 필요할 거고. 히힝이는 들판에 나가 풀을 먹는데, 겨울에 눈이 많이 내리면 굶어 죽는 말들도 많아요."

에일라의 말을 듣고 나니 다른 의견이 쏙 들어갔다. 일에서 손을 뗀 그들은 따뜻한 햇살이 맨살에 닿는 느낌을 만끽하며 키가 큰 풀들 사이를 헤치며 걸었다. 존달라는 허리에 천 하나만 두르고 있었다. 그의 피부는 에일라처럼 햇볕에 그을려 구릿빛이었다. 에일라는 얼마 전부터 허리에서 허벅지까지 덮는 짧은 여름 두르개로 갈아입었다. 하지만 두르개를 입는 더 중요한 이유는 도구와 줄팔매, 그 밖에 필요한 것들을 넣거나 주머니를 매달고 다니기 위해서였다. 두르개 외에 몸에 걸친 것이라고는 목에 건 주머니가 다였다. 존달라는 자신도 모르게 에일라의 단단하면서도 탄력 있는 몸에 시선을 빼앗기며 감탄했다. 하지만 그는 에일라에게 매료되는 마음을 겉으로 드러내는 몸짓은 전혀 하지 않았다. 에일라에게도 유혹의 몸짓은 전혀 찾아볼 수 없었다.

그는 히힝이가 과연 자신을 태워줄지 궁금하면서도 처음으로 말을 타볼 수 있겠다는 기대감에 잔뜩 부풀어 있었다. 혹시라도 여의치 않으면 말에서 뛰어내리면 될 것이었다. 약간 저는 것만 빼면 그의 다리는 거의 다 나았다. 시간이 지나면 절룩이는 것도 나아질 거란 생각이 들었다. 에일라는 대단히 뛰어난 솜씨로 그의 상처를 치료했다. 그는 에일라에게 이루 말할 수 없는 고마움을 느꼈다. 그는 계곡을 떠나는 것에 대해 전부터

생각하고 있었지만—더 이상 머물 이유가 없었다—에일라가
떠나라는 눈치를 주지 않아 차일피일 미루고 있었다. 그간 에일
라에게 받은 도움을 갚기 위해서라도 에일라의 겨울나기 준비
를 돕고 싶기도 했다. 한데 에일라가 말들의 겨울나기까지 챙겨
야 한다는 것을 미처 염두에 두지 못했다.

"말들의 먹이까지 저장하려면 할 일이 많겠군요?"

"아주 많지는 않아요."

그녀가 말했다.

"말에게 먹일 풀도 필요하다고 해서 생각난 건데요. 알곡들
을 일일이 훑을 게 아니라 아예 줄기째 꺾어 가면 어떨까요?"

그가 바구니를 가리키며 말했다.

"바구니에서 털면 씨앗도 잘 떨어질 거예요. 씨앗을 턴 줄기
는 말들의 먹이로 쓰고요."

그녀는 곰곰이 생각을 하느라 인상을 쓴 채 멈춰 섰다.

"그럴 수도 있겠네요. 줄기째 꺾어서 말려두면 나중에 알곡
도 더 잘 떨어질 것 같아요. 밀과 보리도 모아야 하니까…… 다
음에는 그렇게 해보는 게 좋겠어요."

에일라의 얼굴에 활짝 미소가 번졌다.

"존달라, 정말 좋은 생각 같아요!"

그녀가 온 마음을 다해 흥분하는 것을 보자 그도 따라 웃지
않을 수 없었다. 존달라의 매혹적인 눈빛에는 그가 에일라에게
느끼는 감탄, 그녀에게 끌리는 마음, 순수한 기쁨이 그대로 나

타나 있었다. 에일라는 존달라의 눈빛에 거침없이 자신의 마음을 솔직하게 드러냈다.

"존달라, 당신이 내게…… 미소 짓는 게 너무 좋아요. 당신의 입과 눈으로."

존달라가 웃음을 터뜨렸다. 전혀 예상치 못하게, 거리낌 없이 터져 나오는 호탕한 웃음이었다. 정말 솔직하군. 그는 생각했다. 그녀가 이토록 솔직 담백하리라고는 생각지도 못했었는데. 참으로 보기 드문 여자야.

에일라도 폭소하는 남자를 보고 있자니 웃음이 나왔다. 그의 웃음은 전염성이 강했다. 미소만 짓던 에일라는 어느새 쿡쿡 소리 내 웃더니 결국에는 시원하게 큰 웃음을 터뜨렸다.

그들은 숨을 쉬기 어려울 정도로 웃어대다가 조금 잠잠해졌지만 또다시 발작적으로 웃음을 터뜨리더니 깊게 숨을 들이마시며 눈물까지 닦아냈다. 뭐가 그리 우스운지 딱 집어 말할 수 없었지만 한 번 터진 웃음은 그칠 줄을 몰랐다. 하지만 그렇게 한바탕 웃고 나자 그동안 쌓여 있던 긴장감이 한 번에 풀어졌다.

그들은 다시 걷기 시작했다. 함께 실컷 웃고 나니 한층 가까워진 느낌에 존달라는 자연스럽게 한 팔로 에일라의 허리를 둘렀다. 그때 에일라의 몸이 뻣뻣하게 굳더니 그 즉시 그의 팔에서 빠져나왔다. 그는 자기 자신은 물론 에일라에게도 다시는 성적으로 그녀에게 접근하지 않겠다고 약속을 한 적이 있었다. 당시에 에일라는 그의 말을 이해하지 못했지만 약속은 약속이었다. 그녀가 쾌락을 금기하는 서약을 한 사람이라면 여자에게 어떤 신호를 보내 거절당하는 상황은 다시 만들지 않겠다고 생각했던 터였다. 그는 계속해서 그녀의 뜻을 존중하기 위해 노력했다.

하지만 따뜻한 살갗에서는 여인의 향기가 풍겼고, 터질 듯 풍만한 가슴이 그의 몸을 스쳤다. 그러자 여자와 잠자리를 못한지도 꽤 오래되었다는 생각이 들었고, 천에 가려진 아랫도리가 반응하기 시작하더니 숨길 수 없을 만큼 불끈 일어났다. 그는 어떻게든 에일라에게 들키지 않으려고 몸을 돌렸다. 그녀의 두르개를 잡아 찢고 싶은 욕구를 누르려면 그 방법밖에 없었다. 그의 발걸음이 빨라지더니 거의 뛰다시피 에일라를 앞서 걸었다.

"도니시여! 내가 저 여인을 얼마나 원하고 있는지요!"

그는 나직이 웅얼거렸다.

갑자기 앞서 뛰어가는 그를 보던 에일라의 눈가에 눈물이 맺혔다. 내가 뭘 잘못했지? 왜 내게서 손을 뗀 걸까? 어째서 신호를 보내지 않을까? 한눈에 봐도 알겠던데, 어째서 내게 욕구를 풀려고 하지 않을까? 내가 못생겨서? 그녀는 자신의 몸을 감싸던 그의 팔이 와 닿던 느낌을 떠올리더니 파르르 몸을 떨었다. 코에는 그의 남성적 체취가 가늑 남아 있었다. 그녀는 남자와 대면하고 싶지 않아 발을 질질 끌며 천천히 걸었다. 어린 시절에 마치 나쁘다는 것을 알면서도 잘못을 저질렀을 때 느꼈던 기분이 들었다. 하지만 이번에는 자신이 뭘 잘못했는지 전혀 감이 오지 않았다.

존달라는 개울 근처, 그늘진 덤불숲에 도착했다. 그의 욕구가 너무 강해 더 이상 억누를 수가 없었다. 울창한 덤불에 가려지는 곳에 도착하고 나서야 끈적이는 하얀 점액이 땅바닥으로 왈칵 솟아져 나왔다. 정기가 다 빠져나온 뒤에도 머리를 나무에 기대고 한참을 서 있었다. 몸이 부르르 떨렸다. 그것은 그저 배설에 지나지 않았다. 하지만 적어도 여자를 쓰러뜨려 억지로 욕구를 풀지 않아도 되었다.

그는 나뭇가지를 찾아 흙을 파헤친 뒤 어머니의 대지로 쾌락의 정기를 덮었다. 그것을 함부로 쏟아내는 것은 어머니의 선물을 낭비하는 것이라고 젤란도니가 말했었다. 하지만 불가피한 경우라면 땅바닥에 쏟아내 흙으로 덮어 어머니에게 되돌려드리라고 했다. 젤란도니 말이 맞아. 그는 속으로 생각했다. 이건 낭비야. 아무런 즐거움도 없어.

탁 트인 곳으로 나가면 민망할 것 같아 개울을 따라 걸었다. 덤불 사이로 커다란 바위 옆에서 기다리고 있는 에일라가 보였다. 한 팔로 망아지의 목을 감싸고 있었고, 이마는 히힝이의 목에 기대고 있었다. 힘이 들 때 동물들에게 기댄 채 위로를 구하는 그녀는 너무도 연약해 보였다. 힘이 든다면 그에게 기대도 좋을 텐데, 그가 에일라를 위로해주면 좋을 텐데. 문득 그는 그런 생각이 들었다. 아무래도 그가 에일라를 힘겹게 한 게 틀림없었다. 그는 마치 비난받아 마땅한 짓을 한 것처럼 부끄러웠다. 그는 마지못해 덤불 그늘에서 나왔다.

"남자는 급하게 물을 빼야 할 때가 있어요."

그가 희미한 미소를 띠며 거짓말을 했다. 에일라는 놀랐다. 그는 왜 사실과 다른 말을 하는 걸까? 그녀는 존달라가 무슨 일을 했는지 알았다.

씨족 남자였다면 족장의 짝에게 부탁을 할지언정 혼자 욕구를 풀지는 않았을 터였다. 주위에 다른 여자가 없는데 자신의 욕구를 참을 수 없었다면, 비록 그녀가 아무리 못생겼다고 할지라도 그녀에게 욕구를 풀었을 터였다. 다 자란 남자가 혼자서 욕구를 해결하는 일은 없었다. 몸은 성숙했지만 사냥에 나가기 전이라 성인식을 치르지 못한 사내아이들이나 생각해봄직한 일이었다. 하지만 존달라는 그녀에게 신호를 보내지 않고 스스로 욕구를 푸는 쪽을 택했다. 그녀는 자존심만 상한 게 아니었다. 큰 수치심을 느꼈다. 그녀는 남자의 말을 못 들은 척하고 시선을 피했다.

"히힝이를 타고 싶다면 저 바위 위로 올라가요. 내가 말을 잡고 있을 테니 바위 위에서 한쪽 발을 들고 등에 타면 돼요. 히힝이에게 당신이 타보고 싶어 한다고 말할 게요. 히힝이가 태워줄지도 몰라요."

그제야 존달라는 알곡을 모으는 일을 그만둔 이유가 떠올랐다. 하지만 말을 타보고 싶었던 열정은 다 어디로 사라진 걸까? 들판에서 여기까지 걸어오는 동안 이토록 마음이 크게 요동칠 수 있을까? 그는 아무 일도 없었다는 인상을 주려고 애쓰며 마치 의자처럼 쑥 들어간 부분이 있는 바위 위에 올라갔다. 에일라가 말을 데리고 왔지만 그 역시 시선을 피했다.

"어떻게 말에게 가고 싶은 방향을 알려줍니까?"

그가 물었다. 에일라는 그 질문에 답하기 위해 한참을 골똘히 생각해야 했다.

"모르겠어요."

그녀는 대답하지 못했다. 한 번도 생각해본 적이 없었다.

존달라는 신경 쓰지 않기로 했다. 말이 그를 태워주기만 한다면, 그는 말이 이끄는 대로 어디든 가볼 작정이었다. 그는 말의 어깨 사이에 도드라진 부분을 한 손으로 짚고 조심스레 다리를 벌려 말 등에 올라탔다.

히힝이는 귀를 뒤로 한껏 젖혔다. 말은 등 위에 올라탄 사람이 에일라가 아님을 알았다. 더 무거웠고 허벅지나 다리 근육의 긴장과 이완으로 보내는 신호도 없었다. 하지만 에일라가 자신의 머리를 잡은 채 가까이 있었고, 등 위에 탄 남자도 익숙했다. 암말은 주저하며 몇 걸음 뛰더니 얼마 후 다시 멈춰 섰다.

"이제 어떻게 하지요?"

존달라는 긴 다리를 쭉 내려뜨리고 말 위에 앉은 채 물었다. 손을 어디에 짚어야 할지도 감이 오지 않았다.

에일라는 한 손으로는 암말을 다독이며 손짓과 속으로 삼키는 소리 같은 씨족의 말과 젤란도니 말을 섞어 히힝이에게 말했다.

"존달라는 네가 자기를 태우고 달려주면 좋겠대, 히힝아."

그녀의 어투는 앞으로 달리라고 말할 때와 비슷했다. 손도 부드럽게 말의 몸을 눌렀다. 에일라의 지시에 매우 예민하게 반응하는 말에게 그것은 달리라는 신호였다.

히힝이가 앞으로 움직이기 시작했다.

"어딘가를 잡고 싶으면 두 팔로 말의 목을 끌어안아요."

에일라가 그에게 조언했다. 히힝이는 사람을 태우고 달리는 것에 익숙했다. 히힝이는 그를 거부하며 날뛰지 않았다. 하지만 아무런 신호도 없다 보니 주저하듯 움직였다. 존달라는 말을 안심시키기 위해 말의 목을 토닥인 뒤 자신도 안전한 자세를 취하기 위해 몸을 앞으로 숙였다. 그런데 바로 그 움직임이 에일라가 더 빨리 달리라고 할 때 무의식적으로 보내던 신호와 비슷했다. 예기치 못하던 순간에 말이 질주하기 시작하자 존달라는 에일라가 말한 대로 말의 목을 꼭 안았다. 히힝이에게 그것은 속도를 내라는 신호였다.

말은 들판을 곧장 가로지르며 전속력으로 달렸다. 말의 목을 꼭 끌어안은 그의 긴 머리가 휘날렸다. 얼굴을 때리는 바람을 느끼며 그는 마침내 가늘게 눈을 떠 보았다. 땅이 믿기 힘들 정도로 빠르게 지나가고 있었다. 순간 덜컥 겁이 나기도 했지만 온몸에 전율이 흘렀다! 그는 에일라가 어째서 그 느낌을 설명하기 힘들어했는지 이해가 되었다. 겨울날 꽁꽁 언 언덕을 미끄러져 내려오는 것 같기도 했고, 얼마 전 거대한 철갑상어에 끌려가던 때가 떠오르기도 했다. 하지만 훨씬 더 흥분됐다. 왼편에서 뭔가의 움직임이 포착되었다. 갈색 망아지가 어미 뒤를 바짝 쫓아오고 있었다.

멀리서 높고 날카로운 휘파람 소리가 들렸다. 그러자 갑자기 말은 방향을 틀더니 오던 길을 되돌아 달렸다.

"똑바로 앉아요."

그들이 다가오자 에일라가 그에게 소리쳤다. 말이 여자에게 다가오며 속도를 늦추자 그는 몸을 곧추세우고 앉았다. 히힝이는 바위 옆까지 천천히 달려와 멈췄다.

말에서 내리는 존달라의 몸이 약간 떨렸다. 하지만 눈은 흥분으로 빛났다. 에일라는 땀에 젖은 말의 옆구리를 토닥여주었다. 그러더니 히힝이가 동굴 가까이의 강가를 향해 터벅터벅 걸어가자 에일라도 그 뒤를 따라 천천히 걸었다.

"망아지가 내내 뒤따라온 거 알아요? 대단한 뜀박질 선수군요!"

존달라의 말하는 방식으로 보아 에일라는 처음 듣게 된 그 말에 단순한 의미 이상이 있다는 게 느껴졌다.

"선수가 뭐지요?"

그녀가 물었다.

"여름 축제 때 온갖 종류의 시합이 열려요. 하지만 가장 흥미진진한 것은 달리기 시합이에요."

그가 설명했다.

"그 시합에 참여하는 이들을 달리기 선수라고 하지요. 선수는 어떤 경기에서 이기거나 특정 목표를 이루려고 노력하는 사람을 말해요. 그 사람의 능력을 인정하는 말이기도 해요. 누군가에게 선수라고 하면 격려와 칭찬의 뜻도 담겨 있어요."

"그렇다면 망아지는 뜀박질 선수가 맞아요. 달리기를 좋아하거든요."

그 뒤로는 한참을 말없이 걸었다. 존달라는 한 걸음 뗄 때마다 그 침묵이 더더욱 불편하게 느껴졌다.

"왜 내게 똑바로 앉으라고 말한 건가요?"

존달라가 마침내 침묵을 깨고 물었다.

"히힝이에게 당신이 원하는 것을 어떻게 전하는지 모른다고 말한 것 같은데. 그런데 내가 똑바로 앉으니까 히힝이가 속도를 줄이더군요."

"전에는 한 번도 생각해본 적이 없었어요. 그런데 말을 타고 오는 당신을 보니까 갑자기 떠올랐어요. '일어나 앉아야 해.' 처음에는 어떻게 설명해야 할지 몰랐어요. 하지만 속도를 멈춰야 할 때가 되니까 그냥 그래야 한다는 게 바로 떠올랐어요."

"그렇다면 그런 식으로 말에게 당신의 뜻을 전한 거네요. 일종의 신호 같은 것으로. 망아지도 그런 신호를 배울 수 있을지 궁금하네요."

그는 곰곰이 생각에 잠겼다.

그들이 물가 쪽으로 튀어나온 절벽 모퉁이를 돌자 히힝이가 개울가 근처 진흙탕에서 열을 식히기 위해 뒹구는 모습이 보였다. 기분이 아주 좋은지 낮은 울음까지 토해내고 있었다. 그 옆에는 망아지가 드러누운 채 다리를 공중으로 쳐들고 있었다. 존달라는 멈춘 채 그 모습을 지켜보며 미소 지었지만 에일라는 고개를 숙인 채 계속해서 걸어갔다. 그녀가 비탈길을 오르기 시작할 때 존달라가 그녀를 따라잡았다.

"에일라."

에일라가 뒤를 돌아보았다. 하지만 그는 어떻게 말을 시작해야 할지 망설였다.

"난…… 난, 그러니까…… 고맙다는 말을 하고 싶어서."

그 말은 에일라에게 여전히 이해가 잘 되지 않는 말이었다. 동굴곰족에는 그 말에 꼭 대응되는 표현이 없었다. 작은 무리를 지어 사는 동굴곰족 사람들은 생존을 위해 서로에게 크게 의지하며 살았다. 서로 돕는 것이 삶의 방식이었다. 아기가 어머니의 보살핌에 고맙다고 하지 않듯이, 그리고 어머니가 아기에게 보답을 바라지 않듯이 동굴곰족에는 누군가에게 고마워한다는 개념이 없었다. 특별한 호의가 베풀어지거나 어떤 선물을 받으면 그에 상응하는 보답을 하는 게 의무이기도 했다. 하지만 그런 보답을 늘 흔쾌히 받는 것도 아니었다.

　　동굴곰족에서 그나마 고맙다는 감정과 비슷한 것은 지위가 낮은 사람이 높은 사람에게 느끼는 감정이었다. 이를테면 여자가 자신을 부양해주는 남자에게 느끼는 마음이 그러한 감사하는 감정과 유사했지만 완전히 똑같지는 않았다. 에일라가 느끼기에 존달라는 히힝이를 타본 일에 대해 그녀에게 감사해하고 있었다.

　　"존달라, 히힝이가 당신을 태워준 거예요. 왜 나에게 고마워하나요?"

　　"당신이 내가 말을 타도록 도와주었잖아요, 에일라. 게다가 당신에게 고마워할 일들은 그것 말고도 더 많아요. 내게 많은 일들을 해주었어요. 나를 보살펴주었고."

　　"망아지가 히힝이에게 자기를 보살펴줘서 고맙다고 말할까요? 당신은 도움이 필요한 상태였고, 그래서 내가 보살폈어요. 그런데 왜……'고마운' 건가요?"

　　"당신이 내 목숨을 구해주었으니까."

　　"나는 치료하는 여인이에요, 존달라."

　　그녀는 누군가의 목숨을 구하면 그 사람 정령의 일부가 그를 구해준 사람에게 옮겨 온다는 것을 어떻게 설명하면 좋을지 생각에 잠겼다. 그 사람의 정령을 나눠 가진 사람은 따라서 그를 계속해서 보호해야 하는 것이었고, 그 둘은 피붙이보다 더 가까운 사이가 되었다. 하지만 그녀는 주술 치료사이기도 했다. 부적 주머니에 넣고 다니는 검은 망간조각을 받는 의식을 통해 정식으로 주술 치료사가 되었을 때 그녀는 모든 이들의 정령을 조금씩 나눠 받았다. 그리고 누구도 그녀가 베푸는 치료술에 대해 고마워하며 보답할 필요가 없었다.

"고마워할 필요가 없어요."

그녀가 말했다.

"그럴 필요가 없을지도 모르지요. 당신이 하는 일이 치료를 하는 것이니까. 하지만 내가 그렇게 느낀다는 것을 당신이 알아주면 좋겠어요. 사람들은 누군가에게 도움을 받았을 때 고맙다고 말해요. 그게 예의이자 관습이에요."

그들은 한 줄로 비탈길을 올랐다. 에일라는 아무런 대꾸도 하지 않았다. 하지만 그의 말을 듣자 경계석 너머 다른 이의 불터를 보면 예의에 어긋난다고 주의를 주던 크렙이 떠올랐다. 존달라는 서로에게 고마움을 표현하는 것이 관습이자 예의라고 말했다. 에일라는 더욱 혼란스러울 뿐이었다.

방금 전에 자신에게 수치심을 안겨준 사람이 어째서 내게 고맙다고 말하려는 것일까? 동굴곰족 남자가 그녀에게 그런 모멸감을 주었다면 다시는 그 남자 앞에 모습을 드러내지 않을 터였다. 그가 속한 부족의 관습을 배우는 것도 참으로 어려운 일이 되겠어. 에일라는 문득 그런 생각이 들었지만 그렇다고 그녀가 느꼈던 수치심이 덜어지는 것은 아니었다.

그는 어떻게든 그들 사이에 놓인 장벽을 허물고 싶은 생각에 에일라가 동굴에 들어가기 전 그녀를 멈춰 세웠다.

"에일라, 내가 어떤 식으로든 당신을 불쾌하게 했다면 미안합니다."

"불쾌하게요? 그게 무슨 말인지 모르겠군요."

"내가 당신을 화나게 한 것 같아요. 기분을 상하게 한 것 같아요."

"화가 나지는 않았어요. 하지만 그래요, 기분을 상하게 했어요."

에일라가 순순히 자신의 감정을 인정하자 그는 깜짝 놀랐다.

"미안해요."

그가 사과했다.

"미안해요. 그게 예의인가요? 관습? 존달라, '미안해요'라는 말이 무슨 소용이 있어요? 그 말을 해도 변하는 건 아무것도 없어요. 전혀 기분이 나아지지 않아요."

그는 손으로 머리카락을 쓸었다. 에일라의 말이 옳았다. 그가 무슨 일을 저질렀든 긴에—그는 자신이 무슨 잘못을 했는지 안다고 착각했다—미안해하는 것만으로는 아무런 도움이 되지 않았다. 하지만 솔직하게 자신의 마음을 털어놓았다가 더 부끄러운 상황에 처할까 두려워 그 문제를 자꾸 피하기만 하고 정면으로 돌파하지 못하는 것도 도움이 되지 않기는 마찬가지였다.

에일라는 동굴로 들어가 바구니를 벗어놓고 저녁을 준비하기 위해 모닥불을 뒤적였다. 존달라도 뒤따라 들어와 에일라의 바구니 옆에 그의 바구니를 내려놓고 불가로 깔개를 끌어와 그 위에 앉아 에일라를 지켜봤다.

에일라는 그가 지난번에 사슴 고기를 자르고 그녀에게 주었던 도구들을 사용했다. 그녀는 그가 준 도구들이 마음에 들었지만 어떤 일을 할 때는 손에 익숙한 칼을 애용했다. 존달라가 보기에 에일라는 투박한 돌칼을 다루는 솜씨가 뛰어나서 손잡이가 달린 더 작고 정교한 칼로 자르는 것과 큰 차이 없이 칼질을 했다. 존달라는 타고난 석공의 눈으로 모든 종류의 연모를 살피면서 장단점을 비교하고 평가했다. 어떤 연모가 다른 연모보다 사용하기에 쉽다는 게 문제가 아니었다. 날카로운 날만 있다면 어떤 칼로든 자를 수 있었다. 하지만 부싯돌 덩어리를 가지고 도구를 만든다는 것은 누구에게나 참으로 큰 노력을 요하는 일이었다. 돌덩이를 끌고 오는 것만 해도 힘든 일이었다.

에일라는 곁에서 자신이 하는 일을 유심히 바라보는 존달라가 신경 쓰였다. 결국 그녀는 일어나 카밀레 차를 준비했다. 그의 관심을 다른 곳으로 돌릴 겸, 그리고 자신의 마음도 가라앉힐 겸 해서였다. 하지만 에일라의 움직임에 존달라는 자신이 문제와 직면하는 것을 또다시 미루고 있다는 것을 깨닫게 되었다. 그는 의연하게 마음을 가다듬고 솔직하게 문제를 털어놓자고 마음먹었다.

"당신 말이 맞아요, 에일라. 미안하다는 말이 큰 의미가 있는 건 아니죠. 하지만 뭐라고 말을 해야 할지 모르겠네요. 내가 무엇 때문에 당신을 불쾌하게 했는지 모르겠어요. 부디 말해주세요. 왜 기분이 상했나요?"

그는 또 사실이 아닌 말을 하는 게 틀림없어. 에일라는 생각했다. 어떻게 모를 수가 있지? 하지만 그는 걱정에 잠긴 표정이었다. 에일라는 시선을 아래로 내리깔았다. 차라리 아무것도 묻지 않았다면 좋았을 텐데. 이미 충분히 수치심을 맛보았는데 또 한 번 그 이야기를 입 밖으로 내야 한다니. 하지만 그가 직접적으로 그 이유를 물어왔다.

"내가 기분이 상하는 것은…… 내가 마음에 들지 않아서."

"당신이 마음에 들지 않다니, 무슨 말이죠? 이해가 안 가는군요."

그는 어째서 이런 질문들을 계속 하는 것일까? 일부러 내 기분을 더 상하게 하려는 것일까? 에일라는 고개를 들어 그를 보았다. 그는 몸을 앞으로 기울였다. 그의 태도는 진지했고 눈빛에는 걱정이 어려 있었다.

"씨족의 남자는 주변에 마음에 드는 여자가 있으면 스스로 욕구를 풀지 않아요."

다시 한 번 그 일을 상기하자 에일라의 얼굴이 달아올랐다. 그러고는 눈을 내리깔고 자신의 손을 바라봤다.

"당신은 욕구로 가득 차 있었는데, 내게서 달아났어요. 내가 당신 마음에 들지 않았다는 건데, 어떻게 기분이 상하지 않겠어요?"

"당신이 불쾌했던 이유가 그러니까 내가……."

그는 뒤로 물러나 앉았다.

"오, 도니! 어떻게 이리 멍청할 수 있단 말인가, 존달라?"

그는 동굴 위를 올려다보며 자문했다.

"내가 귀찮게 하는 것을 당신이 싫어할 거라 생각했어요, 에일라. 그래서 당신의 뜻을 존중하려고 애썼어요. 내가 당신을 얼마나 원했는지 몰라요. 참을 수가 없을 정도였어요. 하지만 매번 내 손이 닿을 때마다 당신의 몸이 뻣뻣하게 굳더군요. 세상에 어떤 남자가 당신이 마음에 들지 않겠어요?"

그제야 에일라는 모든 게 이해되면서 마음에 맺혔던 응어리가 풀어졌다. 그가 나를 원했다니! 존달라는 오히려 내가 그를 원하지 않는다고 생각했어! 또다시 관습의 문제였어, 다른 관습 때문에.

"존달라, 그저 신호만 보내면 돼요. 내가 좋아하는지가 왜 중요해요?"

"당연히 당신도 좋아하는 게 중요해요. 당신은……."

갑자기 그의 얼굴이 발개졌다.

"당신은 내가 싫지 않은가요?"

그의 눈빛에는 망설임과 함께 거절에 대한 두려움이 섞여 있었다. 그녀는 그런 감정을 경험해봐서 잘 알았다. 하지만 남자에게서 그런 두려움이 읽히다니 놀라울 따름이었다. 그의 눈빛에 그간 쌓였던 의심이 스르르 녹으면서 그녀의 마음은 한없이 부드럽고 따뜻해졌다.

"당신을 좋아해요, 존달라. 처음 봤을 때부터 당신이 좋았어요. 당신이 너무 심하게 다쳐서 살아날 수 있을지 확신이 되지 않을 때에도 당신을 보고 있으면 어떤 느낌이…… 내 안에서 어떤 게 느껴졌어요. 하지만 당신이 한 번도 내게 신호를 보내지 않아서……."

그녀는 다시 아래를 내려다보았다. 그녀는 생각했던 것보다 너무 많은 말을 하고 말았다. 씨족의 여자들은 더 은밀하게 유혹의 손짓을 하곤 했다.

"그러면 지금까지 내가 생각했던 게 전부……. 당신이 말하는 그 신호란 게 대체 어떤 건가요?"

"씨족에서 남자가 여자를 원할 때 신호를 보내요."

"보여주세요."

그녀는 손짓을 해 보이고는 얼굴을 붉혔다. 그것은 여자들이 쓰는 손짓이 아니었다.

"그게 다예요? 그렇게만 하면 되는 거였습니까? 그 신호를 받으면 여자는 어떻게 하는데요?"

에일라가 일어나서 무릎을 꿇고 자세를 취하자 그는 다소 어처구니없다는 표정을 지었다.

"남자가 이런 손짓을 하면 여자가 그런 자세를 취한다고요? 그러면 준비가 끝난 거예요?"

"남자가 준비되지 않으면 신호를 안 보내요. 오늘 준비가 되지 않았었나요?"

이번에는 그가 얼굴을 붉힐 차례였다. 그는 자신이 얼마나 차고 넘치게 준비가 잘 되었던지, 그리고 에일라를 강제로 덮치지 않으려고 어떤 행위를 했었는지 잊고 있었다. 신호를 미리 알기만 했어도 그런 창피는 겪지 않아도 되었을 것을…….

"여자가 남자를 원치 않으면 어떻게 하죠? 혹은 여자가 준비되지 않았다면?"

"남자가 신호를 보내면 여자는 무조건 자세를 취해야 해요."

에일라는 브라우드에 대해 생각하지 않을 수 없었다. 그러자 그때 겪은 수모와 고통이 떠오르며 표정이 어두워졌다.

"아무 때나요?"

그는 에일라의 얼굴에 떠오른 고통에 찬 표정을 보며 물었다.

"여자가 처음이라고 해도?"

그녀가 고개를 끄덕였다.

"당신도 그런 일을 겪었습니까? 남자가 당신에게 그냥 신호를 보냈어요?"

그녀는 눈을 감고 침을 삼킨 후 다시 고개를 끄덕였다.

존달라는 경악했다. 걷잡을 수 없는 화가 치밀어 올랐다.

"초야 의식이 없단 말입니까? 남자가 당신을 너무 아프지 않게 하도록 누구 하나 지켜보는 사람도 없어요? 대체 어떤 부족이기에 사람들이 그럽니까? 처녀의 초야 의식에 신경도 쓰지 않다니요? 흥분한 상태의 아무 남자에게나 처녀를 내맡긴단 말입니까? 준비가 되었든 안 되었든 강제로? 아프든 말든 간에?"

그는 일어나더니 화를 주체하지 못하고 서성거렸다.

"잔인해요! 비인간적이야! 어떻게 그럴 수 있습니까? 그 사람들에게는 연민이란 감정도 없나요? 그렇게 무신경합니까?"

그가 화를 낼 거라고는 전혀 예상치 못했던 에일라는 그 자리에 앉은 채 휘둥그레진 눈으로 존달라가 점점 더 씩씩대며 분개하는 모습을 지켜봤다. 하지만 그의 입에서 쏟아져 나오는 말들이 점점 더 격해질수록 그녀는 그가 하는 말들을 인정할 수 없다는 듯 머리를 가로저었다.

"아니요!"

마침내 속으로만 그의 생각에 반박하고 있던 에일라가 외쳤다.

"그렇지 않아요, 존달라. 무신경하지 않아요! 이자가 나를 발견했고, 나를 보살펴주었어요. 내가 다른 종족에서 태어난 사람인데도 나를 데려다가 동굴곰족의 일원으로 받아들였어요. 굳이 그럴 이유가 없었는데도.

크렙은 브라우드가 나를 아프게 했다는 것도 몰랐어요. 크렙은 짝을 맺은 적이 없거든요. 그는 그런 쪽으로는 여자에 대해 몰랐어요. 그리고 브라우드에게는 그럴 권리가 있었고요. 내가 아기를 가졌을 때 이자가 나를 보살펴주었어요. 내가 아기를 잃지 않도록 약초를 구하려다가 병까지 얻었어요. 이자가 아니었더라면 두르크를 낳자마자 난 죽었을지도 몰라요. 그리고 브룬은 아기가 기형이라고 생각하면서도 받아주었어요. 하지만 내 아들은 기형이 아니에요. 건강하고 힘도 세고……."

에일라는 자신을 뚫어질 듯 바라보는 존달라의 눈빛에 말을 멈췄다.

"아들이 있어요? 지금 어디 있습니까?"

에일라는 지금껏 아들에 대해 말한 적이 없었다. 그토록 오랜 시간이 흐르고 난 뒤였지만 아들에 대해 말하는 것은 고통스러웠다. 그녀는 이렇게 질문이 이어질 거라 짐작하고 그간 아들에 관한 이야기는 피해왔다. 하지만 결국 이렇게 불쑥 나오고 만 것이다.

"네, 아들이 있어요. 지금은 씨족과 지내고요. 브라우드가 날 씨족에서 쫓아냈을 때 우바에게 맡겼어요."

"쫓아냈다고요?"

그는 뒤로 물러나 앉았다. 그녀에게는 아들이 있다. 에일라가 임신을 했었으리라는 그의 추측이 맞았던 셈이었다.

"어째서 어머니가 자기 아이를 두고 떠나게 한 겁니까? 그…… 브라우드라는 자가 누굽니까?"

그에 대해 어떻게 설명할 수 있을까? 에일라는 잠시 눈을 감았다.

"그는 족장이에요. 나를 발견했을 때는 브룬이 족장이었고요. 브룬의 허락으로 내가 씨족의 일원이 되었어요. 하지만 나이가 들자 브라우드에게 족장 자리를 넘겨주었어요. 브라우드는 내가 아이였을 때부터 줄곧 나를 싫어했어요."

"그 사람이 당신을 아프게 했군요?"

"내가 여자가 되었을 때 이자가 신호에 대해 말해주었어요. 하지만 남자들은 자기 마음에 드는 여자에게 욕구를 푼다고 했어요. 브라우드가 내게 그런 이유는 내가 싫어한다는 것을 알았기 때문이에요. 내가 싫어하는 모습을 보고 기분이 좋았던 거예요. 하지만 나는 내 토템이 브라우드에게 그렇게 하도록 이끌었다고 생각해요. 동굴사자 정령은 내가 얼마나 아기를 원했는지 아니까요."

"그 브라우드라는 자가 당신의 아기와 무슨 상관이 있다는 겁니까? 위대한 대지의 어머니께서 선택을 하셔서 아기를 갖게 되는 거예요. 당신의 아들에 그자의 정령이 깃들어 있습니까?"

"크렙은 정령이 아기를 만든다고 말했어요. 여자가 남자 토템의 정령을 삼킨다고요. 남자의 정령이 충분히 강하면, 여자 정령의 토템과 싸워 이거서 그 생명의 정기를 통해 여자 몸에 새 생명이 자라게 한다고요."

"독특한 관점이군요. 남자의 정령과 여자의 정령을 선택해 섞으서서 새 생명을 여자의 몸에 불어넣는 것은 바로 위대한 대지의 어머니시죠."

"정령이 아기를 만드는 것 같지 않아요. 토템의 정령도, 당신이 말하는 위대한 어머니도 아니고. 내 생각에는 남자의 가득 찬 남근이 여자의 몸속에 들어가면 생명이 생기는 것 같아요.

그래서 남자는 그토록 강한 욕구를 갖는 것이고, 여자는 남자를 그토록 원하게 되는 것 같아요."

"그럴 리 없어요, 에일라. 남자가 여자의 몸속에 남근을 얼마나 자주 넣는지 알잖아요? 그때마다 여자가 매번 아기를 가질 수는 없어요. 어머니께서 주신 쾌락의 선물을 통해 남자가 여자를 만들어요. 정령이 들어갈 수 있도록 남자가 여자의 몸을 여는 것이죠. 하지만 어머니의 가장 신성한 선물인 생명은 오직 여자만 받을 수 있어요. 여자들이 정령을 받아들여 생명을 만들면, 대지의 어머니처럼 그들도 어머니가 되는 거예요. 남자가 어머니를 섬기고, 어머니의 선물을 감사해하며 여자와 아이들을 보살피는 책임을 다하면, 도니는 그 남자의 정령을 선택해 불터의 아이들을 만드는 것이지요."

"쾌락의 선물이 뭔가요?"

"그렇군요! 당신은 쾌락에 대해 전혀 몰라요, 그렇지요?"

그는 깜짝 놀라며 그렇게 말하더니 잠시 생각에 잠겼다.

"그렇다면 내 손길이 닿을 때마다 뻣뻣하게 몸이 굳은 것도 놀랄 일이 아니군요. 당신은 초야 의식도 치르지 않고 아기를 갖게 된 여자예요. 당신의 씨족은 매우 특이한 사람들인 게 분명해요. 내가 여행하며 만난 사람들은 모두 어머니와 어머니의 선물에 대해 알았어요. 쾌락은 남자와 여자가 서로를 원한다고 느낄 때 서로가 주고받을 수 있는 선물이에요."

"남자가 가득 찼을 때, 그의 욕구를 여자에게 푸는 것을 말하는 건가요?"

에일라가 물었다.

"남근을 아기가 나오는 곳에 넣는 게 쾌락의 선물인가요?"

"그렇죠. 하지만 그것만 말하는 게 아니고, 훨씬 많은 게 있어요."

"그럴지도요. 모두들 내 토템이 너무 강해서 난 결코 아기를 가질 수 없을 거라 말했어요. 그래서 다들 놀랐어요. 그리고 내 아기는 기형이 아니었어요. 그냥 나와 그들을 각각 조금씩 닮은 거예요. 내가 아기를 갖게 된 것은 브라우드가 내게 신호를 보내기 시작한 그 이후부터였어요. 다른 남자들은 누구도 나를 원하지 않았어요. 내가 너무 크고 못생겨서. 씨족 모임에서도 나를 짝으로 삼겠다는 남자는 없었어요. 이자의 혈통을 받은 주술 치료사인데도 불구하고."

에일라의 이야기를 듣던 존달라는 어떤 부분에서 신경이 거슬리는 것을 느꼈지만 딱히 집을 수가 없어 우선은 그냥 넘어갔다.

"치료사가 당신을 발견했다고 했죠. 이름이 뭐죠? 이자? 이자가 당신을 어디에서 찾았습니까? 당신은 어디에서 온 거죠?"

"모르겠어요. 이자 말이, 나는 다른 종족에서 태어났대요. 나와 같은 다른 사람들. 존달라, 당신과 같은 사람이요. 하지만 씨족 사람들과 살기 전의 일에 대해서는 전혀 기억이 나지 않아요. 어머니 얼굴조차 떠오르지 않아요. 나와 비슷하게 생긴 사람을 본 것은 당신이 유일해요."

존달라는 마음 깊은 곳에서 서늘한 뭔가가 지나가는 것 같았다.

"나는 씨족 모임에서 만난 여자에게서 다른 종족 남자에 대해 알게 되었어요. 그 이야기 때문에 당신을 만나기 전까지는 다른 종족 남자들을 두려워했어요. 그 여자에게는 딸이 있었는데, 두르크와 너무도 닮아서 내 아이라고 착각을 할 정도였어요. 그 여자의 씨족 사람들도 자신의 아기가 기형이라고 했대요. 하지만 내 생각에는 다른 종족의 남자가 그 여자에게 욕구를 풀어서 아기를 생기게 한 것 같아요."

"남자가 여자에게 억지로?"

"게다가 오다의 첫째 딸을 죽였어요. 오다는 다른 여자 둘과 있었는데, 다른 종족 남자들이 들이닥쳤대요. 하지만 신호를 보내지 않았대요. 한 남자가 오다를 갑자기 낚아채는 바람에 오다가 안고 있던 아기가 떨어져 바위에 머리를 부딪쳤어요."

돌연 존달라는 멀리 서쪽 동굴에 사는 부족의 청년들이 생각났다. 그는 자신의 생각이 가닿은 결론을 부정하고 싶었다. 그들 부족의 청년들이 패거리를 지어 그런 짓을 했다고 치면, 다른 부족의 남자들도 그럴 가능성이 있지 않겠는가?

"에일라, 당신은 씨족 사람들과 다르게 생겼다고 했죠. 그들은 어떻게 생겼나요?"

"키가 더 작아요. 그래서 당신이 일어섰을 때 그토록 놀랐던 거예요. 남녀 통틀어 내가 제일 컸어요. 나를 짝으로 원하지 않은 이유이기도 해요. 내가 너무 크고 못생겨서."

"다른 점은요?"

그는 묻고 싶지 않았지만 멈출 수 없었다. 알아야만 했다.

"눈은 갈색이에요. 이자는 내 눈이 하늘과 같은 색이어서 뭔가 문제가 있다고 생각했어요. 두르크도 씨족의 눈을 닮았어요. 어…… 어떻게 말해야 할지 모르겠네요. 눈썹이 커요. 하지만 이마는 날 닮았어요. 씨족 사람들의 머리는 더 납작……."

"납작머리!"

그의 입술이 혐오감에 일그러졌다.

"오, 어머니시여, 에일라! 당신이 그 짐승 놈들과 살았단 말입니까! 그중 한 수컷이 당신에게 몹쓸 짓을 하도록……."

그는 몸서리를 쳤다.

"당신이…… 정령이 섞인 괴물을 낳았다니……. 반은 사람이고 반은 짐승인 괴물을!"

그는 마치 아주 더러운 뭔가를 만지기라도 한 것처럼 뒤로 물러나더니 벌떡 일어났다. 그것은 그가 아는 대다수 사람들이 한 번도 이의를 제기한 적 없는 가혹하고 무분별한 추정과 비이성적인 편견에서 비롯된 자연스러운 반응이었다.

처음에 에일라는 그의 말을 제대로 이해하지 못했다. 그저 당혹스러운 표정으로 얼굴을 찡그린 채 그를 바라봤다. 하지만 그의 표정은 그녀가 하이에나를 떠올릴 때마다 느끼는 혐오감으로 가득 차 있었다. 그러자 그의 말들이 하나둘 이해가 되기 시작했다.

짐승! 그녀가 사랑하는 사람들을 그가 짐승이라고 불렀어! 냄새나는 하이에나 같은 짐승이라고! 크렙이 짐승이라고? 그녀에게는 따뜻하고 다정한 사람이지만, 동굴곰족 가운데 가장 존경받고 강력한 힘을 지닌 신성한 주술사인 크렙이? 그녀를 어머니처럼 보살펴주고 치료술을 가르쳐준 이자가 냄새나는 하이에나 같은 짐승이라고? 그리고 두르크! 내 아들!

"무슨 뜻이죠, 짐승이라니?"

에일라가 벌떡 일어나 그를 마주 보고 서서 소리쳤다. 그녀는 화가 났다고 해서 이렇게 목소리를 높인 적이 한 번도 없었다. 스스로도 자신의 목소리 크기에, 그리고 그 안에 담긴 분노에 놀랄 정도였다.

"크렙과 이자가 짐승이라고? 내 아들이 반만 사람이라고? 씨족 사람들은 냄새나는 하이에나 같은 존재가 아니에요.

짐승들이 다친 어린애를 구해줄 수 있을까요? 그 아이를 보살펴주고 키워줄 수 있을까요? 식량을 구하고 요리하는 법을 어디에서 배웠을 거라 생각하나요? 치료술은 어디에서 배웠겠어요? 그 짐승들이 아니었다면, 난 지금 살아 있지 못했을 거예요. 그건 당신도 마찬가지예요, 존달라!

씨족은 짐승이고 다른 종족이 사람이라고 말한 건가요? 그럼 이걸 잘 명심해둬요. 씨족은 다른 종족의 아이를 구했고, 다른 종족은 씨족의 아이를 죽였어요. 누가 사람이고 인간인지 내가 선택할 수 있다면, 나는 당신이 하이에나 같은 짐승이라고 말하는 씨족이 사람이라 택하겠어요!"

그녀는 동굴 밖으로 뛰쳐나가 비탈길을 내려가더니 휘파람을 불어 히힝이를 불렀다.

24

존달라는 너무 놀라 말문이 막혔다. 에일라를 따라 동굴 밖으로 나간 그는 암붕에서 그녀를 지켜보았다. 에일라는 숙련된 솜씨로 말에 올라타고는 전속력으로 계곡을 질주했다. 에일라는 지금껏 다소곳하게 행동하며 한 번도 화를 낸 적이 없었다. 그러다 보니 폭발할 듯 쏟아진 그녀의 분노는 평소 모습과는 너무도 달라 더욱 충격적이었다.

그는 늘 자신이 납작머리들에 대해 공정하고 열린 마음으로 생각한다고 믿었다. 그들에 대해 군이 예민하게 굴거나 그들을 괴롭히는 일 없이 그들대로 살아가게 내버려 두는 게 최선이라고 생각했다. 의도적으로 해칠 생각을 한 적도 없었다. 하지만 섬세한 감성을 지닌 그는 남자가 납작머리 암컷을 쾌락의 도구로 사용한다는 생각만으로도 역겨움에 치를 떨었다. 하물며 납작머리 수컷이 인간 여성을 같은 식으로 다루었다는 사실은 아주 깊게 뿌리박힌 민감한 지점을 건드렸다. 그런 일을 당한 여자는 더럽혀진 것이다.

그는 에일라를 간절히 원했었다. 하지만 그는 어린 남자애들이 히죽대며 그런 이야기를 주고받는 생각만 해도 아랫도리가 움츠러드는 기분이 들곤 했었다. 마치 이미 자신이 더러운 뭔가에 오염이라도 된 것처럼, 그래서 그의 남근이 오그라들어 못 쓰게 될 것만 같은 기분이었다. 위대한 대지의 어머니가 베푸신 은혜 덕분에 그는 위험한 상황에서 벗어난 것임이 틀림없었다.

하지만 더욱 최악인 것은, 그녀가 괴물을 낳았다는 사실이었다. 점잖은 사람들이 입에 올리기도 꺼려하는 사악한 정령의 새끼를 낳은 것이다. 사실 일부 사람들은 그러한 존재가 있다는 것 자체를 극구 부인했다. 하지만 그런 괴물들에 대한 이야기는 끊임없이 떠돌았다.

에일라는 전혀 부정하지 않았다. 그녀는 있는 그대로 모든 사실을 터놓고 말했으며, 꼿꼿이 선 채 그 아이 편을 들었다. 근거 없는 말로 자신의 아이를 헐뜯을 때 엄마들이 아이를 위해 격렬하게 나서듯이……. 그가 납작머리에 대해 경멸 어린 말들을 쏟아놓자 그녀는 모욕감을 느끼고 분노에 사로잡혔다. 그녀는 정말로 납작머리 무리 속에서 자란 것일까?

그는 여행 중에 납작머리를 몇몇 만난 적이 있었다. 그때도 마음속으로는 그들이 정말 짐승일지 의문을 품곤 했었다. 그는 어린 납작머리와 나이 든 여자 납작머리를 만났던 일을 떠올렸다. 생각해보니 그 아이도 철갑상어를 반으로 가를 때 투박한 돌칼을 사용하지 않았던가? 에일라가 사용하는 것과 꼭 같은? 그 아이의 어미도 에일라처럼 가죽을 두르고 있었다. 그 어미의 몸가짐도 에일라를 처음 봤을 때와 비슷했다. 시선을 아래에 두는 것하며 눈에 띄지 않으려고 조심하는 행동거지하며 닮은 점이 많았다. 그녀가 잠자리에 쓰는 부드러운 털가죽도 그들이 걸치라고 주었던 늑대 가죽과 질감이 흡사했다. 게다가 에일라가 쓰는 창! 그 원시적인 묵직한 창은 빙하를 건너고 나서 그와 소놀란이 맞닥뜨렸던 납작머리 무리가 들고 있던 창과 비슷하지 않은가?

그의 앞에는 진실을 알려주는 것들이 널려 있었다. 조금만 더 주의 깊게 살폈어도 진작 눈치챌 수 있을 터였다. 그는 어쩌자고 에일라가 자신의 능력을 더욱 연마하기 위해 홀로 시험에 든, 어머니를 섬기는 여인이라는 상상을 키워갔던 것일까? 그녀의 치료술은 치유자 못지않게 뛰어났다. 아니 그보다 더 해박한 지식을 갖고 있는 듯했다. 그런데 정말로 에일라가 납작머리에게서 그러한 치료술을 배웠단 말인가?

그는 에일라가 말을 타고 멀어지는 모습을 지켜봤다. 그녀는 분노로 활활 불타오르고 있었다. 존달라는 사소한 일에도 목소리를 높이는 여자들을 여럿 알았다. 그중에서도 그와 짝을 맺기로 약속했던 마로나가 떠올랐다. 성격이 괄괄한 그녀는 새된 목소리로 자기주장을 강하게 하곤 했었다. 하지만 그렇게 까다로운 성격 안에 담긴 강인함이 그에게는 매력으로 느껴졌다. 그는 강한 여자를 좋아했다. 강한 여자들은 그에게 의욕을 샘솟게 했고, 심지가 강해 간혹 그가 자신의 강한 감정을 표출할 때도 쉽게 주눅 드는 일이 없었다. 그는 에일라의 다소곳한 태도에도 불구하고 에일라의 마음 깊은 곳에 바위처럼 단단한 심지가 있다는 것을 어렴풋이 느꼈다. 말을 타고 달리는 저 여인을 봐봐. 그는 생각했다. 그녀는 비범하고 아름다운 여자야.

갑자기 찬물을 뒤집어쓴 것처럼 그는 자신이 무슨 일을 저질렀는지 깨달았다. 그의 얼굴에서 핏기가 싹 가셨다. 자신의 목숨을 구한 그녀가 무슨 오물이라도 되는 듯 뒷걸음질 쳤던 것이다! 그녀는 정성을 다해 그를 보살폈는데 그는 그녀에게 극도의 혐오감을 내비치고 말았다. 에일라가 낳은 아이, 그녀가 사랑하는 게 분명한 아이를 괴물이라고 부르기까지 했다. 그는 자신의 뻔뻔한 태도에 크게 당황했다.

동굴 안으로 뛰어 들어온 그는 잠자리, 그것도 에일라의 잠자리에 몸을 던졌다. 지금 막 경멸스럽다는 듯 몸을 움츠렸던 여자의 잠자리에서 줄곧 지내왔던 것이다.

"오, 도니시여!"

그가 외쳤다.

"어째서 저를 그냥 누고 보시기만 하셨습니까? 왜 저를 돕지 않으셨습니까? 왜 막지 않으셨습니까?"

그는 털가죽 속에 머리를 묻었다. 어린 시절 이후로 이렇게 비참한 기분이 드는 것은 처음이었다. 그는 감정을 마구 쏟아 내는 자신의 성격을 극복했다고 생각했었다. 어렸을 때 그는 생각보다 행동이 앞설 때가 있었다. 그는 감정을 자제하는 법을 전혀 배우지 못한 것일까? 왜 신중하지 못했을까? 그는 곧 떠날 예정이었다. 다리는 완전히 나았다. 어째서 떠나기 전까지 자신의 감정을 자제할 수 없었을까?

무엇보다 그는 왜 여태껏 여기 머물고 있는 것일까? 그녀에게 고마움을 표시하고 진작 떠났어야 하지 않는가? 그 무엇도 그를 붙잡는 것은 없었다. 그런데도 굳이 남아서 그가 신경 쓸 이유가 없는 질문에 대한 답을 그녀에게 요구했던 것일까? 진작 떠났다면 그는 자신의 목숨을 구해준 그녀를 계곡에서 짐승을 길들이며 혼자 사는, 아름답고 신비로운 여인으로 기억할 수 있을 터였다.

네가 떠나지 못한 이유는 아름답고 신비로운 여인을 두고 떠날 수 없었기 때문이야, 존달라. 다 알고 있잖아!

무엇이 그렇게 너를 괴롭힌단 말인가? 그녀가…… 납작머리와 살았다는 사실 때문에 뭐가 그리 달라지는가?

이토록 괴로운 이유는, 네가 그녀를 원해서야. 그 사실을 알게 되고 나서 그녀에 대한 환상이 깨져서겠지. 그녀가…… 그녀가 그런 일이 생기도록…….

이 바보! 그녀가 한 말을 제대로 못 알아들은 게냐. 그녀는 그놈이 그러도록 내버려 둔 게 아니었어. 그놈이 강제로 한 거야! 초야 의식도 없이. 그런데도 너는 에일라를 탓하고 있구나! 그녀는 상처받은 기억을 되살리면서까지 마음을 터놓고 다 이야기했는데. 이제 너는 어찌 할 셈이냐?

　너는 그자보다 더 나쁘다, 존달라. 적어도 그녀는 그자가 어떤 감정을 가지고 있는지 알았어. 그자는 에일라를 싫어했고, 그래서 상처주고 싶어 했지. 하지만 넌! 그녀는 너를 믿었어. 그녀가 너에 대해 어떻게 느끼는지도 다 말했지. 넌 그녀를 너무도 간절히 원했어, 존달라. 아무 때고 그녀를 갖고 싶을 만큼. 하지만 자존심에 흠집이라도 날까 두려웠던 거야.

　네 자신에 대한 걱정은 집어치우고 그녀에게 온전히 집중했다면, 그녀가 경험이 있는 노련한 여인이 아니란 것을 알아차렸을 텐데. 그녀는 겁먹은 어린 소녀처럼 행동했어. 여러 여자들을 만나면서 그 정도의 차이는 충분히 구별하던 네가 아니었더냐?

　하지만 그녀는 겁먹은 어린 소녀처럼 보이지는 않아. 아니, 지금껏 본 여인 중에 가장 아름다워. 대단히 아름답고, 해박하고, 자신감이 넘치는 그녀를 너는 두려워하고 있어. 그녀가 널 거절할까봐 두려운 거야. 너, 대단한 자존심의 존달라! 모든 여자가 원하는 남자. 이제 더는 그녀가 너를 원치 않으리란 걸 똑똑히 알 수 있겠지!

　넌 그녀가 자신감이 넘쳐난다고만 생각했지. 하지만 그녀는 자신이 아름다운지도 모르고 있어. 스스로 크고 못생겼다고 정말로 믿고 있어. 대체 누가 그녀를 못생겼다고 생각할 수 있겠어?

그녀는 납작머리들 속에서 자랐어, 기억나? 그들이 두 종족 간의 차이에 대해 생각이나 해봤겠어? 하지만 납작머리들이 낯선 모습의 아이를 받아들일 거라고는 또 누가 상상이나 해봤겠냐고? 우리 종족이라면 납작머리 아이를 받아들였을까? 당시 그녀는 몇 살이었을까? 무척 어린 나이였을 거야. 그 할퀸 흉터만 봐도 꽤 오래된 것 같으니. 혼자서 길을 잃은 채 동굴사자에게 공격까지 받고, 틀림없이 너무도 무서웠을 거야.

그런데 납작머리에게 치료를 받았다고 했어! 어떻게 납작머리가 치료술을 안단 말인가? 하지만 그녀는 그들에게서 배웠고, 실력도 좋아. 어머니를 섬기는 치유자라고 생각할 만큼 뛰어난 실력이야. 너는 석공 일은 그만두고 이야기꾼이 되는 게 낫겠어! 넌 진실을 보고 싶지 않았던 거야. 이제 알게 되었으니, 무슨 차이가 있을까? 그녀가 납작머리에게서 치료술을 배웠다고 해서 네가 살아 있다는 사실에 무슨 지장이 있니? 그녀의 아름다움이 조금이라도 사라지니? 그녀…… 그녀가 괴물을 낳았다는 이유로? 무슨 근거로 에일라가 낳은 아이가 괴물이라는 것이냐?

너는 여전히 그녀를 원하고 있어, 존달라.

이제 너무 늦었어. 결코 다시는 너를 신뢰하지 않을 거야. 또 한 번 수치심이 솟았다. 그는 주먹으로 털가죽을 내리쳤다. 바보 같은 녀석! 멍청하고 어리석은 바보! 너 스스로 다 망친 거야? 왜 떠나지 않고 남아 있는 것이냐?

아직은 갈 수 없어. 그녀를 이대로 피하면 안 돼, 존달라. 네게는 옷도, 무기도, 식량도 없어. 빈손으로 여행을 할 수는 없어.

필요한 물건들을 어디에서 구할래? 다른 곳에서? 이곳은 에일라의 보금자리이고, 그녀에게 필요한 것들을 받는 수밖에 없어. 그녀에게 부탁을 해야겠어. 부싯돌 덩어리라도. 도구를 만들고 창을 만들어야지. 그러면 사냥을 해서 식량을 마련하고, 옷과 침낭, 배낭을 만들 가죽도 구할 수 있어. 떠날 준비를 하려면 시간이 필요해. 돌아가는 여행은 1년 정도, 아니 그 이상이 걸릴 거야. 소놀란이 곁에 없으니 외로운 여행이 되겠어.

존달라는 털가죽 속에 더 깊게 얼굴을 파묻었다. 소놀란은 어째서 죽을 수밖에 없었을까? 그 사자가 동생 대신 왜 나를 죽이지 않은 걸까? 눈가에서 눈물이 흘러내렸다. 소놀란이라면 나처럼 이토록 어리석게 빈응하지는 않았을 기야. 동생아, 그 협곡이 어디인지 알 수만 있다면 얼마나 좋겠느냐. 네가 내세로 가는 길을 잘 찾을 수 있도록 젤란도니가 의식을 베풀어 주었다면 얼마나 좋았을까. 청소동물이 득시글거리는 곳에 네 뼈들이 흩어져 있을 생각을 하니 참으로 끔찍하구나.

그때 강가에서 비탈길로 또각또각 올라오는 발굽 소리가 들렸다. 그는 에일라가 돌아왔다고 생각했지만 그 발굽 소리의 주인은 망아지였다. 그는 일어나 암붕으로 나가 계곡을 내려다보았다. 에일라의 모습은 보이지 않았다.

"무슨 일이냐, 망아지야? 너만 뒤처진 게냐? 내 잘못이구나. 하지만 돌아올 거다. 너 때문이라도. 게다가 에일라는 여기에서 살고 있으니…… 그것도 혼자서. 여기에서 얼마나 오랫동안 혼자 지낸 걸까? 나라면 과연 이렇게 혼자 지낼 수 있었을까?"

너라는 작자는 자신의 어리석음을 한탄하고 있는데, 그녀가 여기서 얼마나 힘든 시간을 통과했을지 주위를 좀 봐라. 하지만 그녀는 울지 않아. 참으로 놀라운 여자다. 아름답고, 대단한 여자. 하지만 이 바보야, 넌 모든 걸 잃었어! 오, 도니! 다시 바로 잡을 수만 있다면 얼마나 좋을까요.

존달라의 생각은 틀렸다. 에일라는 울고 있었다. 전에는 한 번도 울어보지 못했던 것처럼 엉엉 울었다. 하지만 그렇게 운다고 해서 그녀가 약해진 것은 아니었다. 다만 그녀가 느끼는 감정을 더 잘 참아내는 데 도움이 되었다. 그녀는 히힝이를 타고 계곡이 거의 끝나가는 곳까지 와서 멈췄다. 동굴 가까이에 흐르는 지류가 쇠뿔 모양의 만곡부로 흘러드는 지점이었다. 만곡부 안쪽의 땅은 자주 범람해 유사가 많이 쌓여 초목들이 자라기 좋은 비옥한 땅이 되었다. 이곳은 그녀가 뇌조와 버들뇌조를 비롯해 마멋에서 큰뿔사슴에 이르기까지 다양한 짐승들을 사냥하던 곳이었다. 푸르른 초목이 무성해 짐승들은 그냥 지나칠 수 없는 곳이었다.

말에서 내린 에일라는 물을 마시고서 눈물로 얼룩진 얼굴을 씻었다. 마치 악몽을 꾼 것 같은 기분이었다. 하루 종일 그녀는 걷잡을 수 없이 오르락내리락 하는 감정의 기복을 겪었다. 그녀의 감정은 최고조로 올랐다가 가장 깊은 나락까지 떨어졌다. 이제 더 이상 감정의 널뛰기를 어느 쪽으로든 견뎌낼 수 없을 것 같았다.

아침의 시작은 좋았다. 존달라는 곡물을 모으는 일을 돕겠다고 자발적으로 나섰다. 에일라는 그가 일을 배우는 속도에 깜짝 놀랐다. 그런 기술을 익힌 적이 없는 게 분명한데도 한 번 보여주자 빠르게 줄기를 훑으며 알곡을 모았다. 한데 일손이 늘었다는 것보다 에일라에게 더 크게 다가오는 게 있었다. 그녀 곁에 누가 있다는 게 더 중요했다. 이야기를 나누든 그렇지 않든 곁에 누군가가 있다는 것만으로 그녀가 그간 얼마나 사람을 그리워했었는지 절실히 깨달았다.

오전에도 약간 생각이 달라 실랑이가 있긴 했지만 심각한 것은 아니었다. 그녀는 계속 곡물을 모으고 싶었지만 그는 물부대의 물이 바닥났을 때 그만두기를 원했다. 하지만 개울에서 물을 떠 왔을 때 그가 말을 타보고 싶어 한다는 것을 알게 되었다. 말을 타기 시작하면 그가 여기에 더 있고 싶어 할지도 모른다는 생각이 들었다. 존달라가 망아지를 좋아했기 때문에 말을 즐겨 탈 수 있게 되면 망아지가 다 자랄 때까지 머물고 싶어 할 수도 있겠다 싶었다. 그녀가 말을 타보겠냐고 묻자 그는 기다렸다는 듯 선뜻 응했다.

　그때만 해도 분위기는 무척 좋았었다. 웃음이 터져 나온 것도 그 무렵이었다. 아기가 떠난 이후로 그녀는 많이 웃지 못했던 터였다. 그녀는 존달라의 웃음을 무척 좋아했다. 웃음소리를 듣는 것만으로도 마음이 따뜻해지는 느낌이었다.

　웃고 나서 그가 나를 만졌지. 그녀는 생각했다. 씨족 사람 누구도 그런 식으로 만지지 않아, 적어도 경계석 밖에서는. 털가죽 속에서야 짝을 맺은 남녀가 무엇을 하는지 누가 알겠어? 존달라가 한 것처럼 서로를 만질지도 몰라. 다른 종족 사람들은 불터 경계 밖에서도 그런 식으로 서로를 만질까? 그의 손길이 닿았을 때 느낌이 참 좋았어. 그런데 어째서 날 두고 가버린 걸까?

　에일라는 존달라가 스스로 욕구를 풀었을 때, 자신이 세상에서 가장 못생긴 여자라고 확신한 나머지 수치심에 죽고만 싶었다. 하지만 동굴에 돌아왔을 때 그는 자신을 원한다고 말했다. 자신에게 거절당할까봐 걱정했다는 그의 말에 어찌나 행복하던지 눈물을 쏟을 뻔했다. 그가 자신을 바라볼 때면 에일라는 마음 깊은 곳에서 뜨거운 기운이 올라오며 무언가 갈급해지는 느낌이 들었다. 브라우드에 대한 이야기를 듣고 불같이 화를 내는 모습에 에일라는 그가 자신을 좋아한다는 것을 확신했다. 어쩌면 다음번에 그가 준비가 되면…….

　하지만 그녀는 마치 썩어 문드러진 고기를 보는 것처럼 혐오감에 가득한 그의 눈빛 또한 잊을 수 없었다. 그는 몸서리를 치기까지 했다.

이자와 크렙은 짐승이 **아니야**! 그들은 사람이야. 나를 보살펴주고 사랑해준 사람들. 그는 왜 그들을 싫어하는 걸까? 이곳은 그들이 먼저 살고 있던 땅이었어. 그의 종족…… 아니 내 종족이 나중에 왔어. 내가 속한 종족은 대체 어떤 사람들일까?

두르크를 씨족 사람들에게 맡겨두고 와서 다행이야. 그들은 아이가 기형이라고 생각할지는 몰라도, 그리고 브라우드는 내 아들이라는 이유만으로 두르크를 싫어할지 몰라도, 짐승이나 괴물 취급은 하지 않을 테지. 그가 그렇게 말했지. 그는 그 말을 설명할 필요도 없었어.

다시 눈물이 차올랐다. 나의 아기, 내 아들. 두르크는 기형이 아니야. 그 아이는 힘이 세고 건강해. 그리고 짐승도…… 괴물도 아니야.

존달라는 이렇게 그리도 순식간에 변한 걸까? 파란 눈으로 나를 바라보더니 갑자기 내가 그에게 불이라도 붙이려고 했던 것처럼, 마치 내가 목우르들만이 아는 사악한 정령이라도 되는 듯 물러났어. 죽음의 저주를 받던 때보다 더 끔찍했어. 그들은 그저 시선을 돌리고 나를 보지 않을 뿐이었지. 나는 죽었고, 저 세상에 속한 혼령일 뿐이니까. 그래도 적어도 나를…… 괴물로는 보지 않았어.

해가 지고 저녁이 되자 한기가 몰려왔다. 가장 무더운 여름

날에도 밤이 되면 초원은 추웠다. 여름 두르개만 걸치고 있던 그녀는 한기에 몸을 떨었다. 천막과 털가죽을 가지고 올 생각을 했었다면 좋으련만. 아니야, 히힝이는 새끼가 걱정이 될 거야. 가서 젖도 먹여야 하고.

에일라가 개울가에서 일어나자 풀을 뜯고 있던 히힝이가 고개를 들더니 터벅터벅 그녀에게로 걸어왔다. 그때 뇌조 한 쌍이 날개를 퍼드덕거렸다. 에일라는 본능적으로 허리에서 줄팔매를 꺼내 돌멩이를 연달아 날렸다. 새들은 날아오르기도 전에 다시 땅바닥으로 떨어졌다. 그녀는 새 두 마리를 가지고 와서는 근처에서 둥지를 찾다가 걸음을 멈췄다.

알은 뭐 하러 찾는 거야? 존달라를 위해 크렙이 가장 좋아하는 요리를 해주려고? 뭐 하러 내가 그를 위해 크렙이 좋아하던 요리를 해야 해? 하지만 단단한 땅을 얕게 판 것에 지나지 않은 둥지에 든 일곱 개의 알이 눈에 들어오자 어느새 조심스레 알들을 모으고 있었다.

그녀는 사냥한 뇌조 옆에 알들을 놓아두고 물가 가까이에서 자라는 기다란 갈댓잎을 몇 장 꺾어 느슨하게 엮은 바구니를 뚝딱 만들었다. 알을 담아 옮기는 데 썼다가 버릴 일회용 바구니였다. 그녀는 갈댓잎을 더 가져다가 깃털이 달린 뇌조의 다리를 묶었다. 어느새 눈밭을 다니기에 좋은 겨울 깃털이 속에서부터 자라고 있었다.

겨울. 에일라는 몸서리를 쳤다. 춥고 적막한 겨울은 생각하기조차 싫었다. 하지만 머릿속에서 겨울이 완전히 떠난 적은 없었다. 여름은 겨울을 준비하는 시기일 뿐이었다.

존달라는 떠나겠지! 그녀는 알고 있었다. 그가 계곡에 남아 그녀와 함께 살 거라고 믿는 것은 어리석었다. 그가 뭐 하러? 자기 부족이 있는데 여기 남고 싶은 생각이 들까? 그가 떠나고 나면, 비록 그가 자신을 그런 눈빛으로 보긴 했어도 예전보다 더욱 끔찍하게 외로울 터였다.

"그가 어째서 이곳에 오게 된 것일까?"

그녀는 자신의 목소리에 화들짝 놀랐다. 그녀는 혼자 있을 때 자신의 목소리를 듣는 것에 익숙하지 않았다.

"하지만 난 이제 말할 수 있어. 존달라만큼 할 수 있어. 적어도 사람들을 만나면 그들에게 말을 할 수 있잖아. 서쪽에 사람들이 살고 있다는 것도 알게 되었고. 이자 말이 맞았어. 다른 종족 사람들이 많이 있는 게 틀림없어."

그녀는 뇌조를 암말의 등에 턱 걸친 뒤 알이 든 바구니는 다리 사이에 놓았다. 난 다른 종족에서 태어났다고, 그러니 다른 종족 남자를 찾아 짝을 맺으라고 이자가 말했지. 내 토템이 나를 위해 존달라를 보냈다고 생각했었어. 하지만 내 토템이 보낸 남자가 어떻게 나를 그런 눈빛으로 보는 걸까?

"어떻게 그럴 수가 있어?"

그녀는 또 한 번 격하게 울음을 쏟아냈다.

"오, 동굴사자시여, 저는 더 이상 혼자 있고 싶지 않습니다."

에일라는 말 위에 앉은 채 그대로 머리를 숙이고는 하염없이 눈물을 흘렸다. 히힝이는 에일라에게서 아무런 지시도 받지 못했지만 동굴을 찾아가는 데는 별 문제가 없었다. 얼마 후 에일라는 다시 똑바로 앉았다. 나더러 여기에 머물러야 한다고 강요한 사람은 없어. 이 일이 있기 전에 진작 사람들을 찾아 나섰어야 했는데. 그래도 이제는 말할 수 있으니…….

"……그리고 사람들을 찾으면 히힝이는 사냥감이 아니라고 말하면 돼."

그녀는 다짐하듯 큰 소리로 말을 이어갔다.

"모든 준비를 마치고 돌아오는 봄에 떠날 거야."

다시는 미루지 않겠노라고 마음먹었다.

존달라도 당장은 떠나지 못할 것이었다. 그에게는 옷과 무기가 필요했다. 어쩌면 동굴사자 정령이 나를 가르치라고 그를 여기에 보냈는지도 몰라. 그렇다면 그가 떠나기 전에 그에게 배울 수 있는 건 전부 다 배워야겠어. 그가 나를 어떤 눈으로 보든 간에 그를 지켜보고, 질문을 할 거야. 씨족 사람들과 사는 내내 브라우드가 나를 싫어했어도 잘 견뎠잖아. 존달라가…… 그가 나를 싫어해도 견딜 수 있을 거야. 그녀는 눈물을 참기 위해 눈을 질끈 감았다.

그녀는 부적을 손에 꼭 쥐며 오래전 크렙이 해준 말을 떠올렸다. "네 토템이 남긴 징표를 찾게 되면 그걸 네 부적 속에 잘 넣어두어라. 그게 너에게 행운을 가져다줄 것이다." 에일라는 그 징표들을 모두 부적 주머니 속에 넣어두었다. 동굴사자시여, 저는 제 부적 속에 행운을 넣은 채로 이토록 오랫동안 혼자 지 내왔나이다.

그녀가 말을 타고 하류를 향해 출발했을 무렵 태양은 협곡 뒤로 완전히 떨어진 뒤였다. 어둠은 빠르게 찾아왔다. 존달라 는 그녀가 개울을 따라 오고 있는 것을 봤다. 에일라는 히힝이 에게 속도를 높이라고 신호를 보냈다. 절벽 모퉁이를 돌던 순 간, 그녀는 존달라와 충돌할 뻔했다. 말이 뒤로 주춤하는 바람 에 갑자기 균형을 잃은 에일라는 가까스로 말 위에서 떨어지지 않았다. 존달라가 도와주기 위해 손을 내밀었지만 에일라가 손 을 잡지 않자 그는 그녀가 자신을 경멸하는 게 틀림없다고 확 신하며 얼른 손을 거두었다.

그는 날 싫어해. 에일라는 생각했다. 날 만지는 것도 싫은 거 야! 그녀는 울음을 삼키며 히힝이에게 앞으로 가리고 신호를 보냈다. 말은 에일라를 등에 태운 채 강변을 지나 비탈길을 올 랐다. 그녀는 동굴 입구에서 내린 뒤 황급히 동굴 안으로 들어 갔다. 속으로는 어딘가 달리 갈 곳이 있으면 얼마나 좋을까 하 는 생각이 들었다. 그녀는 불가 옆에 알을 담은 바구니를 내려 놓고 팔 한가득 털가죽들을 안고 물건들을 저장해놓는 공간 으로 갔다. 그녀는 약초를 말리는 선반 옆, 사용하지 않은 바구 니와 깔개와 그릇들이 놓인 한가운데에 털가죽을 던져놓고 그 안으로 들어가 머리끝까지 털가죽을 덮어 썼다.

얼마 후 히힝이와 그 뒤를 잇는 망아지의 발굽 소리가 들렸다. 동굴 안으로 들어온 남자의 움직임이 느껴지자 에일라는 몸이 떨렸다. 눈물을 참으려고 안간힘을 쓰던 그녀는 소리 내울 수라도 있게 그가 다른 곳으로 가주면 좋겠다는 생각이 들었다.

맨발로 흙바닥을 디디며 다가온 그의 발소리를 듣지는 못했지만 에일라는 그가 옆에 있다는 것을 느끼고는 몸을 떨지 않으려고 애썼다.

"에일라?"

그가 말했다. 그녀는 대답하지 않았다.

"에일라, 차를 가져왔어요."

에일라는 미동조차 하지 않았다.

"에일라, 여기에 있지 않아도 돼요. 내가 옮길게요. 내가 불터 반대편으로 잠자리를 옮길게요."

그는 나를 싫어해! 내 곁에 있는 것만으로도 참을 수 없는 거야. 그녀는 울음을 삼키며 생각했다. 어서 가버리면 좋겠어. 그냥 가주면 좋겠어.

"나도 이제 와서 이래봐야 소용없다는 걸 알지만 말해야겠어요. 미안해요, 에일라. 말로 표현할 수 있는 것보다 훨씬 미안해요. 그래서는 안 되었는데. 내 말에 대답하지 않아도 돼요. 하지만 말해야겠어요. 당신은 항상 내게 정직했지요. 이제는 내가 당신에게 솔직하게 말해야 할 때인 것 같네요.

당신이 말을 타고 떠난 이후 곰곰이 생각해봤어요. 내가 왜 그랬는지…… 내가 무슨 짓을 한 것인지 나도 모르겠어요. 하지만 어떻게든 설명해보고 싶어요. 사자에게 공격을 받고 여기서 깨어났을 때, 나는 내가 어디에 있는지 알 수가 없었어요. 당신이 왜 내게 말을 하지 않는지도 이해할 수 없었고요. 당신은 왜 여기에 혼자 있는 걸까? 당신은 수수께끼 같은 사람이었어요. 그래서 당신에 관한 이야기를 제멋대로 상상하기 시작했죠. 당신이 스스로를 시험 중인 젤란도니라고 상상한 거예요. 어머니를 섬기는 소명을 받은 신성한 여인이라고. 당신과 쾌락을 나누고 싶은 내 무례한 시도에 당신이 반응을 보이지 않자 그것도 시험의 일부라 생각했어요. 당신이 말한 씨족은 당신이 함께 살았던 젤란도니들의 특이한 무리라고 생각했죠."

에일라는 더 이상 몸을 떨지 않고 가만히 귀를 기울였지만 움직이지는 않았다.

"난 내 자신만 생각했어요, 에일라."

그가 쭈그리고 앉았다.

"당신이 믿을지 모르겠지만 나는…… 아…… 난…… 매력적인 남자라는 소리를 많이 들었어요. 대다수 여자들이 내게…… 관심받기를 원했어요. 내게는 선택의 여지가 많았고요. 난 당신이 나를 거부한다고 생각했어요. 난 그런 거절에 익숙하지가 않아서 자존심에 상처를 입었어요. 하지만 인정하고 싶지 않았죠. 그래서 당신에 관한 이야기를 꾸며냈어요. 당신이 나를 원하지 않는 이유를 납득할 수 있도록.

내가 더 주의를 기울였다면, 당신이 경험 있는 여인이 아니라 초야 의식을 치르지 않은 처녀에 더 가깝다는 것을 알아차렸을 거예요. 자신 없어 하고, 약간 두려워하면서도 상대방을 기쁘게 하고 싶어 하는 어린 여자에 더 가깝다는 것을. 다른 누구보다도 더 내가 그것을 알아차릴 수…… 아니에요. 지나간 일이죠."

에일라는 있는 힘껏 꼭 뒤집어쓰고 있던 털가죽을 느슨하게 했다. 어찌나 귀를 곤두세우고 듣고 있는지 귓전에 자신의 심장 뛰는 소리까지 들릴 정도였다.

"내 눈에는 에일라가 여자라는 것밖에 보이지 않았어요. 내 말을 믿어주길. 소녀처럼은 보이지 않으니까. 난 당신이 스스로를 크고 못생겼다고 말했을 때 날 놀린다고 생각했어요. 하지만 그런 게 아니죠? 정말로 자신을 그렇게 생각하고 있어요. 어쩌면 납작…… 당신을 키워준 사람들 눈에는 당신이 너무 크고 다르게 보이겠죠. 하지만 에일라, 당신은 꼭 알아야 해요. 당신은 크지도 못생기지도 않았어요. 당신은 아름다워요. 내가 본 여자들 중에 가장 아름다운 여자예요."

그녀는 털가죽을 젖히고 일어나 앉았다.

"아름답다고요? 내가?"

그녀가 말했다. 그러더니 믿지 못하겠다는 듯 다시 털가죽

속에 얼굴을 묻었다. 다시는 상처받고 싶지 않았다.

"당신은 나를 놀리고 있어요."

존달라는 그녀를 향해 손을 뻗었다가 망설이더니 다시 손을 거두었다.

"내 말을 믿지 못하는 것도 당연해요. 그런 일이 있고 나서…… 오늘. 어쩌면 그 일에 대해 내가 솔직하게 말하는 게 좋을 것 같아요. 설명을 해볼게요.

당신이 고아가 되어…… 너무도 다른 사람들 손에서 자랐고, 그간 어떤 일을 겪으며 살아왔는지 상상하기조차 힘들어요. 아이가 있었는데, 또 그 아이를 빼앗기고. 당신이 유일하게 알고 있던 고향에서 떠나 낯선 세상과 접하며 혼자 살아왔다니. 어머니를 모시는 신성한 여인이 스스로 선택하고자 하는 그 어떤 고행에도 견줄 수 없는 힘겨운 시험이었을 거예요. 그 시험에서 살아남을 수 있는 이들도 많지 않을 것이고요. 당신은 아름답기만 한 게 아니에요, 에일라. 당신은 강해요. 당신의 내면은 참으로 강해요. 하지만 더 강해져야 할지도 몰라요.

당신은 씨족이라고 불리는 그들에 대해 사람들이 어떻게 생각하는지 알아야 할 필요가 있어요. 다른 이들도 나와 다 똑같이 생각해요. 그들을 짐승이라고……."

"그들은 짐승이 아니에요!"

"하지만 몰랐어요, 에일라. 어떤 사람들은 당신이 말하는 그 씨족을 싫어하기도 해요. 이유는 모르겠어요. 생각해보면 짐승,

그러니까 사냥을 하는 진짜 짐승을 싫어하지는 않잖아요. 어쩌면 마음속으로는 사람들도 납작머리가, 우린 그렇게 불러요, 에일라, 인간이라는 것을 아는지도 모르겠어요. 하지만 그들은 너무 달라서 두려움을 불러일으키고 위험하다고 생각하는지도. 한데 어떤 남자들이 납작머리 여자들에게 강제로…… 그걸 쾌락을 나눈다고는 말하지 못하겠네요. 어떻게 말해야 할지 모르겠군요. 어쩌면 당신 말대로 '욕구를 푼다'고 한다면서 그들을 짐승이라고 말하는 게 이해가 되지 않았어요. 그들이 짐승이라면 글쎄요. 그들의 정령이 섞여서 아이가 태어날 수 있는지……."

"정말 아이를 생겨나게 하는 게 정령이라고 믿어요?"

그녀가 물었다. 그가 너무도 확신해서 그의 말이 맞을지도 모르겠다는 생각이 들었다.

"아이를 무엇이 만들든 간에, 에일라, 사람과 납작머리가 섞인 아이를 낳은 사람은 당신 말고도 또 있어요. 사람들이 얘기를 하지 않을 뿐……."

"그들은 씨족이에요. 인간이라고요."

그녀가 끼어들었다.

"에일라, 당신은 그 말을 앞으로 많이 듣게 될 거예요. 당신에게 말하는 게 좋을 것 같아요. 또한 남자가 씨족 여자를 강제로 취하는 것은 사람들에게 인정받는 행동이 아니지만 그냥 넘어가곤 해요. 그런데 여자가 납작머리 남자와 '쾌락을 나눈다'

는 것은 많은 이들에게…… 용서할 수 없는 일이죠."

"괴물?"

존달라는 당황했지만 있는 그대로 진실을 말해야 했다.

"그래요, 에일라. 괴물."

"난 괴물이 아니에요!"

그녀가 버럭 소리쳤다.

"두르크도 괴물이 아니에요! 브라우드가 내게 그러는 게 싫기는 했지만 그렇다고 비정상적인 일은 아니었어요. 증오에서가 아니라 그저 욕구를 풀고 싶어 하는 다른 남자가 있었다면 나도 다른 씨족 여자처럼 받아들였을 거예요. 씨족의 여자가 되는 일이 내게는 전혀 수치스럽지 않아요. 내가 그럴 수만 있었다면 브라우드의 두 번째 여자가 되더라도 그들 곁에 머물렀을 거예요. 내 아들 곁에 있을 수만 있다면. 다른 사람들이 얼마나 탐탁지 않게 여기는지는 상관없어요!"

그는 에일라에게 감탄하지 않을 수 없었다. 하지만 그녀에게도 다른 사람들의 반응은 수월하게 넘어갈 수 있는 문제가 아닐 터였다.

"에일라, 당신이 수치심을 느껴야 한다는 걸 말하려는 게 아니에요. 내가 말해주고 싶은 건, 앞으로 만나게 될 다른 사람들의 반응을 미리 알아두면 좋겠다는 것이죠. 그냥 다른 부족 출신이라고 말하거나."

"존달라, 당신은 왜 내게 사실이 아닌 것을 말하라는 건가요? 난 어떻게 그런 말을 하는지 몰라요. 씨족에서는 누구도 사실이 아닌 말을 하지 않아요. 어차피 곧 드러날 테니까요. 다 보여요. 그 말을 하지 않으려고 조심해도 언젠가는 다 알게 돼요. 때로는…… 예의상 허락되는 일도 있지만 그래도 결국 알려지죠. 당신이 사실이 아닌 말을 할 때 나는 다 알아요. 당신의 얼굴과 어깨, 손이 다 말해주죠."

그는 얼굴을 붉혔다. 그의 거짓말이 그렇게 빤히 드러났다는 말인가? 그는 그녀에게 있는 그대로 모든 것을 솔직하게 말하기로 결심하기를 잘했다는 생각이 들었다. 그녀에게서는 배울 게 많았다. 그녀의 솔직 담백한 성격이야말로 그녀에게서 느껴지는 내적 강인함의 원천 중 하나일 것 같았다.

"에일라, 거짓말을 배울 필요는 없어요. 하지만 내가 떠나기 전에 이런 것들을 말해주는 게 좋겠다고 생각했어요."

에일라는 가슴이 꽉 막히고 목이 조여오는 듯한 느낌을 받았다. 그는 결국 떠나려는 거구나. 그녀는 다시 털가죽 속에 머리를 묻고 싶었다.

"당신이 떠날 거라 생각했어요. 하지만 여행을 할 때 필요한 게 전혀 준비되지 않았어요. 뭐가 필요한가요?"

그녀가 말했다.

"당신이 가지고 있는 부싯돌을 나눠준다면, 도구들 몇 개와 창을 만들 수 있을 거예요. 내가 입고 있었던 옷이 어디 있는지 알려주면 그 옷을 수선하고 싶고. 하버색도 다시 제대로 정리해야겠고. 우선 당신의 협곡에서 찾아다 준다면."

"하버색이 뭐죠?"

"등에 짊어지는 배낭 같은 건데, 이건 한쪽 어깨에만 메는 거예요. 젤란도니 말에는 그런 형태의 배낭을 가리키는 말이 없어요. 마무토이족이 쓰는 배낭이죠. 내가 입고 있던 옷도 마무토이족 사람들이……."

에일라가 고개를 절레절레 흔들었다.

"왜 말이 다른가요?"

"마무토이족은 다른 말을 써요."

"다른 말? 당신이 내게 가르쳐준 말은 뭔가요?"

그 순간 존달라의 심장이 쿵 하고 떨어졌다.

"난 당신에게 내 고향 말을 알려주었어요. 젤란도니족 말. 거기까지는 생각을……."

"젤란도니족? 서쪽에 사는?"

에일라는 갑자기 불안해지기 시작했다.

"음, 그래요. 한데 아주 먼 서쪽. 마무토이족은 이 근처에 살고요."

"존달라, 그럼 당신은 근처의 부족 말이 아니라 아주 멀리 사는 사람들이 쓰는 말을 가르쳐줬군요. 어째서?"

"난…… 거기까지 미처 생각을 못했어요. 그냥 내 말을 가르쳐준 것뿐이에요."

그는 돌연 낭패감을 느꼈다. 뭐 하나 제대로 하는 게 없다는 생각마저 들었다.

"그러면 이 근처에 그 말을 할 줄 아는 사람이 당신밖에 없다는 건가요?"

그가 고개를 끄덕였다. 에일라는 속이 울렁거렸다. 자신에게 말을 가르쳐주기 위해 그가 온 거라 믿었는데, 그녀가 배운 말이 존달라에게만 통하는 말이었다니.

"존달라, 왜 내게 모두가 다 아는 말을 가르쳐주지 않았어요?"

"모두가 다 아는 말은 없어요."

"내 말은, 당신이 당신의 정령들이나 혹은 당신의 위대한 어머니께 고할 때 쓰는 말이요."

"어머니께 따로 쓰는 말은 없어요."

"당신의 말을 모르는 사람들과 어떻게 말을 하나요?"

"서로의 말을 배우는 거예요. 난 세 가지 말을 알아요. 그리고 그 외에도 다른 부족의 단어들을 몇 가지 알고요."

에일라의 몸이 다시 떨리기 시작했다. 그녀는 계곡을 떠나 다른 사람들을 만나면 그들과 대화를 할 수 있을 거라 철석같이 믿었던 터였다. 이제 어떻게 하면 좋단 말인가? 그녀가 일어나자 존달라도 따라 일어섰다.

"당신이 아는 모든 말을 나도 다 알고 싶어요, 존달라. 말하는 법을 배워야 해요. 당신이 내게 가르쳐줘야 해요. 반드시 꼭."

"에일라, 지금 당장 당신에게 두 가지 이상의 말을 가르쳐줄

수는 없어요. 시간이 필요해요. 나도 다른 말들을 완벽하게 하
는 것도 아니고요. 단어 말고도 배울 게……."

"단어부터 시작하면 되겠네요. 처음에 말을 배웠던 대로 시
작하면 돼요. 불이 마무토이 말로 뭐죠?"

그는 그런 식으로 다른 부족 말을 다 배우는 것은 불가능하
다고 설득했지만 에일라는 계속 배워야겠다고 우겼다. 그녀는
젤란도니 말을 배웠던 순서대로 하나하나 새로운 단어를 배웠
다. 그녀가 한 번에 많은 단어들을 배우고 난 후, 그는 다시 설
득했다.

"에일라, 이렇게 한꺼번에 많은 단어를 말해보는 게 무슨 소
용이 있겠어요? 이런 식으로는 다 기억할 수 없어요."

"내 기억력은 예전보다 더 좋아졌어요. 틀린 단어가 있는지
말해주세요."

그러더니 에일라는 불부터 시작해 두 부족의 말로 단어들
을 연속해서 읊었다. 그녀가 다 읊고 나자 그는 감탄이 가득한
눈빛으로 그녀를 바라봤다. 생각해보니 그녀가 젤란도니 말을
배울 때도 단어를 외우는 데는 문제가 없었다. 말의 구조나 추
상적인 개념을 이해하는 데 어려움을 겪었을 뿐이었다.

"어떻게 그럴 수 있죠?"

"빠진 게 있나요?"

"아니요, 전혀 없어요!"

그녀는 안도하며 미소 지었다.

"어렸을 때는 기억력이 훨씬 나빴어요. 모든 것을 여러 번 반복해야 겨우 외웠어요. 이자와 크렙이 어떻게 그토록 참을성 있게 나를 기다려주었는지 모르겠어요. 내가 똑똑하지 못하다고 생각하는 사람들도 있었어요. 그래도 이제는 좋아졌어요. 계속 연습하다 보니까. 하지만 아무리 노력해도 씨족 사람들이 저보다 훨씬 잘 기억하죠."

"씨족 사람들 모두가 당신보다 더 잘 기억한다고요?"

"무엇 하나 잊어버리는 법이 없어요. 하지만 그들은 태어날 때부터 알아야 하는 것들에 대한 기억을 갖고 태어나요. 그래서 새로 배울 게 많지 않아요. 그냥 기억하기만 하면 되는 거예요. 그들에게는…… 기억들이 있으니까. 그걸 기억 말고 뭐라고 해야 할지 모르겠어요. 아이들이 자랄 때도 알아야 하는 것을 한 번 들려주고 일깨워 주기만 하면 돼요. 기억하는 법을 아니까요. 내게는 씨족의 기억이 없어요. 그래서 이자는 내가 실수하지 않고 모든 것을 기억할 때까지 반복시켰어요."

존달라는 에일라의 기억법에 크게 놀랐다. 하지만 씨족의 기억력이란 게 무엇인지 도통 감을 잡을 수 없었다.

"어떤 이들은 내가 이자에게 물려받은 기억이 없어서 주술 치료사가 되지 못할 거라 생각했어요. 하지만 이자는 내가 잘 할 수 있을 거라 말했어요. 내게 무엇이 문제인지 아는 능력과 그 병을 치료하는 가장 좋은 방법을 찾아내는 재능이 있다고 말했어요. 그리고 새로운 약초를 실험하는 방법을 가르쳐주었죠. 그래서 식물에 대한 기억 없이도 식물을 약재로 사용하는 방법을 찾을 수 있어요.

동굴곰족에게는 고대의 언어가 있어요. 소리 없이 손짓으로만 하는 말이에요. 모두가 그 고대의 말을 알아요. 의식 때나 정령들에게 고할 때, 또는 다른 씨족의 말을 못 알아들을 때 그 고대의 말을 쓰기 때문에 나도 그 말을 배웠고요.

나는 모든 것을 다 새로 배워야 했기 때문에 주의를 기울이고 전력을 다해 집중했어요. 한 번만 '일깨워'줘도 바로 기억해서 사람들이 내게 짜증을 내는 일이 없도록."

"내가 제대로 이해한 게 맞나요? 그…… 씨족 사람들이 모두 각자의 말을 하면서 동시에 모두가 다 이해하는 고대의 말도 안다고요? 다른 씨족 사람과도 소통이 된다는 말인가요?"

"씨족 모임에 모인 모두가 서로 이해할 수 있어요."

"그 사람들을 말하는 거죠? 납작머리들?"

"당신이 씨족을 그렇게 부르겠다면. 그들이 어떻게 생겼는지 내가 말해주었잖아요."

에일라는 그렇게 말하고는 시선을 아래로 향했다.

"그때 당신이 나보고 괴물이라고 말했어요."

그녀는 따뜻했던 그의 눈빛이 차갑게 돌변하던 순간을 떠올렸다. 그는 뒤로 물러나며 몸서리를 치기까지 했다. 경멸하는 표정이 역력했다. 그녀가 씨족에 대해 말했을 때, 마침내 서로를 이해하게 되었다고 생각하던 찰나에 벌어진 일이었다. 그는 자신이 말한 것을 납득하기가 어려운 표정이었다. 돌연 에일라는 불안감을 느꼈다. 그녀가 너무 편하게 말을 한 것 같다는 생각이 들었다. 서둘러 불가로 걸어간 그녀의 눈에 존달라가 앞옆에 놓아둔 뇌조가 보였다. 뭔가를 하려고 했던 듯 털이 조금 뽑혀 있었다.

존달라는 에일라의 마음속에 의심이 커져가는 것을 지켜봤다. 그는 그녀에게 너무도 큰 상처를 주었고 한동안은 그녀의 신뢰를 되찾기 어려울 터였다. 그가 느꼈던 경멸은 고스란히 자신에게 되돌아왔다. 그는 에일라의 털가죽들을 그러모아 원래의 자리에 가져다 놓은 뒤 자신이 사용하던 털가죽을 불가 반대편에 옮겨놓았다.

에일라는 새들을 그냥 내려놓고—깃털을 뽑을 기분이 아니었다—잠자리로 서둘러 돌아갔다. 그녀의 눈에 눈물이 차오르는 것을 그에게 들키고 싶지 않았다.

존달라는 털가죽 몇 장을 바닥에 깔았다. 기억이라고 말했지, 납작머리들은 특별한 기억을 가지고 있다고. 그들 모두가 다 아는 손짓언어라고? 그런 게 가능할까? 믿기 힘들었지만 한 가지는 확실했다. 에일라는 거짓말을 하지 못했다.

에일라는 지난 몇 년간 조용하고 고독한 생활에 익숙해졌다. 다른 사람이 곁에 있다는 게 좋기는 했지만 또 한 번 적응의 시간이 필요했었다. 한데 그날 하루는 유독 극심한 감정 기복을 겪었기 때문에 지칠 대로 지쳐 있었다. 이제 더 이상 무언가를 느끼기도, 생각하기도 싫었다. 동굴에서 함께 사는 남자에 대해서도 더 이상 관심을 기울이고 싶지 않았다. 오로지 쉬고 싶었다.

하지만 잠은 쉽사리 찾아오지 않았다. 그녀는 자신이 소리 언어로 말할 수 있다고 자신하고 있었다. 말하는 법을 배우기 위해 온갖 노력을 다 기울이고 그토록 집중했었는데 마치 속은 기분이었다. 그는 어째서 그의 부족 말을 내게 가르친 걸까? 어차피 떠날 거면서. 그녀는 다시 그를 보는 일이 없을 터였다. 그녀는 봄에 계곡을 떠나 근처에 사는 사람들을, 어쩌면 다른 남자를 찾아나서야 할 것이었다.

하지만 에일라는 다른 남자를 원하지 않았다. 오로지 존달라를 원했다. 그의 눈빛과 손길을 원했다. 그녀는 처음 존달라를 봤을 때의 감정을 떠올렸다. 기억 속에서는 처음으로 보게 된 같은 종족 남자였다. 에일라에게 그는 모든 면에서 종족을 대표하는 남자였다. 그를 한 개인으로 생각할 수 없었다. 하지만 언제부터 그가 종족을 대표하는 남자가 아니라 한 사람의 개성을 지닌 존달라라는 남자로 다가왔는지 기억이 나지 않았다. 그가 누워 있던 자리가 텅 비어 있자 마음까지 뻥 뚫린 듯 공허함이 밀려왔다.

존달라도 쉽게 잠들 수 없었다. 어떻게 누워도 편하지 않았다. 에일라가 있던 옆자리가 유난히 차갑게 느껴졌고, 죄책감에 마음이 아팠다. 이보다 더 최악의 하루를 보낸 적은 없는 듯싶었다. 게다가 그녀에게 앞으로 쓸 기회도 없을 엉뚱한 부족의 말을 가르쳐주기까지 하다니. 그의 부족은 이 계곡에서 1년 정도, 그것도 쉼 없이 계속 여행을 해야 당도할 수 있는 곳에서 살았다.

존달라는 동생과 함께 했던 여행에 대해 생각했다. 그들이 해온 여행이 다 부질없어 보였다. 그들이 길을 나선 지 몇 해가 흘렀을까? 3년? 돌아가는 여행까지 치면 적어도 4년을 길 위에서 보낸 셈이었다. 4년이라는 시간이 그의 인생에서 사라져버린 것이다. 별다른 소득도 없이. 동생도, 제타미오도, 소놀란의 정령이 깃든 아이도, 모두 다 죽었다. 뭐가 남았단 말이냐?

존달라는 어린 시절 이후로 자신의 감정을 자제하기 위해 안간힘을 써왔다. 하지만 그 역시 축축해진 눈가를 털가죽으로 닦아야 했다. 그 눈물은 동생만을 위해 흘리는 것이 아니었다. 그 자신을 위한 눈물이기도 했다. 그의 상실과 슬픔에 흘리는 눈물, 굉장히 아름다웠을지 모르는 기회를 잃어버린 것에 대한 회한의 눈물이기도 했다.

25

존달라는 눈을 떴다. 꿈에서 본 고향은 너무도 생생해 동굴의 거친 벽면이 낯설어 보였다. 그 꿈이 현실이고 에일라의 동굴이 꿈에서 본 허상 같았다. 서서히 잠기운이 가셨지만 벽면은 여전히 예전과 달라 보였다. 얼마 후 정신을 차리고 보니 그는 불터 반대편, 다른 각도에서 동굴 천장을 보고 있는 것이었다.

에일라는 없었다. 털이 다 뽑힌 뇌조 두 마리와 깃털을 가득 담아놓은 바구니 하나가 불가 옆에 있었다. 그녀는 꽤 일찍 일어난 모양이었다. 그가 늘 사용하던 물 잔도 근처에 놓여 있었다. 나뭇결이 작은 동물의 형상 같아 보이는 나무로 만든 잔이었다. 그 옆에는 아침에 마시는 차를 우리는 촘촘하게 짠 바구니와 껍질을 갓 벗겨낸 자작나무 잔가지가 놓여 있었다. 존달라가 가시 끝이 가닥가닥 섬유질이 될 때까지 질경질경 씹기를 좋아한다는 것을 그녀는 알고 있었다. 그는 밤사이 이에 쌓인 노폐물을 제거하기 위해 나뭇가지를 씹었고, 에일라는 매일 아침 일과처럼 나뭇가지를 준비해놓았다.

그는 일어나서 기지개를 켰다. 오랜만에 단단한 땅바닥에서 잤더니 몸 여기저기가 뻐근했다. 그동안 잠을 잤던, 바닥을 얕게 파서 짚으로 속을 채운 바닥은 참으로 안락했던 잠자리였다. 냄새도 싱그러웠다. 에일라는 주기적으로 짚을 갈았기 때문에 불쾌한 냄새가 배지 않았다.

물을 데우는 바구니에 우려진 차가 뜨거운 걸 보면 에일라는 좀 전에 나간 모양이었다. 그는 잔에 차를 따른 다음 박하향을 맡았다. 그는 매일 아침이면 에일라가 무슨 차를 끓였는지 향과 맛으로 맞춰보곤 했다. 박하는 그가 좋아하는 찻잎 중 하나여서 대개는 빠지지 않고 들어갔다. 그는 차를 한 모금 마시더니 산딸기 잎과 자주개자리 향이 나는 것 같다고 짐작했다. 그는 잔과 나뭇가지를 들고서 밖으로 나갔다.

계곡이 정면으로 보이는 암봉 가장자리에 선 채로 나뭇가지를 씹으며 절벽 아래로 소변 줄기가 호를 그리며 떨어지는 것을 지켜봤다. 여전히 잠결이었다. 아침에 일어나 하는 일들이 습관처럼 몸에 밴 탓에 기계적으로 움직이는 것뿐이었다. 볼일을 다 본 그는 질겅질겅 씹어놓은 나뭇가지로 이를 문지르고 나서 차로 입안을 헹궜다. 그에게는 이것이 하루를 여는 일종의 의식이었고, 이렇게 하고 나면 늘 기분이 상쾌해져서 그날의 할 일들을 떠올리곤 했다.

차를 마지막 한 모금까지 다 마시고 나서야 그는 흐뭇한 만족감이 스르르 사라지는 것을 느꼈다. 오늘은 여느 날과 같은 하루가 아니었다. 전날 그가 한 행동들이 모든 것을 바꿔놓은 것이다. 나뭇가지를 던지려던 찰나, 그는 다시 한 번 가지를 보더니 그것을 엄지와 검지 사이에 끼운 채 사색에 잠겼다.

어느새 그는 에일라의 보살핌을 받는 것을 당연하게 생각하고 있었다. 그녀는 눈에 띄지 않게 세심하게 그의 시중을 들었다. 먼저 부탁하지 않아도 그녀는 그가 필요로 하는 것을 미리 헤아렸다. 나뭇가지가 그 좋은 예였다. 자신보다 일찍 일어나 계곡으로 내려가서 가지를 구해 껍질까지 벗겨 놓아두는 게 틀림없었다. 그녀가 언제부터 그랬던가? 그가 처음으로 병석에서 일어나 비탈을 내려갔던 날이 떠올랐다. 그날 그는 직접 나뭇가지를 구해왔는데, 다음 날 아침에는 찻잔 옆에 나뭇가지가 놓여 있었다. 당시 그는 여전히 가파른 비탈을 내려가는 게 힘들어서 에일라에게 고마움을 느꼈었다.

그리고 따뜻한 차. 그가 언제 일어나든 간에 항상 따뜻한 차가 준비되어 있었다. 언제 물을 끓여야 할지 어떻게 아는 걸까? 그녀가 아침에 처음으로 차를 가져다주었을 때 그는 고마움에 마음이 따뜻해지는 것을 느꼈었다. 하지만 언제부터인가 그는 더 이상 그녀에게 고맙다는 말을 하지 않았다. 그녀는 그를 위해 얼마나 많은 일들을 눈에 띄지 않게 해주었던가? 그녀는 한 번도 자신이 베푼 일들에 대해 언급하지 않았다. 마르소나도 그

랬지. 그는 생각했다. 그녀는 참으로 자애로워서 선물을 나눠주
거나 누군가를 위해 시간을 쓸 때도 상대방이 부담을 느끼지
않도록 배려했다. 에일라는 그가 나서서 도와주려고 하면 놀라
는 것 같았다. 그리고 마치 그녀가 그를 위해 해준 그 모든 고마
운 일들에 대해 진심으로 어떤 보답도 바라지 않는 것처럼 그의
작은 도움에도 언제나 대단히 고마워했다.

"차라리 가만히나 있던지. 은혜를 갚기는커녕 상처만 주었
어."

그는 큰 소리로 말했다.

"그리고 어제 이후로도……."

그는 가지를 들어 비틀더니 절벽 아래로 던졌다.

그의 눈에 히힝이와 망아지가 들어왔다. 큰 원을 그리며 신
이 나서 달리는 말들을 보니 갑자기 흥분이 밀려왔다.

"저 녀석 달리는 것 좀 봐. 망아지가 정말 잘 달리는군! 전력
질주를 하면 제 어미도 이기겠어!"

"어린 수말들이 단거리에서는 더 빨라요. 하지만 장거리라면
이야기가 달라져요."

비탈길에서 불쑥 모습을 드러낸 에일라가 말했다. 존달라는
망아지에 대한 자부심이 가득한 눈빛과 미소를 띤 채 돌아섰
다. 에일라로서는 그가 흥분한 모습을 그냥 지나치기 어려웠다.
여러 가지 일들로 언짢은 기분이 가시지 않았지만 그녀는 미소
를 지어 보였다. 얼마 전까지만 해도 존달라가 망아지에 대한

애정을 키워가길 바랐지만 이제는 더 이상 그런 바람을 간직하고 있을 이유가 없어졌다.

"당신이 어디 갔는지 궁금하던 참이었어요."

그가 말했다. 그녀와 마주하고 있자니 어색함이 흐르면서 그의 미소도 옅어졌다.

"뇌조를 구울 구덩이에 불을 피워놓았는데, 확인하고 오는 길이에요."

날 보는 게 그다지 반갑지 않은가봐. 에일라는 동굴 안으로 들어가며 생각했다. 에일라의 얼굴에서도 미소가 사라졌다.

"에일라."

그가 서둘러 뒤따라오며 불렀다. 그녀가 뒤돌아보자 그는 무슨 말을 해야 할지 주저했다.

"내가…… 어…… 궁금한 게 있어서……. 도구를 만들고 싶거든요. 당신만 괜찮다면요. 부싯돌을 다 쓰려는 건 아니고."

"괜찮아요. 매년 홍수에 부싯돌이 쓸려 오니까요."

"상류 절벽에서 떨어져 나와 쓸려 오는 게 분명해요. 멀지 않다면 가져와도 좋을 텐데. 새로 떨어져 나온 게 질이 훨씬 좋거든요. 달라나는 그가 살고 있는 동굴 근처에서 부싯돌을 구하는데, 모두가 란자도니족의 부싯돌을 최고로 쳐요."

석공과 관련된 말을 할 때면 늘 그렇듯이 두 눈이 다시 열의로 빛났다. 드루그도 저랬는데. 에일라는 생각했다. 그도 도구 만드는 일을 무척 좋아했고, 모든 것을 석공 일과 연관 지었다.

아가와 짝을 맺은 후 태어난 어린 아들이 돌 두 개를 치는 모습에 기뻐하던 드루그가 떠올라 에일라는 혼자 웃음 지었다. 그는 무척이나 뿌듯해하며 아들 손에 돌망치를 들려주었다. 드루그는 기술을 가르쳐주는 것도 좋아했어. 여자아이인 나에게도 거리낌 없이 도구 만드는 법을 보여주었지.

존달라는 생각에 잠긴 에일라의 얼굴에서 희미하게 떠오른 미소를 발견했다.

"무슨 생각을 하나요, 에일라?"

그가 물었다.

"드루그. 석공이었어요. 집중하는 데 방해되지 않게 조용히만 있으면 그가 작업하는 것을 볼 수 있게 해주곤 했어요."

"내가 작업하는 것을 봐도 돼요, 원한다면."

존달라가 말했다.

"사실 난 당신이 도구를 만드는 기술을 내게 보여주었으면 했어요."

"난 숙련된 석공은 아니에요. 필요한 도구를 만들 수 있을 뿐, 드루그의 기술이 나보다 훨씬 뛰어나요."

"당신의 도구도 사용하기에 부족함이 없는걸요. 어떻게 만드는지 보고 싶어요."

에일라는 고개를 끄덕이더니 동굴 안으로 들어갔다. 존달라는 기다렸지만 에일라가 바로 나오지 않자 나중에 보여주겠다는 것을 착각한 것인지 의구심이 들었다. 그래서 동굴 안으로 들어가려는 찰나, 에일라가 나왔다. 그는 황급히 뒤로 물러서다가 넘어질 뻔했다. 무심코 몸이라도 닿아서 그녀를 불쾌하게 하고 싶지 않았다.

에일라는 숨을 내쉬고서 어깨를 쭉 펴더니 턱을 치켜들었다. 그가 그녀 곁에 있는 게 견딜 수 없을 만큼 싫을지라도 자신이 얼마나 큰 상처를 받았는지 그에게 들키고 싶지 않았다. 어차피 그는 곧 떠날 거야. 에일라는 뇌조 두 마리와 알들을 넣어둔 바구니, 끈으로 묶어놓은 가죽 꾸러미를 모두 들고서 비탈길을 내려가기 시작했다.

"내가 드는 걸 도와줄게요."

존달라가 뒤쫓아 오며 말했다. 에일라는 걸음을 멈췄다가 그에게 알이 담긴 바구니를 건넸다.

"뇌조 요리부터 시작하는 게 좋겠어요."

그녀는 가죽 꾸러미를 강가에 내려놓으며 말했다. 그저 한마디를 건넨 것뿐이었지만 존달라는 그녀가 자신의 동의를 구하거나 적어도 그녀의 생각을 인정해주길 바란다는 인상을 받았다. 그의 추측은 크게 틀리지 않았다. 에일라는 꽤 오랫동안 혼자 독립적인 생활을 꾸려왔는데도 여전히 씨족의 생활 방식이 그녀의 몸에 상당수 배어 있었다. 남자가 지시를 내리거나 어떤 일을 하라고 요구했을 때 다른 일을 먼저 하는 게 익숙하지 않았다.

"물론이에요. 그 일부터 먼저 해요. 나도 부싯돌로 작업하기 전에 내 도구를 가져와야 하니까요."

그녀는 미리 파서 가장자리에 돌을 둘러놓은 구덩이 가까이로 살이 오른 뇌조를 옮겼다. 구덩이 바닥에 피워놓은 불은 꺼져 있었지만 그 위에 물을 몇 방울 뿌리자 달궈진 돌은 지글지글 소리를 냈다. 에일라는 아침 일찍 계곡을 위아래로 훑으며 뇌조에 잘 어울리는 푸성귀와 약초를 모아놓은 뒤였다. 요리 구덩이 근처에는 짭짤한 맛을 내기 위한 머위 외에도 곁들일 수 있는 신선한 야채들로 쐬기풀, 털비름, 싱싱한 애기괭이밥이 준비되어 있었다. 또 향미를 돋우는 들양파, 마늘 맛이 나는 곰파와 바질, 샐비어도 있었다. 나무가 타면서 내는 연기도 풍미를 더해주었고 나뭇재에서도 짠맛이 났다.

에일라는 뇌조 한 마리에 알 세 개, 다른 한 마리에는 알 네 개를 넣은 뒤 잎으로 감쌌다. 원래 뇌조는 포도나무의 잎으로 싸서 익혔지만 이 계곡에는 포도나무가 없었다. 그녀는 간혹 갓 딴 건초에 생선을 싸서 굽던 것이 생각났다. 건초로 뇌조를 감싸 구덩이 바닥에 놓고 그 위에 푸성귀를 놓은 뒤 달궈진 돌을 올려놓고 마지막으로 흙으로 덮었다.

존달라는 사슴뿔, 뼈, 돌로 만든 석공 연장을 펼쳐 놓았다. 그중에는 에일라가 아는 것도 몇 개 있었다. 하지만 나머지는 완전히 생소한 것들이었다. 에일라도 자신의 연장 꾸러미를 펼쳐 손 닿는 곳에 늘어놓고 앉은 다음 무릎에 가죽을 펼쳤다. 무릎에 덮개를 올려놓아야 맨살을 보호할 수 있었다. 부싯돌이 쪼개지며 나오는 파편은 매우 날카로워서 상처를 입기 쉬웠다. 에일라는 존달라를 힐끗 보았다. 그는 지대한 관심을 가지고 에일라가 펼쳐놓은 뼈와 돌로 만든 도구들을 살펴봤다.

존달라가 부싯돌 덩어리 몇 개를 에일라 가까이에 옮겨다 놓았다. 가까이에 있는 돌덩이 두 개를 살펴보던 그녀의 머릿속에 드루그가 떠올랐다. 그녀는 입자가 미세한 돌을 고르기 위해 유심히 돌들을 살펴보다가 작은 것을 택했다. 존달라는 자신도 모르게 그 선택에 동의한다는 듯 고개를 끄덕였다.

에일라는 걸음마를 제대로 하기도 전에 도구를 만드는 일에 관심을 보이던 사내아이를 떠올렸다.

"당신이 석공 일을 잘하게 될 거라는 것을 오래전부터 알고 있었나요?"

"한동안은 어머니를 기리면서 어머니를 섬기는 이들 곁에서 조각하는 일을 할 줄 알았어요."

무언가 쓰라린 기억과 함께 이룰 수 없는 일에 대한 아쉬움이 그의 얼굴을 스치고 지나갔다.

"하지만 달라나에게 보내져서 그곳에서 석공 일을 배우게 되었는데, 잘한 선택이었어요. 재미도 있었고 소질도 보였거든요. 계속 조각을 했더라도 뛰어난 재능을 발휘하지는 못했을 거예요."

"조각? 그게 뭔가요?"

"그래요! 바로 그게 빠져 있었군요!"

에일라는 존달라가 갑자기 소리치자 깜짝 놀랐다.

"조각이나 그림도 없고, 구슬 같은 장식도 없어요. 색채도 빠져 있고."

"무슨 말인지……."

"미안해요, 에일라. 내가 무슨 말을 하는지 당신이 어떻게 알 수 있겠어요? 조각은 돌을 가지고 동물을 만들어내는 거예요."

에일라는 이해가 안 된다는 표정이었다.

"어떻게 돌로 동물을 만들 수 있죠? 동물은 피와 살로 이루어져 있고, 살아 숨 쉬는데."

"진짜 살아 있는 동물이 아니라, 그 형상을 돌로 표현하는 거예요. 조각을 하는 이들을 각수라고 하는데, 그들이 돌을 가지고 짐승의 형체와 비슷한 것을 만드는 거예요. 어떤 각수들은 위대한 대지의 어머니를 돌로 만들기도 해요. 어머니의 모습을 꿈이나 환상에서 보고 나서 말이죠."

"비슷한 것을? 돌로?"

"다른 것으로도 만들어요. 매머드의 상아나 짐승의 뼈, 사슴뿔 같은. 진흙으로 형상을 만드는 부족도 있다더군요. 눈으로 아주 비슷하게 짐승을 만들어놓은 것도 본 적이 있고요."

이해가 잘 안 된다는 듯 고개를 젓고 있던 에일라는 눈으로 만든 형상이 있다는 말을 듣고서야 머릿속에서 그림이 그려졌다. 그녀는 동굴 앞 벽에 그릇으로 눈을 퍼 담아 쌓아두었던 어느 겨울날을 떠올렸다. 그때 눈 더미를 보고서 브룬의 얼굴과 비슷하다고 생각하지 않았던가?

"눈으로 비슷한 것을 만든다고요? 그래요, 이제 이해가 되는 것 같아요."

그녀가 정말로 이해했는지 확인할 길이 없었다. 조각상을 직접 보여주지 않고 설명하려니 그로서도 어려운 일이었다. 납작머리들과 살면서 그녀의 삶이 얼마나 단조로웠을지 짐작이 되었다. 그녀의 옷만 해도 몸을 보호하는 기능만 간신히 할 뿐이었다. 그자들은 그저 사냥하고 먹고 잠자는 게 고작인 삶을 사는 걸까? 심지어 어머니의 선물을 누리지도 않으니. 아름다움도, 신비도, 상상력도 없는 삶. 과연 그녀가 자신이 놓치고 산 것들을 이해할 수 있을지 모르겠다.

에일라는 작은 부싯돌을 들어 어디에서부터 시작할지 결정하기 위해 유심히 살폈다. 주먹도끼를 만들고 싶지는 않았다. 매우 유용한 도구이긴 했어도 드루그조차 단순한 도구라고 생각하는 것이었다. 존달라가 보고 싶어 하는 것은 그런 간단한 기술로 만드는 도구가 아닐 거라 생각했다. 에일라는 남자의 연장 꾸러미 중에는 없는 물건을 집었다. 그것은 모루로 사용되는 매머드의 다리뼈였다. 탄성이 있는 뼈를 받침으로 삼아 부싯돌을 올려놓고 작업을 하면, 돌이 산산조각 나는 일을 피할 수 있었다. 그녀는 모루가 다리 사이에 편안하게 들어가도록 이리저리 돌려가며 자리를 잡았다.

그다음에는 돌망치를 들었다. 에일라가 사용하는 돌망치는 그녀의 손에 쏙 들어오게 크기만 작을 뿐, 존달라의 돌망치와 큰 차이가 없었다. 모루 위에 부싯돌을 놓고 단단하게 움켜쥔 다음, 에일라는 돌망치로 힘껏 부싯돌을 타격했다. 외피가 떨어져 나가자 진회색의 내부가 드러났다. 부싯돌 덩어리에서 떨어져 나간 격지는 돌망치에 맞은 부분은 둥그스름하니 뭉툭했고, 반대쪽 끝으로 갈수록 단면이 좁아져 날카로운 날이 되었다. 그 자체로 절단 기구로 사용해도 손색이 없을 터였다. 그리고 최초로 만들어진 칼도 바로 그렇게 날이 날카로운 돌의 박편이었다. 하지만 에일라가 만들려고 하는 도구는 훨씬 진보하고 복잡한 기술이 필요했다.

에일라는 석핵에 격지가 떨어지고 남은 자국을 자세히 들여다보았다. 부싯돌의 색깔도 좋았고, 질감도 윤이 날 만큼 매끄러웠다. 불순물이 섞여 있지도 않았다. 이런 부싯돌이라면 썩 괜찮은 도구를 만들 수 있을 것이다. 에일라는 석핵에서 격지를 하나 더 떼어냈다.

에일라가 계속해서 격지를 하나하나 떼어내는 동안 존달라는 에일라가 부싯돌의 외피를 깨뜨려 돌의 모양을 다듬어가는 것을 지켜봤다. 부싯돌의 외피가 다 떨어져 나간 뒤에도 계속해서 튀어나온 부분들을 다듬더니 마침내 대강 납작한 달걀 모양의 석핵이 남았다. 에일라는 돌망치를 내려놓고 단단하고 기다란 뼈망치를 들었다. 석핵을 옆으로 돌리고 나서 가장자리부터 중심을 향해 뼈망치를 두드리며 격지들을 떼어냈다. 뼈망치

는 돌로 만든 망치보다 탄력이 더 강해서 뼈망치로 타격한 격
지는 더 길고 가늘었다. 거기에다 손으로 쥐기에 좋은 뭉툭한
면도 있었다. 격지를 다 떼어낸 부싯돌은 마치 끝을 잘라낸 것
처럼 납작한 타원 모양의 윗면이 있는 달걀 모양이 되었다.

거기까지 작업을 한 에일라는 잠시 멈추더니 목에 두른 부
적에 손을 가져갔다. 눈을 감고 동굴사자 정령에게 침묵 속에
서 청을 드렸다. 드루그는 항상 다음 단계를 무사히 완수할 수
있도록 자신의 토템에게 도움을 구했었다. 매우 중요한 다음 단
계에서는 기술 못지않게 운도 따라야 했다. 에일라는 존달라가
아주 유심히 살펴보고 있는 탓에 더욱 긴장했다. 도구 그 자체
보다는 이 도구를 만드는 과정이 더 중요하다는 것을 느낀 에
일라는 제대로 잘 해내고 싶었다. 이번 작업을 망치면, 자신이
그리 뛰어난 석공이 아니라고 아무리 설명을 많이 했어도, 드
루그의 능력과 씨족 전체의 능력에 누를 끼치게 될 터였다.

존달라는 전에도 에일라의 목에 걸린 주머니를 본 적이 있
었지만 그녀가 눈을 감은 채 주머니를 양손으로 꼭 쥐는 모습
을 보면서 어떤 중요한 의미가 있는 것인지 다시금 궁금해졌다.
그녀는 자신이 도니 조각상을 다룰 때처럼 경외감이 담긴 몸짓
으로 그 주머니를 소중하게 생각하는 듯 보였다. 그러나 도니
는 풍요로운 어머니를 여인의 모습으로 형상화해 공들여 조각
한 것으로, 위대한 대지의 어머니의 상징이자 경이로운 생명 창
조의 신비가 깃들어 있었다. 불룩한 가죽 주머니에 그와 비슷

한 뜻이 담겨 있으리라고는 생각할 수 없었다.

에일라는 다시 뼈망치를 들었다. 납작한 타원 모양의 윗면이 있는 석핵에서 날카롭고 곧은 날을 가진 격지를 떼어내기 위해서는 그 전에 뼈망치를 내리칠 자리를 표시하는 게 우선이었다. 떼어내려는 격지와 수직을 이루는 표면에 작은 홈집을 내서 타격점을 정해놓는 것이었다.

에일라는 석핵을 단단히 붙잡고 조심스레 망치를 타격점에 겨냥했다. 타격할 위치 못지않게 내리치는 힘을 조절하는 것도 중요했다. 충분히 세게 내리치지 않으면 잘못된 각도로 격지가 떨어져 나갈 수 있었고, 너무 세게 내리치면 공들여 모양을 잡아놓은 석핵이 부서질 수 있었다. 에일라는 숨을 한 번 내쉬고는 뼈망치를 내리쳤다. 항상 처음이 중요했다. 시작이 좋아야 그 후의 과정도 운이 따라줄 터였다. 작은 조각이 떨어져 나가자 그녀는 다시 숨을 내쉬더니 홈집이 난 자리를 살펴봤다.

석핵을 붙잡고 있던 손의 각도를 달리한 다음, 이번에는 조금 더 세게 내리쳤다. 뼈망치가 홈집이 난 타격점을 정확히 때리자 미리 모양을 잡아놓았던 석핵에서 격지가 떼어져 나왔다. 격지는 긴 타원형 모양이었다. 바깥쪽은 평평했지만 안쪽은 부드러운 곡선을 그렸다. 타격을 가한 끝은 더 뭉툭했지만 끝으로 가면서 얇아지며 대단히 날카로워 보였다.

존달라가 그 격지를 집어 들었다.

"이건 습득하기가 아주 어려운 기술인데요. 힘과 정확성이 동시에 필요하니까요. 이 칼날 좀 봐요! 이건 결코 대충 만든 도구라고는 할 수 없겠네요."

에일라는 크게 안도의 한숨을 내쉬더니 성공했다는 기쁨에 얼굴이 달아올랐다. 아니, 그저 기쁜 정도가 아니었다. 그녀는 자신이 동굴곰족을 대표하는 한 사람으로서 씨족의 위신을 떨어뜨리지 않았다는 사실에 자부심을 느꼈다. 동굴곰족 태생이 아니었기에 오히려 그녀는 동굴곰족을 대표하는 인물로 더 적합했다. 석공 일에 재능이 뛰어난 존달라가 만약 실제 동굴곰족의 어떤 사람이 작업하는 과정을 지켜봤다면, 납작머리에 대한 편견 때문에 아무리 객관적으로 평가하려고 노력해도 쉽지 않았을 터였다.

격지를 이리저리 돌려가며 관찰하는 존달라를 지켜보던 에일라는 갑자기 몸 깊은 곳에서 이상한 움직임을 감지했다. 으스스한 한기가 느껴지며 기묘한 기운이 자신을 감싸는 것 같더니 그녀의 영혼이 마치 몸 밖으로 나와 아주 멀리서 두 사람을 지켜보는 것 같은 기분이 들었다.

그와 유사하게 정신이 아득해지던 순간의 기억이 생생하게 밀려왔다. 그녀는 불을 밝힌 등잔을 따라 동굴 깊은 곳으로 들어가고 있었다. 깊은 산속, 말로 표현할 수 없는 어떤 힘에 이끌려 두툼한 종유석들로 가려지고 작은 불이 밝혀진 동실 앞에 당도한 순간, 그녀는 축축한 돌을 꼭 잡고 그 동실 안을 훔쳐봤다.

목우르 열 명이 작은 모닥불을 가운데 두고 둥글게 앉아 있었다. 하지만 가장 위대한 목우르인 크렙은 이자가 그녀에게 만드는 법을 가르쳐준 차의 힘을 빌려 더욱 강력해진 주술력으로 에일라의 존재를 알아차렸다. 의도하지는 않았지만 차를 만드는 과정에서 그 강력한 뿌리의 성분을 삼키게 된 에일라는 자신의 마음을 스스로 통제할 수 없었다. 그녀를 심연에서 이끌어 올린 이가 바로 위대한 목우르였다. 그는 에일라의 영혼이 최초로 생명이 시작된 태곳적 세상을 향해 두렵지만 대단히 매혹적인 여행을 하도록 인도했다.

그 과정에서 매우 독특한 두뇌를 가진 동굴곰족 중에서 가장 신성한 목우르는 에일라의 뇌 속에 흔적으로만 남아 있던 새로운 길을 열어주었다. 하지만 목우르와 에일라의 뇌는 유사하기는 해도 완전히 똑같지는 않았다. 그녀는 목우르의 인도로 태초로 거슬러 올라가 생명이 각각의 단계를 거치며 발달하는 과정을 지켜보았다. 하지만 에일라가 그녀 자신으로 돌아왔을 때 목우르는 더 이상 앞으로 나아갈 수 없었다. 에일라 혼자 한 단계 앞서 나갔다.

에일라는 크렙이 왜 그토록 상심한 것인지 이해하지 못했다. 다만 그 이후로 그가 변했고, 그들의 관계도 달라졌음을 감지했다. 에일라는 크렙이 자신에게 일으킨 변화도 이해하지 못했다. 하지만 그 순간 아주 분명하게 어떤 목적이 있어 그녀가 이 계곡에 오게 된 것이며, 금발의 키 큰 남자와의 만남도 예정되어 있었음을 깨달았다.

에일라의 눈에 자신과 존달라가 외떨어진 계곡의 돌투성이 강가에 함께 있는 장면이 들어온 순간, 신비로운 허공 속에서 일어났던 모든 것들이 그들을 감싸 안고 빛과 함께 빠르게 소용돌이치며 공허 속으로 사라졌다. 과거와 현재, 미래의 수많은 실타래가 자신을 축으로 감겨 있다는 것을 느낀 에일라는 결정적인 변화가 일어날 자신의 운명을 어렴풋이 감지했다. 아주 서늘한 한기가 그녀의 몸을 덮친 순간, 에일라는 숨이 멎을 것만 같았다. 깜짝 놀라 정신을 차리니 미간을 찡그리고 걱정스러운 표정을 한 얼굴이 보였다. 그녀는 악몽을 꾼 것 같은 으스스한 느낌을 떨쳐내려고 몸서리를 쳤다.

"에일라, 괜찮아요?"

"네, 괜찮아요."

말은 그렇게 했지만 설명할 수 없는 한기에 온몸에 소름이 돋았다. 존달라는 정작 무엇 때문인지 모르면서도 에일라를 보호해주고 싶은 강한 충동에 사로잡혔다. 잠시 후 그는 알 수 없는 느낌을 떨치려고 애썼지만 걱정은 남아 있었다.

"계절이 곧 바뀌려나봐요. 바람이 차갑네요."

그가 말했다. 둘은 구름 한 점 없는 맑고 파란 하늘을 올려다보았다.

"저렇게 맑다가도 천둥 빈개와 함께 금세 비가 쏟아지면서 계절이 바뀌어요."

그는 고개를 끄덕이더니 눈에 보이는 실체를 잡고 싶다는 생각에 다시 도구를 만드는 일로 돌아왔다.

"다음에는 뭘 해야 하죠, 에일라?"

에일라는 다시 도구를 만들기 시작했다. 온 정신을 집중해 세심하게 타원형의 격지를 다섯 개 더 떼어냈다. 남은 석핵을 마지막으로 살펴보며 박편을 더 떼어낼 수 있는지 확인하고 나서야 내려놓았다.

그녀는 회색빛이 도는 여섯 개의 부싯돌 격지 중에서 가장 얇은 것을 집었다. 그러더니 표면이 납작하고 매끄러운 둥근 돌로 기다랗고 날카로운 날을 다듬었는데, 격지의 등 부분은 뭉툭하게 손질하고 타격을 가했던 반대쪽의 날은 예리하게 손질했다. 만족스럽게 손질이 끝나자 에일라는 완성된 돌칼을 손바닥 위에 올려 존달라에게 내밀었다.

그는 돌칼을 받아 들어 유심히 살폈다. 칼의 단면은 두툼한 편이었지만 끝으로 갈수록 얇아지며 예리한 칼날을 이루고 있었다. 칼등은 뭉툭해서 손을 벨 염려도 없었고 제법 두툼해 손으로 쥐고 작업하기에도 안성맞춤이었다. 마무토이족의 창촉과 비슷했지만 자루에 끼워서 사용하는 게 아니라 손에 들고 쓰는 칼이었다. 전에 에일라가 이러한 모양의 칼을 사용하는 것을 본 적이 있어서 그 칼이 얼마나 유용한지 이미 알고 있다.

존달라는 돌칼을 내려놓더니 계속 작업을 해보라는 듯 고개를 끄덕였다. 그녀는 다른 두툼한 격지를 들더니 맹수의 송곳니를 가지고 타원형의 끝부분에서 작은 조각들을 떼어냈다. 그 과정에서 날이 다소 무뎌지기는 했지만 이렇게 만든 도구는 가죽에서 털을 떼어내고 표면을 매끄럽게 만들 때 쓰는 긁개로 적합했다. 에일라는 완성된 도구를 내려놓고 또 다른 격지를 집었다.

제법 크고 매끄러운 격지를 매머드 뼈로 만든 모루 위에 올려놓은 뒤 송곳니 다듬개로 돌을 내리쳐 예리한 날 한가운데 V자 형태의 홈이 생기도록 작은 조각을 떼어냈다. 이 도구는 나무창의 끝을 다듬는 데 유용했다. 기다란 타원형의 다른 격지도 비슷한 방법으로 손질했지만, 이 도구는 가죽은 물론 나무, 사슴뿔, 뼈에 구멍을 뚫는 데 쓰였다.

에일라는 당장 필요한 도구가 더 이상 생각나지 않아 남은 두 개의 격지는 나중을 위해 남겨두기로 했다. 모루를 한쪽에 치워두고 무릎 덮개의 네 귀퉁이를 잡고 일어나 절벽 모퉁이 옆에 쌓아둔 쓰레기 더미 위에 돌 부스러기들을 털어냈다. 파편들은 워낙 날카로워 단단하게 굳은살이 박인 맨발에도 상처를 낼 수 있었다. 존달라는 에일라가 만든 도구를 보고도 별다른 말을 하지 않았다. 도구들을 이리저리 돌려가며 보던 그는 칼을 실제 사용할 때처럼 손에 하나씩 쥐어봤다.

"무릎 덮개를 빌리고 싶은데."

그가 말했다. 에일라는 자신이 할 일은 다 끝났다는 사실에 안도하며 무릎 덮개를 건넸다. 그의 작업 과정을 본다니 설렜다. 그는 무릎에 가죽을 펼치더니 눈을 감고 부싯돌을 머릿속으로 그려보며 무엇을 만들지 생각했다. 그는 미리 가져다 놓은 부싯돌 하나를 집어 들더니 꼼꼼히 살폈다.

단단한 규토질 광물인 부싯돌은 백악기 시대에 형성된 백악층에서 떨어져 나온 것이었다. 격렬한 홍수의 물살에 휩쓸려 좁은 협곡을 지나 돌투성이 강변까지 떠내려온 부싯돌의 백악질 외피에는 그 기원을 추측해볼 수 있는 흔적이 남아 있었다. 부싯돌은 자연적으로 발생한 물질 중에서도 도구를 만드는 데 가장 적합한 광물이었다. 단단하면서도 미세한 결정 조직 덕분에 원하는 방향으로 쪼개는 게 가능했다. 부싯돌의 모양을 다듬는 것은 오로지 석공의 기술에 달려 있었다.

존달라는 결정이 아주 세밀한 부싯돌을 찾고 있었다. 가장 순수하고 맑은 돌이어야 했다. 가는 금이나 균열이 보이는 돌은 다 제쳐두었다. 또한 돌끼리 부딪치는 소리만 듣고도 그 안에 결함이나 불순물이 있는지 구분할 수 있었다. 마침내 그는 하나를 선택했다.

허벅지에 부싯돌을 기대어 세워놓고 왼손으로 꼭 붙든 다음, 오른손으로는 돌망치를 집어 공중으로 몇 번씩 던지며 손에 꼭 맞는 느낌을 찾기 시작했다. 그의 손에 익지 않은 돌망치여서 몇 번을 이리저리 잡아보더니 느낌이 온 순간 부싯돌을 내리쳤다. 회백색의 커다란 외피가 떨어져 나갔다. 안쪽은 에일라가 작업한 돌보다 더 옅은 푸른빛이 감돌았다. 입자가 아주 미세해 작업하기 적합한 돌이었다. 좋은 징조였다.

존달라가 연신 돌망치로 부싯돌을 때렸다. 그런 과정을 잘 아는 에일라는 그의 기술이 얼마나 뛰어난지 단박에 알아봤다. 지금껏 본 사람 중에 그토록 자신 있게 돌을 다듬는 사람은 드루그밖에 없었다. 하지만 존달라가 손질하는 돌의 형태는 동굴곰족의 드루그가 만든 석핵과는 달랐다. 그녀는 더욱 바싹 다가가 지켜봤다.

존달라가 만드는 석핵은 알 모양이라기보다는 원통형에 가까웠지만 완전히 원형은 아니었다. 그는 양쪽에 얇은 박편을 떼어내 등면에 능선을 만들었다. 외피가 떨어져 나가면서 생긴 능선은 거칠고 굴곡이 있었다. 돌망치를 내려놓은 그는 갈래진 부분들을 잘라낸 기다란 사슴뿔을 들었다.

존달라는 그 뿔망치로 능선을 곧게 다듬었다. 석핵, 즉 몸돌이 완성되었지만 그가 자신처럼 미리 모양을 잡기 위해 돌조각을 떼어내지 않으리라는 것을 에일라는 알아챘다. 마침내 표면을 다듬은 능선 부분이 마음에 드는지 다른 연모를 집어 들었다. 그것은 전부터 에일라가 궁금해하던 도구였다. 앞서 들었던 사슴뿔 망치보다 더 크고 길었는데, 갈라진 부분을 다 자르지 않아 두 개의 가지가 남아 있었고, 밑동은 뾰족했다.

존달라는 일어나더니 몸돌을 발로 고정하고 나서 갈라진 사슴뿔 망치의 뾰족한 끝부분을 세심하게 손질한 몸돌의 능선

위에 정확히 올려놓았다. 그는 아래쪽에 튀어나온 사슴뿔 가지가 앞으로 향하도록 위쪽의 가지를 잡았다. 그러고 나서 다른 손으로 뼈망치를 들어 아래쪽 가지를 탁 내리쳤다.

그러자 아주 얇은 격지가 떼어져 나왔다. 기다란 원통형의 격지는 세로가 너비보다 여섯 배쯤 길었다. 그는 그 격지를 태양을 향해 들어 올려 에일라에게 보여줬다. 투명한 햇빛이 격지로 새어 나왔다. 그가 견고하게 다듬었던 능선 부분이 격지의 한가운데로 죽 이어졌고 양옆으로는 매우 날카로운 돌날이 자리 잡고 있었다.

부싯돌 위에 사슴뿔 쐐기의 뾰족한 끝을 대고 망치로 사슴뿔을 때리면, 조심스럽게 타격점을 가늠하거나 거리를 재지 않아도 되었다. 타격에 들어가는 힘을 그가 원하는 지점에 정확하게 모을 수 있었고, 타격의 강도가 탄성이 강한 연모, 즉 뼈망치와 사슴뿔 쐐기로 골고루 분산되기 때문에 타격을 할 때 불가피하게 생기는 불룩한 혹이 없었다. 돌날은 길고 좁았으며, 두께가 일정했다. 타격 강도를 세심하게 판단할 필요도 없이 훨씬 효율적으로 원하는 도구를 만들 수 있었다.

존달라의 석공 기법은 혁신적인 발전을 이룬 것이었는데, 칼날만큼 중요하게 봐야 하는 것은 석핵에 남는 흔적이었다. 그가 다듬어놓았던 석핵의 능선이 사라지며 격지가 떨어져 나간 자리에는 기다란 홈이 생겼고, 양옆으로 두 개의 능선이 새로 생겼다. 그는 다시 능선들을 세심하게 손질했다. 그러더니 그

중 한 능선 위에 쐐기 끝을 대고 뼈망치를 내리쳤다. 길고 폭이 좁은 돌날격지가 떨어져 나간 자리에는 또다시 두 개의 능선이 생겼다. 그가 그중 한 능선에 다시금 쐐기를 대고 망치로 내리치자 또 다른 격지 자리가 떼어져 나가면서 능선이 새로 생겼다.

　그가 쓸 만한 격지를 다 떼어내고 그 개수를 세어보니 여섯 개가 아니라 무려 스물다섯 개나 되었다. 일렬로 늘어놓은 격지는 에일라가 비슷한 크기의 부싯돌로 만든 격지보다 네 배나 더 많았다. 길고 가는 칼날은 굉장히 예리하게 날이 서 있어서 그 자체로 바로 자르개 도구로 써도 될 것 같았지만 아직 완성된 것이 아니었다. 사용 방법에 따라 마무리 손질을 달리하면 다양한 연모로 만들 수 있었다. 부싯돌 덩어리의 모양과 질에 따라 같은 크기의 돌로도 에일라가 만든 격지의 개수보다 많게는 여섯, 일곱 배가 넘는 격지를 만들 수 있었다. 존달라가 보여준 새로운 기법을 사용하면 석공은 부싯돌로 더 수월하게 많은 도구를 만들 수 있었고, 보통 사람들이 누리는 이점도 대단할 터였다.

　그는 돌날 하나를 에일라에게 건넸다. 그녀는 엄지로 가볍게 칼날의 날카로운 정도를 확인해보고 약간의 압력을 가해 강도를 시험해보더니 이리저리 뒤집어 보았다. 부싯돌의 특성상 양 끝이 살짝 휘어져 있었지만 대단히 가늘고 긴 칼날이었다. 에일라는 활처럼 휜 칼등이 손바닥에 닿도록 놓고서 자세히 칼날을 살폈다. 모양과 상관없이 제 기능을 충분히 할 돌칼이었다.

"존달라, 이건…… 무슨 말을 해야 할지 모르겠어요. 훌륭하고…… 중요한 도구예요. 게다가 이렇게도 많이……. 이게 다 끝난 게 아닌가요?"

그가 미소 지었다.

"네, 끝난 게 아니에요."

"굉장히 가늘고 섬세해요. 아름다워요. 쉽게 부러질 수도 있겠지만 끝부분에 잔손질을 하면 강도가 센 긁개로 사용해도 손색이 없겠어요."

석공으로서 자질이 있는 에일라는 어느새 그 격지들로 만들 수 있는 도구들을 머릿속으로 그리고 있었다.

"맞아요. 그리고 당신이 만든 도구들은 썩 괜찮은 칼날이네요. 하지만 자루를 박아 넣을 수 있게 슴베를 만들면 좋을 것 같군요."

"슴베가 뭔가요? 처음 듣는 말이에요."

그는 칼날을 들더니 설명하기 시작했다.

"이쪽 칼등은 무디게 하고 끝을 뾰족하게 하면 자르개로 쓸 수 있어요. 그런데 안쪽 날에 힘을 가해 박편을 몇 개 떼어내면 휘어진 끝부분이 어느 정도 펴져요. 그러고 나서 칼날의 중간 부분까지 가장자리를 떼어낸 뒤 끝을 뾰족하게 만드는데, 그 뾰족한 부분이 슴베예요."

이번에는 작은 사슴뿔을 집었다.

"이 슴베를 뼈나 나무, 아니면 이런 사슴뿔에 박아 넣으면 이 칼에는 손으로 쥘 수 있는 자루가 생기죠. 그런 손잡이 덕분에 칼을 훨씬 수월하게 사용할 수 있고요. 사슴뿔을 끓는 물에 잠시 넣어두면 뿔이 불면서 부드러워져요. 그 물러진 사슴뼈 가운데에 슴베를 박아 넣는 거예요. 사슴뿔이 마르면 다시 줄어들면서 슴베를 단단하게 조이죠. 그러면 따로 끈으로 엮거나 아교를 바르지 않아도 오랫동안 손잡이로 쓸 수 있어요."

새로운 기법을 알게 되자 에일라의 눈에 흥분이 어렸다. 드루그의 작업을 보고 나서 늘 직접 연습해봤듯이 당장 해보고 싶었지만 혹시나 존달라 부족의 관습이나 전통을 어기는 것은 아닌지 염려가 되었다. 그의 부족 사람들의 생활 방식을 알면 알수록 그녀는 더욱 이해하기가 힘들었다. 그녀가 사냥하는 것은 개의치 않았지만 도구를 만드는 것은 또 다른 문제일 수 있었다.

"해보고 싶은데…… 혹시…… 여자들이 도구를 만드는 것이 금기시되나요?"

존달라는 에일라가 그런 질문을 해서 기뻤다. 에일라가 만든 연모도 기술을 필요로 하는 것들이었다. 하지만 아무리 뛰어난 석공이라 할지라도 매번 일관되게 훌륭한 도구를 만들지 못한다는 게 평소 그의 지론이었다. 하지만 간혹 최악으로 망친 도구도 쓸 만한 경우가 있었다. 아무렇게 내리친 부싯돌에서 쪼개진 박편이 쓸 만한 자르개가 될 때도 있었다. 그러다 보니 에일라가 자신의 기법이 더 효율적이라고 주장하고 싶어 해도 그는 이해했을 터였다. 하지만 에일라는 존달라가 보여준 훨씬 혁신적인 기법을 있는 그대로 인정하는 듯 보였다. 그는 만약 어떤 이가 그에게 자신의 기술보다 훨씬 발전된 기술을 보여준다면 어떤 기분이 들까 상상해보았다.

나도 배우고 싶겠지. 그는 쓴웃음을 지으며 속으로 생각했다.

"여자들도 훌륭한 석공이 될 수 있어요. 내 사촌인 조플라야는 솜씨가 뛰어나죠. 하지만 워낙 사람을 가만 안 두는 성격이라 그런 말을 직접 해준 적은 없어요. 내가 자기 실력을 인정했다고 두고두고 들먹일 테니까요."

그는 회상에 젖으며 미소 지었다.

"씨족 여자들도 도구를 만들 수 있지만 무기는 만들면 안 돼요."

"여자들도 무기를 만들어요. 아이를 낳고 나서는 사냥을 나가는 일이 드물어지기는 하죠. 하지만 젊었을 때 배워서 무기를 사용하는 법도 잘 알아요. 사냥을 하다 보면 도구나 무기를 잃어버리거나 혹은 망가지는 경우가 많아요. 짝이 무기나 도구를 만들 줄 안다면 늘 여분이 있으니 좋겠지요. 그리고 여자들이 어머니에게 더 가까이 맞닿아 있어요. 그래서 남자들 중에는 여자들이 만든 무기에 행운이 더 깃든다고 생각하는 사람도 있어요. 하지만 운이 나빴거나 기술이 부족한 남자들은 늘 무기를 만든 사람을 탓하죠. 특히 여자가 만들었을 경우에."

"내가 배울 수 있다고요?"

"당신만큼 도구를 만들 수 있는 사람이면 무기를 만드는 것도 당연히 배울 수 있죠."

그는 질문의 의도를 조금 다르게 해석해 답했다. 에일라는 자신에게 기술을 배울 능력이 있다는 것을 알았다. 그녀가 확인하고 싶었던 것은 여자가 무기를 만드는 것이 용인되는지의 여부였다. 그의 대답을 들은 에일라는 잠시 생각에 잠겼다.

"아니…… 그렇지 않을 거예요."

"당연히 당신도 배울 수 있어요."

"나는 배울 수 있을 거예요, 존달라. 하지만 씨족 방식대로 도구를 만드는 사람들은 아무나 당신의 기술을 배우지는 못할 거예요. 몇몇은 할 수 있을지도 몰라요. 드루그라면 가능할 것 같아요. 하지만 씨족 사람들에게 새로운 기술을 익히는 것은 어려운 일이에요. 그들은 기억에서 배워요."

그는 처음에 에일라가 농담을 한다고 생각했다. 하지만 그녀는 진지했다. 그녀의 말이 맞는 것일까? 배울 기회가 주어지고, 배울 의지가 있는데도 납작…… 아니, 씨족의 석공들은 배울 수 없을까?

그때 불현듯 얼마 전까지만 해도 그들에게 도구를 만드는 능력이 있을 것이라고는 생각조차 못했다는 것이 떠올랐다. 그들은 도구를 만들고, 의사소통을 하고, 고아가 된 낯선 아이를 받아들였다. 그는 지난 며칠간 에일라를 제외하면 그 누구보다 더 납작머리에 대해 많은 것을 알게 되었다. 어쩌면 그들에 대해 더 많이 아는 것이 도움이 될 수 있을 터였다. 생각했던 것보다 훨씬 많은 납작머리들이 살고 있는 듯했다.

납작머리에 대해 생각하다 보니 갑자기 예전 일들이 떠오르면서 부끄러운 감정들이 밀려왔다. 도구를 만드는 일에만 생각을 집중하느라 잠시 잊고 있었던 것이다. 그는 에일라를 보며 말하고 있었지만 그제야 에일라의 모습이 제대로 눈에 들어왔다. 햇빛에 빛나는 황금빛 머릿결이 구릿빛으로 탄 피부와 선명하게 대조를 이루었고, 맑은 청회색 눈동자는 마치 훌륭한 부싯돌에서 드러나는 빛깔 같았다.

오, 어머니시여! 이 여인은 참으로 아름답습니다! 아주 가까이에 앉아 있는 에일라를 예민하게 의식하기 시작하자 그의 아랫도리에서 움직임이 느껴졌다. 아무리 노력해도 에일라에게 꽂힌 시선을 다른 곳으로 돌릴 수가 없었다.

에일라는 존달라의 분위기가 달라졌다는 것을 느꼈다. 그녀는 아무런 준비도 되지 않은 채 그의 달라진 눈빛을 고스란히 받았다. 사람의 눈동자가 어찌 저리 파랄 수 있을까? 하늘도, 씨족의 동굴 근처 산골에서 자라는 파란 용담도 그토록 짙고 생생한 빛깔은 아닌 듯했다. 그 저릿저릿한 느낌이 또다시 시작되었다. 자신도 모르게 그가 자신을 만져주기를 바라고 있었다. 그녀는 남자에게 이끌리듯이 앞으로 몸을 숙였다가 눈을 질끈 감고 안간힘을 다해 뒤로 물러났다.

저 사람은 왜 저런 눈빛으로 날 보는 걸까? 내가…… 괴물이라면서? 그는 불에 손을 데기라도 한 것처럼 내게서 갑자기 몸을 떼지 않았던가? 에일라의 심장이 마구 뛰기 시작했다. 그녀는 뜀박질을 한 것처럼 숨이 차올라 호흡을 고르기 위해 애썼다.

에일라는 눈을 뜨기 전에 그가 일어나는 소리를 들었다. 가죽으로 만든 무릎 덮개가 아무렇게나 팽개쳐져 있었고, 그가 공들여 만든 칼들이 여기저기 흩어져 있었다. 그녀는 그가 경직된 발걸음으로 어깨를 구부린 채 절벽 모퉁이를 도는 모습을 지켜봤다. 그는 그녀만큼이나 비참해 보였다.

절벽 모퉁이를 돌자 존달라는 갑자기 내쳐 달리기 시작했다. 다리가 욱신거리고 숨이 차오를 때까지 있는 힘껏 들판을 내달렸다. 한바탕 뜀박질을 하고 나서야 그는 속도를 늦추고 멈춰 서더니 가쁜 숨을 몰아쉬었다.

바보 같으니라고! 어떻게 하면 너를 납득시킬 수 있단 말이냐? 그녀가 마음이 넓어 네게 필요한 것들을 다 베풀어준다고 해서 너를 원하는 건 아니다. 특히 네 신체의 그 부분! 어제 에일라는 상처를 받았지. 내가 하지 않았다는 이유로……. 하지만 그것도 네가 일을 완전히 그르쳐놓기 전의 일이었다!

그는 어제 있었던 일은 생각하고 싶지 않았다. 그는 자신이 느꼈던 감정을 잘 알고 있었다. 에일라 또한 그의 표정에서 드러난 혐오감을 똑똑히 감지했을 터였다. 그러니 이제 와서 뭐가 달라지겠는가? 그녀는 납작머리들과 살았어. 알겠느냐? 그것도 몇 년 동안. 그들 무리의 일원이었지. 그중 한 수컷과…….

그는 일부러 지금껏 살아오면서 들었던 온갖 혐오스럽고 불결한 것들을 불러냈다. 에일라는 그 모든 이야기를 합쳐놓은 존재였다! 어린 시절 그는 다른 사내아이들과 함께 덤불 뒤에 숨어 그들이 아는 상스러운 이야기들을 서로 들려주곤 했다. 그런 이야기 중에는 '납작머리 암컷'에 관한 것도 있었다. 나이를 먹고 나서도—어른이 될 만큼은 아니지만 '여자로 만드는 도구'가 무슨 의미인지 이해할 정도로 나이가 들었을 때—사내아이들은 동굴의 후미진 구석에 모여 여자아이들에 대해 수군댔다. 때로는 납작머리 암컷을 잡아 오자는 모의를 하면서 히죽거리다가도 추후의 결과를 예상하며 서로를 겁주곤 했다.

남자아이들과 그런 금기된 이야기를 즐기던 그때에도 납작머리 수컷과 인간 여자가 몸을 섞는 일은 상상도 할 수 없었다. 그가 청년이 되었을 때야 그런 가능성에 대해 얼핏 들은 적이 있었지만 나이가 지긋한 이들이라면 전혀 들어보지 못했을 이야기였다. 청년들이 모이면 다시 어린 시절로 돌아간 듯 히죽대며 음담패설을 늘어놓을 때가 있었는데, 그때도 납작머리 수컷과 인간 여자의 이야기가 더러 나왔다. 그리고 그런 여자와 쾌락을 나눈 남자에게는 무슨 일이 벌어질까 하는 상상을 자기도 모르게 한 적이 있었다. 하지만 그런 이야기들은 어디까지나 떠도는 풍문일 뿐이었다.

하지만 그들조차 역겹기 그지없는 괴물이나 그런 괴물을 낳은 여자의 존재에 대해서는 농담으로도 언급하지 않았다. 그들은 정령이 섞여 더럽혀진 존재였다. 모든 생명의 창조자이신 어머니조차 혐오하는 자들로, 이 땅에 사악한 기운을 뿌릴 뿐이었다. 또한 그런 괴물을 낳은 여자의 몸에 손끝 하나만 닿아도 큰일이 날 터였다.

에일라가 그런 여자라고? 그녀가 더럽혀졌다고? 혐오스럽고 사악한 존재라고? 저토록 솔직 담백한 에일라가? 그러면 치료하는 재능은 뭐란 말인가? 그녀는 현명하고, 용감하고, 자애롭고, 아름다워. 저토록 아름다운 여인이 불결하다고?

그녀가 이런 추문들의 의미를 어찌 이해할 수 있겠어! 하지만 그녀를 알지 못하는 사람들은 에일라를 어떻게 생각할까? 그녀가 사람들에게 누가 자신을 키워줬는지 말한다면? 그들에게 그…… 아이에 대해 말한다면? 젤란도니라면 어떻게 생각할까? 마르소나는? 에일라는 그들에게도 말하겠지. 아들에 대해 말하고, 사람들에 맞서 그들을 옹호하고 나서겠지. 에일라는 누구와도 맞설 수 있을 거야. 젤란도니하고도. 사실 그녀는 젤란도니에 가까워. 그녀의 치료술하며 짐승을 길들이는 능력만 봐도.

에일라가 사악한 존재가 아니라면 납작머리에 관한 말들은 전부 사실이 아니야! 하지만 누구도 믿지 않을 테지.

존달라는 자신이 어디로 가고 있는지도 전혀 신경 쓰지 않다가 갑자기 부드러운 주둥이가 손 안으로 쑥 들어오자 깜짝 놀랐다. 그제야 그의 눈에 말들이 들어왔다. 그는 멈춰 서서 망아지를 긁어주고 쓰다듬었다. 히힝이는 천천히 동굴로 향하며 풀을 뜯었다. 남자가 마지막으로 망아지를 토닥거려주자 녀석은 어미를 향해 뛰어갔다. 존달라는 다시 에일라를 마주 볼 자신이 없어서 굳이 발걸음을 재촉하지 않았다.

동굴에 도착해보니 에일라는 없었다. 절벽 모퉁이를 돌아 그를 뒤따라갔던 에일라는 계곡을 따라 달리는 존달라를 한동안 지켜보다 요리용 구덩이를 확인했다. 그녀도 간혹 달리고 싶을 때가 있었지만 존달라가 어째서 그토록 갑자기 있는 힘껏 달리는지 그 이유가 궁금했다. 나 때문일까? 에일라는 고기를 굽는 구덩이 위에 덮어놓은 뜨끈해진 흙 위에 손을 얹어본 뒤 커다란 바위 쪽으로 걸어갔다.

이런저런 생각에 빠져 있던 존달라는 고개를 들었을 때 말 두 마리 사이에 서 있는 에일라를 보고는 깜짝 놀랐다.

"미, 미안해요, 에일라. 그렇게 갑자기 뛰쳐나가지 말았어야 했는데. 한 번씩 달리고 싶을 때가 있어요. 어제는 히힝이가 날 태우고 달려줬고요. 나보다 훨씬 멀리 가더군요. 또 그 일에 대해서도 미안해요."

그녀가 고개를 끄덕였다. 또 예의로구나, 관습. 에일라는 속으로 생각했다. 그게 정말로 뭘 뜻하는 걸까? 그녀는 아무 말 없이 히힝이에게 몸을 기댔다. 히힝이는 에일라의 어깨에 머리

를 물었다. 존달라는 전에도 에일라가 마음이 좋지 않을 때 둘
이 비슷한 자세로 서 있는 모습을 본 적이 있었다. 그들은 서로
에게서 위로받는 것처럼 보였다. 그 자신도 망아지를 쓰다듬으
면 마음이 편안해지곤 했다.

어린 말은 존달라의 관심을 끄는 것은 좋아했지만 오랫동안
가만히 서 있지를 못했다. 망아지는 고개를 들고 꼬리를 올리
더니 앞으로 뛰어나갔다. 등을 굽히고 껑충 뛰어오른 말은 다
시 발길을 돌려 존달라에게 오더니 몸을 부딪쳤다. 마치 그에게
같이 놀자고 조르는 것 같았다. 에일라와 존달라는 그 모습에
웃음을 터뜨렸고, 둘 사이의 긴장감도 어느새 스르륵 사라졌
다.

"저 녀석의 이름을 지어주기로 했잖아요."

에일라는 재촉하는 느낌 없이 그냥 말했다. 그가 망아지의
이름을 지어주지 않으면 그녀가 곧 이름을 붙여주려던 참이었
다.

"뭐라고 지어야 할지 모르겠어요. 한 번도 이름을 지어본 적
이 없어서."

"저도 그랬어요. 히힝이가 처음이었어요."

"당신…… 아들 이름은? 당신이 지어준 게 아니고요?"

"크렙이 이름을 지어주었어요. 두르크는 전설 속에 나오는
청년의 이름이에요. 내가 가장 좋아하는 전설이라는 것을 크렙
도 알고 있었어요. 날 기쁘게 해주고 싶어서 그 이름을 붙여준

것 같아요."

"씨족에게 전설이 있는 줄 몰랐군요. 소리 내 말하지 않고 어떻게 이야기를 들려주나요?"

"손짓으로요. 소리 내어 말하는 것과 같아요. 손짓으로 보여주며 이야기하는 게 더 쉬울 때도 있어요."

"그럴 수도 있겠군요."

그는 손짓으로 보여주는 이야기는 어떨지 궁금해하며 말했다. 그는 납작머리들이 이야기를 상상해내는 재주가 있으리라고는 꿈에도 생각해본 적이 없었다.

둘은 망아지가 꼬리를 휘날리며 머리를 앞으로 쭉 뻗은 채 신나게 달리는 모습을 지켜봤다. 대단한 수말이 되겠어, 뜀박질 선수라니까. 존달라는 생각했다.

"뜀박질 선수!"

그가 말했다.

"저 녀석이 선수처럼 뜀박질을 잘하니까 뜀바이라고 부르면 어떨까요?"

망아지 얘기를 할 때면 항상 뜀박질 얘기가 빠지지 않고 나왔으니 녀석에게 잘 어울리는 이름이었다.

"마음에 들어요. 좋은 이름이네요. 하지만 그게 망아지 이름이 되려면, 제대로 이름을 붙여줘야 해요."

"말의 이름을 어떻게 제대로 붙여준단 말이죠?"

"말에게도 그렇게 하는 게 옳은 일인지는 나도 모르겠지만

히힝이에게 이름을 붙여줄 때 씨족의 아이들에게 하듯이 해주
었거든요. 보여줄게요."

그녀는 존달라를 데리고 초원으로 향했다. 말들도 그 뒤를
따랐다. 한때 물길이 지나는 강바닥이었던 곳에 당도했다. 물길
의 침식된 가장자리에는 수평으로 쌓인 지층이 드러나 있었다.
에일라는 붉은 황토가 쌓인 지층을 막대기로 쑤시고서 짙은
적갈색 흙을 양손 가득 퍼 올렸다. 존달라는 놀란 눈으로 지켜
보고 있었다. 에일라는 다시 개울로 돌아가서 붉은 황토에 물
을 섞어 반죽을 만들었다.

"크렙은 붉은 황토에 동굴곰의 기름을 섞었지만, 내게는 기
름이 없으니까. 말에게는 그냥 평범한 진흙이 더 나을 것도 같
고요. 마르면 잘 떨어지거든요. 이름을 짓는다는 게 중요하니까
요. 망아지의 머리를 잡고 있어야 해요."

존달라가 손짓했다. 장난기 가득한 철모르는 망아지도 그
손짓의 의미는 이해했다. 존달라가 망아지의 목을 한 팔로 안
고 다른 팔로 몸을 긁어주자 녀석은 가만히 서 있었다. 에일라
는 정령들을 부르는 고대의 손짓언어로 말하기 시작했다. 그녀
는 너무 진지하게 하고 싶지는 않았다. 여전히 말의 작명 의식
을 치른다는 사실에 정령들이 노하지나 않을지 걱정이 되기도
했다. 하지만 히힝이의 이름을 붙여주는 의식 후에도 특별히
나쁜 일이 일어나지는 않았다. 에일라는 손짓을 마치고서 붉은
진흙을 한 손 가득 퍼 올렸다.

"이 수말의 이름은 뜀박이다."

그녀는 손짓을 하는 동시에 소리 내 말했다. 그러더니 말의 이마에 촘촘하게 난 흰 털에서부터 코끝까지 붉은 황토 반죽으로 선 하나를 죽 그렸다. 망아지는 얼굴에 느껴지는 축축한 뭔가를 떼어내고 싶은 듯 고개를 홱 쳐들고는 껑충껑충 뛰었다. 그러더니 머리를 존달라의 가슴팍에 치받아 붉은 자국을 남겼다.

"저 녀석이 내 이름까지 지어주고 싶은가봐요."

그가 웃으며 말했다. 뜀박이는 자기 이름에 충실하고 싶은지 들판을 질주하기 시작했다. 존달라는 가슴에 묻은 붉은 황토 자국을 닦아냈다.

"왜 이런 붉은 흙을 사용하죠?"

"특별하고…… 신성한 거라…… 정령들에게."

그녀가 설명했다.

"우리도 신성하다고 해요. 어머니의 피를 상징하죠."

"맞아요, 피. 크렙…… 목우르는 이자의 정령이 떠날 때도 이자의 시신에 붉은 황토와 동굴곰 기름을 섞은 반죽을 발라주었어요. 태어날 때와 같은 핏빛으로 이 세상을 떠난다고 했어요. 그래야 저세상에서 태어나는 거라고."

그때의 기억은 여전히 고통스럽게 남아 있었다.

존달라의 눈이 휘둥그레졌다.

"납작머리가…… 아니, 씨족이 정령을 저세상으로 보낼 때 신성한 흙을 사용한다고요? 정말입니까?"

"붉은 황토와 함께 제대로 된 의식을 거쳐 죽은 사람을 땅에 묻어요."

"에일라, 우리도 붉은 흙을 씁니다. 붉은 흙은 어머니의 피를 상징해요. 몸과 무덤에 붉은 흙을 바릅니다. 그래야 어머니께서 죽은 이의 정령을 자궁으로 데려가 다시 태어날 수 있게 하죠."

그의 눈에 고통이 어리었다.

"소놀란은 붉은 흙을 바르지도 못한 채……."

"붉은 흙은 없었어요, 존달라. 황토를 구해올 시간이 없었어요. 당신을 여기로 옮기는 게 급했어요. 안 그랬다면 무덤 하나가 더 늘었을 거예요. 하지만 내 토템과 우르수스, 위대한 동굴곰 정령에게 그 사람이 길을 잘 찾도록 도와달라고 청했어요."

"당신이 묻어주었다고요? 그의 시신을 짐승들이 몰려드는 곳에 그냥 버려둔 게 아니라?"

"절벽 가까이에 그의 시신을 끌어다가 자갈과 돌로 덮어놓았어요. 하지만 붉은 흙은 구하지 못했어요."

존달라는 납작머리들이 죽은 이를 매장한다는 사실을 도저히 믿을 수가 없었다. 짐승들은 사체를 묻지 않았다. 오직 인간만이 주검을 묻고, 그들이 어디에서 왔는지 그리고 이 삶이 끝난 후에 어디로 가는지 생각했다. 씨족의 정령들이 소놀란의 마지막 기는 길을 인도해주었을까?

"당신이 그곳에 있었기 때문에 내 동생은 마지막 가는 길에 큰 도움을 받았군요. 그리고 나는 훨씬 더 큰 것을 받았어요.
내 목숨을."

26

"에일라, 이렇게 맛있는 음식은 처음 먹어 보는 것 같네요. 이렇게 요리하는 방법은 어디에서 배웠죠?"

존달라는 다양한 푸성귀가 곁들여져 은은한 풍미가 도는 뇌조 고기를 한 조각 더 집으며 말했다.

"이자가 가르쳐주었어요. 내가 어디에서 배웠겠어요? 이건 크렙이 좋아하는 요리였어요."

에일라는 그의 질문에 공연스레 짜증이 올라왔다. 어째서 내가 요리하는 법을 모를 거라 생각하는 걸까?

"주술 치료사는 식물에 대해 잘 알아요, 존달라. 식물은 약재뿐 아니라 음식에 맛을 낼 때도 쓰여요."

존달라는 짜증 섞인 그녀의 목소리를 감지하고는 무엇 때문에 감정이 상했는지 궁금했다. 그는 그저 음식 솜씨에 대해 칭찬을 하려는 것뿐이었다. 음식은 맛있었다. 아니, 정말로 훌륭했다. 그러고 보니 에일라가 만든 음식은 모두 다 맛이 좋았다. 대부분이 처음 맛보는 것들이었지만 여행의 묘미 중 하나가 새로운 경험을 할 수 있다는 것이었다. 입에 설은 음식이어도 하나같이 맛도 영양도 좋다는 것은 분명해 보였다.

요리만이 아니었다. 에일라는 모든 일을 다 해냈다. 아침에 뜨거운 차를 준비하는 것에서 시작해 얼마나 많은 일들을 뚝딱 해내는지 그는 에일라의 노고를 의식하지 못할 때가 많았다. 에일라는 사냥을 하고, 식물을 채집하고, 손이 많이 가는 요리까지 했다. 살아가는 데 필요한 모든 일들을 그녀가 혼자다 했다. 존달라, 네가 하는 일이라고는 먹는 것밖에 없잖아. 이 모든 걸 그냥 다 받기만 하고 아무런 보답도 못 했어. 가만히 있는 것보다 더 못한 짓이나 하고.

그런데 넌 그저 입으로 칭찬이나 하면서 그녀가 짜증낸다고 탓할 수 있단 말이냐? 에일라는 네가 떠나면 홀가분하다고 생각할 거야. 떠나기 전에 에일라를 위해 뭐라도 해야 해.

사냥을 해서 그간 네가 먹어치운 고기라도 갚고 가야지. 에일라가 네게 해준 것에 비하면 정말로 미미한 보답이지만. 다른게 뭐 없을까? 조금 더 오래 기억될 만한 게……. 사실 에일라혼자서도 충분한데 사냥을 조금 도와준다고 그게 무슨 큰 보답이 되겠어?

한데 에일라는 저렇게 투박한 창으로 어떻게 사냥을 하는걸까? 혹시…… 내가 창을 만들어준다고 하면 씨족에 대한 모욕으로 받아들일까?

"에일라, 내가…… 음…… 하고 싶은 말이 있는데. 하지만 당신이 불쾌하게 생각하지 않았으면 좋겠어요."

"어째서 내가 불쾌할까봐 걱정하나요? 할 말이 있으면, 그냥 하세요."

에일라의 가시 돋친 말투에 존달라는 순간 당황스러워하며 자신의 생각을 그냥 접을까 했지만 가까스로 입을 열었다.

"그래요. 조금 늦은 질문인 줄은 아는데, 궁금해서……. 어, 그러니까 어떻게 저런 창으로 사냥을 하는 겁니까?"

에일라는 남자의 질문에 어리둥절해졌다.

"구멍을 파고 달려요. 짐승 무리를 구멍 쪽으로 몰아요. 하지만 지난겨울에는……."

"함정! 그렇군요. 가까이 다가가 창을 찌르면 되겠군요. 에일라, 당신이 날 위해 해준 일들이 참 많아요. 그래서 떠나기 전에 뭔가 당신에게 도움이 될 만한 일을 해주고 싶어요. 하지만 내 제안에 당신이 기분 나빠하지 않았으면 좋겠어요. 싫다면 내가 말한 것은 그냥 잊어도 돼요. 말해도 될까요?"

에일라는 다소 걱정이 되기도 했지만 호기심에 고개를 끄덕였다.

"당신은…… 당신은 뛰어난 사냥꾼이에요. 당신이 사용하는 무기를 보면 디디욱. 한데 내가 당신에게 더 좋은 사냥 무기로 더 쉽게 사냥하는 법을 가르쳐줄 수 있을 것 같아요. 물론 당신이 원한다면."

에일라의 걱정은 순식간에 사라졌다.

"내게 더 좋은 사냥 무기를 가르쳐준다고요?"

"또 사냥하는 더 쉬운 방법에 대해서도. 물론 당신이 배우고 싶다면요. 하지만 연습을 할 필요는 있을 거예요."

에일라는 믿지 못하겠다는 듯 고개를 저었다.

"씨족 여자들은 사냥하지 않아요. 남자들은 내가 사냥하는 것을 원하지 않았어요. 줄팔매조차. 브룬과 크렙은 내 토템의 뜻을 받들고자 허락한 것뿐이에요. 동굴사자는 아주 강력한 남자의 토템이에요. 그런 동굴사자 정령이 여자인 나를 선택해서 내가 사냥해도 된다는 것을 그들에게 알린 거예요. 그들은 감히 정령의 뜻을 거역할 수 없으니까요."

불현듯 에일라의 머릿속에 어떤 장면이 생생하게 떠올랐다.

"브룬과 크렙은 날 위해 특별한 의식을 열었어요."

그녀는 목에 난 작은 상처를 만졌다.

"내가 사냥하는 여자가 될 수 있도록 크렙이 내 피를 고대의 정령들에게 바쳤어요. 이 계곡을 발견했을 때 내가 사용할 줄 아는 무기는 줄팔매뿐이었어요. 하지만 줄팔매로만 사냥하는 것은 역부족이었어요. 그래서 남자들이 사용하는 것과 비슷한 창을 만들었어요. 그리고 남자들이 사냥 이야기를 할 때 주위를 맴돌며 배울 수 있는 것은 다 배우려고 했었고요. 어떤 남자도 더 좋은 사냥 방법을 나서서 보여주지 않았어요."

그녀는 갑자기 말을 멈추더니 감정이 북받치는 듯 두르개를 내려다보았다.

"정말로 고마워요, 존달라. 얼마나 고마운지 말로 다 할 수가 없어요."

긴장으로 남자의 이마에 잡혀 있던 주름이 펴졌다. 얼핏 그녀의 눈가에 눈물이 반짝이는 것을 본 듯싶었다. 그게 그렇게 에일라에게 큰 의미가 있는 걸까? 그는 에일라가 자신의 말을 잘못 이해한 것은 아닌가 걱정이 되었다. 그가 그녀의 말을 제대로 이해하기는 한 건가? 그는 에일라에 대해 알아가면 알수록, 오히려 더 그녀를 잘 모르겠다는 생각이 들었다. 그렇다면 혼자서 사냥하는 방법을 터득했단 말인가?

"특별한 도구를 만들까 해요. 지난번에 찾은 사슴 다리뼈로 하면 될 것 같은데, 그 뼈를 물에 담가놓아야 해요. 사슴 뼈들을 물에 담가놓을 만한 용기가 있나요?"

"얼마나 큰 거요? 용기야 여러 개 있어요."

그녀가 일어나며 말했다.

"다 먹고 나서 시작하죠, 에일라."

그녀는 너무 설레어서 먹고 싶은 마음도 들지 않았다. 하지만 그는 아직 식사 중이었다. 그녀는 고기 한 점을 집어 들고 뒤로 물러나 앉았다. 존달라는 에일라가 고기를 손에 든 채 입에 대지 않는 것을 알아챘다.

"지금 보러 갈까요?"

그가 물었다. 그러자 에일라는 벌떡 일어나더니 물건들이 쌓여 있는 곳에서 돌로 만든 등잔을 들고 돌아왔다. 동굴 뒤편은 깜깜했다. 그녀는 존달라에게 등잔을 건네고는 덮개를 걷었다. 그곳에는 바구니와 그릇, 자작나무 껍질로 만든 용기들이 겹겹이 쌓여 있었다. 그는 등잔을 높이 들어 주위가 더 환해지도록 하고는 둘러보았다. 그녀가 혼자 사용하기에는 너무도 많은 용기들이 보관되어 있었다.

"이걸 다 당신이 만들었어요?"

그릇과 바구니 무더기를 자세히 살펴보며 존달라가 물었다.

"며칠은, 아니 몇 달…… 여러 계절은 걸렸겠네요. 이걸 다 만드는 데 얼마나 걸렸습니까?"

에일라는 어떻게 말하면 좋을지 생각했다.

"많은 계절. 주로 추운 계절에 만들었어요. 겨울에는 달리 할 일이 없었으니까요. 적당한 게 있나요?"

그는 에일라가 펼쳐놓은 용기들을 보더니 몇 개를 집었다. 그 중 하나를 골라 자세히 살펴보더니 믿지 못하겠다는 표정을 했다. 아무리 기술이 뛰어나든, 얼마나 빨리 작업을 하든, 이토록 정교하게 엮어 용기들을 만들려면 상당한 시간이 걸린다. 그녀는 도대체 여기에서 얼마나 오래 지낸 것일까? 그것도 혼자서.

"이거면 좋겠네요."

그는 높이가 꽤 높은 네모나게 생긴 커다란 나무통을 들어

올리며 말했다. 에일라가 나머지 용기들을 다시 정리하는 동안, 그는 등불을 든 채 생각에 잠겼다. 여기 처음 왔을 때 에일라는 소녀를 갓 벗어난 무렵이었을 거야. 그렇게 나이가 많지는 않잖아. 아닌가? 그녀의 나이를 판단하는 것은 쉽지 않았다. 에일라에게는 나이를 종잡을 수 없는 매력이 있었다. 그녀는 풍만하고 성숙한 몸매와는 다르게 아주 천진한 구석도 있었다. 출산을 한 적이 있으니까 어느 모로 보나 여자가 된 건 분명해. 도대체 몇 살쯤 됐을까?

그들은 비탈길을 내려갔다. 존달라는 나무통에 물을 채우고서 뼈 무더기에서 찾아낸 다리뼈들을 유심히 살폈다.

"전에는 몰랐는데 이 뼈에는 금이 가 있네요."

그는 에일라에게 보여주더니 그 뼈를 버리고서 나머지 뼈들을 물통에 넣었다. 그들은 다시 동굴로 걸어 올라갔다. 존달라는 가는 내내 에일라의 나이를 가늠해보았다. 아주 어리진 않을 거야. 이렇게나 뛰어난 치유자인데. 그렇다면 나랑 비슷한 또래일까?

"에일라, 여기에서 지낸 지 얼마나 오래 되었나요?"

더 이상 호기심을 억누를 수 없던 존달라는 동굴로 들어가며 물었다.

그녀는 멈춰 섰다. 어떻게 답을 하면 좋을지 몰랐다. 설명을 해본다 해도 그가 과연 이해할 수 있을지 의문이었다. 크렙에게서 배운 대로 빗금을 표시해놓은 막대기들이 떠올랐지만 그것은 원래 그녀가 알아서는 안 되는 방법이었다. 존달라도 탐탁지 않게 생각할지 몰랐다. 하지만 그는 떠날 거잖아. 그녀는 생각했다.

에일라는 그간 빗금을 표시해왔던 막대기 묶음을 가져와 끈을 풀고 펼쳤다.

"이게 다 뭐죠?"

존달라가 물었다.

"내가 여기서 얼마나 오래 지냈는지 궁금하다고 해서. 어떻게 설명해야 할지 모르겠지만 이 계곡을 발견한 이후로 매일 밤 막대기에 빗금을 그어 표시를 해왔어요. 이 막대기에 표시된 만큼 여기서 지낸 거예요."

"이 빗금이 모두 몇 개인지 알아요?"

그녀는 전에 빗금이 표시된 막대기가 의미하는 바를 어떻든 이해하려다가 좌절했던 경험이 떠올랐다.

"여기 표시된 만큼이에요."

존달라는 큰 관심을 보이며 막대기 하나를 들었다. 에일라는 숫자를 알지는 못했지만 수를 센다는 개념은 아는 듯했다. 그의 부족 사람들 중에는 수를 세는 것에 대한 개념을 모르는 사람들이 많았다. 수에 대한 이해는 아무나 할 수 없는 대단한 능력이었다. 존달라는 언젠가 젤란도니에게 조금이나마 설명을 들은 적이 있었다. 전부 다 이해하는 것은 아니었지만 보통 사람들보다는 많이 알고 있었다. 에일라는 어디에서 막대기에 표시하는 법을 배웠을까? 납작머리 손에서 자란 사람이 어떻게 숫자에 대한 개념을 알고 있는 걸까?

"이렇게 하는 법은 어떻게 배운 거죠?"

"크렙이 알려주었어요. 오래전, 내가 어린아이였을 때."

"크렙? 당신이 살았던 불터의 남자? 그 남자는 이런 표시들이 무엇을 의미하는지 알았단 말이죠? 그냥 표시만 한 게 아니고요?"

"크렙은…… 목우르…… 신성한 사람이었어요. 씨족 사람들은 작명 의식 같은 의식들을 치를 때, 또 씨족 모임이 열릴 때 모두 그에게 의지했어요. 크렙도 이렇게 표시를 해서 알았어요. 내가 그 방법을 터득했다는 것은 그도 잘 모를 거예요. 목우르들도 이해하기 어려워하는 거라서. 하지만 내가 너무 질문을 많이 하니까 그는 어쩔 수 없이 그 방법을 보여준 거예요. 나중에는 내게 다시는 그 문제에 대해서는 말하지 말라고 했어요. 조금 더 나이가 들어서 달의 주기를 세어보려고 막대기에 표시를 하다가 들켰는데, 그때 크렙이 화를 많이 냈어요."

"이…… 목—우르."

존달라는 어렵게 발음을 따라했다.

"그 남자가 성스러운, 신성한 사람이라고요? 젤란도니처럼?"

"모르겠어요. 치료사를 젤란도니라고 부르지 않나요? 목우르는 치료사가 아니에요. 이자가 약초나 식물에 대해 잘 알죠. 이자가 주술 치료사였어요. 목우르는 정령에 대해 잘 알아요.

목우르는 정령들에게 고하는 식으로 이자를 도왔고요."

"젤란도니는 치유자이기도 하고, 다른 재능을 가진 이들도 있어요. 젤란도니는 어머니를 섬기는 소명을 받드는 사람이란 뜻이에요. 그중에서는 섬기고 싶은 마음만 클 뿐 특별한 재능이 없는 젤란도니도 있고요. 젤란도니들은 어머니에게 무언가를 고할 수도 있고요."

"크렙에게도 다른 재능들이 있었어요. 그는 가장 높고, 강력한 힘을 지녔어요. 그가 할 수 있었던…… 그가 보여준 능력은…… 어떻게 설명해야 할지 모르겠네요."

존달라는 고개를 끄덕였다. 젤란도니의 재능을 설명하기란 쉬운 일이 아니었다. 젤란도니는 특별한 지식을 전수받아 이어가는 사람을 뜻하기도 했다. 그는 다시 막대기를 바라봤다.

"이건 뭘 뜻하죠?"

그가 일정한 간격으로 따로 표시를 해놓은 빗금을 가리키며 물었다. 에일라는 얼굴을 붉혔다.

"그건…… 그건…… 내 여성이……."

에일라는 적절한 말을 찾으려고 애를 썼다.

동굴곰족의 여자들은 월경 때면 남자들과의 접촉을 피해야 했다. 남자들도 여자의 존재를 완전히 모른 척했다. 남자들은 생명을 잉태하는 여자의 신비한 생명력에 대해 두려움을 느꼈기 때문에 여인의 저주를 받는 여자들은 일시적으로 격리 생활을 했다. 그들은 여자가 월경을 할 때 여자 토템의 정기가 남자가 지닌 수태의 기운을 몰아낼 만큼 강력해진다고 믿었다. 여자가 피를 흘린다는 것은 여자 토템과의 싸움에서 진 남자 토템 정령이 상처를 입어 내쫓긴 것이라 생각했다. 남자들은 자신의 정령이 그러한 싸움에 말려드는 것을 원치 않았다.

하지만 에일라는 남자를 동굴로 데리고 온 지 얼마 되지 않아 어려운 문제에 봉착했다. 월경을 시작했지만 남자의 목숨이 경각을 달리는 와중에 엄격하게 격리 생활을 할 수는 없었다. 금기를 무시하는 수밖에 없었다. 나중에도 월경이 시작되면 그녀는 가능한 한 남자와 마주치는 시간을 줄이려고 노력했지만 동굴에서 단둘이 지내면서 그를 피해 다닐 수는 없었다. 그렇다고 씨족의 관습이 그렇듯이 여자들이 하는 일만 할 수도 없었다. 그녀를 대신해줄 여자도 없거니와 그녀는 남자를 위해 사냥도 하고 요리도 해야 했다. 게다가 그는 에일라와 함께 식사하기를 원했다.

주기가 돌아오면 에일라는 남자의 눈에 띄지 않도록 최대한 조심스럽게 처신했다. 이런 상황에서 그의 질문에 어떻게 답을 한단 말인가?

하지만 그는 아무런 거리낌도, 동요하는 기색도 없이 그녀가 한 말을 받아들였다. 특별히 신경을 쓰는 듯한 기색도 없었다.

"대다수 여자들이 이런 기록을 하지요. 크렙이나 이자가 이런 걸 가르쳐주었나요?"

그가 물었다.

에일라는 당황한 표정을 숨기려고 고개를 숙였다.

"아니요, 내가 알고 싶어서 표시했어요. 준비를 하지 않은 채 동굴을 떠나면 안 될 것 같아서."

그가 이해한다는 듯 끄덕이자 에일라는 크게 놀랐다.

"숫자와 관련해서 여자들이 하는 이야기가 있어요."

그가 계속 말했다.

"그 이야기에 따르면 달, 루미는 대지의 어머니의 연인이었대요. 도니가 피를 흘리는 때가 오면, 루미와 쾌락을 나누지 않는 거예요. 그래서 그는 화가 났고 자존심에 상처를 입었어요. 그는 도니를 떠나서 그의 빛까지 숨겨버렸어요. 하지만 루미는 그리 오래 떠나 있을 수 없었어요. 금세 외로움을 느끼고 도니의 따듯하고 풍만한 몸을 그리워하게 되죠. 그래서 살짝 얼굴만 내민 채 도니를 훔쳐봤죠. 그 무렵 도니도 화가 나서 그를 보지 않으려고 했어요. 하지만 그가 한 바퀴를 돌아 그의 빛을 모두 뿜어내며 밝게 빛나자 더 이상 도니도 그를 거부할 수 없었죠. 그녀가 다시 한 번 그를 위해 몸을 활짝 열어 보였고, 결국 둘은 함께 행복하게 살았대요.

어머니를 기리는 많은 축제들이 보름달이 뜰 때 열리는 이유도 그래서죠. 여자들은 그들의 주기가 어머니의 주기와 같다고들 하죠. 피를 흘리는 때를 달거리라고도 말하는데, 루미를 보면서 그때를 예측할 수 있어서 그렇다더군요. 그리고 달이 구름에 가려 보이지 않을 때도 그 주기를 미리 알 수 있도록 도니

가 숫자를 가르쳐줬다고 말하죠. 하지만 숫자는 다른 일에도
많이 쓰여요."

남자가 여자들만의 은밀한 이야기를 아무렇지도 않게 말하
자 에일라는 당황하면서도 그 이야기에 매료되었다.

"나도 가끔은 달을 봐요. 하지만 막대기에도 표시를 해요.
숫자가 뭔가요?"

그녀가 말했다.

"그건…… 막대기에 표시한 빗금을 하나하나 가리키는 이
름이에요. 수를 셀 때 숫자를 쓰는 건데…… 무엇이든 다 세요.
정찰대가 사슴을 몇 마리 봤다거나, 혹은 사슴 무리가 있는 곳
까지 며칠을 더 가면 된다거나. 만약 가을에 큰 들소 무리가 초
원에 나타나면 그때는 젤란도니가 직접 무리를 보러 가죠. 젤란
도니는 숫자를 세는 특별한 방법을 아니까요."

에일라는 마음 깊은 곳에서 기대감 같은 것이 차올랐다. 그
의 말을 이해할 수 있을 것 같았다. 오랫동안 알 듯 말 듯 풀리
지 않던 문제의 실마리가 보이는 것만 같았다.

존달라는 둥근 요리용 돌멩이 무더기를 흘끗 보더니 양손
가득 돌멩이를 가지고 왔다.

"보여줄게요."

그가 돌들을 일렬로 죽 늘어놓으며 세기 시작했다.

"하나, 둘, 셋, 넷, 다섯, 여섯, 일곱……"

에일라는 흥분되는 표정으로 그 모습을 지켜봤다.

돌을 다 세더니 그는 세는 것을 보여줄 만한 다른 물건이 없는지 주위를 둘러보다가 빗금이 표시된 막대기 몇 개를 들었다.

"하나."

그가 첫 번째 막대기를 내려놓으며 말하고는 다른 막대기를 그 옆에 놓으며 "둘"이라고 말했다.

"셋, 넷, 다섯."

에일라의 머릿속에 크렙과 이야기를 나누던 장면이 생생하게 떠올랐다. 그는 에일라의 활짝 펼친 손가락을 가리키며 "태어난 해, 걷는 해, 젖을 떼는 해" 하고 가르쳐준 적이 있었다. 에일라는 한 손을 들어 존달라를 보더니 다른 한 손으로 손가락을 하나씩 세기 시작했다.

"하나, 둘, 셋, 넷, 다섯."

"바로 그거예요! 당신의 막대기를 봤을 때 숫자와 관련된 거라 생각했어요."

에일라는 얼굴 가득 의기양양한 미소를 띠었다. 그녀는 막대기 하나를 집더니 빗금을 세기 시작했다. 존달라는 에일라가 센 다섯에 이어 계속 숫자를 세어나가다가 두 번째 막대기에 그어진 빗금에서 막히고 말았다. 뭔가를 골똘히 생각하는 듯 이마에 주름이 잡혔다.

"이렇게 오래 여기에 있었다는 거죠?"

그녀가 가져온 막대기 여러 개를 가리키며 존달라는 물었다.

"아니요."

그녀는 말하더니 다른 막대기들도 전부 가져왔다. 여러 개의 꾸러미를 풀더니 막대기들을 전부 펼쳐 놓았다.

가까이 다가와 살펴본 존달라의 얼굴이 하얗게 질렸다. 속이 울렁댔다. 몇 년! 막대기들은 그녀가 이곳에서 보낸 세월을 보여주었다. 그는 빗금이 잘 보이도록 막대기들을 일렬로 늘어 놓고는 한동안 찬찬히 살폈다. 젤란도니가 더 큰 숫자를 세는 방법도 알려준 적이 있었지만, 이 빗금을 다 세려면 뭔가 다른 방법을 강구해야 했다.

얼마 후 그가 미소 지었다. 날을 하나하나 세는 게 아니라 에일라가 따로 달거리를 표시한 빗금을 세면 몇 달이 흘렀는지 알 수 있을 터였다. 그는 따로 표시된 빗금을 가리키며 땅바닥에 빗금을 그리고는 큰 소리로 숫자를 셌다. 땅바닥에 그려진 빗금이 열세 개가 되자 다음 줄로 넘어가 빗금을 그렸다. 하지만 젤란도니가 가르쳐준 대로 첫 번째는 뛰어넘고 열두 개의 빗금만 그렸다. 달의 주기는 계절이 돌아오는 주기, 즉 태양의 주기와 정확히 일치하지 않았다. 그는 세 번째 줄의 빗금까지 다 채우고는 경외감이 가득한 표정으로 바라봤다.

"3년! 여기서 3년을 지냈다니! 내가 여행을 한 기간과 같아요. 그럼 그동안 계속 혼자 지냈단 말입니까?"

"내게는 히힝이가 있었어요. 그리고 얼마 전까지는……."

"하지만 사람은 본 적이 없었고요?"

"네, 씨족을 떠나온 이후로는 전혀."

그녀는 씨족 사람들이 하는 대로 햇수를 세어보았다. 첫해는 그녀가 씨족을 떠나 계곡을 발견하고 망아지를 동굴로 데려온 해였다. 에일라는 그해를 히힝이의 해라고 불렀다. 이듬해봄 식물들이 새로 싹을 틔우기 시작한 그 무렵, 새끼 사자를 발견했으니 그해는 아기의 해였다. 히힝이의 해에서 아기의 해까지가 존달라가 말하는 1년이었다. 아기의 해는 수말이 나타난해이기도 했다. 그리고 세 번째 해는 존달라와 망아지의 해였다. 에일라는 그녀의 방식대로 햇수를 기억하는 게 더 명료했지만 숫자도 좋은 방법이라고 생각했다. 존달라는 에일라가 표시해놓은 빗금으로 그녀가 이 계곡에서 얼마나 오래 살았는지알아냈고, 그녀도 그렇게 하는 방법을 배우고 싶었다.

"에일라, 당신이 몇 살인지 압니까? 지금까지 몇 해나 살았는지?"

존달라가 갑자기 물었다.

"생각을 해볼게요."

그녀가 말하더니 손을 들어 손가락을 활짝 폈다.

"크렙이 말하길, 처음 발견되었을 때 내가 이만큼, 다섯 살정도 되었다고 이자가 짐작했대요."

존달라는 땅바닥에 빗금을 다섯 개 그었다.

"두르크는 우리가 씨족 모임에 가는 그해 봄에 태어났어요. 두르크를 모임에 데리고 갔어요. 크렙은 씨족 모임이 이만큼에

한 번씩 열린다고 말했고요."

에일라는 활짝 편 다섯 손가락 옆에 손가락 두 개를 갖다 댔다.

"그렇게 하면 일곱이에요."

존달라가 말했다.

"씨족이 나를 발견하기 전 여름에 씨족 모임이 있었고요."

"그럼, 하나를 빼야겠군요. 어디 생각해보죠."

그는 땅바닥에 빗금을 표시하며 말했다. 그러더니 이내 고개를 절레절레 흔들었다.

"정말 확실합니까? 그렇다면 열한 살 때 아들을 낳았단 말입니까!"

"확실해요, 존달라."

"어린 나이에 출산을 하는 여자들도 있다고 듣긴 했지만 그런 경우는 드물어요. 열셋이나 열넷쯤에 보통 첫 출산을 하는데, 그 나이도 너무 어리다고 생각하는 이들도 있어요. 열한 살이면 아이였을 때 아닌가요."

"아니요, 난 아이가 아니었어요. 아이를 벗어난 지 몇 해 지난 무렵이었어요. 아이라고 하기에는 난 너무 컸어요. 남자들을 포함해 누구보다 더 컸어요. 대다수 씨족 여자아이들이 여자가 되는 때를 이미 지나 있었고요."

에일라는 입가에 일그러진 미소를 띠었다.

"그 나이에도 아이로 머물러 있었다면 참을 수 없었을 거예요. 어떤 이들은 내 토템이 너무 강한 남자 토템이라서 내가 결코 여자가 되지 못할 거라 생각했어요. 이자는 그…… 달거리가 시작되었을 때 무척 기뻐했죠. 나도 기뻤고요. 그때까지……."

입가에 미소가 사라졌다.

"그때가 브라우드의 해였어요. 그다음 해가 두르크의 해였고."

"당신의 아들이 태어나기 전에는 열 살! 열 살 때 그자가 당신을 억지로? 어떻게 그럴 수가 있죠?"

"난 그때 여자였어요. 대다수 여자들보다 더 컸고. 그자보다도 더 컸어요."

"하지만 그자보다 키만 컸을 뿐, 몸집은 아니었을 테죠! 나도 납작머리들을 본 적이 있어요! 키는 크지 않지만 힘은 엄청 세 보이더군요. 맨주먹으로 싸우고 싶은 생각이 안 들 정도로."

"그들도 사람이에요, 존달라. 납작머리가 아니라 씨족 사람들이에요."

에일라는 존달라가 한 말을 부드럽게 고쳐 말했다. 에일라의 말에 그는 입을 다물었다. 에일라의 말투는 부드러웠지만 표정은 단호했다.

"그런 일이 있었는데도 여전히 그가 짐승이 아니라고요?"

"내게 강제로 욕구를 푼 브라우드를 짐승이라고 부른다면, 씨족의 여자들을 강제로 덮친 그 남자들은 뭐라고 부를 건가요?"

그는 한 번도 그 부분에 대해서는 생각해본 적이 없었다.

"씨족의 모든 남자가 다 브라우드 같지는 않아요, 존달라. 대다수 남자들은 그렇지 않아요. 크렙은 강력한 힘을 지닌 주술사이면서도 자애롭고 따뜻해요. 족장이었던 브룬도 브라우드와는 달랐어요. 그는 강한 의지를 지녔지만 공정했어요. 나를 씨족으로 받아들여 준 이도 브룬이었어요. 씨족의 관습이기 때문에 어쩔 수 없기는 했지만 그래도 내게 감사한 마음을 표현한 적도 있었어요. 씨족의 남자가 모든 이들 앞에서 여자에게 감사함을 표현하는 것은 아주 드문 일이에요. 그는 내가 사냥을 할 수 있게 해주었고, 두르크도 받아들였어요. 내가 떠날 때 아이를 보호해주겠다고 약속했고요."

"언제 떠났는데요?"

에일라는 잠시 생각에 잠겼다. 두르크가 태어난 해, 걷는 해, 젖을 떼는 해가 지나고서 그녀는 동굴을 떠나야 했다.

"내가 떠날 때 두르크는 세 살이었어요."

존달라는 빗금을 세 개 더 그렸다.

"그럼 당신은 그때 열네 살이었겠네요. 겨우 열네 살? 그리고 그때 이후로 여기서 줄곧 혼자 지냈고요? 3년 동안이나?"

그는 땅바닥에 그려놓은 빗금을 모두 셌다.

"당신은 열일곱 살이에요, 에일라. 지금까지 열일곱 해를 살아온 거예요."

그가 말했다. 에일라는 깊은 생각에 잠긴 채 한동안 아무 말

없이 앉아 있었다. 마침내 그녀가 입을 열었다.

"두르크는 여섯 살이겠네요. 지금쯤이면 남자들이 아이를 연습장으로 데리고 가서 사냥 연습을 시킬 거예요. 그로드가 두르크의 몸에 맞는 창을 만들어주고, 브룬은 창을 쓰는 법을 가르쳐주겠지요. 나이가 지긋했던 주그가 살아 있다면 줄팔매도 가르쳐줄 거고요. 두르크는 친구인 그레브와 작은 짐승들을 사냥하며 기술을 익힐 거예요. 두르크가 더 어리지만 키는 그레브보다 커요. 그 아이는 나이에 비해 컸어요. 그건 나를 닮았어요. 달리기도 빠르고. 누구도 그 아이보다 빨리 달릴 수 없을 거예요. 줄팔매도 잘 다룰 테고. 그리고 우바가 그 아이를 많이 사랑해줘요. 나만큼이나 그 애를 아껴주고요."

에일라는 눈물이 흘러내리는 사실을 알아채지 못했다. 어느새 길게 내쉰 한숨이 흐느낌으로 바뀌었고, 머리를 남자의 어깨에 묻은 채 그에게 안겨 울고 있었다.

"괜찮아요, 에일라."

남자가 부드럽게 여자의 등을 토닥이며 말했다. 열한 살에 어미가 되고, 열네 살에 아들과 생이별을 겪다니. 아이가 자라는 것을 보지도 못하고, 그 아이의 생사도 확인할 수 없고. 그래도 에일라는 누군가가 그 아이를 잘 보살펴주고 사냥도 가르쳐줄 거라 믿고 있어. 여느 아이들과 마찬가지로……

마침내 남자의 어깨에서 고개를 든 에일라는 진이 다 빠진 듯했다. 하지만 그녀를 짓누르던 슬픔의 무게가 덜어진 듯 마음만은 한결 가벼워졌다. 씨족을 떠난 이후로 자신의 상실감을 다른 사람과 나누는 것은 처음이었다.

그는 연민의 눈빛으로 부드럽게 미소 지었다. 하지만 그의 깊은 파란 눈에는 무의식적으로 피어오르는 연민 이상의 감정이 어려 있었다. 여자의 마음속에서도 비슷한 감정이 싹텄다. 그들은 서로를 따뜻하게 감싼 채 소리 내 말하지 않았지만 모든 감정을 거침없이 드러내는 서로의 눈빛을 한동안 들여다보았다.

그의 강렬한 눈빛을 에일라는 더는 감당할 수 없었다. 정면으로 응시하는 시선은 여전히 불편했다. 그녀는 황급히 그에게서 시선을 떼더니 막대기들을 모으기 시작했다. 존달라는 잠시 마음을 추스른 다음에야 에일라를 도와 막대기들을 묶었다. 에일라의 옆에서 막대기들을 정리하고 있자니 그녀를 안았을 때보다 더욱 그녀의 풍만한 몸매와 향긋한 여인의 향기가 의식되었다. 에일라도 그의 몸이 닿았던 순간의 감각이 뇌리에 여전히 남아 있었다. 어루만져주던 부드러운 손길과 그의 어깨에 얼굴을 묻은 채 울 때 자신의 눈물과 함께 입술에 닿았던 그의 살결이 여전히 느껴지는 듯했다.

그들 둘 다 서로의 몸을 만졌지만 전혀 불쾌한 기분이 들지 않았음을 깨달았다. 하지만 서로 시선을 피한 채 몸이 스치는 일이 없도록 조심했다. 전혀 생각지도 못했던 따뜻한 위로를 주고받던 순간이 어색한 분위기로 바뀔까봐 걱정이 되었다.

에일라는 막대기 묶음을 들더니 남자 쪽을 바라봤다.

"존달라, 당신은 몇 살인가요?"

"여행을 시작할 때가 열여덟 살이었어요. 소놀란은 열다섯⋯⋯ 죽을 때 나이는 열여덟이었어요. 너무 젊은 나이죠."

그의 얼굴에 고통이 서렸다. 얼마 후 그는 다시 입을 열었다.

"나는 이제 스물 하고도 한 살을 더 먹었네요. 하지만 아직 짝을 맺지 않았고요. 짝을 안 맺은 남자치고는 나이가 많은 편이에요. 대다수 남자들이 나보다 훨씬 젊은 나이에 여자를 찾아 자기 불터를 꾸리죠. 소놀란 역시 열여섯 살에 짝을 찾았으니까요."

"나는 겨우 두 남자를 찾았을 뿐이네요. 동생의 짝은 어디에 있나요?"

"죽었어요. 출산을 하다가. 아들도 죽었고요."

에일라의 눈에 연민이 가득 차올랐다.

"그래서 다시 여행을 하게 된 거였죠. 동생은 더 이상 그곳에 머물 수가 없었어요. 처음부터 내 의지가 아니라 동생의 의지에서 시작된 여행이었어요. 모험을 좋아했고 무모하기 짝이 없었죠. 뭐든 다 해봐야 직성이 풀리는 녀석이었고, 또 모두와 금세 친구가 되었죠. 난 그냥 그를 따라 여행을 시작했어요. 소놀란은 내 동생이자 가장 절친한 친구이기도 했으니까요. 제타미오가 죽고 나서 고향으로 돌아가자고 설득했지만 가지 않으려고 했어요. 너무나 큰 슬픔에 잠긴 나머지 짝을 따라서 저세상에 가고 싶어 했어요."

에일라의 머릿속에 존달라가 처음 동생이 죽었다는 사실을 인지했을 때 깊은 절망감으로 괴로워하던 모습이 떠올랐다. 여전히 그가 아파하고 있다는 것도 훤히 들여다보였다.

"어쩌면 당신의 동생은 더 행복해졌는지도 몰라요. 그게 원하던 일이었다면. 그토록 사랑하던 사람을 잃고 혼자 살아가는 일은 무척 힘드니까요."

존달라는 그 무엇으로도 위로할 수 없었던 동생의 슬픔을 떠올렸다. 이제는 그의 마음을 조금 더 잘 이해할 수 있었다. 어쩌면 에일라의 말이 맞는 것도 같았다. 그토록 큰 슬픔과 고통을 겪었으니 그녀라면 더 잘 이해하리라. 하지만 그녀는 사는 쪽을 선택했다. 소놀란의 용기가 무모하고 충동적이라면 에일라의 용기는 그 모든 것을 견뎌내는 용기였다.

에일라는 잠을 이루지 못했다. 모닥불 저편의 뒤척이는 소리를 들으니 존달라도 깨어 있는 게 아닌지 궁금했다. 그녀는 일어나서 그의 곁으로 가보고 싶었지만 슬픔을 나누며 다져진 서로를 향한 부드러운 유대감은 언제든 쉽게 깨질 것만 같았다. 그녀는 공연히 그에게서 더 많은 것을 바라다가 지금의 분위기마저 망치고 싶지 않았다.

재를 덮어놓은 모닥불의 희미한 붉은 불빛에 털가죽으로 감싼 존달라의 몸이 보였다. 햇볕에 탄 팔은 털가죽 밖으로 뻗어 있었고 근육질의 종아리는 흙바닥에 나와 있었다. 숨을 쉴 때마다 움직이는 그의 몸은 눈으로 보는 것보다 차라리 눈을 감고 머릿속에 그릴 때 더욱 뚜렷하게 보였다. 목 뒤로 묶은 곧은 황금빛 머리, 머리색보다 더 짙은 끝이 말리는 수염, 그가 소리 내 하는 말보다 더 많은 의미를 담아내는 놀랍도록 깊은 눈, 기다란 손가락과 예리한 큰 손. 그의 모습 하나하나가 눈으로 보는 것보다 더 깊게 그녀의 뇌리에 박혀 있었다. 그는 늘 그의 손으로 무엇을 어떻게 해야 하는지 잘 알았다. 부싯돌을 다룰 때도 망아지의 가려운 곳을 긁어줄 때도 그랬다. 뜀박이. 잘 어울리는 이름이야. 그가 이름을 지어줬지.

어떻게 저렇게 크고 강한 남자가 그렇게 다정할 수 있을까? 그녀는 그가 자신을 안고 다독일 때 단단한 근육질을 피부로 느꼈다. 그는 관심을 보이거나 슬픔을 표현하는 데도 거리낌이 없어. 그에 비하면 씨족 남자들은 속내를 드러내지 않아 더 차갑게 느껴져. 생각해보면 그녀를 무척 아껴주었던 크렙도 불터 경계석 내에서조차 감정을 자유롭게 드러내는 일이 없었다.

그가 가버리면 이제 난 어쩌지? 생각하고 싶지 않았지만 직면해야 할 문제였다. 그는 떠날 작정을 하고 있었다. 떠나기 전에 그녀에게 뭔가를 주고 싶다고 말했다. 떠난다고 그가 말한 것이다.

에일라는 밤새 몸을 뒤척였다. 한 번씩 남자의 짙게 그을린 맨몸과 넓은 어깨, 뒤통수가 얼핏 보였다. 한 번은 오른쪽 허벅지에 생긴 들쭉날쭉한 흉터가 보였는데 걷는 데는 지장이 없었다. 그는 어째서 이곳에 오게 된 걸까? 그녀가 새로운 말을 배우고 있으니 그렇다면 그녀에게 소리 말을 가르쳐주려고 온 걸까? 그는 사냥을 더 수월하게 할 수 있는 새 방식도 보여줄 터였다. 남자가 여자에게 새로운 사냥 기술을 가르치겠다고 기꺼이 나서다니 누가 상상이나 할 수 있었겠어? 존달라는 사냥과 관련해서도 씨족 남자와 달라. 나도 그를 위해서 뭔가를 만들고 싶어. 나를 기억할 수 있게.

에일라는 자신이 얼마나 그의 따뜻한 품에 다시 안기고 싶은지 생각하며 깜박 잠이 들었다. 그녀는 새벽이 오기 직전에 깨어났다. 꿈에서 겨울 초원을 걷는 남자를 본 에일라는 그를 위해 무엇을 하면 좋을지 결정했다. 언제나 그의 살갗에 가까이 닿아 있는 뭔가, 그를 따뜻하게 해줄 뭔가를 만들고 싶었다.

그녀는 조용히 일어나 처음 남자를 동굴로 데려온 날에 잘랐던 그의 옷가지를 찾아서 불가 가까이에 앉았다. 피가 말라붙은 가죽은 뻣뻣했지만 물에 담갔다가 헹구면 옷이 어떤 방법으로 만들어졌는지는 볼 수 있을 터였다. 아름답게 잘 만들어진 상의는 팔부분만 다른 가죽으로 바꾸면 다시 입어도 되겠어. 그녀는 생각했다. 바지는 새 가죽으로 처음부터 만들어야겠지만 상의 위에 걸치는 웃옷의 일부는 살릴 수 있을 듯했다. 발싸개는 손상된 곳이 없어서 새 끈만 있으면 신을 수 있었다.

그녀는 빛을 내뿜는 빨간 숯 쪽으로 몸을 기울여 솔기들을 자세히 살폈다. 가죽 천의 가장자리를 따라 뚫려 있는 구멍을 힘줄이나 가늘고 긴 가죽끈으로 꿰어놓은 형태였다. 그녀는 그를 구했던 날 옷가지를 자르며 그 솔기들을 봤던 기억이 있었다. 그의 옷을 원래대로 다시 만들 수 있을지 자신은 없었지만 시도는 해볼 생각이었다.

존달라가 몸을 뒤척이자 에일라는 숨을 죽였다. 그의 옷가지를 가지고 있는 것을 들키고 싶지 않았다. 그가 모르게 옷을 완성하고 싶었다. 남자는 뒤척임을 멈추더니 다시 깊은 잠에 빠진 듯했다. 에일라는 옷가지를 다시 접어서 털가죽 아래에 넣어놓았다. 나중에 미리 손질해놓은 생가죽과 털가죽을 뒤져서 옷을 만드는 데 필요한 것을 선택하면 될 터였다.

희미한 새벽빛이 동굴 천장의 구멍으로 새어 들어오기 시작했다. 남자의 뒤척이는 소리와 숨소리를 들으니 그가 곧 깨어날 모양이었다. 에일라는 모닥불에 장작과 요리용 돌을 넣고 나서 물을 끓일 바구니를 준비했다. 물 부대에 물이 거의 바닥나 있었다. 차는 갓 떠온 새 물로 우릴 때 맛이 더 좋았다. 동굴 밖으로 나오니 암붕 한쪽에 히힝이와 망아지가 서 있었다. 에일라가 비탈을 내려가기 전에 잠시 걸음을 멈추자 암말이 나직하게 콧소리를 냈다.

"아주 좋은 생각이 있어."

그녀가 미소를 띤 채 말에게 손짓언어로 말했다.

"존달라에게 옷을 만들어주려고. 그가 전에 입고 있었던 옷을. 마음에 들어 할까?"

어느새 그녀의 얼굴에서 미소가 가셨다. 에일라는 양팔로 히힝이와 뜀박이의 목을 하나씩 감싸고는 이마를 암말의 머리에 댔다. 곧 그가 날 떠나겠지. 그녀는 생각했다. 그를 억지로 머물게 할 수는 없었다. 그가 떠나는 것을 돕는 수밖에 달리 할 일이 없었다.

새벽빛이 내리는 비탈길을 걸으며 그녀는 존달라가 없는 적막한 미래에 대해 잊으려고 애썼다. 그녀가 만들 옷을 그가 몸에 걸칠 거라는 생각으로 위안을 삼았다. 두르개를 벗고서 짧게 아침 헤엄을 즐기고 적당한 크기의 나뭇가지를 찾은 뒤 부대에 물을 가득 채웠다. 산딸기도 익었던데 가서 좀 따 와야지.

에일라는 존달라를 위해 따뜻한 차를 준비해놓고 채집 바구니 하나를 골라 다시 내려갔다. 히힝이와 뜀박이도 따라와 산딸기 덤불 근처의 풀을 뜯었다. 그녀는 산딸기와 함께 자그맣고 노란 야생 당근, 그리고 불에 구워 먹는 것을 더 좋아하지만 생으로 먹어도 괜찮은 전분질로 된 하얀 콩을 캤다.

강가로 돌아왔을 때 양지 바른 암붕에 나와 있는 존달라가 보였다. 에일라는 당근을 씻다가 그를 향해 손을 흔들었다. 동굴로 돌아오자마자 마른 고기와 갓 캐 온 당근을 넣어 죽을 끓였다. 맛을 보고 말린 향초를 뿌렸다. 산딸기는 접시 두 개에 반반씩 나눠 담고 차갑게 식은 차를 잔에 따랐다.

"키밀레. 그런데 다른 찻잎은 모르겠어요."

"나도 그 식물의 이름은 모르겠어요. 달콤한 향이 나는 풀인

데. 나중에 보여줄게요."

에일라는 도구를 만드는 연모들과 지난번에 만들었던 칼날 여러 개가 밖에 나와 있는 것을 봤다.

"일찍 작업을 시작할까 해요. 먼저 만들어야 할 도구들이 몇 개 있거든요."

에일라의 관심을 알아채고는 그가 말했다.

"사냥을 나가야 할 때이긴 해요. 말린 고기가 얼마 남지 않았어요. 이맘때는 짐승들이 살이 오르는 시기예요. 불에 구워 육즙이 잘잘 흐르는 고기 맛이 그립네요."

그가 웃었다.

"말만 들어도 군침이 돌게 하는 재주가 있군요. 진심이에요, 에일라. 당신 요리 솜씨는 대단해요."

에일라는 얼굴이 달아올라 고개를 숙였다. 그가 그렇게 생각한다는 것을 알게 되어 기분이 좋았지만 당연한 일을 굳이 언급한다는 게 이상했다.

"당신을 당황하게 하려던 건 아니었어요."

"이자는 칭찬을 너무 받으면 정령들이 시기한다고 했어요. 주어진 일을 잘 해냈다는 것만으로 충분해요."

"마르소나가 이자를 알았다면 둘이 잘 맞을 것 같네요. 마르소나도 칭찬을 못 견뎌하거든요. '가장 좋은 칭찬은 일을 잘 해냈다' 정도라고 늘 말했죠. 모든 어머니들은 다 비슷한 것 같군요."

"마르소나가 당신의 어머니인가요?"

"네, 내가 말을 안 했었나요?"

"그럴 거라 생각을 했지만 확실치는 않았어요. 다른 형제나 자매는 없나요? 얼마 전에 잃은 동생 말고요."

"형이 있어요. 이름은 조하란. 아홉 번째 동굴의 우두머리예요. 조코난의 불터에서 태어났어요. 조코난이 죽은 뒤 어머니는 달라나와 짝을 맺었어요. 나는 달라나의 불터에서 태어났죠. 그리고 얼마 후 마르소나는 달라나와 부부의 연을 끊고, 윌로마와 짝을 맺었고요. 소놀란과 여동생 폴라라는 윌로마의 불터에서 태어났죠."

"달라나와 함께 살았나요?"

"네, 3년 동안. 내게 석공 기술을 가르쳐줬죠. 최고의 석공에게 배운 셈이에요. 달라나의 불터에 갔을 때 난 열두 살이었어요. 남자가 된 지 1년쯤 지난 뒤였죠. 난 일찍 남자가 되었어요. 내 또래에 비해 큰 편이었고요."

그의 얼굴에 의중을 파악할 수 없는 묘한 표정이 스쳤다.

"내가 살던 동굴을 떠났던 건 참으로 잘한 선택이었어요."

존달라가 미소를 짓더니 계속 말을 이어갔다.

"달라나의 불터에서 사촌인 조플라야를 알게 되었죠. 달라나가 제리카와 짝을 맺고 나서 태어난 딸이에요. 나보다 두 살 어렸고요. 딜라나는 우리 둘을 함께 가르쳤는데, 늘 경쟁이 붙었죠. 그래서 한 번도 그녀에게 얼마나 잘 하는지 칭찬한 적이 없어요. 조플라야도 알고 있을 거예요. 좋은 돌을 찾아내는 예리한 눈을 가졌고 손놀림도 뛰어나죠. 언젠가 달라나에 버금가는 석공이 될 거예요."

에일라는 잠시 침묵을 지켰다.

"잘 이해가 안 되는 게 있어요, 존달라. 폴라라는 당신과 같은 어머니에게서 태어나서 당신의 여동생인 거죠, 그렇죠?"

"네."

"당신과 조플라야 모두 달라나의 불터에서 태어났는데, 조플라야는 사촌이고요. 여동생과 사촌의 차이가 뭔가요?"

"형제나 남매가 되려면 같은 어머니에게서 태어나야 하죠. 사촌은 그보다는 덜 가까운 관계고요. 나는 달라나의 불터에서 태어났으니까 아마도 그의 정령으로 태어났을 거예요. 우리가 닮았다고들 말하죠. 조플라야도 달라나의 정령으로 태어난 것 같아요. 조플라야의 어머니는 키가 작은데, 조플라야는 달라나처럼 키가 크거든요. 아주 크지는 않지만 당신보다는 큰 것 같아요.

위대한 어머니께서 어떤 남자의 정령을 선택해 여자의 정령과 섞는지는 누구도 모르죠. 조플라야와 내가 달라나의 정령에서 태어난 것 같다고 추측을 할 뿐이죠. 어찌 알겠어요. 그래서 우린 사촌이 되는 거예요."

에일라가 고개를 끄덕였다.

"그렇다면 우바도 내 사촌이 되는 셈이네요. 하지만 내게 우바는 여동생이에요."

"여동생?"

"피가 섞인 자매는 아니에요. 우바는 이자가 나를 발견한 이후에 태어난 이자의 친딸이에요. 이자는 우리 둘을 모두 딸이라고 했어요."

에일라는 깊은 생각에 잠겼다.

"우바는 짝을 맺었어요. 원래 바라던 남자는 아니었지만. 우바가 원하는 남자와 짝을 맺게 되면, 다른 남자에게 짝으로 남는 상대는 피붙이밖에 없었거든요. 씨족에서는 피붙이끼리 짝을 맺지 않아요."

"우리 부족도 남매끼리는 짝을 맺지 않아요."

존달라가 말했다.

"사촌끼리도 짝을 맺는 경우는 없어요. 물론 완전히 금기시되는 일은 아니지만, 사촌끼리의 혼인은 탐탁지 않게 여겨져요. 물론 사촌간도 다양해서 어떤 경우는 크게 문제가 없을 때도 있어요."

"사촌도 다 다른가요?"

"사촌 관계는 다양해요. 가까운 사촌도 있고, 먼 사촌도 있고. 어머니 자매의 아이들도 사촌이고, 어머니의 남자 형제와 짝을 맺은 여자에게서 태어난 아이들도 사촌이고……."

에일라가 고개를 저었다.

"너무 헷갈려요! 누가 사촌이고 아닌지를 어떻게 알죠? 그렇게 치면 거의 모두가 사촌일 것 같은데. 동굴에서 함께 사는 이들 중에 짝으로 맞이할 사람이 있기나 한가요?"

"그래서 같은 동굴에 사는 남녀가 짝을 맺는 경우는 드물어요. 보통은 여름 축제 때 만난 남녀가 짝을 맺죠. 사촌끼리의 혼인이 받아들여지는 경우는 보통 짝을 맺고 싶은 상대가 사촌이었다는 사실을 뒤늦게 알게 될 때인 것 같아요. 그래도 사람들은 대개 누가 자신의 가까운 사촌인지 다 알아요. 다른 동굴에 산다고 해도요."

"조플라야처럼?"

존달라는 입안 가득 산딸기를 문 채 고개만 끄덕였다.

"존달라, 정령이 아이를 만드는 게 아니고 남자가 아이를 만든다고 생각하면 어떨까요? 그렇다면 아이는 여자뿐만 아니라 남자를 통해서도 생겨난다고 볼 수 있지 않을까요?"

"아이는 여자의 몸속에서 자라요, 에일라. 여자에게서 생기는 거예요."

"그럼 왜 남자와 여자는 짝을 맺고 싶어 할까요?"

"어머니께서 우리에게 왜 쾌락의 선물을 주셨을까요? 그런 질문은 젤란도니에게 물어보는 게 좋을 거예요."

"왜 당신은 늘 '쾌락의 선물'이라고 말하나요? 사람들을 행복하게 하는 건 많아요. 남자의 몸을 여자의 몸속에 넣는 게 남자에게 그토록 큰 기쁨을 주나요?"

"남자에게만 주는 게 아니에요. 여자에게도……. 하지만 당신은 모르고 있어요, 그렇죠? 초야 의식을 치르지 못했으니까. 남자가 당신의 몸을 열어 당신을 여자로 만들어주었지만 초야 의식과는 차원이 달라요. 그건 수치스러운 일이에요! 어떻게 그 사람들은 그런 일이 일어나게 그냥 보고만 있었죠?"

"그들도 이해하지 못했지만 그저 브라우드가 하는 일을 지켜보는 수밖에 없었어요. 그리고 그가 한 일이 수치스러운 일은 아니에요. 방식에 문제가 있었던 것이죠. 브라우드는 기쁨이 아니라 증오심 때문에 내게 그런 거예요. 고통과 분노를 느끼긴 했지만 수치스럽다는 생각은 안 했어요. 아무런 기쁨도 없었고요. 존달라, 브라우드가 내게 아기를 생기게 했는지, 그가 나를 여자로 만들었는지는 나도 확신하지 못하겠어요. 하지만 분명한 것은 내 아들 덕분에 난 행복했어요. 두르크는 내 기쁨이었어요."

"어머니께서 주시는 생명의 선물은 큰 즐거움이죠. 하지만 남자와 여자가 하나가 되는 것에는 더 큰 즐거움이 있어요. 그 즐거움 역시 어머니의 선물이고, 어머니를 기리기 위해서라도 기쁨 속에서 이루어져야 해요."

당신이 알지 못하는 뭔가가 더 있을 거예요. 그녀는 속으로 생각했다. 하지만 그는 자신의 생각을 확신하는 듯 보였다. 그의 말이 맞을 수도 있을까? 에일라는 완전히 그의 말을 믿지는 않았지만 여전히 의문은 가시지 않았다.

식사를 끝내고 존달라는 연모들을 갖다 놓은, 동굴 앞 암붕의 널찍하고 평평한 바닥에 앉았다. 에일라도 따라 나가 근처에 앉았다. 존달라는 돌날들을 비교하며 살펴보기 위해 일렬로 늘어놓았다. 사소한 차이에 따라 도구의 쓰임새들이 달라졌다. 그는 돌날 하나를 들더니 높이 들어 햇빛을 비춰 보고는 에일라에게 건넸다.

돌날의 길이는 10센티미터가 넘었고, 폭은 3센티미터가 안 되었다. 등면 한가운데 능선은 죽 뻗은 직선이었고, 능선에서 가장자리 양날로 갈수록 돌날의 두께는 빛이 통과할 정도로 얇아졌다. 전체적인 모양은 위쪽으로 휘어져 있었고, 배면은 매끄럽고 볼록한 두덩을 이루고 있었다. 높이 들어 햇볕에 비춰 보아야만 몸돌에서 평평한 타격혹에 나 있는 가는 금들이 보였다. 두 개의 긴 날은 곧고 날카로웠다. 존달라는 수염 한 올을 죽 잡아 들더니 날을 시험해보았다. 수염이 한 칼에 잘려 나갔다. 면도날로 쓰기에는 완벽에 가까운 칼날이었다.

"이건 면도하는 데 써야겠어요."

그가 말했다. 에일라는 그가 무슨 뜻으로 그렇게 말했는지 이해가 안 되었지만 묻지 않았다. 드루그를 지켜보며 석공 일을 배울 때도 집중을 방해할 만한 질문은 하지 않고 그가 하는 말이나 설명을 경청하곤 했었다. 그는 돌날을 한쪽에 내려놓더니 다른 돌날을 들었다. 양날이 한 끝에서 만나며 점점 가늘어지는 돌날이었다. 존달라는 강가에서 가져온 매끄러운 돌을 바닥에 내려놓았다. 그의 주먹보다 두 배 정도 큰 돌이었다. 그 돌

위에 뾰족한 돌날을 갖다 대더니 뭉툭한 사슴뿔 망치를 두드려 돌날 끝을 삼각형 모양이 되도록 날카롭게 다듬었다. 돌 모루 위에 다듬어진 날 끝을 대고 힘을 가해 눌러 자잘한 조각들을 떼어내자 끝은 더욱 예리하고 날카로워졌다.

그는 허리에 두른 가죽 천을 들더니 끝에 작은 구멍을 내며 말했다.

"이건 송곳이에요."

그가 에일라에게 보여주며 말했다.

"옷을 만들 때 이 송곳으로 구멍을 뚫은 다음 힘줄로 꿰매는 거예요."

자기 옷을 살펴보는 걸 보기라도 했나. 에일라는 문득 걱정이 되었다. 그녀가 무슨 생각을 하고 있는지 꿰뚫어 보는 것 같았다.

"뚜르개도 만들 거예요. 송곳과 비슷한 건데, 뚜르개가 더 크고 단단해서 나무나 뼈, 사슴뿔에 구멍을 뚫을 때 써요."

그녀는 안심했다. 그는 그저 도구들에 대해 설명하는 것뿐이었다.

"사용해본 적 있어요. 그…… 송곳. 주머니에 구멍을 뚫을 때. 하지만 이렇게 가느다란 송곳은 처음 봐요."

"가질래요? 난 또 새로 만들면 되니까."

그가 활짝 웃으며 말했다. 그녀는 송곳을 받더니 씨족의 관습대로 고마움을 표시하기 위해 고개를 숙였다. 그러다가 문득 생각난 듯 "고마워요" 하고 덧붙였다.

존달라는 한껏 기분이 좋아져 얼굴에 미소가 가득했다. 그는 다른 돌날을 들어 돌 위에 올려놓았다. 끝이 뭉툭한 뼈망치로 돌날 끝을 사각형 모양으로 다듬어 비스듬하게 손질했다. 다듬은 돌날에 수직으로 타격을 가할 수 있도록 잡고서 망치를 예리하게 내리치자 기다란 조각—새기개 석편—이 떨어져 나가면서 강하고 날카로운 끌날이 만들어졌다.

"이런 도구 알아요?"

그가 물었다. 에일라는 유심히 보더니 고개를 젓고는 돌려줬다.

"새기개라는 거예요. 조각하는 사람들이 사용하죠. 사용하는 도구는 저마다 조금씩 다르지만. 이 연모를 사용해 내가 말했던 무기를 만들 거예요."

"새기개, 새기개."

에일라는 여러 번 반복하며 새 단어를 익혔다.

존달라는 앞서 만든 도구와 비슷한 것들을 몇 개 더 만든 후 무릎 덮개를 암봉 가장자리에 털고 난 뒤 나무통을 끌어당겼다. 물을 채워놓은 나무통에서 꺼낸 사슴 다리뼈의 물기를 털어내고서 이리저리 돌려보며 어디에서 시작할지 생각했다. 자리에 앉아 그의 다리로 뼈를 단단하게 고정한 다음, 새기개로 다리뼈에 길게 홈을 팠다. 그런 다음, 첫 번째 새긴 선의 한쪽 끝과 맞닿도록 두 번째 선을 새기고 아랫부분에 짧은 선을 새겨 두 선과 연결하자 길쭉한 삼각형 모양이 되었다.

첫 번째 선을 따라 다시 한 번 새기개로 뼈를 긁어내자 뼈 부스러기가 기다랗게 말리며 떨어져 나왔다. 거듭 선들을 따라 새기개로 뼈를 파내자 다리뼈에서 삼각형 모양의 뼛조각이 떨어져 나올 듯 헐거워졌다. 다리뼈에 붙어 있는 부분이 없는지 세심하게 확인한 다음, 지그시 누르자 뼛조각이 톡 떨어져 나왔다. 그는 뼛조각을 한쪽에 놓아두고서 다리뼈를 집어 들더니 잘려 나간 삼각형의 한끝과 닿도록 또다시 선을 새겼다.

에일라는 작은 것이라도 놓칠세라 옆에서 뚫어져라 관찰했다. 하지만 처음에 했던 과정이 계속해서 반복되자 이런저런 생각이 들기 시작하더니 어느새 그날 아침 나누었던 대화를 곱씹고 있었다. 존달라의 태도가 변했어. 그녀는 문득 깨달았다. 구체적인 어떤 말을 한 것은 아니었지만 그의 말투에서 변화가 느껴졌다.

문득 그가 했던 말도 떠올랐다. "마르소나가 이자를 알았다면 두 사람이 잘 맞았을 것 같네요." 그러면서 어머니들은 다 비슷한 것 같다고 했어. 그의 어머니가 납작머리와 잘 맞았을 것 같다고? 둘이 비슷하다고? 그리고 화가 많이 난 말투긴 했지만 브라우드를 남자라고 불렀어. 내 몸을 열어 아기를 갖게 해준 남자. 그러면서 어떻게 그 "사람들"은 그냥 보고만 있었냐고 어이없어했지. 존달라 스스로도 자신이 비꼈다는 것을 모르는 눈치였지만 그녀는 무척 기뻤다. 그가 이제는 씨족을 사람으로 생각하고 있었다. 짐승도, 납작머리도, 괴물도 아닌 사람으로!

남자가 다른 과정으로 넘어가자 에일라도 다시 집중하기 시작했다. 그는 날이 예리하고 단단한 부싯돌 긁개와 기다란 삼각형 모양의 뼛조각을 들었다. 긁개로 뼈의 가장자리를 매끄럽게 손질하기 시작했다. 오래지 않아 그의 손에 들린 것은 점점 가늘어지는 뾰족한 촉을 가진 둥근 뼛조각이었다.

"존달라, 당신이 만들고 있는 게…… 창인가요?"

그가 활짝 미소 지었다.

"뼈로도 나무처럼 날카로운 촉을 만들 수 있어요. 오히려 뼈로 만든 촉이 나무보다 더 단단하고 잘 부러지지 않아요. 가볍기도 하고요."

"그럼 이렇게 아주 짧은 창을 만드는 거예요?"

에일라의 질문에 남자는 너털웃음을 터뜨렸다.

"가지고 있는 다른 재료가 없다면 그럴 수도 있겠죠. 하지만 이건 그냥 창의 뾰족한 끝부분, 그러니까 촉만 만든 거예요. 부싯돌로 촉을 만드는 사람들도 있어요. 그래요, 마무토이족. 그 부족 사람들은 매머드 사냥을 나갈 때 부싯돌 촉을 쓴다고 했어요. 부싯돌은 잘 부서지고 쉽게 깨지긴 하지만 돌칼처럼 날이 무척 예리해서 부싯돌 촉은 매머드의 질긴 가죽도 뚫는다고 해요. 하지만 다른 짐승을 사냥할 때는 뼈가 제일 적당해요. 창의 자루는 나무로 만들고요."

"어떻게 그 둘을 붙이나요?"

"여길 봐요."

그가 촉을 돌려 아랫면을 보여주며 말했다.

"새기개와 칼로 여기 끝부분에 홈을 파놓는 거예요. 그런 다음 나무 자루의 끝을 이 홈에 맞게 끼우는 거죠."

그는 한쪽 손의 검지를 다른 손의 엄지와 검지 사이에 끼워 넣으며 설명했다.

"그리고 나서 아교나 송진 같이 끈적끈적한 것으로 붙인 다음 젖은 힘줄이나 가죽끈으로 단단하게 묶어요. 마르면서 수축이 되기 때문에 촉과 자루는 더 단단하게 붙어요."

"촉이 아주 작아요. 자루는 나뭇가지로 하면 되겠어요!"

"나뭇가지보다는 더 커야 해요. 그래도 당신 창만큼 무겁지는 않을 거예요. 그렇게 묵직한 창을 던질 수는 없잖아요."

"던진다고요! 창을 던져요?"

"줄팔매로 돌을 던져서 사냥하죠? 창도 던져서 사냥할 수 있어요. 힘겹게 함정을 파지 않아도 되고, 던지는 기술만 익히면 사냥감을 쫓아 달릴 필요도 없어요. 줄팔매로 표적을 맞히는 걸 보면, 창도 빠르게 배울 거예요."

"존달라! 그동안 줄팔매로 사슴이나 들소를 사냥할 수 있으면 얼마나 좋을까 생각했던 적이 한두 번이 아니었어요. 하지만 창을 던진다는 생각은 전혀 해보지 못했어요. 얼마나 세게 창을 던져야 하나요? 난 손보다는 줄팔매로 던질 때 훨씬 멀리,

그리고 세게 돌을 던질 수 있어요."

"줄팔매만큼 세게 던지기는 어렵겠지만 멀리 던지는 건 가능할 거예요. 그래도 당신 말이 맞기는 해요. 줄팔매로는 창을 던질 수 없다니 너무 아쉽네요. 하지만…… 혹시 그것도 가능할지……."

그는 말을 하다가 멈췄다. 퍼뜩 떠오른 생각에 스스로도 놀라 깊은 생각에 잠겼다.

"아니, 그렇게는 힘들 것 같은데……. 자루로 쓸 나무를 어디에서 구하면 되죠?"

"개울가요. 존달라, 창을 만들 때 내가 옆에서 도와도 되겠지요? 당신이 여기에 머무는 동안만이라도 직접 만들어보고 그걸 당신이 봐준다면 더 빨리 배울 것 같아요."

"물론이죠."

그는 그렇게 말했지만 비탈길을 내려가는 내내 마음이 내려앉았다. 그는 어느새 떠나기로 한 것을 잊고 있었다. 에일라가 그런 말을 하니 어쩐지 마음 한편이 시려왔다.

27

에일라는 몸을 낮게 숙인 채 잘 여문 알곡의 무게로 휘어진 키가 큰 황금빛 풀숲 사이로 보이는 동물의 형상에서 눈을 떼지 않았다. 오른손에는 창을 들고 던지는 자세를 취했고 왼손에도 다른 창을 들고 있었다. 야무지게 꼭꼭 땋은 머리에서 황금빛 가닥이 흘러내려 얼굴 위로 휘날렸다. 에일라는 긴 창자루를 조금씩 달리 잡아보며 균형점을 찾았다. 눈을 가늘게 뜨고 창을 꼭 움켜쥔 채 표적을 향해 겨냥했다. 그러고는 힘차게 앞으로 뛰어나가며 창을 던졌다.

"오, 존달라! 이 창으로는 도저히 못 하겠어요."

에일라는 짜증 섞인 목소리로 말하며 표적을 세워놓은 나무를 향해 걸어갔다. 가죽 속에 풀을 가득 채워 만든 표적이었다. 그녀는 존달라가 목탄으로 그린 들소의 엉덩이에서 여전히 파르르 떨고 있는 창을 뽑아 들었다.

"너무 자신을 몰아붙이지 말아요, 에일라."

존달라가 뿌듯한 눈빛으로 말했다.

"당신이 생각하는 것보다 훨씬 잘하고 있어요. 대단히 빠르게 배우고 있어요. 당신처럼 의지가 강한 사람도 드물어요. 틈만 나면 이렇게 연습에 매달리잖아요. 내 생각에는 지금 그게 문제인 것 같네요. 지나치게 열심히 한다고요. 쉬어가며 해요."

"줄팔매 기술을 배운 방법도 연습이었어요."

"그렇다고 하룻밤 사이에 기술을 터득한 건 아니잖아요?"

"그렇지요. 몇 년이 걸렸어요. 하지만 이 창으로 사냥하기까지 몇 년씩 기다리고 싶지는 않아요."

"그럴 필요도 없어요. 지금 당장 사냥에 나선다고 해도 그 창으로 충분히 사냥감을 쓰러뜨릴 수 있을 거예요. 당신에게 익숙한 속도와 던지는 힘에 변화를 줄 필요가 있어요, 에일라. 계속 연습을 할 거라면, 잠시 줄팔매를 던지는 게 어떨까요?"

"줄팔매는 연습할 필요가 없어요."

"그래도 쉴 필요가 있으니까요. 긴장을 푸는 데 도움이 될 거예요. 한번 해봐요."

손에 든 가죽끈의 익숙한 느낌 때문인지 긴장이 사라지는 것이 느껴졌다. 줄팔매를 던지는 방법이나 리듬은 생각할 필요도 없이 몸에 배어 있었다. 처음 기술을 익힐 때는 힘든 순간이 많았지만 지금은 노련해진 기술을 흡족하게 활용할 수 있었다. 움직이지 않는 연습용 표적이라면 무엇이든 다 맞힐 수 있었다.

남자의 얼굴에 감탄스러운 표정이 역력하자 자신의 실력을 더욱 보여주고 싶은 마음이 들었다.

그녀는 개울가에서 돌멩이를 한 줌 집어 들어 줄팔매의 사정거리를 보여주기 위해 들판 반대쪽으로 걸어갔다. 그녀는 순식간에 두 개의 돌을 연달아 던지는 기술을 선보이고 나서 또 얼마나 빠르게 다시 두 개의 돌을 던질 수 있는지 보여줬다.

존달라도 합류해 그녀의 정확성을 시험하기 위해 표적을 만들었다. 그는 큰 바위 위에 나란히 돌 네 개를 올려놓았다. 에일라는 연속으로 빠르게 돌들을 떨어뜨렸다. 이번에는 존달라가 돌 두 개를 차례로 던지자 에일라는 공중에서 돌들을 맞혔다. 그리고 나서 그가 만든 표적에 에일라는 놀라고 말았다. 그는 들판 한가운데 서더니 양어깨에 제법 큰 돌을 올려놓고 활짝 미소를 지은 채 그녀를 바라봤다. 그녀가 있는 힘껏 줄팔매로 날린 돌에 행여나 취약한 부위라도 맞는다면 고통스럽다 못해 위험할 수 있다는 것도 잘 알았다. 이번 시험은 존달라가 그만큼 에일라를 믿고 있다는 것을 보여줄 뿐 아니라 더 나아가 에일라의 자신감을 확인해보는 것이기도 했다.

바람을 휘익 가르는 소리가 들리더니 픽 하는 소리와 함께 첫 번째 돌이 떨어져 나갔다. 눈 깜짝할 사이에 두 번째 돌이 날아와 표적을 명중시켰다. 그는 그토록 위험한 묘기 앞에서도 초연한 모습이었다. 돌멩이에서 작은 파편이 떨어져 나가 그의 목에 박혔는데도 움찔하지 않았다. 하지만 파편을 빼자 피가 흘러나왔다.

"존달라! 상처가 났어요!"

에일라가 보더니 소리쳤다.

"그냥 파편이에요. 별것 아니에요. 한데 줄팔매 솜씨가 대단하네요. 그런 무기를 다룰 줄 아는 사람은 처음 봐요."

에일라는 지금껏 그런 시선을 받아본 적이 없었다. 그의 눈빛에는 감탄과 존경이 어려 있었다. 그는 허스키한 목소리로 연신 따뜻한 찬사를 쏟아냈다. 감정이 벅차올랐지만 그 감정을 어찌 수습해야 할지 몰라 에일라는 발갛게 된 얼굴로 눈물을 글썽였다.

"창을 그런 방식으로 던질 수 있다면……."

그는 갑자기 멈추더니 눈을 감은 채 마음속으로 뭔가를 그려보려는 듯 생각에 잠겼다.

"에일라, 당신 줄팔매를 한번 써봐도 될까요?"

"줄팔매를 배우려고요?"

그녀가 줄팔매를 건네며 물었다.

"꼭 그런 건 아니고요."

그는 땅바닥에서 여러 창 중 하나를 집어 들더니 아랫부분을 돌을 메기는 불룩한 부분에 끼우려고 안간힘을 썼다. 하지만 그는 줄팔매에 익숙하지 않다 보니 몇 번 서툰 동작으로 시도만 해보다가 포기했다.

"줄팔매로 이 창을 던질 수 있을 것 같아요?"

그녀는 존달라가 하는 것을 보더니 간신히 창을 줄팔매에 메기기는 했다. 창의 밑동이 줄팔매를 쭉 늘였고, 에일라는 동시에 줄팔매의 끝과 창 자루를 잡았다. 제대로 중심을 잡기가 힘들었지만 창을 날리는 데는 성공했다. 하지만 그녀의 손끝을 떠난 창이 멀리 날아가기에는 힘이 부족했다. 방향을 조절하는 것도 쉽지 않았다.

"줄팔매를 더 길게 하거나 창을 짧게 잘라야겠네요."

그는 눈에 보이지 않는 뭔가를 머릿속에 그려가며 말했다.

"그리고 이 줄팔매는 너무 유연해요. 창을 지지하려면 더 단단해야 하는데. 뭔가 창을 딱 댈 수 있는…… 나무나 뼈로 만든…… 창이 미끄러지지 않게 하는 장치가 있어야겠는데. 에일라! 아직 자신할 수는 없지만 그래도 될 것 같아요. 만들 수 있을 것 같아요. 창 던지개!"

에일라는 존달라가 새로운 무기를 만들고 실험하는 모습에 완전히 매료된 채 지켜봤다. 무기를 만드는 과정도 흥미진진했지만 생각을 통해 뭔가를 새로 만든다는 행위 자체에 사로잡혔다. 그녀가 자란 동굴곰족의 문화에는 이런 혁신적인 사고를 하는 이들이 없었다. 그녀는 자신이 새로운 사냥 방법을 고안하고 운반대를 만든 것도 이 같은 창의성에서 비롯되었다는 것을 깨닫지 못했다.

그는 필요한 재료를 적절하게 사용했고 기존의 도구를 새롭게 변형하기도 했다. 줄팔매와 관련해 경험이 많은 그녀에게 조언을 구하기도 했다. 그가 만들고 있는 도구는 에일라의 줄팔매를 보고 갑작스러운 영감을 받아 시작된 것이긴 했어도 새롭고 독특한 무기인 것이 분명해졌다.

일단 무기가 작동하는 기본적인 원칙이 생각한 대로 잘 기능하자 창의 성능을 개선하는 방향으로 세부적인 부분들을 변형하는 데 전력을 다했다. 에일라가 창을 던지는 기술을 완전히 터득하지 못했듯이 존달라 또한 줄팔매를 다루는 게 서툴렀다. 존달라는 제대로 쓸 수 있는 창 던지개를 시범 삼아 만들고 나면 둘 다 연습에 몰두해야 할 거라고 에일라에게 미리 경고하듯 말하면서도 눈빛에는 즐거운 기색이 역력했다.

에일라는 그가 가장 잘 아는 연모를 사용해 창 던지개를 만들도록 했다. 그러다 보니 그의 연모를 써서 존달라의 옷을 만들 생각이었던 계획은 차질을 빚을 수밖에 없었다. 대부분의 시간을 함께 붙어 다녔기 때문에 그녀가 존달라의 연모를 쓸 수 있는 시간은 이른 아침이나 그가 자는 한밤중밖에 없었다.

그가 마무리 작업에 몰두하는 동안 에일라는 그의 낡은 옷가지와 새 가죽을 들고 암붕으로 나왔다. 밝은 햇빛 아래에서 그의 옷들이 어떤 식으로 꿰매져 있는지 살폈다. 옷을 꿰맨 방식도 흥미로웠을 뿐 아니라 옷 자체도 에일라의 호기심을 불러일으켰다. 언젠가 그런 방식으로 자신의 옷을 만들어봐야겠다는 생각도 들었다. 정교하게 꾸며진 구슬이나 깃털 장식을 그대

로 재현할 엄두는 나지 않았지만 옷 구석구석의 솔기를 유심히
살폈다. 할 일이 없는 긴긴 겨울동안 옷을 만드는 일이 그녀에
게 꽤 흥미로운 도전이 될 듯싶었다.

높은 암붕 위에 있어 강가나 들판에 있는 존달라를 볼 수 있
었기 때문에 그가 동굴로 돌아올 쯤에는 미리 만들던 옷가지
를 치워놓았다. 하지만 그가 완성된 창 던지개 두 개를 자랑스
럽게 들고 비탈길을 뛰어 올라온 날에는 미처 옷가지들을 눈에
띄지 않는 곳에 숨겨둘 틈이 없었다. 다행히 존달라는 완성된
무기에 푹 빠져 나머지 다른 것은 눈에 들어오지도 않는 모양
이었다.

"어때요, 에일라? 잘 될까요?"

그녀는 창 던지개 하나를 들었다. 독창적이기는 해도 단순
한 장치였다. 창 길이의 절반 정도 되는 좁고 평평한 나무판의
한가운데 창을 놓는 홈이 파여져 있었고 한쪽 끝은 갈고리 모
양으로 되어 있어 창 밑동이 미끄러지지 않고 딱 맞게 걸렸다.
창 던지개의 앞부분에는 양옆에 가죽끈으로 만든 고리를 달아
놓아 손가락을 넣을 수 있게 했다.

창 밑동이 끝의 고리에 걸리도록 창 던지개 위에 창을 올려
놓은 뒤 손가락 두 개를 앞 고리에 낀 다음 창 던지개와 창을
쥐고서 수평으로 들어 준비 자세를 취한다. 이 상태로 힘껏 창
던지개를 앞으로 휘두르면 고리를 잡고 있던 반동으로 뒤쪽 끝
이 튕기면서 던지는 팔의 길이가 길어지는 효과가 생겼다. 이렇

게 하면 맨손으로 창을 던질 때보다 더 멀리 날아갈 뿐만 아니라, 지렛대의 힘이 더해지면서 손끝을 떠난 창은 더욱 강력하고 빨라졌다.

"내 생각에는요. 존달라, 이제 연습을 시작해야죠."

그들의 하루는 연습으로 채워졌다. 표적으로 삼은 나무 앞에 속을 채워 세워놓은 가죽은 수없이 구멍이 뚫리는 바람에 아예 찢어져버려 새로 가죽을 세워놓았다. 존달라는 새 가죽에 사슴을 그려놓았다. 창 던지개에 익숙해지자 소소하게 개선할 점들이 드러났다. 존달라는 손을 어깨 위로 올려 강하게 내리치는 팔 힘 덕분에 창이 높이 날아갔다. 줄팔매에 익숙한 에일라는 옆구리 쪽으로 가깝게 창을 날려 더 평평한 궤적을 그리며 날아갔다. 그들은 익숙한 방법에 따라 각자의 무기를 개선해나갔다.

어느새 둘은 선의의 경쟁을 하게 되었다. 에일라는 아무리 노력해도 존달라의 강한 팔 힘을 따라갈 수 없었다. 당연히 그의 창은 더 멀리 날아갔다. 존달라는 표적을 정확하게 맞추는 에일라의 솜씨를 따라잡을 수 없었다. 그들은 새로 만든 무기의 엄청난 이점에 크게 놀라지 않을 수 없었다. 존달라는 일단 새 무기를 활용하는 기술을 터득하고 나자 엄청난 힘과 완벽한 조절 능력을 통해 평소보다 두 배는 더 멀리 창을 던졌다. 하지만 에일라는 무기 그 자체에 놀라기보다는 존달라와 함께 하는 연습 과정에서 느끼는 것들이 더 크게 다가왔다.

그녀는 지금까지 늘 혼자 연습하고 사냥을 해왔다. 처음에는 사냥하는 모습이 발각될까봐 두려워하며 비밀리에 연습했다. 본격적으로 사냥에 나섰을 때도 늘 조심스럽게 움직였다. 사냥을 해도 좋다는 허락을 받긴 했지만 마지못해 내려진 결정이었다. 그 이후에도 그녀는 다른 사람과는 사냥을 해보지 못했다. 그녀가 사냥감을 놓치고 낙심한다고 해서 격려해주는 사람도 없었고, 표적을 정확히 맞춘 기쁨을 나눌 사람도 없었다. 누구도 줄팔매를 가장 잘 다루는 기술에 대해 그녀와 의견을 나누지 않았고 대안을 제시해주는 사람도 없었다. 그녀의 제안에 관심을 가지고 집중해 들어준 이도 없었다. 악의 없이 놀리거나 농담을 주고받으며 함께 웃어본 사람은 더더욱 없었다. 에일라는 마음 맞는 친구와 나누는 우정이나 기쁨, 동료애를 전혀 경험해본 적이 없었다.

한데 연습으로 인한 긴장감이 모두 다 풀리고 나서도 둘 사이에는 더 이상 가까워질 수 없는 거리감이 남아 있었다. 사냥이나 무기 등 편안한 주제를 이야기할 때면 둘 사이의 대화는 활기가 넘쳤다. 하지만 조금 더 개인적인 이야기로 흐르게 되면 불편한 침묵이 감돌거나 시선을 피할 때가 많았다. 우연히 서로의 몸이 닿기만 해도 화들짝 놀라며 어색하게 거리를 두고는 더욱 예의를 갖춰 서로를 대했다.

"내일이에요!"

존달라가 팅 하는 소리와 함께 표적에 꽂힌 창을 가지러 가며 말했다. 창을 뽑자 너덜너덜해진 가죽에 난 구멍에서 건초가 딸려 나왔다.

"내일이요?"

에일라가 물었다.

"내일 사냥하러 가요. 충분히 연습했잖아요. 나무에 대고 연습하면 창끝만 뭉툭해지지, 더 이상 익힐 게 없어요. 본격적으로 해볼 때라고요."

"내일."

에일라는 동의했다. 그들은 창을 주워 발걸음을 돌렸다.

"에일라, 이 주변 지역은 당신이 잘 알겠지요. 어디로 가면 좋을까요?"

"동쪽 초원을 가장 잘 알아요. 하지만 먼저 한 바퀴 돌아보고 오는 게 좋겠어요. 히힝이를 타고 다녀오면 돼요."

그녀는 고개를 들어 태양의 위치를 확인했다.

"아직 이른 시각이네요."

"좋은 생각이네요. 걸어가는 것보다야 훨씬 낫지요."

"당신이 뛰박이를 데리고 있어줄래요? 따라오지 않아야 안심이 될 것 같아요."

"내일 함께 사냥을 나갈 때는 어쩌죠?"

"데리고 가야 해요. 사냥한 고기를 가져오려면 히힝이가 필요하니까요. 히힝이는 사냥한 고기를 보면 늘 약간 예민해졌는데 이제는 익숙해진 편이에요. 내가 정해준 곳에 가만히 있을 거예요. 하지만 망아지가 흥분해 날뛰기라도 하다가 떼로 몰려오는 짐승들 속에 섞이기라도 하면…… 어찌해야 할지 모르겠어요."

"지금 당장은 걱정하지 마요. 내가 방법을 생각해볼게요."

에일라의 날카로운 휘파람 소리에 암말과 망아지가 달려왔다. 존달라는 한 팔로 뜀박이의 목을 두르고서 녀석의 가려운 부분을 긁어주며 뭔가 이야기를 했다. 에일라는 히힝이의 등에 올라탄 뒤 전력 질주하라는 신호를 보냈다. 망아지는 남자를 편하게 생각했다. 에일라가 말을 타고 떠나자 존달라는 창 던지개 두 개와 한 팔 가득 창을 들고 발걸음을 옮겼다.

"음, 뜀박이, 우린 동굴에 가서 기다릴까?"

그는 창을 동굴 입구 절벽의 작은 틈새에 넣어두고 안으로 들어갔다. 그는 공연스레 마음이 들떠 혼자서 뭘 해야 할지 막막하기만 했다. 그는 우선 모닥불을 뒤적여보더니 숯을 한데 모아두고 땔감을 몇 개 더 얹은 다음 동굴 밖으로 나와 계곡을 내려다보았다. 망아지가 주둥이를 그의 손 쪽으로 들이밀자 그는 멍하니 텁수룩한 새끼 말의 몸 곳곳을 긁어주었다. 숱이 많아진 털 사이로 손가락을 쓸다 보니 자연스레 겨울에 대한 생각이 들었다.

그는 다른 생각을 하려고 애썼다. 무더운 여름날이 마치 정지된 것처럼 언제까지나 계속될 것만 같았다. 그러다 보니 결정을 미루고 있었다. 다가오는 겨울 걱정은 내일이 지나고 해도 늦지 않아. 떠나는 것에 대해서도……. 그는 허리에 천밖에 걸치지 않은 자신을 내려다보았다.

"꼬맹아, 난 너처럼 겨울털이 자라지 않으니 조만간 따뜻한 옷을 만들어야겠다. 참, 가죽을 꿰맬 때 쓰는 송곳을 에일라에게 주었지. 그래, 도구를 몇 개 더 만들어야겠다. 내일 네가 다치지 않게 할 방법도 궁리해보고."

그는 동굴 안으로 다시 들어가더니 자신의 잠자리를 훌쩍 뛰어넘었다. 갈망이 뒤섞인 시선이 에일라의 잠자리에 오래 머물렀다. 이윽고 그는 가죽끈과 묵직한 밧줄을 모아놓은 곳을 뒤지다가 둘둘 말아놓은 가죽 몇 장을 발견했다. 가죽을 손질하는 법을 제대로 알고 있군. 부드러운 가죽의 감촉을 느끼며 그는 생각했다. 이 가죽을 조금 써도 된다고 하겠지. 그녀에게 부탁 같은 것은 더 이상 하고 싶지 않지만.

저 창 던지개가 제 기능을 발휘하면 사냥을 해서 옷을 지을 가죽을 충분히 얻을 수 있겠어. 그리고 보니 창 던지개에 행운을 부르는 부적을 조각해 넣어도 되겠어. 부드러운 가죽끈이 한 묶음 있네. 이거면 아프지 않을 거야. 건장한 수말이 되면 또 어떻겠어. 다 자라면 너도 네 등 위에 나를 태워줄래? 내가 가고 싶은 곳으로 녀석이 나를 데려다줄까?

모르는 일이지. 녀석이 다 자랄 때까지 내가 여기에 있지는 않겠지. 떠나야 하잖아.

존달라는 가죽끈과 도구를 만드는 연장 꾸러미를 챙겨 강가로 내려왔다. 더운 날씨에 땀을 많이 흘린 탓에 강물이 마치 손짓을 하고 있는 것처럼 보였다. 그는 허리에 두른 천을 벗고 물속으로 뛰어들더니 상류를 거슬러 헤엄치기 시작했다. 보통은 좁은 협곡에 이르면 방향을 틀어 내려왔지만 이번에는 더 멀리 가보기로 했다. 물살이 빨라지는 여울목을 지나 마지막 물굽이를 돌자 협곡을 쩌렁쩌렁 울리는 폭포가 보였다. 그는 폭포를 뒤로하고 다시 하류로 돌아갔다.

헤엄을 치고 나니 기운이 났다. 새로운 곳을 발견했다는 느낌이 변화에 대한 열망을 부추겼다. 그는 머리를 뒤로 넘겨 물기를 짜내고 수염의 물기도 털어냈다. 여름 내내 이렇게 수염이 자랐군, 존달라. 여름도 끝나가고 있으니 수염을 자를 때가 아닐까?

먼저 면도부터 하고 뜀박이를 보호해줄 만한 것을 만들어야겠다. 목에 그냥 밧줄을 매어두고 싶지는 않으니까. 그러고 나서는 송곳과 끌도 한두 개 만들어야지. 창 던지개에 행운을 부르는 조각을 하려면 말이야. 오늘 저녁은 내가 해야지. 에일라와 지내다 보면 요리하는 법도 잊어버리겠어. 그녀만큼 잘 만들 수야 없겠지만 그래도 음식이야 준비할 수 있으니. 여행을 하면서도 음식을 해 먹었고.

창 던지개에는 무슨 조각을 넣으면 좋을까? 도니가 최고의 행운을 가져다줄 테지만 내 도니는 노리아에게 주었으니. 노리아는 정말로 파란 눈을 한 아기를 낳았을까? 남자가 아기를 생기게 하는 것 같다는 에일라의 생각은 아무래도 이상해. 한데 그 노파, 하두마가 원했던 게 바로 그거였으니, 누가 생각이나 했겠느냐 말이다. 초야 의식. 에일라는 초야 의식을 치르지 못했지. 참으로 온갖 수난을 다 겪은 여자야. 줄팔매 솜씨는 경이롭기까지 하고. 창 던지개 솜씨도 나쁘지 않아. 에일라의 창 던지개에는 들소를 새겨야겠어. 창 던지개로 정말 사냥이 될까? 내게 도니 조각상이 있으면 좋을 텐데. 그럼 내가 직접 도니를 만들어보면 어떨까?

저녁이 되어 어둠이 깔리자 존달라는 암붕에 나와 에일라가 오는지 지켜보기 시작했다. 계곡이 칠흑 같은 어둠에 묻혀 아무것도 보이지 않자 그는 에일라가 길을 잘 찾을 수 있도록 암붕에 모닥불을 피웠다. 비탈길을 올라오는 소리가 들린 듯했는데, 그녀는 나타나지 않았다. 마침내 그는 횃불을 만들어 내려갔다. 물가를 따라 가다가 튀어나온 절벽을 돌려던 순간, 말발굽 소리가 들려왔다. 그 소리가 아니었다면 그는 에일라를 찾아 더 멀리 갔을지도 모를 일이었다.

"에일라! 왜 이렇게 오래 걸린 겁니까?"

에일라는 존달라의 단호한 목소리에 깜짝 놀랐다.

"당신도 알다시피 사냥감을 살펴보고 왔어요."

"하지만 진작 어두워졌는데!"

"알아요. 돌아오기 전부터 날이 어두워졌어요. 사냥할 장소를 찾았어요. 남동쪽으로 들소 무리가……."

"날이 저물고 있는데 계속 들소를 쫓았다고요! 어둠 속에서 들소를 어찌 봅니까!"

에일라는 그가 왜 그토록 흥분하는지, 왜 흥분한 채 질문들을 쏟아내는지 이해할 수 없었다.

"어두울 때 들소를 본 게 아니에요. 그런데 당신은 왜 계속 여기 서서 말하는 건가요?"

새된 울음소리가 들리더니 횃불이 비추는 둥그런 빛 속으로 망아지가 들어와 제 어미에게 머리를 들이밀었다. 히힝이가 소리를 내자 에일라가 말에서 내려오기도 전에 망아지는 어미의 뒷다리 아래로 가 주둥이를 내밀어 젖을 찾았다. 그제야 존달라는 자신이 에일라에게 당연히 그럴 권리가 있는 것처럼 다그쳤다는 생각이 들었다. 횃불의 불빛이 닿지 않는 곳으로 걸어가며 발갛게 달아오른 얼굴을 감출 수 있어 다행이었다. 그는 느릿느릿 비탈을 오르는 에일라의 뒤에서 걸었다. 그녀가 얼마나 피로에 지쳤는지 한눈에 알아보지 못해 못내 부끄러웠다.

에일라는 동굴에 들어가자마자 털가죽을 집어 몸에 두르고는 불가에 쪼그려 앉았다.

"밤이면 추워진다는 것을 잊었어요. 따뜻한 덮개를 가져갔어야 했는데. 이렇게 오래 걸릴 줄 몰랐어요."

그녀가 말했다.

존달라는 떨고 있는 그녀를 보고는 좀 전의 행동이 더욱 후회되었다.

"춥군요. 따뜻하게 마실 것을 가져다줄게요."

그는 잔에 뜨거운 죽을 부어 가져다주었다.

에일라는 그를 주의 깊게 보지 않았다. 따뜻한 불 생각이 더 간절했던 터였다. 하지만 잔을 받기 위해 고개를 든 순간, 그녀는 놀라 잔을 떨어뜨릴 뻔했다.

"얼굴이 어떻게 된 거예요?"

그녀가 충격과 우려가 섞인 표정으로 물었다.

"무슨 말인가요?"

그가 걱정되어 물었다.

"당신의 수염이요……. 사라졌어요!"

충격을 받은 듯한 에일라의 표정에 슬며시 미소가 나왔다.

"면도했어요."

"면도?"

"수염을 깎았어요. 보통 여름에는 수염을 잘라요. 더워서 땀이 나면 근질근질해서."

에일라는 참을 수가 없었다. 그녀는 손을 뻗어 매끈해진 턱을 만져보았다. 막 새로 나기 시작한 짧은 수염들이 사자의 혀처럼 까칠까칠했다. 그를 처음 발견했을 때 수염이 없었다는 사실이 기억났다. 하지만 수염이 자라고 나서는 잊고 지냈었다. 수염을 자르자 그는 무척 젊어 보였다. 남자보다는 소년 같은 느낌이 풍겼다. 에일라에게 수염이 없는 성인 남자의 모습은 낯설었다. 그녀는 그의 강한 턱을 손가락으로 쓸어보고는 단단한 턱 끝에 살짝 들어간 부분도 만져보았다.

그녀의 손길에 존달라는 얼어붙었다. 그는 물러설 수가 없었다. 신경 하나하나가 그녀의 손길이 스치고 간 곳을 음미하는 듯했다. 에일라는 성적인 암시 없이 순수한 호기심에서 한 행동이었지만 그의 몸은 더 깊은 곳에서 반응을 보였다. 갑자기 아랫도리에서 너무도 강한 흥분이 느껴져 그는 크게 놀랐다.

그의 앳된 모습에도 불구하고 그녀를 바라보는 존달라의 눈빛은 강렬한 욕망에 사로잡혀 있어서 그가 남자라는 것을 드러내고 있었다. 그는 에일라의 손을 잡아 자신의 얼굴에 갖다 댔다. 하지만 에일라는 있는 힘껏 손을 빼더니 맛도 보지 않고 잔에 담긴 것을 후루룩 마셨다. 갑자기 불가에서 얼굴을 맞대고 서로의 눈을 뚫어질 듯 바라보던 일이 생생하게 떠올랐다. 이번에는 그녀가 그를 만진 것이었다. 에일라는 존달라의 눈을 바라보기가 겁났다. 또 한 번 경멸이 담긴 눈빛을 마주하게 될까봐 두려웠다. 하지만 그녀의 손끝은 여전히 그의 얼굴을 만진 느낌을 기억했고, 마음 깊은 곳에서 저릿한 느낌이 몰려왔다.

존달라는 에일라의 부드러운 손길에 찾아온 급작스럽고 격렬한 반응에 혼란스러웠다. 에일라는 그의 시선을 피하고 있었지만 그는 그녀에게서 눈을 뗄 수 없었다. 눈을 내리깔고 있는 그녀는 참으로 수줍고 연약한 여인의 모습이었다. 하지만 그는 에일라가 얼마나 심지가 강한 여인인지 알았다. 그녀는 부싯돌에서 완벽하게 떨어져 나온 아름다운 칼 같은 여인이었다. 얇은 칼날은 섬세하지만 단칼에 가장 질긴 가죽을 벨 수 있을 정도로 강하고 날카로웠다.

오 어머니시여, 그녀는 너무도 아름답습니다. 그는 생각했다. 오, 도니, 위대한 대지의 어머니, 저는 저 여인을 원합니다. 너무도 간절히…….

갑자기 그는 벌떡 일어났다. 여인을 그냥 보고 있을 수만은 없었다. 그의 머릿속에 자신이 만들어둔 음식이 떠올랐다. 그녀는 추위와 피곤에 지쳐 있어. 나는 동굴에서 죽치고 있었을 뿐이고. 그는 에일라가 접시로 사용하는 매머드의 엉덩이뼈를 가지러 갔다.

에일라는 그가 일어나는 소리를 들었다. 그렇게 갑작스레 일어난 것으로 보아 그가 또다시 혐오감에 사로잡힌 것이라고 확신했다. 에일라는 사시나무처럼 떨리는 몸을 멈추게 하려고 이를 꼭 물었다. 그녀는 다시는 그런 순간과 직면할 수 없을 것 같았다. 그에게 떠나라고 말하고 싶었다. 그를, 그의 눈에 담긴 자신에 대한…… 혐오감을 다시는 보는 일이 없도록. 그녀가 숨을 죽이고 눈을 꼭 감고 있는데 그가 다시 앞에 와 있는 게 느껴졌다.

"에일라?"

그는 에일라가 털가죽을 두른 채 불가 앞에 앉아 있으면서도 떨고 있는 것을 보았다.

"늦게 돌아올 거라 생각해서 먹을 것을 만들어놓았어요. 좀 먹을래요? 먹지 못할 정도로 피곤한 게 아니라면?"

그녀가 그의 말을 제대로 알아들은 것일까? 에일라는 서서히 눈을 떴다. 그는 접시를 들고 있었다. 그는 에일라 앞에 접시를 내려놓더니 깔개를 끌어당겨 그녀 옆에 앉았다. 접시 위에는 꼬챙이에 꿰어 구운 토끼와 월귤나무 열매도 있었다. 좀 전에 주었던 죽은 말린 고기와 어떤 식물의 뿌리를 넣고 끓인 것이었다.

"당신이…… 요리했어요? 날 위해?"

에일라가 믿지 못하겠다는 듯 말했다.

"당신 솜씨를 따라갈 수는 없지만 먹지 못할 정도는 아닐 거예요. 창 던지개를 미리 써보면 부정을 탈까봐 토끼는 그냥 창으로 잡았어요. 그런데 팔을 휘두르는 방법이 다르거든요. 그동안은 창 던지개 연습만 하느라 오랜만에 손으로 창을 던졌더니 좀 걱정이 되더라고요. 당신은 그럴 일은 없겠지요. 어서 들어요."

동굴곰족 남자는 요리를 하지 않았다. 아니 할 수 없었다. 그들에게는 요리에 대한 기억이 없었다. 존달라가 다재다능하다는 것을 알았지만 설마 요리까지 하리라고는 생각하지 못했다. 게다가 여자가 있는데도 남자가 요리를 하다니. 그는 요리를 할 수 있는 것을 넘어 처음부터 자신이 요리를 하겠다는 생각을 스스로 하고 실행에 옮겼다. 씨족과 생활할 때는 사냥을 하게 된 이후로도 평소 여자가 하는 일들을 모두 해야 했다. 그런데 그가 요리를 해주다니 전혀 상상도 못 했던 일이었다. 너무도…… 사려 깊은 행동이었다. 에일라의 두려움은 전혀 근거가 없는 것이었다. 그녀는 무슨 말을 해야 할지 입이 떨어지지 않았다. 에일라는 그가 잘라준 다리를 들고 한 입 베어 물었다.

"괜찮아요?"

그가 살짝 긴장하며 물었다.

"정말 맛있어요."

입안 가득 고기를 넣은 채 에일라가 답했다.

정말로 맛이 좋았다. 하지만 고기를 다 태웠다고 해도 맛있었을 터였다. 그녀는 울음이 터질 것만 같았다. 그는 국자로 길고 가는 뿌리들을 퍼서 주었다. 그녀는 뿌리 하나를 집어 씹었다.

"토끼풀 뿌리인가요? 맛있네요."

"네."

그가 기뻐하며 대답했다.

"기름에 담갔다 요리하면 더 맛있는데. 특별한 잔칫날에 여자들이 남자들을 위해 요리하는 음식 중 하나예요. 남자들이 좋아하거든요. 상류 쪽에 토끼풀이 있더군요. 당신이 좋아할 거라 생각했어요."

음식을 만든 것은 정말 잘한 일이야. 그는 에일라의 놀란 표정에 기뻤다.

"토끼풀 뿌리를 캐내는 것은 힘든 일이에요. 토끼풀에 뿌리가 많이 있지 않아요. 그리고 토끼풀 뿌리가 이렇게 맛이 좋은 줄은 몰랐어요. 나는 봄에 강장제를 만들 때 약재로만 이 뿌리를 쓰거든요."

"우리도 보통 봄에 먹어요. 봄에 처음 나는 신선한 재료니까요."

그들은 암붕 위를 또각또각 걸어오는 말발굽 소리를 들었다. 고개를 돌리니 히힝이와 뜀박이가 동굴 안으로 들어오고 있었다. 얼마 후 에일라는 일어나서 말들의 잠자리를 봐줬다. 인사를 하고 애정 어린 손길로 말들을 만져주고 나서 신선한 건초와 곡물, 물을 주는 게 밤마다 일과처럼 자리 잡았다. 특히 먼 길을 다녀온 날에는 물에 적신 가죽으로 몸을 문지르고 나서 산토끼꽃 다발로 털을 빗어주었다. 에일라는 건초와 곡물, 물이 이미 말들의 자리에 놓여 있는 것을 발견했다.

"말들까지 챙겨주었군요."

그녀가 열매를 먹기 위해 앉으며 말했다. 배가 고프지 않았다 해도 존달라가 해준 음식은 다 먹었을 것이었다. 그가 미소 지었다.

"나는 할 일이 별로 없었거든요. 아, 보여줄 게 있어요."

그가 일어나더니 창 던지개 두 개를 들고 돌아왔다.

"당신이 싫어하지 않으면 좋겠네요. 그냥 행운을 비는 거예요."

"존달라!"

에일라는 자신의 창 던지개를 만지는 것조차 망설일 정도로 놀랐다.

"이걸 당신이 만들었어요?"

그녀의 목소리는 경외감으로 가득 차 있었다. 그녀는 그가 가죽으로 만든 표적에 짐승의 형상을 그렸을 때도 무척 놀랐었다. 하지만 이번에는 그저 놀라는 정도가 아니었다.

"마치…… 들소의 정령이 여기에 깃든 것 같아요."

남자가 활짝 웃었다. 에일라가 놀라는 모습을 보는 것이 무척 즐거웠다. 존달라의 창 던지개에 새겨진 큰뿔사슴의 형상을 보고도 에일라는 감탄을 금치 못했다.

"사냥감이 무기에 끌려오도록 해서 짐승의 정령을 잡으려는 의미가 있어요. 사실 나는 조각을 잘 하는 편은 아니에요. 솜씨가 대단한 이들의 조각상과 신성한 벽에 그려놓은 그림을 당신이 봤어야 하는 건데."

"이 안에 강력한 주술을 담은 게 틀림없을 거예요. 사슴은 보지 못했지만 남동쪽에 들소 떼가 있거든요. 무리 지어 움직이기 시작했어요. 사슴이 새겨진 무기에도 들소가 끌려올까요? 내일 가서 사슴을 찾아봐도 되고요."

"들소면 충분할 거예요. 당신의 창 던지개에 행운이 더욱 깃들겠지만요. 당신의 무기에 들소를 새겨 넣어 기뻐요."

에일라는 무슨 말을 해야 할지 몰랐다. 그는 남자인데도 자신에게 더 많은 행운을 빌어주며 기뻐하고 있었다.

"행운을 기원하기 위한 도니를 만들까도 생각했지만 시간이 충분하지 않았어요."

"존달라, 잘 이해가 안 가요. 도니가 뭔가요? 당신이 말하는 대지의 어머니인가요?"

"위대한 대지의 어머니를 도니Doni라고 해요. 한데 어머니는 다양한 모습으로 나타나시죠. 그 수많은 현신들도 도니donii라고 불려요. 정령의 모습으로 바람을 타고 날아오거나 꿈속에 모습을 드러내요. 남자들은 종종 꿈속에서 아름다운 여인의 모습을 한 도니를 봐요. 도니는 여성의 모습을 한 조각상을 뜻하기도 해요. 보통은 풍만한 어머니의 모습을 하고 있어요. 여자들은 어머니의 축복을 받았어요. 위대한 대지의 어머니께서 자신과 비슷한 형상으로 여자들을 만들었으니까요. 그녀가 모든 생명을 창조했듯이 여자들도 생명을 만들게 하려고요. 그리고 사람들은 어머니를 닮은 모습에서 가장 편한 안식처를 찾는다고 해요. 보통 남자가 정령의 세계로 가게 될 때 도니가 길을 안내하러 오지요. 여자들은 길을 알기 때문에 안내가 필요 없다더군요. 그리고 어떤 여자들은 본인이 원할 때 스스로 도니의 모습으로 변할 수 있다고도 주장해요. 물론 남자들에게 좋은 일을 하려고 나타나는 것은 아니지요. 서쪽에 사는 샤라무도이 부족은 어머니가 새의 모습으로 나타난다고 하더군요."

에일라가 고개를 끄덕였다.

"씨족에서는 고대의 정령들만이 여자였어요."

"토템의 정령은?"

그가 물었다.

"토템의 수호 정령은 모두가 남자예요. 남자와 여자의 토템 모두. 하지만 여자의 토템은 주로 작은 동물이에요. 위대한 동굴곰인 우르수스는 모든 씨족을 보호하는 위대한 정령이에요. 모두의 토템이기도 하고요. 우르수스는 크렙의 토템이었어요. 크렙은 내가 동굴사자의 선택을 받았듯이 동굴곰에게 선택되었어요. 이게 바로 그 표식이에요."

그녀가 왼쪽 허벅지에 난 네 줄의 흉터를 보여줬다. 다섯 살 때 동굴사자의 발톱에 상처를 입어 생긴 것이었다.

"전혀 몰랐군요. 납작…… 아니 당신의 씨족이 정령의 세계에 대해 이해하고 있다니. 여전히 믿기 어려운 사실이에요. 물론 당신 말을 믿어요. 하지만 당신이 말하는 사람들이 내가 늘 알아왔던 그 납작머리라는 게 잘 믿기지 않아요."

에일라는 고개를 숙였다가 들었다. 우려 섞인 그녀의 눈빛은 진지했다.

"내 생각에는 동굴사자가 당신을 선택했어요, 존달라. 이제 동굴사자는 당신의 토템이기도 해요. 강력한 토템을 가지고 사는 것은 쉽지 않다고 크렙이 말했어요. 그는 시험을 받는 과정에서 한쪽 눈을 잃었지만 강력한 힘을 얻게 되었어요. 우르수스 다음으로 강력한 토템이 동굴사자예요. 그래서 어려움을 많이 겪게 되지요. 동굴사자의 시험을 겪는 건 어려웠지만 그 이유를 알고 나서는 달게 받아들였어요. 이제 동굴사자가 당신의 토템이라면 당신도 알게 될 거예요."

그녀는 자신이 너무 많은 말을 쏟아낸 게 아니길 바라며 다시 고개를 숙였다.

"그래서 그들이 당신에게 그렇게 소중한 의미인 건가요, 당신의 씨족이라는 사람들?"

"난 씨족의 여자가 되고 싶었지만 그럴 수 없었어요. 나는 그들과 같지 않아요. 난 다른 종족 사람이에요. 크렙은 그 사실을 잘 알았어요. 이자도 내게 떠나서 내 종족을 찾으라고 말했어요. 떠나고 싶지 않았지만 어쩔 수 없었어요. 다시는 돌아갈 수 없어요. 나는 죽음의 저주를 받았어요. 난 죽은 사람이에요."

존달라는 그녀의 마지막 말이 무슨 뜻인지 이해할 수 없었지만 그녀가 그 말을 할 때 모골이 송연해졌다. 그녀는 숨을 깊게 들이마시고서 계속 말을 이어갔다.

"나를 낳아준 여인이나 씨족과 함께 살기 전의 삶에 대해서는 기억이 나지 않아요. 노력해봤지만 다른 종족 사람, 나와 비슷한 사람을 상상하기 힘들었어요. 이제 다른 종족 사람을 떠올리려고 할 때마다 당신의 모습만이 나타나요. 당신은 내가 처음으로 만나본 다른 종족 사람이에요, 존달라. 무슨 일이 생긴다고 해도 결코 당신을 잊지 못할 거예요."

에일라는 너무 많은 말을 했다고 느끼며 갑자기 입을 다물었다. 그녀는 일어났다.

"내일 아침 사냥에 나서야 할 텐데 우리 모두 잠을 자두는 게 좋겠어요."

존달라는 그녀가 납작머리 무리 속에서 키워졌고 그들을 떠난 이후로는 혼자 살았다는 것을 알고 있었다. 하지만 그녀가 말하기 전까지 자신이 그녀가 처음으로 만난 다른 종족 사람이라는 것은 깨닫지 못하고 있었다. 그가 그의 종족 전부를 대표하는 사람이라고 생각하니 마음이 불편했다. 그가 지금껏 보여준 모습이 뿌듯하다고만은 할 수 없었다. 하지만 그는 모든 이들이 납작머리에 대해 어떻게 생각하는지 알았다. 사실대로 말했다면 그녀가 전과 같은 반응을 보였을까? 그녀 앞에 놓인 상황이 어떠할지 제대로 이해할 수 있을까?

그는 상반되는 여러 감정이 뒤섞인 채로 잠자리에 들었다. 누워서도 불을 응시하며 사색에 빠졌다. 갑자기 사방이 뒤틀리는 것처럼 느껴지더니 어지럼증이 찾아왔다. 그는 돌이 떨어져 파동을 일으키는 샘물에 비친 여인을 보았다. 물결이 점점 더 크게 원을 그리자 여인의 모습이 흔들렸다. 그는 그녀에게서 잊히고 싶지 않았다. 그녀에게 기억되는 것이 중요했다.

그는 길이 두 칼래로 나뉘는 갈림길 앞에 서 있었다. 그는 선택해야 하지만 그를 인도하는 사람은 없었다. 따뜻한 바람에 그의 머릿결이 흩날렸다. 그는 그녀가 자신을 떠난다는 것을 깨

달았다. 의식적으로 그녀의 존재를 느낀 적은 없었지만 이제 그
녀는 그에게서 떠나가고 있었다. 그녀가 남기고 간 공허함이 마
음을 할퀴고 지나갔다. 종지부를 찍는 과정의 시작이었다. 얼
음이 녹으며 한 시기가 끝나듯, 그녀가 모든 것을 채워주던 시
기는 끝이 났다. 대지의 어머니는 그녀의 아이들이 스스로 길
을 찾아가도록, 그들의 삶을 스스로 새겨나가도록, 그리하여 자
신의 행동에 따르는 결과를 감당하도록 떠나갔다. 그의 현생에
서, 앞으로 다가올 여러 생에서 완전히 떠나는 것은 아니었지
만 처음으로 가차 없이 그에게서 멀어지는 한 걸음을 내딛은
것이었다. 그녀는 이별의 선물인 깨달음을 그에게 선사했다.

　존달라는 으스스한 울음소리를 느꼈다. 그것은 어머니의 울
음소리였다. 팽팽하게 잡아당겨진 끈이 한 번에 탁 풀어지듯 그
는 갑자기 현실로 돌아왔다. 하지만 이미 끈은 너무 멀리까지
잡아당겨져 있어 원래대로 돌아갈 수 없었다. 그는 뭔가가 제
자리에 있지 않다는 느낌을 받았다. 불 건너편에 에일라가 보였
다. 그녀의 얼굴에는 눈물이 흘러내리고 있었다.

　"무슨 일이에요, 에일라?"

　"모르겠어요."

　"우리를 둘 다 태울 수 있을까요?"

　"나도 잘 모르겠어요."

　에일라가 바구니를 짊어진 히힝이 곁에서 걸으며 말했다. 뜀

박이는 가죽끈으로 만든 굴레를 쓴 채, 굴레에 맨 줄에 이끌려 뒤따라갔다. 줄은 뜀박이가 자유롭게 풀을 뜯고 머리를 움직이도록 여유 있게 길었고, 굴레 또한 목을 조이는 일이 없도록 넉넉하게 조정했다. 처음에는 신경이 쓰이는지 거부반응을 보였지만 점차 굴레에 익숙해져 갔다.

"우리 둘이 함께 탈 수 있다면 훨씬 빨리 도착할 거예요. 하지만 히힝이가 버거워한다면 내게 힘든 기색을 보일 거예요. 그러면 교대로 타거나 둘 다 걸으면 되고요."

초원에 있는 커다란 바위에 도착하자 에일라는 말 위에 올라탔다. 그녀는 존달라가 탈 수 있는 공간을 만들어주기 위해 앞으로 바싹 당겨 앉은 후 말이 가만히 있도록 잡아주었다. 히힝이는 존달라가 타자 무거워진 무게를 느끼며 어딘가 불편한지 귀를 뒤로 젖혔다. 하지만 히힝이는 다부지고 건강한 말이었다. 에일라가 신호를 보내자 앞으로 움직이기 시작했다. 에일라는 일정한 속도로 말을 몰다가 히힝이의 걸음걸이가 느려지거나 하면 바로 멈춰서 쉬게 해주었다.

휴식을 취하고 다시 출발했을 때 존달라는 말 위에서 처음보다 편안함을 느꼈다. 하지만 이내 차라리 긴장을 하는 게 낫겠다는 생각이 들었다. 긴장감이 사라지자 그의 신경은 온통 바로 앞에 앉아 있는 여인에게로 쏠렸다. 그는 그의 몸에 닿는 에일라의 등과 허벅지를 민감하게 의식했다. 에일라도 히힝이보다 남자에게 더 신경이 쓰이기 시작했다. 에일라는 뒤에서 뜨겁

게 달아오르는 열기를 느꼈고, 존달라는 그 열기를 통제할 수
없었다. 말이 움직일 때마다 남자의 몸이 여자를 쿡쿡 찔렀다.
에일라는 그런 느낌이 사라지기를 바랐지만 한편으로는 또 다
른 마음이 들기도 했다.

존달라는 한 번도 경험한 적 없는 통증을 느끼기 시작했다.
그는 지금껏 자신의 욕구를 억지로 참아야 했던 적이 없었다.
처음으로 욕구를 느끼기 시작한 무렵에도 항상 주변에는 그에
게 몸을 허락해주는 상대가 있었다. 하지만 이곳에는 에일라밖
에 없었다. 지난번처럼 스스로 해결하는 일이 없도록 그는 어떻
게든 참아보려고 애썼다.

"에일라."

그가 긴장된 목소리로 불렀다.

"아무래도…… 쉬어 가는 게 좋겠어요."

그가 불쑥 말했다. 에일라는 말을 멈춰 세우더니 재빨리 말
에서 내렸다.

"그리 멀지 않아요. 여기서부터는 걸어가도 돼요."

"그래요, 히힝이도 편하게 가고요."

에일라는 그들이 걸어갈 수밖에 없는 이유를 알면서도 아무
런 대꾸도 하지 않았다.

그들은 히힝이를 사이에 두고 나란히 걸었다. 대화를 해야
할 때도 히힝이의 등 너머로 말을 전했다. 그렇다고 해도 에일
라는 남자가 신경 쓰여 주요 지형이나 방향에 온전히 집중할

수 없었다. 그나마 존달라는 욱신대는 아랫도리의 통증을 느끼면서도 말이 가림막이 되어주어 다행이라고 생각했다.

들소 무리가 시야에 들어오자, 창 던지개를 이용해 실제로 사냥을 하게 된다는 기대감에 서로를 향해 억누르고 있던 욕망이 조금씩 해소되기 시작했다. 하지만 그들은 여전히 말들을 가운데 두고 몸이 닿지 않으려고 노력했다.

들소들은 작은 개울 주변에 모여 있었다. 에일라가 처음 목격했던 때보다 그 수가 훨씬 많아 보였다. 작은 들소 떼가 여럿 합류한 뒤였고, 앞으로도 더 늘어날 것이었다. 얼마 후면 수만 마리나 되는 검은 들소들이 구릉지와 강가의 계곡을 가로지르며 초원을 가득 메울 터였다. 거대한 들소 떼가 이동할 때면 낮게 울리는 천둥소리를 배경으로 까만 융단이 움직이는 것 같은 착각을 불러일으켰다. 이러한 무리에서 들소 한 마리의 비중은 미미했다. 들소 무리의 생존 전략은 오로지 어마어마한 개체 수였다.

개울 주변에 모여 있던 들소들은 어느새 군집 본능이 발동했는지 무리 속으로 들어갔다. 이제 풀이 귀해지는 계절이 오면 또다시 생존 본능에 의해 작은 무리로 흩어져 건초를 찾아다닐 것이었다.

에일라는 소나무 근처의 개울가로 히힝이를 데려갔다. 소나무는 바람에 시달려 휘어져 자랐지만 생명력은 강해 보였다. 에일라는 씨족의 손짓언어로 히힝이에게 근처에서 머물라고 말했다. 히힝이가 제 새끼를 옆에 오도록 하는 것을 보니 뜀박이는 따로 걱정할 필요가 없는 듯했다. 히힝이는 제 새끼가 위험한 일을 당하지 않도록 잘 보살펴줄 터였다. 하지만 존달라는 에일라가 걱정하는 문제를 해결하려고 고심한 끝에 굴레와 고삐를 만들었다. 에일라는 과연 그런 도구가 효과가 있을지 궁금했다.

두 사람은 각각 창 던지개와 긴 창들을 담아둔 통을 들고서 들소 무리에 접근했다. 들소의 단단한 발굽에 짓밟힌 초원의 메마른 바닥에서 일어난 흙먼지가 텁수룩한 검은 털 위에 얇게 쌓여 있었다. 들불의 연기가 불이 움직이는 방향을 알려주듯이 뿌옇게 일어난 먼지바람을 보면 무리가 어디로 움직였는지 알 수 있었다. 또한 들소 떼가 한 번 지나가면 들불이 번져 불타버린 초원처럼 남아 있는 게 없었다.

존달라와 에일라는 빙 돌아 바람이 부는 반대방향에서 천천히 이동하는 무리에게 다가갔다. 들소 특유의 냄새를 실은 모래바람에 얼굴을 맞으며 그들은 눈을 가늘게 뜨고 사냥감을 물색했다. 시끄럽게 울어대는 송아지들은 어미 뒤에서 뒤처졌고 좀 더 큰 녀석들은 뿔로 들이받으며 등에 커다란 융기가 솟아 있는 수소들의 인내심을 시험했다.

먼지투성이가 되어 뒹굴고 있던 늙은 수소 한 마리가 몸을 일으켜 세웠다. 커다란 검은 뿔이 무거운 듯 거대한 머리를 아래로 떨어뜨리고 있었다. 수소의 어깨 융기까지의 높이는 키가

190센티미터가 넘는 장신의 존달라에 거의 맞먹는 정도였다. 긴 털이 텁수룩한 앞몸은 특히 크고 강건해 보였고, 상대적으로 배와 뒷몸은 빈약해 보였다. 그 거대한 늙은 수놈은 고기도 너무 질기고 힘줄도 많을 터였다. 녀석이 그들의 존재를 알아차린다면 엄청난 힘으로 공격을 해올지도 모를 일이었다. 그래서 수소가 지나갈 때까지 그들은 기다렸다.

들소 무리에 가까이 다가가자 소들의 다양한 울음소리에 뒤섞여 지축을 울리는 소리가 점점 커졌다. 존달라가 어린 암소를 가리켰다. 암송아지는 얼마 후면 새끼를 밸 수 있을 정도로 거의 다 자란 듯 보였다. 여름 내내 충분히 풀을 먹었는지 살도 통통하게 올라 있었다. 에일라는 고개를 끄덕였다. 그들은 창 던지개 위에 창을 올렸다. 존달라가 소의 반대편에 가 있겠다고 손짓을 했다.

암송아지는 알 수 없는 어떤 본능 때문인지, 아니면 남자가 움직이는 것을 봤는지 표적이 된 것을 직감한 듯 초조하게 무리에 바싹 다가섰다. 다른 소들이 암송아지를 둘러싸는 바람에 존달라는 더 이상 사냥감을 겨눌 수가 없었다. 에일라는 사냥감을 놓칠 수밖에 없겠다고 확신했다. 존달라가 등을 보이고 서 있어서 에일라는 그에게 신호를 보낼 수도 없었다. 급기야 암송아지는 사정거리에서 벗어났다. 그에게 소리를 쳤다가는 다른 들소의 주의를 끌지도 모를 일이었다.

에일라는 혼자 결정을 내리고는 표적을 향해 창을 겨누었다.

그녀가 창을 던질 자세를 취한 순간, 힐끗 뒤를 돌아본 존달라
도 상황을 파악하더니 창 던지개를 들었다. 암송아지가 걸음을
재촉하자 주위에 있던 들소들도 동요하기 시작했다. 먼지구름
이 그들을 가려줄 거라 생각했지만 들소들은 그런 흙먼지에 익
숙했고 충분히 주변에 있는 위험을 감지했다. 암송아지는 들소
들이 한데 모여 이동하는 안전 구역에 거의 다다랐고, 다른 들
소들도 무리에 합류하고 있었다.

　존달라가 목표물을 향해 달려가 창을 날렸다. 남자의 창이
암송아지의 부드러운 배에 꽂힌 직후, 에일라가 던진 창도 텁수
룩한 털이 나 있는 목덜미에 꽂혔다. 창에 맞은 송아지는 앞으
로 몇 걸음을 더 가더니 비틀거리다가 그대로 쓰러졌다. 존달라
의 창이 쓰러진 송아지의 몸에 깔리며 부러졌다. 들소 무리가
피 냄새를 맡았다. 몇몇이 쓰러진 송아지에게 머리를 대고 냄새
를 맡더니 불안한 듯 울부짖었다. 긴 울음을 토해내는 다른 들
소들은 모래바람을 일으키며 속도를 높였다. 공기 중에 긴장감
이 감돌았다.

　에일라와 존달라는 서로 반대 방향에서 사냥감을 향해 달
려왔다. 그때 갑자기 존달라가 소리를 치며 에일라를 향해 팔
을 휘둘렀다. 그녀는 그의 손짓을 이해 못 하겠다는 듯 고개를
가로저었다.

　장난 삼아 뿔을 들이박던 어린 수소 한 마리가 마침내 늙은
수소의 심기를 건드리고 말았다. 늙은 수소는 뿔을 휙 피하더

니 어린 수소를 향해 달려들었다. 어린 수소는 겁에 질려 뒷걸음질을 쳤다. 늙은 수소의 거대한 뿔이 앞을 턱 가로막아 어디로 도망을 가야 할지 갈피를 잡지 못하고 있었다. 그때 두 발로 움직이는 형체가 녀석의 시야에 들어왔다. 어린 수소는 머리를 낮추더니 그 형체를 향해 달리기 시작했다.

"에일라! 조심해!"

존달라가 그녀를 향해 달려오며 소리쳤다. 그는 창으로 들소를 겨누었다. 뒤를 돌아본 에일라의 눈에 마침내 자신을 향해 달려오는 어린 수소가 들어왔다. 그 순간 본능적으로 떠오른 것은 줄팔매였다. 줄팔매는 위험한 순간마다 그녀가 가장 먼저 사용했던 방어 수단이었다. 하지만 그녀는 바로 생각을 고쳐먹고 창 던지개에 걸어놓은 창을 날렸다.

존달라가 그녀보다 앞서 손으로 창을 날렸다. 하지만 에일라가 창 던지개로 던진 창이 훨씬 빨랐다. 존달라의 창이 옆구리를 찌르자 들소는 그 순간 방향을 틀었다. 그제야 정면이 보인 들소의 눈에는 에일라가 던진 창이 떨리고 있었다. 혈기왕성한 수소는 쓰러지기도 전에 숨통이 끊어졌다.

울부짖으며 빠르게 달리던 들소 떼는 새로운 피 냄새를 맡자 소란이 일어난 곳에서 어떻게든 벗어나려고 더욱 속도를 높이기 시작했다. 뒤처져 있던 들소들이 깜짝 놀라 쓰러진 들소들을 피해 무리를 향해 우르르 몰려갔다. 먼지가 가라앉은 뒤에도 여전히 지축을 뒤흔드는 소리가 들렸다.

텅 빈 초원 위에 남은 남자와 여자는 넋이 나간 얼굴로 선 채 두 마리의 죽은 들소를 내려다보았다.

"끝났어요. 이렇게."

에일라가 멍한 표정으로 말했다.

"왜 도망치지 않았어요?"

존달라가 소리쳤다. 끝났다고 안도할 사이도 없이 조금 전 느꼈던 두려움이 되살아났다. 그는 에일라를 향해 성큼성큼 다가왔다.

"자칫했다가는 죽을 수도 있었어요."

"달려드는 수소에게 등을 돌릴 수가 없었어요. 그랬다가는 틀림없이 녀석에게 받쳤을 거예요."

에일라는 다시 한 번 들소를 보았다.

"아니, 어쩌면 당신의 창에 녀석이 쓰러졌을 수도……. 하지만 그런 생각을 할 틈이 없었어요. 다른 누군가와 사냥을 한 적이 없거든요. 늘 스스로 조심해야 했어요. 주의를 줄 사람이 아무도 없었으니까."

에일라의 말을 듣는 순간, 그림의 마지막 조각이 제자리에 끼워지며 그간 그녀의 삶이 어떠했을지 불현듯 이해가 되었다. 그때부터 그는 에일라를 새롭게 보게 되었다. 이토록 사랑스럽고 배려심이 많은 여인이 홀로 생존해왔다니, 참으로 믿기 어려운 일이었다. 그녀는 그 무엇에서도 도망치지 않아. 심지어 너로부터도. 존달라, 네가 자제력을 잃고 감정을 폭발시키면 사람들은 늘 뒷걸음질을 쳤지. 하지만 그녀는 네가 최악의 모습을 보인 순간에도 한 걸음도 물러서지 않았어.

"에일라, 당신은 참으로 아름답고, 야생적이고, 대단한 여자예요. 봐요, 당신이 얼마나 뛰어난 사냥꾼인지!"

그가 미소 지었다.

"우리가 무슨 일을 했는지 보라고요! 들소를 두 마리나. 저 두 마리를 어떻게 다 끌고 가죠?"

그제야 사냥에 성공했다는 사실을 깨달은 에일라도 승리감에 가득 찬 기쁜 얼굴로 미소를 지었다. 그 순간 존달라는 요즘 들어 에일라의 미소를 통 보지 못했었다는 생각을 했다. 참으로 아름다워, 거기다가 저렇게 미소를 지으면 빛이 나지. 마치 몸 안에서 환하게 불꽃이 피어나는 것처럼. 존달라는 자신도 모르는 사이에 웃음을 터뜨렸다. 거리낌 없이 터져 나오는 그의 웃음에는 전염성이 강했다. 에일라도 그를 따라 웃기 시작했다. 한번 웃기 시작하자 걷잡을 수가 없었다. 사냥의 성공을 자축하는, 승리의 함성과도 같은 웃음이었다.

"존달라, 당신도 정말 대단한 사냥꾼이군요."

그녀가 말했다.

"다 창 던지개 덕분이에요. 손으로 던질 때와는 비교도 안 되는군요. 무리에 가까이 다가가서 녀석들이 낌새를 채기 전에…… 그것도 두 마리나! 이게 얼마나 대단한 일이지 생각해 봐요!"

에일라 또한 이것이 엄청난 일임을 알고 있었다. 그녀는 이 새로운 무기로 혼자서 사냥을 할 수 있을 것이었다. 여름에도, 겨울에도. 힘겹게 함정을 팔 필요도 없었다. 초원에 와서 사냥을 하면 그만일 터였다. 창 던지개에는 줄팔매의 장점을 포함해 여러 가지 이점이 있었다.

"나도 얼마나 대단한지 알아요. 당신이 내게 사냥을 할 수 있는 더 좋은 방법을 알려주겠다고 말했는데. 이건 내가 상상했던 것 이상이에요. 당신에게 무슨 말을 해야 할지……. 난 정말로……."

그녀가 아는 고마운 마음을 표현하는 방법은 동굴곰족과 지낼 때 배운 방식이 유일했다. 그녀는 무릎을 꿇고 앉아 머리를 숙였다. 그가 에일라에게 말을 해도 좋다고 어깨를 두드려줄 것 같지 않았지만 그녀는 그렇게라도 자신의 마음을 표현해야 할 것 같았다.

"뭐 하는 거예요?"

그가 에일라를 일으켜 세우려고 몸을 숙이며 말했다.

"거기 그렇게 앉아 있지 말아요, 에일라."

"씨족의 여자는 남자에게 중요한 말을 하고 싶을 때 허락을 구하기 위해 이렇게 해요."

에일라가 고개를 들어 말했다.

"이 일이 내게 얼마나 큰 의미가 있는지, 그리고 이 무기를 만들어줘서 얼마나 고마운지 말하는 것은 중요한 일이에요. 그리고 내게 말을 가르쳐주고, 또 다른 모든 것들에 대해서도."

"에일라, 일어나요."

그가 에일라를 일으켜 세우며 말했다.

"이 무기를 만든 사람은 내가 아니라 당신이에요. 줄팔매로 돌을 던지는 모습을 보지 못했다면 그런 생각은 떠올리지 못했을 거예요. 내가 당신에게 고마워해야죠. 이 무기 말고도 여러 가지 것들에 대해."

그는 에일라의 팔을 잡아 자신에게로 가까이 끌었다. 에일라는 남자의 눈을 들여다보았다. 그에게서 시선을 뗄 수도, 떼고 싶지도 않았다. 그는 고개를 숙이더니 에일라의 입술에 자신의 입술을 갖다 댔다.

에일라는 놀라 눈이 커다래졌다. 예상치도 못한 일이었다. 그의 행동뿐 아니라 자신의 몸에서 느껴지는 반응까지 놀라울 따름이었다. 그의 입술이 닿은 순간, 그녀의 온몸에 저릿저릿한 느낌이 확 번졌다. 어떻게 반응을 해야 할지 당황스러웠다.

그리고 마침내 그는 깨달았다. 아직은 부드러운 키스로만 만족하는 게 좋을 것 같았다.

"입술과 입술을 포개는 게 뭔가요?"

"입맞춤이에요. 키스라고도 하고요. 에일라, 이게 당신의 첫 키스죠? 내가 자꾸 잊어버리네요. 하지만 당신을 보고서 가만히 있기가 참……. 에일라, 가끔씩 내가 아주 어리석을 때가 있어요."

"왜 그런 말을 하나요? 당신은 어리석지 않아요."

"어리석어요. 어떻게 이리도 어리석은지 믿기 힘들 정도로."

그는 꼭 안고 있던 에일라를 풀어주었다.

"지금 당장은 저 들소들을 동굴로 끌고 갈 방법을 생각하는
게 좋겠군요. 이렇게 당신 옆에 서 있기만 하다가는 당신에게
제대로 해줄 수가 없을 테니까요. 첫 경험에 걸맞은 방식으로
해야죠."

"그런 방식이 있나요?"

에일라는 그에게서 떨어지고 싶지 않다고 생각하며 물었다.

"초야 의식이요, 에일라. 당신이 내게 그 의식을 허락해준다
면."

28

"머리를 잘라 두고 오지 않았다면 히힝이가 두 마리를 다 끌고 오지 못했을 거예요. 정말이지 좋은 생각이었어요."

에일라가 말했다. 그녀는 존달라와 함께 사냥해 온 들소를 운반대에서 끌어내 동굴 앞 암붕 위에 내려놓았다.

"고기가 엄청 많이 나오겠어요! 이걸 다 저미려면 시간이 많이 걸리겠어요. 지금 바로 시작해요."

"그건 잠시 그대로 두죠, 에일라."

그의 미소와 눈빛을 보자 에일라는 마음 한가득 따뜻한 기운이 차오르는 것을 느꼈다.

"당신의 초야 의식이 더 중요해요. 히힝이의 마구 벗기는 걸 돕고서 강물에서 미역을 감고 올게요. 온몸이 땀과 피로 흠뻑 젖었네요."

"존달라……"

에일라는 머뭇거렸다. 설레면서도 한편으로는 수줍었다.

"그것도 의식인 거죠? 초야 의식?"

"네, 의식이 맞아요."

"이자는 의식을 치르기 전에 준비해야 하는 것들에 대해 가르쳐주었어요. 이 의식에도 어떤…… 준비 같은 게 있나요?"

"대개는 나이 든 여자들이 준비를 도와주는데, 어떤 조언을 하고 어떻게 도와주는지는 나도 모르겠어요. 그냥 평소 의식을 준비하던 것처럼 하면 될 것 같아요."

"그렇다면 이자가 가르쳐준 대로 거품이 나는 석회패랭이꽃 뿌리를 캐서 몸을 씻어야겠어요. 당신이 멱을 다 감고 올 때까지 기다릴게요. 준비는 혼자 해야 해서."

에일라는 얼굴을 살짝 붉히며 눈을 내리깔았다.

저런 모습을 보면 참 어려 보여, 수줍어하는 것도 같고. 존달라는 생각했다. 영락없이 초야 의식을 치르는 처녀 같은 모습이었다. 그는 설렘과 함께 여자를 부드럽게 보듬고 싶은 익숙한 충동을 느꼈다. 준비를 하는 과정까지 정말로 초야 의식을 앞두고 있는 것 같았다. 그는 에일라의 턱을 살며시 들어 가볍게 입을 맞추고는 단호하게 뒤로 물러섰다.

"나도 그 뿌리가 있으면 좋겠군요."

"내가 가져다줄게요."

그녀가 말했다.

에일라의 뒤를 따라 물가를 걷는 존달라의 얼굴에 미소가 만연했다. 에일라가 석회패랭이꽃 뿌리를 캐서 그에게 건네고 동굴로 돌아가자 그는 커다란 물보라를 일으키며 물속으로 첨벙 뛰어들었다. 그 어느 때보다 마음이 가벼웠다. 그는 뿌리를 짓이겨 나온 거품으로 몸을 문지른 다음, 머리를 묶고 있던 끈도 풀어 거품으로 머리를 감았다. 모래로도 충분히 몸을 씻을 수 있었지만 뿌리에서 나온 거품이 몸을 깨끗이 하는 데는 훨씬 좋았다.

그는 상류까지 헤엄을 쳤다. 폭포 근처까지 갔다가 강가로 되돌아온 그는 허리에 가죽 천을 두르고 서둘러 동굴로 올라갔다. 불에 올려놓은 고기 냄새에 군침이 돌았다. 어찌나 마음이 편안하고 기분이 좋은지 믿을 수 없을 정도였다.

"때마침 돌아와 다행이에요. 준비를 하려면 시간이 꽤 걸리거든요."

그녀는 머리를 감으려고 준비한 속새를 우린 따뜻한 물그릇과 새로 손질한 가죽으로 만든 두르개를 들었다.

"여유 있게 해도 돼요."

그는 에일라에게 가볍게 입을 맞추고 말했다. 에일라는 강가로 내려가려다가 멈춰 서서 돌아봤다.

"서로의 입을 대는 게 좋아요. 입맞춤."

그녀가 말했다.

"다른 것들도 좋아하길."

그녀가 내려가자 그가 혼잣말처럼 말했다. 동굴 주위를 걸으며 보이는 모든 것들이 새롭게 보였다. 그는 모닥불에 굽고 있는 고기를 살펴보더니 꼬챙이를 뒤집었다. 숯 덩어리 옆에 뭔가가 눈에 띄었다. 에일라가 어떤 식물의 뿌리를 이파리로 감싼 것이었다. 그를 위해 준비해놓은 뜨거운 차도 있었다. 내가 헤엄을 치는 동안 저 뿌리를 캐 왔나보군. 그는 생각했다.

모닥불 반대편에 놓인 자신의 잠자리 털가죽을 본 존달라는 얼굴을 찡그리더니 이내 기쁜 마음으로 털가죽을 원래대로 에일라 옆자리에 갖다 놓았다. 털가죽을 바르게 펴놓은 다음, 연모들을 감싸 묶어놓은 가죽 꾸러미를 가지고 왔다. 그러자 얼마 전에 만들기 시작했던 도니 조각상이 떠올랐다. 그는 잠자리 털가죽 아래에 깔아놓은 깔개를 꺼내 그 위에 앉아 사슴 가죽으로 둘둘 말아둔 꾸러미를 펼쳤다. 그는 새기개를 몇 개 고르더니 상아와 연모를 가지고 동굴 밖으로 나왔다.

암붕 가장자리에 걸터앉아 이리저리 상아를 깎고 다듬었지만 아무리 봐도 풍만한 어머니의 모습이 아니었다. 상아는 젊은 여인의 몸을 하고 있었다. 원래 머리 모양은 고대부터 내려오는 도니 조각상처럼 뒤는 물론 얼굴까지 다 가린 채 물결치는 머릿결을 조각하려고 했지만 어느새 꼭꼭 땋은 머리가 되어 있었다. 하지만 얼굴만은 텅 비어 있었다. 자고로 도니에는 얼굴을 새기지 않는 게 관례였다. 누가 감히 어머니의 얼굴을 올려다볼 수 있단 말인가? 누가 어머니의 얼굴을 알 수 있겠는가? 위대한 대지의 어머니는 모든 여자를 상징할 뿐, 그 어떤 여인의 얼굴을 하지 않았다.

그는 잠시 작업을 멈추고 눈으로 저 아래 강의 위아래를 훑었다. 에일라가 혼자 준비하고 싶다고 말하긴 했지만 그녀를 보고 싶었다. 그가 에일라에게 쾌락을 선사할 수 있을까? 여름 축제 때 열리는 초야 의식에 선택될 때마다 그는 자신의 능력에 의심을 품은 적이 없었다. 하지만 당시의 처녀들은 초야 의식의 관례를 잘 알고 있을 뿐 아니라 앞으로 어떤 일이 있을지 나이든 여자들의 설명을 통해 어느 정도는 예상하고 있었다.

내가 설명을 하는 게 좋을까? 아니야, 무슨 말을 해야 할지도 모르잖아, 존달라. 그냥 보여주면 될 거야. 그녀가 뭔가 마음에 들지 않는다면 내게 알려줄 것이고. 그런 점이 그녀의 매력이지. 솔직함. 내숭이라고는 전혀 없어. 참 신선한 느낌이야.

가식이 없는 여인에게 어머니가 내리신 쾌락의 선물을 보여주는 일은 과연 어떠할까? 좋은 느낌을 감추지도, 가장하지도 못할 텐데.

그녀가 초야 의식을 치르는 다른 여인들과 특별히 다른 이유가 있을까? 사실 그녀는 다른 처녀들과 달라. 그녀의 몸은 열린 적이 있어. 그것도 엄청난 고통과 함께. 그 끔찍했던 경험을 내가 극복할 수 있게 도울 수 있을까? 그녀가 쾌락을 즐길 수 없다면, 그래서 그녀에게 기쁨을 주지 못하면 어쩌지? 과거의 기억을 잊게 하는 방법이 있으면 좋으련만. 에일라를 내게로 이끌어 거부감을 이겨내도록 도울 수 있다면. 그래서 그녀의 영혼을 사로잡을 수 있다면.

그녀의 영혼을 사로잡는다고? 그는 손안에 쥔 조각상을 바라봤다. 돌연 온갖 생각들이 머리를 휘저었다. 사람들이 무기나 신성한 동굴 벽에 짐승의 형상을 새기는 이유가 뭐였던가? 그 짐승의 어머니 영에게 다가가 거부감을 이겨내고 그 정기를 붙잡기 위해서가 아닌가.

바보 같은 생각이야, 존달라. 그런 식으로 에일라의 영혼을 사로잡을 수는 없어. 옳은 방법도 아니야. 누구도 도니에 얼굴을 새기지 않아. 인간은 결코 그림이나 조각으로 형상화하지 않아. 그 사람을 닮은 그림이나 조각상이 영혼의 정기를 사로잡을지도 모르니까. 하지만 누구에게 사로잡힌단 말인가?

누구도 다른 사람의 영혼을 붙들어두어서는 안 되었다. 그 조각상을 에일라에게 주면 돼! 그러면 다시 자신의 영혼을 되돌려 받는 셈이 되겠지, 안 그래? 잠시 영혼의 일부를 붙들어두었다가 그녀에게 돌려주면 되는 거야…… 나중에.

조각상에 그녀의 얼굴을 새겨 넣었다가 행여나 그녀가 도니로 변한다면? 치료술과 동물을 길들이는 주술에 놀라 그녀를 도니라고 생각한 적도 있었지. 그녀가 도니라면 내 영혼을 사로잡으려고 할지도 몰라. 그게 그렇게 나쁜 일일까?

넌 그녀의 일부를 네 곁에 두고 싶은 거야, 존달라. 영혼의 일부를 언제까지나 간직하고 싶은 것이지. 그녀의 일부를 원한다고?

오, 위대한 어머니시여, 말씀해주소서, 제가 하려는 일이 그리도 끔찍한 일입니까? 도니에 에일라의 얼굴을 새기는 것이?

그는 작업 중이었던 작은 상아 조각상을 뚫어질 듯 응시했다. 그러더니 연모를 들어 눈, 코, 입을 새겨나가기 시작했다. 조금씩 익숙한 얼굴이 드러났다.

마침내 작업이 끝나자 상아 조각상을 들어 천천히 돌려가며 살폈다. 진정한 실력을 지닌 조각가의 손길을 거쳤다면 조각상은 더욱 훌륭해졌겠지만 그가 만든 조각상이 그리 형편없지는 않았다. 조각상은 에일라와 많이 비슷했지만, 사실 정교하게 닮았다기보다는 전체적인 느낌이 그러했다. 조각상에는 그가 에일라에게서 받은 느낌이 깃들어 있었다. 그는 동굴로 들어가 조각상을 놓아둘 곳을 고민했다. 도니 조각상은 근처에 두어야 했지만 아직 그녀에게 보여주고 싶지는 않았다. 에일라의 잠자리에서 가까운 벽 쪽으로 가죽 꾸러미가 보였다. 그는 상아 조각상을 그 꾸러미 안쪽에 넣어두었다.

밖으로 나온 그는 암붕 가장자리에서 아래를 내려다보았다. 에일라는 왜 이리 오지 않는 걸까? 그는 나란히 놓여 있는 들소 두 마리를 보았다. 아직은 그대로 놓아두어도 될 터였다. 창던지개와 창들은 동굴 입구 벽 옆에 세워져 있었다. 그 무기들을 들고 동굴 안으로 들어가려는데 뒤에서 자갈들이 바위 위로 후드득 떨어지는 소리가 들렸다. 그가 몸을 돌렸다.

에일라는 새 두르개를 걸치고 끈으로 묶은 뒤 부적을 목에 걸었다. 얼굴로 쏟아져 내리는 젖은 머리를 뒤로 넘겨서 산토끼 꽃 꽃대로 빗었다. 때 묻은 두르개를 들고 긴장 반, 설렘 반으로 비탈길을 올랐다.

그녀는 존달라가 말하는 초야 의식이 무엇인지 어렴풋이 이해가 되었다. 하지만 무엇보다 에일라를 기쁘게 한 것은 그가 먼저 나서서 그녀를 위해 초야 의식을 치르고 싶다고 한 점이었다. 그녀는 의식이 그다지 나쁜 경험이 되지 않을 거라 생각했다. 심지어 브라우드와도 처음 몇 번만 고통스러울 뿐이었다. 남자들은 마음에 드는 여자에게 신호를 보낸다는데, 그렇다면 존달라도 좋아하는 마음이 생겨나기 시작했다는 뜻일까?

이런저런 생각을 하며 동굴에 다다랐을 즈음, 갑자기 황갈색의 뭔가가 쌩하니 지나간 탓에 에일라는 깜짝 놀랐다.

"물러나요!"

존달라가 외쳤다.

"물러나요, 에일라! 동굴사자예요!"

그는 동굴 입구에 서서 거대한 사자를 향해 창을 겨누고 있었다. 목 깊은 곳에서 으르렁대는 소리를 내는 동굴사자는 언제든 튀어오를 자세로 웅크리고 있었다.

"안 돼요, 존달라!"

에일라가 남자와 사자 사이로 뛰어들며 외쳤다.

"에일라, 저리 가요! 오, 어머니시여, 저 여자를 말려주세요!"

에일라가 그 앞으로 뛰어들어 공격 자세를 취하고 있는 사자를 가로막자 존달라는 애원하듯 외쳤다. 그녀가 단호하게 손짓하며 목 깊은 곳에서 나오는 씨족의 말로 뭔가를 날카롭게 말했다.

"멈춰!"

그러자 적갈색 갈기를 한 거대한 동굴사자가 몸을 비비 꼬는 듯하더니 짧은 보폭으로 에일라에게 걸어가 납작하게 몸을 엎드렸다. 그러더니 그 거대한 머리를 에일라의 다리에 대고 비벼댔다. 존달라는 벼락을 맞은 듯 극도의 충격을 받았다.

"아기! 오, 아기야. 네가 돌아왔구나."

에일라는 손짓으로 말하더니 한 점의 두려움도 없이 두툼한 사자의 목을 덥석 끌어안았다.

아기는 최대한 부드럽게 여자를 쓰러뜨리더니―사자가 사람을 안는다는 것은 상상도 못 할 일이었지만―마치 그녀를 안듯이 앞발로 감쌌다. 존달라는 입을 떡 벌린 채 얼어붙은 듯 그 광경을 지켜봤다. 사자는 에일라의 얼굴에 흐르는 짠 눈물을 거칠거칠한 혀로 핥아댔다.

"그만, 아기."

그녀는 일어나 앉으며 말했다.

"이러다 얼굴이 남아나질 않겠다."

그녀는 아기가 만져주면 좋아하던 귀 뒤와 갈기 주변을 벅벅 긁어주었다. 아기는 바닥에 등을 대고 벌러덩 눕더니 에일라의 손길에 기분이 좋다는 듯 그르렁대는 소리를 냈다.

"널 다시는 못 볼 거라 생각했어."

그녀가 긁어주는 것을 멈추고 손짓으로 말하자 사자도 몸을 돌려 똑바로 앉았다. 사자는 에일라가 기억하는 것보다 몸집이 더 커져 있었다. 조금 마르긴 했어도 건강해 보였다. 전에 없던 흉터들이 생긴 것으로 보아 영역 다툼을 한 모양이었다. 이긴 게 틀림없어. 에일라는 아기에게 뿌듯함을 느꼈다. 그때 아기가 존달라를 보더니 다시 으르렁거렸다.

"쉿! 네가 내게 데려다준 남자잖아. 네게도 짝이 있지. 지금쯤이면 짝도 여럿 있겠구나."

사자는 일어나더니 남자에게서 등을 돌려 들소 쪽으로 걸음을 옮겼다.

"아기에게 한 마리 줘도 괜찮겠죠?"

그녀가 존달라에게 외쳤다.

"그러지 않아도 우리에게는 너무 많았는데."

그는 여전히 손에 창을 쥔 채 동굴 입구에 서 있었다. 그는 대답을 하려고 했지만 목에서는 끽 하는 소리만 새어나왔다. 얼마 후가 되어서야 간신히 제대로 된 목소리를 낼 수 있었다.

"괜찮냐고요? 지금 내게 괜찮은지 묻는 거예요? 두 마리 다 줘버려요. 뭐든 다 가져가라고 그래요!"

"아기도 두 마리를 다 원하지는 않을 거예요."

에일라는 존달라가 알아듣지 못하는 말로 사자를 불렀는데 녀석의 이름이라는 것은 짐작이 갔다.

"안 돼, 아기! 암송아지는 가져가지 마."

그녀는 남자가 알아듣지 못하는 소리와 손짓을 섞어가며 말했다. 그러더니 사자가 물고 가려는 들소를 잡아채서 다른 들소 쪽으로 밀었다. 동굴사자는 거대한 턱으로 수소의 잘려 나간 목 주위를 꽉 물더니 암붕 가장자리로 끌고 갔다. 거기서 다시 한 번 사냥감을 고쳐 물더니 비탈길을 내려가기 시작했다.

"잠시 다녀올게요, 존달라."

그녀가 말했다.

"히힝이와 뜀박이가 아래에 있을지 몰라요. 아기 때문에 망아지가 놀랄까봐 걱정이 되어서요."

존달라는 사자 뒤를 따라가는 에일라가 보이지 않을 때까지 눈으로 좇았다. 그녀는 반대편 절벽 쪽 계곡에서 다시 모습을 드러냈다. 다리 사이로 들소를 질질 끌고 가는 사자 옆에서 에일라는 무심히 걷고 있었다.

커다란 바위에 도착하자 에일라는 멈추더니 사자를 꼭 안았다. 아기는 들소를 땅바닥에 내려놓았다. 맹수의 등에 오르는 에일라의 모습에 존달라는 믿지 못하겠다는 듯 고개를 절레절레 흔들었다. 그녀가 팔 하나를 들어 앞으로 휘두르자 거대한 동굴사자가 앞으로 튀어나갔다. 갈기를 꼭 붙들고 매달린 에일라를 태운 동굴사자는 전속력으로 질주했다. 그녀의 머리카락이 바람에 휘날렸다. 얼마 후 사자는 속도를 늦추더니 바위로 돌아왔다.

녀석은 다시 들소를 물고 질질 끌며 계곡을 따라 내려갔다. 에일라는 떠나는 동굴사자를 지켜보며 바위 옆에 서 있었다. 들판 저 멀리에 닿은 동굴사자는 또 한 번 들소를 땅바닥에 떨어뜨렸다. 그러더니 뭔가를 말하는 것처럼 크릉크릉 소리를 내고서 마지막에는 골짜기를 쩌렁쩌렁 울리는 엄청난 소리로 포효했다. 동굴사자의 울음소리에 존달라는 머리카락이 쭈뼛 서는 것 같았다.

동굴사자가 가버리자 안도의 한숨을 쉰 존달라는 다리에 힘이 풀려 절벽에 기대섰다. 그는 경이롭다 못해 약간 두렵기까지 했다. 이 여자는 대체 누구일까? 그 어떤 주술의 힘을 가지고 있기에? 새는 그렇다 치자. 말까지도. 하지만 동굴사자? 그것도 지금껏 본 사자들 중에 가장 거대한 동굴사자가 아닌가?

그녀는 혹시…… 도니가 아닐까? 대지의 어머니가 아니고서야 어찌 동물들에게 명령을 내린단 말인가? 그녀의 치료술은 어떻고? 경탄스러울 만큼 빠르게 말을 배우는 능력까지……. 다소 독특한 억양이기는 했지만 에일라는 그가 아는 마무토이족 말을 다 습득했을 뿐 아니라 샤라무도이 말까지 배웠다. 그녀는 정말 사람의 모습을 한 어머니가 아닐까?

그는 비탈길을 올라오는 에일라의 발소리를 듣고는 두려움에 몸서리를 쳤다. 그녀가 나타나자마자 자신이 위대한 대지의 어머니의 화신이라고 선언할 것만 같았고, 그는 그 말을 믿을 준비가 되어 있었다. 그런데 그의 눈에 헝클어진 머리와 눈물로 얼룩진 얼굴이 들어왔다.

"무슨 일이에요?"

어느새 상상 속의 두려움은 사라지고 그녀에게 안쓰러움을 느끼며 물었다.

"난 왜 내 아기들을 잃어야만 하는 거죠?"

그녀가 흐느꼈다. 존달라는 얼굴이 하얗게 질렸다. 아기들? 저 동굴사자가 에일라의 아기라고? 큰 충격에 빠진 그는 어머니의 울음소리를 들었을 때의 느낌을 떠올렸다. 위대한 대지의 어머니는 모든 생명의 어머니였다.

"아기들이요?"

"첫 번째는 두르크, 그다음엔 아기."

"그게 사자의 이름입니까?"

"아기? 조그마한 젖먹이를 뜻해요."

그녀가 존달라의 말로 옮겨 설명해주었다.

"조그맣다고요!"

그가 씩씩대듯 받아쳤다.

"내가 본 동굴사자 중에 가장 큰 놈이었어요!"

"알아요."

눈물을 흘리던 얼굴에서 어미의 자부심이 깃든 미소가 번졌다.

"언제나 잘 먹이려고 했어요. 처음에 아기라고 부르다 보니 다른 이름을 굳이 붙여줄 필요가 없었어요."

"당신이 발견했어요?"

존달라가 머뭇머뭇 물었다.

"초죽음 상태로 버려져 있었어요. 사슴에 밟힌 것 같았죠. 내가 함정을 파놓고 사슴들을 몰았거든요. 브룬은 다쳐서 도움이 필요한 작은 짐승들을 동굴에 데리고 와도 좋다고 허락했어요. 하지만 육식동물은 금지였죠. 새끼 동굴사자를 데려올 생각은 아니었어요. 그런데 하이에나들이 몰려와서 줄팔매로 쫓아내고 결국 데려왔어요."

멍하니 꿈을 꾸는 듯한 표정을 짓는 에일라의 입가에 미소가 어렸다.

"아기가 아주 작았을 때 참으로 우스운 짓을 많이 했어요. 늘 나를 웃게 했죠. 하지만 녀석을 먹이기 위해 사냥을 참 많이 해야 했어요. 그러다가 그다음 해 겨울부터는 함께 사냥하는 법을 터득했어요. 다 같이, 나와 아기, 그리고 히힝이까지. 아기를 못 본 지도……"

갑자기 아기를 마지막으로 본 기억이 스치고 지나갔다.

"오, 존달라, 너무도 미안해요. 당신의 동생을 죽인 동굴사자가 아기였어요. 하지만 다른 사자였다면 당신도 구할 수 없었을 거예요."

"당신은 도니예요!"

존달라가 외쳤다.

"당신을 꿈속에서 봤어요! 도니가 나를 저세상으로 데려가기 위해 왔다고 생각했는데. 한데 도니는 동굴사자를 데리고 갔어요."

"존달라, 당신이 그 순간을 기억하는 게 틀림없어요. 그러다가 내가 당신을 옮길 때 통증이 너무 심해서 정신을 잃었는지 몰라요. 서둘러서 당신을 옮겨야 했거든요. 아기가 나를 해치지 않는다는 건 알았지만 암사자가 언제 돌아올지 몰랐으니까요. 녀석이 가끔 거칠긴 해도 일부러 그러는 건 아니에요."

놀란 표정의 존달라는 믿지 못하겠다는 듯 고개를 저었다.

"정말로 그 사자와 함께 사냥을 했단 말입니까?"

"사자를 먹이려면 그 수밖에 없었어요. 처음에 아기가 직접 사냥감을 죽일 수 없을 때는 아기가 짐승을 쓰러뜨리면 내가 히힝이를 타고 달려가 가까이서 창으로 짐승의 숨통을 끊었어요. 그때는 창을 던질 줄 몰랐으니까요. 나중에는 아기 혼자 사냥을 했어요. 그래서 가끔 고기나 가죽이 필요할 때 내가 먼저 아기가 사냥한 짐승을 손질했고요."

"그래서 아까 암송아지를 물고 가려던 녀석을 밀어낸 거예요? 사자에게서 고기를 뺏는 게 얼마나 위험한지 몰라요? 고기에 달려들었다고 제 새끼를 물어 죽인 동굴사자도 본 적이 있어요."

"나도 본 적 있어요. 하지만 아기는 달라요, 존달라. 아기는 무리 속에서 자라지 않았어요. 여기서 히힝이와 나와 함께 컸죠. 우리는 함께 사냥을 했고, 그래서 나와 사냥감을 나누는 것에 익숙해져 있어요. 아기가 암사자를 찾아서 얼마나 기쁜지 몰라요. 이제는 사자답게 살 수 있으니까요. 히힝이도 한동안 무리에서 살기 위해 떠난 적이 있었어요. 하지만 행복하지 않아서 돌아……."

에일라는 고개를 젓더니 눈을 내리깔았다.

"그렇지 않아요. 내가 그렇게 믿고 싶었던 거예요. 히힝이는 수말과 함께 무리 속에 살아서 좋았을 거예요. 히힝이가 없어서 행복하지 않은 건 나였어요. 수말이 죽고 히힝이가 돌아와서 얼마나 기쁜지 몰라요."

에일라는 때 묻은 두르개를 집어 들더니 동굴로 들어갔다. 존달라는 자신이 여전히 창을 꼭 쥐고 있다는 것을 알아채고는 벽에 세워둔 뒤 뒤따라 들어갔다. 에일라는 깊은 생각에 잠겨 있었다. 아기가 돌아와서 한꺼번에 여러 기억들이 떠올랐던 것이다. 그녀는 불에 굽고 있는 들소 고기를 보더니 꼬챙이를 뒤집어놓고 숯을 뒤적였다. 그런 다음 말뚝에 걸어놓았던 오나거의 위장으로 만든 큰 물 부대를 가져와 요리용 바구니에 물을 쏟아부었다. 불 속에는 요리용 돌을 넣어두었다.

동굴사자가 다녀간 이후로 여전히 정신을 못 차리는 존달라는 넋을 놓은 채 에일라를 지켜봤다. 암붕 위로 사자가 뛰어내린 것만으로도 큰 충격을 받았는데, 에일라가 그 앞으로 뛰쳐나와 거대한 맹수에게 단호하게 지시를 내리다니……. 누구도 믿지 못할 이야기였다.

에일라를 응시하던 그는 그녀에게서 뭔가 달라진 점을 발견했다. 그러고 보니 에일라는 머리를 길게 풀어헤치고 있었다. 처음 햇빛에 반짝이던 그녀의 긴 머리를 봤던 때가 떠올랐다. 그날 그녀는 강에서 헤엄을 치고 돌아왔다. 처음으로 에일라를 한 사람의 여인으로 제대로 인식한 날이었다. 길게 풀어 내린 머리와 눈이 부실 만큼 아름다운 몸을, 그녀의 전부를 처음으로 그의 눈에 담은 날이었다.

"……아기를 다시 봐서 기뻐요. 들소들이 아기의 영역에 있었던 게 분명해요. 냄새를 맡고 쫓아왔을 거예요. 그런데 당신을 보고 놀랐을 테고요. 아기가 당신을 기억하는지는 모르겠어요. 어쩌다가 그때 막다른 협곡에 갇혀 있었나요?"

"뭐……? 미안해요. 방금 뭐라고 했죠?"

"어쩌다가 당신과 동생이 그 협곡에 있다가 아기를 만났는지 궁금해서요."

그녀는 그를 올려다보며 말했다. 불빛에 반짝이는 보랏빛 눈이 자신을 내려다보자 에일라의 뺨에 홍조가 물들었다.

그는 애써 마음을 가다듬고 질문에 답을 했다.

"우린 사슴을 쫓고 있었어요. 소놀란이 사슴을 죽였는데, 암사자도 같은 사슴을 쫓고 있었던 거죠. 암사자가 사슴을 끌고 가는데 소놀란이 그 뒤를 따라갔어요. 동생에게 그냥 사슴을 암사자에게 줘버리라고 말했지만 내 말을 듣지 않았어요. 암사자는 동굴 안에 사냥감을 가져다 놓고 떠나더군요. 소놀란은 암사자가 돌아오기 전에 창이라도 찾아오겠다고 하더군요. 고기도 좀 가져오고. 그런데 수사자가 거기 있었던 거예요."

존달라는 잠시 눈을 감았다.

"수사자를 탓할 수도 없겠네요. 암사자를 따라간 것 자체가 어리석은 짓이었죠. 하지만 동생을 말릴 수가 없었어요. 원체 무모한 녀석이었는데 제타미오가 죽고 나서 정도가 더욱 심해졌어요. 동생은 죽고 싶어 했죠. 나 역시 뒤따라가서는 안 되는 거였는데."

에일라는 그가 여전히 동생의 죽음으로 크게 상심하고 있다는 것을 알아채고는 대화의 주제를 바꿨다.

"들판에서 히힝이를 보지 못했어요. 뜀박이와 함께 초원에 나갔나봐요. 최근에 초원에 자주 가네요. 뜀박이 머리에 감아준 그 끈이 제 역할을 잘 했지만 그렇게 계속 뜀박이를 히힝이에게 묶어둘 필요가 있는지 모르겠어요."

"줄이 너무 길었어요. 덤불에 걸릴 수도 있다는 것을 미처 예상하지 못했어요. 그래도 둘을 같이 붙여놓을 수 있으니까. 둘을 어느 장소에서 기다리게 할 때 한 번씩 쓸 수도 있을 것 같은데. 뜀박이만이라도 묶어놓으면 안심이 되겠지요. 히힝이는 언제나 당신이 하라는 대로 하나요?"

"그런 것 같아요. 하지만 자기가 원하는 대로 하는 게 더 많아요. 그런데 내가 뭘 원하는지 알고 그렇게 해요. 아기는 제멋대로 가긴 하지만 굉장히 빠르죠."

조금 전 사자를 타고 달렸던 일을 떠올리는 에일라의 눈빛
이 반짝였다. 사자를 타고 달리는 것은 언제나 온몸에 전율을
불러일으켰다.

존달라도 사자 등 위에 매달려 달리던 에일라를 떠올렸다.
불그스름한 갈기와 그녀의 황금빛 머리카락이 바람에 휘날리
던 모습이 강하게 남아 있었다. 그저 보고 있는 것만으로도 에
일라가 잘못되는 것은 아닌지 아슬아슬했지만, 또 한편으로는
그녀처럼 흥분이 되는 것도 사실이었다. 저토록 자유분방하고
야생적이고, 너무도 아름답다니…….

"당신은 정말 사람을 흥분하게 만드는 여자예요, 에일라."

그렇게 말하는 그의 눈빛에는 진심이 담겨 있었다.

"흥분? 흥분하게 만드는 건…… 창 던지개, 혹은 히힝이나
아기를 타고 빠르게 달리는 거예요. 그렇지 않나요?"

에일라가 당황하며 물었다.

"맞아요. 그런 것처럼 에일라도 날…… 흥분하게 만들어요.
그리고 아름다워요."

"존달라, 또 농담을 하는군요. 꽃이 아름답죠. 아니면 해가
질 무렵의 하늘. 나는 아름답지 않아요."

"여자가 아름다울 수 없다고요?"

그녀는 그의 강렬한 시선을 피했다.

"난…… 모르겠어요. 하지만 나는 아름답지 않아요. 난……

크고 못생겼어요."

존달라는 일어나더니 에일라의 손을 잡아 일으켜 세웠다.

"자, 누가 더 크죠?"

그렇게 가까이 서 있으니 그에게 압도당하는 듯했다. 에일라는 그제야 존달라가 면도를 했었다는 것이 떠올랐다. 그의 얼굴을 올려다보니 이제 막 새로 수염이 돋아나 있었다. 에일라는 매끈한 얼굴에 난 까칠까칠한 수염을 만져보고 싶다는 충동을 느꼈다. 그의 눈빛은 그녀의 깊은 곳까지 비추는 것처럼 느껴졌다.

"당신이요."

그녀는 나직하게 말했다.

"그럼 당신은 너무 큰 게 아니에요, 그렇죠? 못생기지도 않았고요, 에일라."

그가 미소 지었다.

"참 재미있군요. 내가 본 가장 아름다운 여인이 스스로를 못생겼다고 생각하다니."

그녀의 귀는 남자의 목소리를 듣고 있기는 했지만 그녀를 사로잡은 남자의 눈빛에 넋을 잃은 나머지, 그리고 그녀의 몸이 반응하는 느낌에 가슴이 벅차오른 나머지 그가 하는 말을 제대로 알아듣지 못했다. 남자는 그녀에게로 몸을 숙이더니 입을 맞췄다. 그러더니 두 팔로 에일라를 감싸 안아 자신에게로 끌어당겼다.

"존달라."

그녀가 참았던 숨을 내쉬며 말했다.

"좋아요. 이거…… 입과 입을 맞추는 것."

"키스."

그가 말했다.

"이제 때가 된 것 같아요, 에일라."

그가 에일라의 손을 잡더니 잠자리 털가죽이 놓인 곳으로 이끌었다.

"네?"

"초야 의식."

그가 말했다. 그들은 털가죽 위에 앉았다.

"그건 어떤 의식인가요?"

"여자를 만들어주는 의식이에요. 그 의식에 대해 내가 자세히 말해줄 수는 없어요. 보통은 나이 든 여성이 어린 처녀에게 설명해주죠. 그 의식 때 어떤 일이 있을 것이고, 혹은 아플지도 모른다는. 하지만 여자가 되기 위한 길을 열려면 고통은 불가피한 일이죠. 여자들이 초야 의식을 치를 남자를 선택해요. 남자들은 선택받고 싶어 하고요. 물론 남자들 중에는 선택받을까봐 두려워하는 이들도 있어요."

"왜 두려워하나요?"

"여자를 아프게 할까봐, 혹은 서투른 모습을 보이거나 제대로 하지 못할까봐. 여자로 만들어주는 도구가 서지 않을까봐 두려워하기도 하고."

"남자의 성기를 말하는 건가요? 그걸 가리키는 말이 많이 있네요."

그는 머릿속으로 단어들을 떠올려봤다. 상당수가 상스럽거나 우스꽝스러운 의미를 지니고 있었다.

"그러네요. 이름이 많군요."

"진짜 이름은 뭔가요?"

"남성이라고도 하죠."

그는 잠시 생각을 하더니 이어 말했다.

"남자와 같은 말이에요. '여자를 만들어주는 도구'라고 돌려서 말하기도 하고요."

"그의 남성이 서지 않으면 어떻게 되죠?"

"다른 남자가 들어올 수밖에 없는데, 굉장히 창피한 일이죠. 하지만 남자들은 처녀의 초야 의식 때 선택받고 싶어 해요."

"당신도요?"

"그럼요."

"자주 선택받았나요?"

"네."

"왜요?"

존달라는 미소를 지으며 그녀의 이런 모든 질문들이 순수한 호기심인지, 아니면 긴장감 때문인지 궁금해했다.

"제가 초야 의식을 즐기기 때문인 것 같아요. 여자의 첫 경험은 내게도 특별해요."

"존달라, 우리가 어떻게 초야 의식을 치를 수 있겠어요? 난 이미 경험을 했어요. 내 몸은 이미 열려 있어요."

"알아요, 하지만 초야 의식이 단순히 여자의 몸을 여는 것만을 뜻하지는 않아요."

"이해가 안 가요. 뭐가 더 있을 수 있죠?"

그가 다시 미소를 짓더니 몸을 숙여 에일라에게 입을 맞췄다. 그녀도 그에게 다가갔지만 그의 입이 열리고 혀가 그녀의 입속 깊이 들어오자 움찔 놀라며 뒤로 물러났다.

"이게 뭐죠?"

그녀가 물었다.

"좋지 않은가요?"

그는 걱정되는 듯 미간을 찡그렸다.

"모르겠어요."

"기분이 어떤지 다시 한 번 해볼까요?"

천천히 해. 그는 속으로 혼잣말을 했다. 서두르면 안 돼.

"편안하게 등을 바닥에 대고 누워보면 어떨까요?"

그는 여자를 부드럽게 눕히고서 그 옆에 한쪽 팔을 괸 채 누웠다. 그녀를 내려다보던 그는 다시 에일라에게 입을 맞췄다. 그는 에일라의 긴장이 풀릴 때까지 기다렸다가 혀로 가볍게 그녀의 입술을 쓸고 지나갔다. 몸을 일으켜 보니 그녀의 입가에 미소가 번져 있었고 눈은 감고 있었다. 그녀가 눈을 뜨자 그는 몸을 숙여 다시 키스했다. 에일라 역시 그에게로 다가왔다. 그는 조금 더 힘을 주어 키스하며 입을 열었다. 그의 혀가 에일라의 입술 사이를 핥으며 들어갈 곳을 찾자 그녀는 입을 열어 남자의 혀를 받아들였다.

"네, 좋은 것 같아요."

존달라의 얼굴에 커다란 미소가 번졌다. 그녀는 호기심을 갖고 모든 과정을 하나하나 음미하며 시험하고 있었다. 그는 자신이 그녀를 실망시키지 않은 것 같아 기뻤다.

"이제는 뭘 해요?"

그녀가 물었다.

"같은 걸 조금 더 해볼까요?"

"좋아요."

그가 다시 키스를 시작했다. 그녀의 입술, 그리고 입천장과 혀 아래까지 부드럽게 애무했다. 그의 입술은 그녀의 턱선을 따라 움직이며 귀에 닿았다. 여자의 귓속에 따뜻한 숨결을 불어넣었다가 귓불을 살짝 깨물고는 목에 뜨거운 키스를 퍼부었다. 그러고는 다시 여자의 입술을 찾았다.

"왜 이렇게 내 몸이 뜨거워지는 것 같을까요? 몸이 떨리기도 하고? 아픈 건 아니고 기분 좋은 떨림이요."

"이 순간만큼은 치료사인 자신을 내려놓아요. 그건 아픈 게 아니에요."

그가 말했다. 그리고 잠시 뜸을 들이더니 이내 입을 열었다.

"더우면 두르개를 풀면 어떨까요, 에일라?"

"괜찮아요. 그렇게 덥지는 않아요."

"내가 두르개를 푸는 건 괜찮나요?"

"왜?"

"그냥 하고 싶어서."

그가 다시 키스하더니 단단하게 여민 두르개의 끈을 풀려고 시도했다. 하지만 잘 되지 않았다.

"내가 풀게요."

에일라가 속삭였다. 그녀는 능숙하게 매듭을 풀더니 몸을 둥글게 구부려 끈을 풀었다. 가죽 두르개가 그녀의 몸에서 미끄러져 내린 순간, 존달라는 숨이 멎었다.

"오, 여인이여!"

그의 목소리는 들끓는 욕망에 젖어 허스키해졌다. 아랫도리가 단단해졌다.

"에일라, 도니, 참으로 대단한 여인이여!"

그는 에일라의 벌어진 입술에 격렬한 키스를 쏟아붓더니 목에 자신의 머리를 묻고 따뜻한 온기를 빨아들였다. 숨을 헐떡이며 얼굴을 든 순간, 여자의 목에 남겨진 붉은 자국이 눈에 들어왔다. 그는 참을 수 없을 것 같은 욕망을 다스리기 위해 깊게 숨을 들이마셨다.

"무슨 문제가 있나요?"

에일라가 걱정스러운 표정으로 물었다.

"내가 당신을 너무 간절히 원한다는 것 말고는 없어요. 당신에게 제대로 해주고 싶은데, 내가 잘 할 수 있을지 모르겠어요. 당신은…… 너무 아름다워요. 너무 대단한 여자예요."

걱정으로 다소 일그러졌던 표정이 활짝 펴졌다.

"무엇이 되었든 당신이 하는 거라면 다 괜찮을 거예요, 존달라."

그는 에일라에게 쾌락 그 이상의 것을 주고 싶다는 생각을 하며 더욱 부드럽게 입을 맞췄다. 그는 여자의 옆구리와 풍만한 가슴을 손으로 쓰다듬고는 등줄기를 따라 내려오다가 매끈한 곡선을 이루는 엉덩이와 허벅지의 단단한 근육을 어루만졌다. 에일라는 남자의 손길에 전율을 느꼈다. 금빛 털들로 빽빽이 들어선 수풀을 스치듯 지나간 그의 손은 배를 지나 봉긋하게 솟아오른 가슴으로 향했다. 그의 손바닥으로 유두가 단단해지는 게 느껴졌다. 그는 에일라의 목에 난 작은 흉터에 입을 맞추더니 곧이어 가슴 한쪽을 입안 가득 넣고는 유두를 빨아들였다.

"아기와는 다른 느낌이네요."

에일라의 뜬금없는 말에 팽팽하게 긴장된 분위기가 깨졌다. 존달라는 웃음을 터뜨리며 일어나 앉았다.

"낱낱이 분석하려고 들면 안 돼요, 에일라."

"음, 아기가 젖을 빨 때하고는 느낌이 달라서요. 왜 그런지 모르겠어요. 그리고 남자가 왜 아기처럼 빨려고 하는지도."

그녀가 마치 변명하는 것처럼 말했다.

"내가 그러는 게 싫은가요? 그렇다면 하지 않을게요."

"싫다는 말은 아니었어요. 아기가 젖을 빨면 기분이 좋아져요. 당신이 할 때도 똑같은 느낌은 아니지만 기분은 좋아요. 내 안의 깊은 곳까지 그 느낌이 전해져 와요. 아기에게 젖을 물릴 때는 그런 기분을 느끼지 못했었는데."

"그래서 남자가 그렇게 하는 거예요. 여자에게 그런 느낌을 주려고요. 그리고 남자도 그런 느낌을 받고요. 내가 당신을 어루만지는 이유이기도 해요. 당신에게, 그리고 나 자신에게도 쾌락을 느끼게 하려고. 그것은 어머니께서 자신의 아이들에게 주시는 선물이에요. 쾌락의 선물. 어머니께서 우리를 만드실 때 이 기쁨을 알도록 하셨어요. 우리가 어머니의 선물을 받아들일 때, 우리는 어머니를 기리는 것이기도 해요. 내가 당신에게 쾌락을 줄 수 있게 허락해주겠어요, 에일라?"

그는 에일라를 지긋이 바라보았다. 얼굴을 감싼 그녀의 금빛 머리가 털가죽 위에 흐트러져 있었다. 활짝 커져 쏟아질 것만 같은 눈동자는 부드럽고 깊었으며, 그 안에 감춰진 불꽃으로 환하게 빛나고 있었다. 에일라는 대답하기 위해 입을 열려고 했지만 입술이 바르르 떨려 고개만 끄덕였다.

에일라의 감은 눈에 한쪽씩 입을 맞추던 그는 눈가에 맺힌 눈물을 보았다. 그는 혀끝으로 눈물을 맛보았다. 눈을 뜬 에일라가 미소 지었다. 그는 에일라의 코끝에, 그리고 입술에, 마지막으로 유두에 입을 맞추고는 일어났다.

그녀는 존달라를 눈으로 좇았다. 그는 불터로 가더니 불꼬챙이에 꿰어놓은 고기와 이파리로 감싼 뿌리를 한쪽에 치워두었다. 에일라는 앞으로 또 어떤 일이 있을지 상상조차 할 수 없었다. 존달라는 있는 줄도 몰랐던 감각을 느끼도록 그녀의 몸을 깨우고 있었다. 이제 에일라는 말로 표현할 수 없는 어떤 갈망 같은 것에 눈을 떴다.

그는 잔에 물을 가득 채워 가지고 왔다.

"그 무엇에도 방해받고 싶지 않아서요. 그리고 물을 마시고 싶어 할 것 같아서."

그가 말했다.

에일라는 고개를 저었다. 그는 물을 한 모금 마시고 잔을 내려놓은 뒤 허리에 두른 끈을 풀었다. 그는 엄청난 남성을 한껏 뺀은 채로 에일라를 바라보며 우뚝 섰다. 그녀의 눈에는 신뢰와 갈망만이 담겨 있을 뿐, 젊은 처녀들이 그의 남성을 보고 느끼는 두려움은 찾아볼 수 없었다. 꼭 처녀들이 아니고 경험이 있는 여자들도 그의 남근을 보면 놀라곤 했었다.

그는 에일라 곁에 누워 그녀의 모습을 자신의 눈에 가득 담았다. 매끄럽고 빛이 나는 풍성한 머릿결, 기대감으로 빛나는 눈물이 그렁그렁한 눈, 탄탄하게 균형 잡힌 몸매를 가진 이토록 아름다운 여인이 그의 손길을 기다리고 있었다. 그가 그녀의 몸 안에 숨겨진 감각들을 찾아 일깨워 주길 기다리고 있었다. 그는 여자의 몸 구석구석을 알아가는 시간을 가능한 오래도록 이어가고 싶었다. 그는 지금껏 경험했던 숫처녀와의 초야 의식 때보다 더욱 흥분되는 것을 느꼈다. 에일라는 앞으로 어떤 일이 벌어질지 전혀 몰랐다. 그 누구도 남녀가 쾌락을 나누는 행위에 대해 그녀에게 자세하게 설명해준 적이 없었다. 그녀에게는 고통 속에서 관계를 맺은 기억밖에 없었다.

오, 도니, 부디 제가 잘 할 수 있게 도와주소서. 그는 단순히 환희에 찬 쾌락을 나누는 게 아니라 막중한 소명을 떠안은 것마냥 기도했다.

에일라는 미동도 않은 채 누워 있었지만 자기도 모르게 몸이 떨리고 있었다. 그녀는 무어라고 꼭 집어 말할 수 없지만 곧 그가 그녀에게 선사하려고 하는 그것을 아주 오랫동안 기다려왔던 것처럼 느꼈다. 그는 눈빛만으로도 그녀의 마음 깊은 곳까지 어루만질 수 있었다. 에일라는 그의 손길이, 입술이, 그의 혀가 자신의 몸에 닿을 때마다 몸속 깊은 곳에서 저릿저릿한 느낌이 올라오는 것을 감지했지만 말로 표현할 수가 없었다. 흥분이 밀려오며 정신이 아득해졌지만 그럴수록 점점 더 열망은 커졌다. 그녀는 여전히 무언가 다 채워지지 않은 채 미완성으로 남겨진 것 같았다. 존달라를 통해 그러한 느낌을 맛보기 전에는, 자신 안에 숨겨진 그 열망을 알지 못했다. 하지만 이제 자신의 몸 안에 품고 있던 열망에 눈을 뜨자 더더욱 갈급해지며 어떻게든 채워야 할 것 같았다.

자신의 눈 속에 여자의 모든 것을 담아낸 존달라는 눈을 감더니 다시 입을 맞췄다. 여자의 입술은 살짝 벌어진 채 그를 맞았다. 그녀는 남자의 혀를 받아들이더니 망설이면서도 스스로 혀를 움직여 남자의 입속을 음미하기 시작했다. 남자는 잠시 혀의 움직임을 멈추고는 에일라를 격려라도 하듯 미소 지었다. 그는 윤기가 흐르는 머리카락을 그의 입술로 가져가더니 숱 많은 부드러운 금빛 정수리에 얼굴을 비볐다. 그러고는 그녀의 모든 것을 알고 싶다는 갈망에 시달리며 이마와 눈, 뺨에 키스했다.

그가 에일라의 귀를 애무하며 따뜻한 숨결을 불어 넣자 그녀는 쾌감을 느끼며 가볍게 전율했다. 존달라는 그녀의 귓불을 살짝 깨물더니 빨기 시작했다. 목으로 내려온 입술이 누군가의 손길이 닿은 적 없는 부드러운 곳을 찾아내 애무하자 에일라는 또 한 번 흥분을 느꼈다. 그의 크고 섬세한 손이 여자의 몸 곳곳을 탐험했다. 비단처럼 고운 머릿결을 쓸어내리고 뺨과 턱을 손으로 감싼 다음 어깨선을 따라 내려와 팔에서 손까지 어루만졌다. 그는 에일라의 손을 자신의 입으로 가져가더니 손바닥에 키스를 하고 손가락 하나하나를 어루만지고 부드러운 팔 안쪽을 쓸었다.

에일라는 주기적으로 밀려드는 감각에 사로잡혀 눈을 감고 있었다. 그의 따뜻한 입술이 그녀의 목에 난 흉터에 입을 맞추고 내려와 가슴골까지 쓸어내리더니 젖무덤 아래로 방향을 틀었다. 그는 혀로 여자의 젖무덤 위에 점점 작게 원을 그렸다. 그의 혀가 유륜에 닿자 여자의 살결에서 느껴지던 질감이 변하기 시작했다. 그가 유두를 입속으로 빨아들이자 에일라는 숨이 멎는 듯했다. 존달라는 아랫도리가 뜨거운 열기로 욱신대는 것을 느꼈다.

그는 혀로 한쪽 가슴을 애무하며, 손으로는 다른 쪽 가슴을 어루만졌다. 손가락 사이로 봉긋 일어나 딱딱해진 유두가 느껴졌다. 부드럽게 시작된 애무는 그녀가 등을 일으켜 세워 남자에게로 몸을 밀착하자 점점 강해졌다. 그녀는 거칠게 숨을 몰아쉬며 나직하게 신음을 내뱉었다. 남자의 숨결도 거칠어지기 시작했다. 더 이상 기다릴 자신이 없었다. 그는 잠시 애무를 멈추고는 다시 여자를 보았다. 눈은 감겨져 있었고, 입은 살짝 벌어져 있었다.

그는 한 번에 에일라의 모든 것을 가지고 싶었다. 그는 입술을 덮치더니 여자의 혀를 자신의 입속으로 빨아들였다. 그가 힘을 풀자 이번에는 그녀가 남자의 혀를 빨아들여 그가 했던 대로 깊은 입맞춤을 나눴다. 그는 다시 여자의 목에 키스를 하더니 풍만한 가슴에 혀로 원을 그리다가 유두를 물었다. 그녀는 남자의 애무를 더 원한다는 듯 그에게 몸을 밀착시켰다. 그가 화답하듯 여자의 유두를 깊게 빨아들이자 여자는 전율했다.

남자의 손이 여자의 배와 엉덩이, 다리를 어루만졌고, 마침내 허벅지 안쪽까지 닿았다. 잠시 그녀의 몸이 긴장하면서 탄탄한 근육이 잔물결을 일으켰다. 그녀는 천천히 다리를 벌렸다.

그가 한 손으로 짙은 금빛 수풀이 덮인 여자의 언덕을 감싸자
갑자기 따듯하고 촉촉한 기운이 느껴졌다. 그의 아랫도리도 돌
연 흥분하며 반응을 보이자 그는 당황했다. 그는 어떻게든 자제
하려고 애를 쓰며 그대로 손을 언덕 위에 올려놓았지만 또 한
번 그의 손바닥에 축축한 기운이 밀려들어오자 하마터면 더
이상 참지 못할 뻔했다.

그의 입술이 유두를 떠나 배를 둥글게 애무하더니 배꼽에
닿았다가 그녀의 언덕에 이르렀다. 그는 고개를 들어 여자를 보
았다. 에일라는 등을 활처럼 휜 채 가늘고 짧게 숨 쉬고 있었다.
기대와 긴장감이 반반 섞인 모습이었다. 여자는 이제 준비가 되
었다. 그는 여자의 언덕 위에 키스를 하고는 곱슬곱슬한 털의
감촉을 느끼며 조금씩 더 아래로 내려갔다. 에일라의 몸이 떨
리기 시작했다.

남자의 혀가 여자의 좁은 틈새를 헤집으며 애무하자 그녀는
소리를 내뱉으며 몸을 일으켜 세우더니 다시 누워 신음했다.

그의 남성이 더는 참을 수 없다는 듯 강렬하게 꿈틀댔다. 그
는 자세를 바꿔 여자의 다리 사이로 미끄러지듯 내려갔다. 그
러고 나서 혀로 그녀의 은밀한 곳을 열어 음미하듯 오랫동안
머물렀다. 그가 여자의 깊은 계곡을 탐험하며 애무하는 동안,
에일라는 온몸에 번지는 강렬한 쾌감에 사로잡혀 자신이 내는
소리를 듣지 못했다.

그는 자신의 욕구를 억누르며 여자에게 집중했다. 기쁨을

느끼는 그녀의 앙증맞은 돌기를 찾아 빠르게 애무했다. 그녀가 전에는 경험하지 못한 황홀경에 빠져 온몸을 비틀며 신음을 내뱉는 동안, 존달라는 더 이상 참을 수 없는 지경에 이른 것 같아 겁이 났다. 그는 두 개의 긴 손가락을 여자의 촉촉한 통로에 넣어 천천히 힘을 가하며 움직였다.

갑자기 그녀의 허리가 활처럼 휘더니 에일라는 소리를 내질렀다. 다시 한 번 여자의 몸이 촉촉이 젖어드는 게 느껴졌다. 그녀는 무의식 속에서 가쁜 호흡에 맞춰 발작적으로 주먹을 쥐었다 펴며 어서 오라는 손짓을 해 보였다.

"존달라."

그녀가 그의 이름을 외치듯 불렀다.

"오, 존달라, 당신이…… 당신이…… 필요해요. 뭔가가……."

그는 무릎을 꿇고, 욕구를 제어하기 위해 이를 악문 채 조심스럽게 들어갈 준비를 했다.

"천천히 하려고…… 노력 중이에요."

그가 고통스러운 목소리로 말했다.

"그게…… 날 아프게 하지는 않을 거예요, 존달라……."

사실이었다! 이번이 처음은 아니었다. 그녀가 그를 받아들이기 위해 몸을 위로 들어 올린 순간, 그는 여자의 몸속으로 들어갔다. 그 무엇도 걸리는 게 없었다. 그는 벽이 나타날 거라 생각하며 더 깊게 들어갔다. 하지만 자신이 여자의 몸속으로 빨려 들어가듯 촉촉하고 깊은 입구가 그를 완전히 감싸 안았다. 놀랍게도 그녀는 그를 완전히 받아들이고 있었다. 그는 몸을 뒤로 뺐다가 다시 한 번 더 깊게 돌진했다. 에일라는 다리로 남자의 허리를 감싸 자신에게로 더욱 끌어당겼다. 그의 남성이 빠져나갔다가 더 깊게 들어간 순간, 경이로운 여성이 단단하게 부풀어 오른 그의 긴 남성을 조이듯 감쌌다. 이제 그는 더 이상 참을 수가 없었다. 그는 거리낌 없이 몇 번이고 여자의 몸속으로 돌진해 쌓아왔던 욕구를 완전히 분출했다.

"에일라! 에일라!"

그가 비명처럼 이름을 외쳤다. 온몸을 휘감은 팽팽한 흥분이 절정에 이르렀다. 모든 신경이 그의 남성으로 몰리는 게 느껴졌다. 그는 다시 한 번 뒤로 물러났다. 에일라도 온몸의 신경과 근육이 팽팽하게 수축되는 것을 느끼며 그를 향해 몸을 들어 올렸다. 여자의 몸속으로 거세게 돌진해 들어가 한껏 발기된 남성이 따뜻한 자궁을 가득 채운 순간, 그는 완전한 쾌락을 만끽했다. 뒤엉킨 몸으로 격렬하게 움직이며 에일라는 그의 이름을 외쳤고, 존달라는 여자의 몸을 가득 채웠다.

영원히 계속될 것만 같더니 한순간, 그의 깊고 허스키한 신음과 남자의 이름을 반복해 부르는 울음 섞인 신음이 서로 어우러지며 극치의 쾌감이 두 사람의 전신을 타고 흘렀다. 마침내 마지막 남은 정기까지 쏟아낸 그가 여자의 몸 위로 허물어지듯 무너져 내렸다.

한동안 정적 속에서 그들의 숨소리만이 들렸다. 서로에게 자신의 모든 것을 쏟아부은 뒤여서 손끝 하나 움직일 수 없었다. 얼마 후, 약간의 기운을 차린 뒤에도 움직일 마음이 들지 않았다. 이제 끝이 났다는 것을 알았지만 끝을 내고 싶지 않았다. 에일라는 처음으로 몸이 느끼는 기쁨에 눈떴다. 그녀는 남자가 여자에게 줄 수 있는 쾌락을 처음 느꼈다. 존달라는 자신이 에일라를 쾌락에 눈뜰 수 있게 하리란 것을 알았지만 그녀 역시 그에게 전혀 예기치 못했던, 헤아릴 수 없는 절정을 선사했다.

그의 남성을 전부 받아들일 수 있을 만큼 깊은 여성을 가진 여자는 드물었다. 그는 지금껏 흥분을 조절하며 조심스럽게 여자의 몸속에 들어가곤 했다. 이제 다시는 그 어떤 여인과의 경험도 에일라와 나눈 정사와는 같을 수 없으리란 생각이 들었다. 그는 초야 의식 때의 설렘을 고스란히 느끼는 동시에 믿을 수 없을 정도로 자신을 완전히 받아들이는 여자의 몸속에서 열락의 기쁨을 맛보았다.

그는 초야 의식 때 늘 심혈을 기울였다. 초야 의식의 어떤 분위기 같은 것이 언제나 그의 능력을 최고조로 끌어냈다. 그의 정성스런 몸짓과 여자에 대한 배려는 진심이었으며 그는 여자를 기쁘게 하기 위해 노력했다. 그가 느끼는 만족감은 스스로 욕구를 충족하는 것만큼이나 여자를 기쁘게 한다는 데 있었다. 하지만 에일라는 그에게도 쾌락을 선사했다. 그의 가장 터무니없는 환상을 뛰어넘으면서까지 그를 충족시켜주었다. 이토록 자신의 욕구를 완전하게 채운 것은 처음이었다.

"내가 무겁겠어요."

그가 몸을 일으켜 세워 자신의 무게를 팔꿈치로 옮기며 말했다.

"아니요."

에일라가 부드러운 목소리로 말했다.

"전혀 무겁지 않아요. 당신이 일어나지 않고 이대로 있으면 좋겠어요."

그는 몸을 숙여 입으로 여자의 귀를 비비더니 목에 키스했다.

"나도 일어나고 싶지 않지만 그래야 할 것 같아요."

그는 천천히 에일라에게서 몸을 떼어내 곁에 누워 팔베개를 해주었다.

에일라는 몽롱한 기분으로 충족감을 느꼈다. 긴장은 풀렸지만 신경은 온통 곁에 누운 존달라를 향해 있었다. 그녀는 자신을 감싼 남자의 팔, 그녀를 가볍게 쓸어주는 그의 손가락, 자신의 뺨 아래서 움직이는 남자의 가슴 근육을 예민하게 느꼈다. 남자의 심장박동, 그리고 자신의 것일지도 모르는 맥박 소리가 귓전을 울렸다. 그녀는 남자 특유의 체취와 그들이 쾌락을 나눌 때 풍기던 향을 맡았다. 누군가가 그토록 자신의 몸을 소중하고 사랑스럽게 어루만져 주는 것은 처음이었다.

"존달라."

얼마 후 그녀가 말했다.

"당신은 어떻게 이런 걸 알게 된 거죠? 나는 그런 느낌들이 내 안에 있는지조차 몰랐어요. 당신은 어떻게 알았나요?"

"누군가가 내게 보여주고, 가르쳐주었어요. 여자가 뭘 필요로 하는지 알 수 있도록 도와주었어요."

"누가요?"

에일라는 남자의 근육이 긴장되는 것을 느꼈다. 목소리의 어조도 달라졌다.

"나이가 더 많고 경험 있는 여자들이 젊은 남자를 가르치는 게 관례죠."

"초야 의식 같은 건가요?"

"같지는 않아요. 따로 의식이 있지도 않고. 젊은 남자들이 욕구를 느끼기 시작할 때가 되면 여자들은 눈치를 채요. 긴장하고 어찌해야 할지 잘 모르는 청년의 마음을 꿰뚫어 본 여자 한둘이 그가 남자가 되도록 도와줘요."

"씨족에서는 첫 번째 사냥에 성공하면, 작은 짐승을 잡는 게 아니라 진짜 사냥에 성공하면 소년에서 남자가 되고, 곧 성인식을 열어요. 그가 남자로서 욕구를 느끼는지는 중요한 게 아니에요. 그를 남자로 만들어주는 것은 사냥이에요. 첫 사냥에 성공하면 어른으로서 책임을 떠안게 되어요."

"사냥도 중요하긴 하지만 사냥을 전혀 하지 않는 남자들도 있어요. 그들에게는 다른 뛰어난 기술이 있으니까요. 나도 사냥에 별 뜻이 없었다면 하지 않았을 거예요. 대신 나는 도구를 만들어 고기와 가죽, 혹은 다른 필요한 것들을 교환했을 거예요. 그래도 대다수 남자들이 사냥에 참여해요. 소년이 스스로 잡은 첫 사냥감은 매우 특별한 의미가 있긴 해요."

존달라는 회상에 젖어들며 말을 이어갔다.

"따로 의식이 있는 건 아니지만 첫 사냥감은 동굴에 사는 모든 이들이 나눠 갖지요. 정작 주인공은 사냥감에 손도 대지 않고요. 그가 지나가면 사람들이 다 들릴 정도로 말해요. 그가 잡은 짐승이 얼마나 큰지, 고기는 또 얼마나 부드럽고 맛있는지. 그리고 남자들은 그 소년을 노름이나 대화에 끼워주고요. 여자들은 더 이상 그를 어린애 취급하지 않고 남자로 대해줘요. 농담도 거침없이 해가면서. 나이가 어느 정도 들었고, 또 원한다면 여자들은 자신의 몸을 허락하기도 해요. 첫 번째 사냥에 성공하고 나면 진짜 남자가 되었다는 기분이 드는 거죠."

"하지만 따로 남자가 되는 의식은 없단 말이죠?"

"남자가 소녀를 여자로 만들 때, 여인의 몸을 열어 생명의 정기를 흐르게 할 때마다 자신의 남성을 확인하게 되죠. 그래서 그의 남성, 그러니까 그의 남근을 여자로 만드는 도구라고 부르기도 해요."

"여자로 만들어주는 그 이상이에요. 어쩌면 아기를 생기게 할 수도 있어요."

"에일라, 위대한 대지의 어머니가 여인에게 아기를 내려주시는 거예요. 아기를 이 세상으로 데려와 남자의 불터에 내리는 거죠. 도니가 남자들을 만드신 것은 아기를 가진 여자를 도와주라는 뜻이고요. 남자는 아이를 배서 몸이 무거운 여자를 부양하고, 태어난 아기를 보살피는 책임이 있어요. 그리고 여인을 진정한 여자로 만들어주고요. 더는 설명하기가 힘드네요. 젤란도니라면 더 이해하기 쉽게 설명할 텐데."

어쩌면 그의 말이 맞을지 몰라. 에일라는 남자의 품으로 파고들며 생각했다. 하지만 그의 말이 틀리다면, 내 안에서 이미 아기가 시작되고 있을지도 몰라. 그녀는 미소 지었다. 두르크 같은 아기, 꼭 안아서 젖을 먹이고 보살펴줘야 하는 아기. 그 아기는 존달라를 닮았을 거야.

하지만 그가 떠나고 나면 누가 나를 도와주지? 그녀는 갑자기 가슴에 콕 박혀 드는 통증을 느꼈다. 그녀는 자신이 겪었던 난산을 떠올렸다. 죽음의 문턱까지 가봤다고 느낄 정도로 고통스러운 진통이었다. 이자가 없었다면 난 살아남지 못했을 거야. 혼자서 아기를 낳는다고 해도 어떻게 아기를 돌보며 사냥을 할 수 있겠어? 내가 다치거나 죽기라도 한다면, 누가 내 아기를 돌봐주겠어? 아기도 홀로 죽고 말 거야.

지금 또 다른 아기를 가질 수는 없어! 에일라는 정신이 번쩍 들었다. 이미 새 생명이 시작되었으면 어쩌지? 어떡하면 좋지? 이자의 약초! 쑥국화나 겨우살이, 또…… 겨우살이는 어차피 쓸 수 없어. 오크나무에 붙어 자라는데 여기에는 그 나무가 없으니까. 그래도 도움이 되는 약초들이 있을 거야. 생각해내야 해. 위험한 방법이긴 해도 혼자 남은 아기가 하이에나들의 먹이가 되느니 차라리 지금 지우는 게 낫지.

"에일라, 무슨 문제라도?"

존달라가 에일라의 탄탄하고 풍만한 가슴을 손으로 감싸며 물었다. 그녀의 가슴을 만지자 또다시 충동이 일었다. 에일라는 남자의 손길을 떠올리며 그의 손에 몸을 맡겼다.

"아니요, 아무것도 아니에요."

에일라와 사랑을 나누며 느꼈던 깊은 만족감이 떠오른 존달라는 또다시 흥분되기 시작했다. 그녀에게도 하두마의 손길 같은 힘이 있는 게 아닐까?

에일라는 남자의 파란 눈에서 다시 뜨거운 욕망의 불길이 일어나는 것을 보았다. 나와 다시 쾌락을 나누고 싶은가봐. 에일라는 미소 지으며 생각했다. 하지만 이내 얼굴에서 미소가 가셨다. 아기가 아직 생기지 않았다고 해도 또다시 쾌락을 나눈다면 앞으로 아기가 생길지도 몰라. 이자가 비밀리에 가르쳐준 약초를 써야겠어. 누구에게도 말해서는 안 된다고 다짐받았던 비법을.

그녀는 이자가 가르쳐준, 매우 강력한 주술의 힘을 지닌 약초—황련과 마디풀의 뿌리—를 떠올렸다. 그 약초는 여자의 토템을 강하게 함으로써 수태의 기운을 쫓아내 새 생명이 깃들지 못하게 했다. 에일라는 아기를 갖고 나서 이자에게서 그 비법에 대해 들었다. 누구도 에일라가 아기를 갖게 될 거라 생각하지 않았기 때문에 이자는 그 약초의 비법을 가르쳐주지 않았던 터였다. 강한 토템과 상관없이 나는 아기를 가졌어. 그러니 또 가질 수도 있어. 아기를 생기게 하는 것이 정령인지 남자인지 모르겠지만 그 약초가 이자에게 효험이 있었으니 나도 쓰는 게 좋겠어. 그러지 않으면 나중에 아기를 지우기 위해 또 다른 약초를 써야 할 테니까.

이럴 필요 없이 그냥 아기가 생겨 낳아서 키울 수 있다면 얼마나 좋을까. 존달라의 아기를 갖고 싶어. 에일라의 미소가 너무도 부드럽고 유혹적이어서 존달라는 몸을 일으켜 에일라를 자신의 몸 위로 덥석 끌어안았다. 바로 그 순간, 에일라의 목에 걸려 있던 부적 주머니가 그의 코를 탁 하고 때렸다.

"오, 존달라! 많이 아파요?"

"그 안에 뭐가 들은 거죠? 돌멩이들로 가득한 것 같은데요."

그가 일어나 앉아 코를 문지르며 물었다.

"그게 뭔가요?"

"이건…… 내 토템 정령들이 나를 찾을 수 있게 하는 거예요. 내 정령의 일부가 그 안에 담겨 있어 나를 알아볼 수 있어요. 그리고 토템이 내게 징표를 보내면, 이 안에 간직해요. 씨족 사람들 모두가 다 이런 주머니를 가지고 있어요. 이걸 잃어버리면 죽게 될 거라고 크렙이 말했어요."

"부적이로군요. 당신의 씨족 또한 신비로운 정령의 세계에 대해 알고 있군요. 그들에 대해 알면 알수록, 그들이 사람에 가까운 존재라는 생각이 드네요. 내가 아는 사람들과는 같지 않지만."

그는 회한에 가득 찬 눈빛으로 말했다.

"에일라, 당신이 말하는 씨족이 누구인지 알게 되었을 때 내가 보인 행동은 잘 몰라서 그랬던 겁니다. 참으로 부끄러운 행동을 했어요. 미안해요."

"네, 부끄러운 행동이었어요. 하지만 더는 화가 나지도 마음에 상처를 입지도 않아요. 당신 덕분에 내가…… 무엇보다 나도 예의를 다하고 싶어요. 오늘 초야 의식 말이에요. 고맙다는 말을 하고 싶어요."

에일라의 말을 듣자 그는 활짝 웃었다.

"전에는 그 누구도 내게 고마워한 적이 없었던 것 같은데요."

그의 입가에 번진 미소가 희미해지더니 눈빛이 진지해졌다.

"그 말을 해야 할 사람은 나인 것 같군요. 고마워요, 에일라. 당신 덕분에 내가 어떤 경험을 했는지 알지 못하겠지요. 이토록 큰 만족감을 느낀 것은……."

말을 멈춘 그의 얼굴이 고통으로 일그러지는 것을 에일라는 놓치지 않았다.

"졸리나 이후로는 처음이었어요."

"졸리나가 누군데요?"

"졸리나는 이제 더 이상 존재하지 않아요. 내가 어렸을 때 알았던 여인이죠."

그는 등을 대고 눕더니 동굴 천장을 올려다보았다. 꽤 오랫동안 아무 말이 없어서 에일라는 그가 더 이상은 말하지 않을 거라고 생각했다. 하지만 그때 혼잣말을 하듯 그가 입을 열었다.

"당시 졸리나는 무척 아름다웠어요. 남자들 모두가 그녀 얘기를 하고, 어린 사내들도 졸리나를 마음에 품었죠. 나도 그랬고요. 꿈속에서 도니가 나를 찾아오기 전부터 그녀를 마음에 두고 있었어요. 어느 날 밤 도니가 나를 찾아왔는데 졸리나의 모습을 하고 있었어요. 잠에서 깨어났을 때 잠자리에 내 정기가 흥건했고, 머릿속은 온통 졸리나 생각뿐이었어요. 그녀를 따라다니던 게 기억나는군요. 몰래 훔쳐볼 수 있는 곳에서 그녀가 나타나기를 기다리곤 했었죠. 졸리나를 내게 허락해주십사 어머니께 기도를 했어요. 그런데 정말로 졸리나가 내게 왔을 때 믿을 수가 없더군요. 어떤 여자와도 첫 경험을 치를 수 있었을 테지만 내가 원하는 여자는 오로지 졸리나뿐이었죠. 아, 얼마나 간절히 그녀를 원했던지. 그런데 그녀가 정말로 내게 온 거예요.

처음에는 그녀에게서 내 쾌락을 채우기에 급급했죠. 그때 당시에도 난 내 나이에 비해 여러 면에서 조숙하고 큰 편이었어요. 졸리나는 내게 흥분을 조절하는 법과 내 남성을 다루는 법을 가르쳐주었어요. 그리고 여자들이 원하는 것을 보여주었어요. 여자의 몸이 내 남성을 다 받아들일 만큼 깊지 않더라도 여자에게서 쾌락을 얻는 법을 배우고, 여자가 준비될 때까지 가능한 오래 참아야 한다는 것도 알게 되었어요. 하지만 그때 나는 여자의 깊이에 대해서는 별 생각이 없었어요. 졸리나가 여유 있게 나를 다 받아들였으니까요.

졸리나와 함께 있으면 걱정할 필요가 없었죠. 하지만 그녀는 어떤 남자에게나, 그러니까 작은 남자에게도 기쁨을 줄 수 있었어요. 그녀는 자신의 몸을 조절하는 법을 터득하고 있었거든요. 그래서 그녀를 원하지 않는 남자가 없었는데, 그녀가 나를 선택한 거예요. 그 이후로도 한동안 졸리나는 늘 나를 택했어요. 소년의 티를 다 벗지 못한 나를 말이에요.

한데 졸리나가 자신을 좋아하지 않는다는 것을 알면서도 늘 쫓아다니던 남자가 있었어요. 그 남자의 행동에 화가 나더군요. 어느 날인가 그자는 우리가 함께 있는 것을 보더니 졸리나에게 남자를 바꿀 때가 되었다고 말했죠. 그자는 졸리나보다 어렸지만 나보다는 나이가 많았어요. 하지만 몸집은 내가 더 컸어요."

존달라는 눈을 감은 채 계속 이야기를 이어갔다.

"참으로 어리석었어요! 그러지 말았어야 했는데. 결국에는 모두가 우리를 주목했죠. 그자가 계속 졸리나에게 치근대는 것에 너무 화가 난 나머지 그자에게 주먹을 날렸거든요. 한번 주먹질을 시작하자 멈추질 못했어요.

젊은 남자가 한 여자에게만 너무 매달리면 좋지 않다고들 말해요. 주변에 여자가 여럿 있으니 한 여자에게만 집착하지 말라고 하죠. 젊은 남자는 젊은 여자와 짝을 맺는 게 이치에 맞는 일이기도 하고. 연상의 여자는 어린 남자를 가르치는 역할에 머물러야 했죠. 젊은 남자가 연상의 여인에게 마음을 빼앗기면 항상 그 비난은 여자에게 돌아가요. 그렇지만 내 마음속에는 졸리나밖에 없었어요.

다른 여자들은 거칠고 둔해 보였어요. 젊은 남자들을 놀려대고, 남의 신경이나 긁어놓는 존재들 같았어요. 어쩌면 나야말로 둔감한 남자였는지 몰라요. 다른 여자들 험담이나 하면서 그들을 가까이 오지 못하게 했거든요.

초야 의식을 치를 남자를 선택하는 것도 바로 그 여자들이었어요. 남자들 모두가 자신이 선택되기를 고대했어요. 영광스러운 일이고, 흥분되는 일이기도 하고. 하지만 걱정도 많이 했죠. 너무 서툴면 어쩌나, 너무 성급하게 일을 치르면 어쩌나. 만일 남자가 여자의 몸을 열지 못하면, 그런 남자가 무슨 쓸모가 있겠어요? 그래서 남자가 여자들이 무리 지어 있는 곳을 지나가면, 여자들은 꼭 그런 이야기를 하며 남자들을 놀려대죠."

그가 갑자기 어조를 바꿔 가성으로 여자 목소리를 흉내 냈다.

"여기 잘생긴 청년이 지나가네. 내가 너한테 한두 가지 기술을 가르쳐주랴? 혹은 저 녀석에게는 아무것도 가르칠 수가 없더라. 누구 도전해볼 사람?"

그러더니 다시 자신의 목소리로 돌아왔다.

"대다수 남자들은 그런 말을 재치 있게 맞받아치고 여자들 만큼이나 그런 격의 없는 농담을 즐겨 하죠. 하지만 젊은 남자 에게는 쉽지 않은 일이에요. 떠들썩하게 웃고 있는 여자들 옆 을 지나가면 혹시나 자신을 놀림감으로 삼지나 않았는지 예민 해지더군요. 졸리나는 그런 여자들과는 달랐어요. 그래서 다 른 여자들도 그녀를 좋아하지 않았어요. 남자들이 너무 그녀 만 좋아해서 그럴 수도 있고요. 어머니를 기리는 축제가 열릴 때도 그녀는 항상 제일 먼저 선택됐었죠.

내게 주먹질을 당한 그 남자는 이가 여러 개 부러졌어요. 그 렇게 젊은 나이에 이를 잃는다는 것은 견디기 힘든 일이죠. 씹 을 수도 없고, 이가 빠진 남자를 원하는 여자도 없으니까요. 그 사건 이후로 얼마나 후회했는지 몰라요. 정말 어리석은 짓이었 어요! 어머니께서 나 대신 보상을 하셨지만 그는 결국 다른 동 굴로 떠났어요. 하지만 여름 축제 때 그와 마주치면 늘 위축이 되곤 했어요.

졸리나는 대지의 어머니를 섬기는 일에 대해 줄곧 이야기했 었죠. 나도 조각하는 사람이 되어 어머니를 섬기고 싶다는 생 각을 그 무렵에 하게 되었어요. 하지만 내 어머니 마르소나는 내게서 석공이 될 자질을 발견하고는 달라나에게 전갈을 보냈 어요. 머지않아 졸리나는 특별한 수련을 하기 위해 동굴을 떠 났고요. 그리고 나는 윌로마의 손에 이끌려 란자도니족 동굴에 가서 살게 되었어요. 마르소나 말이 맞았어요. 석공 일을 배우기로 한 것은 최고의 선택이었어요. 3년 후 다시 고향으로 돌아왔는데, 졸리나는 없더군요."

"무슨 일이 생겼나요?"

에일라는 주저하며 물었다.

"어머니를 섬기는 이들은 자신의 고유한 정체성을 포기해요. 대지의 어머니 사이에서 중재를 해주어야 하는 사람들 모두의 정체성을 안고 살아가는 거죠. 대신 어머니께서는 그들에게 평범한 이들은 알 수 없는 특별한 재능을 선사하세요. 주술이나 특별한 능력, 어떤 지식 같은 것들. 어머니를 섬기고자 하는 이들 중에서 상당수가 수련의 단계에서 머물러요. 어머니의 소명을 받은 이들 중에서도 아주 소수만이 뛰어난 능력을 발휘하는데, 그들은 아주 빠르게 어머니를 모시는 젤란도니로서 지위를 얻게 되지요. 내가 떠난 뒤 졸리나는 최고 지위를 가진 젤란도니가 되었더군요."

존달라는 갑자기 벌떡 일어나더니 동굴 천장의 구멍을 통해 주황색과 황금빛이 섞인 하늘을 확인했다.

"아직 해가 남아 있으니 한바탕 헤엄이나 치고 올게요."

존달라는 그렇게 말하고서 성큼성큼 동굴 밖으로 나갔다. 에일라는 두르개와 긴 허리끈을 집어 들고 그 뒤를 따랐다. 그녀가 강가에 도착했을 때 존달라는 이미 물속에 있었다. 그녀도 부적을 벗어놓고 강가로 걸어가 물속으로 첨벙 뛰어들었다.

그는 저 멀리 상류로 거슬러 가고 있었다. 에일라는 하류 쪽으로 돌아오던 존달라와 중간에서 만났다.

"어디까지 갔다 왔어요?"

그녀가 물었다

"폭포까지요."

그가 말했다.

"에일라, 난 누구에게도 이 얘기를 한 적이 없어요. 졸리나 말이에요."

"그 이후로 졸리나를 본 적이 있나요?"

존달라가 쓸쓸하게 웃었다.

"졸리나가 아니죠. 젤란도니예요. 네, 본 적이 있어요. 서로 좋은 친구예요. 젤란도니와 쾌락을 나눈 적도 있는걸요. 하지만 전처럼 나만 택하지는 않았죠."

그는 다시 있는 힘껏 팔을 저으며 빠르게 하류로 헤엄치기 시작했다.

에일라는 인상을 찡그린 채 고개를 젓고는 그의 뒤를 따랐다. 강변에 도착한 그녀는 부적을 목에 걸고 두르개를 걸친 다음 비탈길을 올랐다. 그녀가 동굴 안에 들어갔을 때 존달라는 꺼져가는 숯불을 내려다보며 불가 옆에 서 있었다. 그녀는 두르개를 제대로 고쳐 입은 뒤 장작 몇 개를 불 속에 넣었다. 그의 몸에는 물기가 그대로 남아 있었다. 그가 떨고 있는 게 보였다. 에일라는 그의 잠자리 털가죽을 가지러 갔다.

"계절이 바뀌고 있어요. 저녁이 되면 날이 쌀쌀하네요. 여기요, 그러다 오한이 나면 어쩌려고요."

털가죽을 받아 어깨에 걸친 그의 모습이 어색해 보였다. 저털가죽은 그에게 어울리지 않아. 에일라는 생각했다. 그가 떠날 거라면 계절이 바뀌기 전에 출발해야 할 텐데. 그녀는 자신의 잠자리로 가서 벽 옆에 있는 가죽 꾸러미를 집어 들었다.

"존달라……?"

그는 옛 생각을 떨치기 위해 고개를 흔들더니 그녀에게 미소 지어 보였다. 하지만 에일라가 들고 있는 가죽 꾸러미를 보지는 못했다. 그녀가 꾸러미를 묶어놓은 끈을 풀기 시작했을 때, 그 안에서 뭔가가 떨어졌다. 에일라가 그것을 주웠다.

"이게 뭔가요?"

그녀가 크게 놀라 물었다.

"이게 어떻게 여기 있는 거죠?"

"도니예요."

상아를 깎아 만든 조각상을 보며 존달라가 말했다.

"도니?"

"당신을 위해 만들었어요. 초야 의식을 위해. 초약 의식 때는 도니가 항상 가까이 있어야 하거든요."

에일라는 갑자기 터져 나오는 눈물을 숨기기 위해 고개를 숙였다.

"뭐라고 말해야 할지 모르겠어요. 이런 건 한 번도 본 적이

없어서. 이 여인은 참으로 아름답네요. 정말 살아 있는 사람 같
아요. 나를 닮은 것 같기도 하고."

그가 에일라의 턱을 들어 올렸다.

"당신과 비슷하게 만든 거예요, 에일라. 진짜 조각가라면 이
보다 더 잘 만들었을 테지만……. 아니, 진짜 조각가라면 이런
식으로 도니를 만들지는 않았겠죠. 사실 이렇게 만들어도 될
지 모르겠어요. 보통 도니 조각상에는 얼굴을 새기지 않거든
요. 어머니의 얼굴은 누구도 모르니까요. 이렇게 당신의 눈, 코,
입을 새겨넣었으니 당신의 영혼 중 일부가 여기에 깃들 수도 있
어요. 그래서 이 조각상은 당신 거예요. 잘 간직해주길. 내가 당
신에게 주는 선물이에요."

"내가 주려는 선물에 이것을 넣어두다니. 당신에게 주려고
이걸 만들었어요."

그는 가죽을 펼쳐서 옷가지를 보았다. 그의 눈이 환하게 빛
났다.

"에일라! 당신이 바느질이나 구슬 공예를 할 수 있는지 몰랐
어요."

그가 옷을 자세히 살펴보며 말했다.

"구슬은 제가 한 게 아니에요. 당신이 입고 있던 윗옷에 새
로 천을 대서 만들었어요. 크기와 모양을 본뜨기 위해 옷들을
다 뜯어놓고 연결된 방식을 본 다음 흉내 낸 거예요. 당신이 준
송곳을 사용했어요. 제대로 된 사용법도 모르고 했지만."

"완벽해요!"

윗옷을 몸에 대어보며 그가 말했다. 그러더니 바지를 입고 윗옷을 입어보았다.

"여행에 적당한 옷을 만들어야겠다고 생각 중이었거든요. 여기서야 허리를 가리는 천만 있으면 되지만……."

결국 입 밖으로 나오고 말았다. 그것도 큰 소리로. 크렙은 언젠가 말의 위력을 설명해준 적이 있었다. 사악한 정령들의 이름을 크게 말해 그들의 존재를 인식하게 되면 그들이 힘을 발휘하게 된다고 말이다. 그와 마찬가지로 존달라가 떠날 거라는 추측도 그가 직접 큰 소리로 말했으니 이제 기정사실이 되고 말았다. 갑자기 튀어나온 말에 대해 제각각 골몰하는 사이, 마치 동굴 안으로 숨을 막히게 하는 어떤 존재가 들어와 버티고 있는 것 같은 느낌이 감돌았다. 존달라는 서둘러 옷을 벗어 잘 개어놓았다.

"고마워요, 에일라. 이 옷들이 내게 얼마나 소중하게 다가오는지 말로 다 할 수가 없네요. 날이 추워지면 아주 큰 도움이 될 거예요. 지금 당장 입을 필요는 없으니까 잘 간직할게요."

그는 그렇게 말하고서 허리에 천을 둘렀다.

에일라는 아무 말도 할 수 없을 것 같아 고개만 끄덕였다. 눈이 뜨거워지더니 상아로 만든 조각상이 흐릿해졌다. 그녀는 너무도 마음에 드는 조각상을 가슴에 꼭 안았다. 그의 손으로 직접 만든 선물이었다. 그는 스스로를 석공이라고 했지만 그 이상의 재능을 가진 듯했다. 존달라의 솜씨는 대단히 뛰어나서 그가 만든 형상에서 받은 느낌은 부드럽고 따뜻했다. 에일라에게 여자가 된다는 것이 어떤 것인지 알려줄 때 받은 느낌과 비슷했다.

"고마워요."

그녀가 예의를 떠올리며 말했다. 그는 미간을 찡그렸다.

"절대 잃어버리면 안 돼요. 당신의 얼굴이 새겨져 있으니 그 안에 당신의 정령이 깃들어 있을 수도 있어요. 다른 사람의 손에 들어가면 위험할지도 몰라요."

"내 부적에도 내 정령과 내 토템 정령의 일부가 들어 있어요. 이 도니에도 내 정령과 당신이 말하는 대지의 어머니 정령이 깃들어 있다는 거군요. 그러면 이걸 내 부적으로 삼아도 될까요?"

그는 미처 거기까지는 생각해보지 않았다. 그렇다면 에일라가 어머니의 일부가 되었다는 말인가? 대지의 아이들 중 하나? 문득 그는 자신의 이해를 넘어서는 영역에 손을 댄 것 같아 걱정이 되었다. 그가 어머니와 에일라 사이를 이어주는 역할을 했단 말인가?

"그건 잘 모르겠어요. 그래도 잃어버리지 말아요."

그가 대답했다.

"존달라, 위험할지 모른다면서 어째서 내 얼굴을 새겼나요?"

존달라는 양손으로 도니를 꼭 안고 있는 에일라의 손을 잡았다.

"당신의 정령을 사로잡고 싶었어요, 에일라. 하지만 간직하려고 한 게 아니라 돌려줄 생각이었죠. 당신에게 쾌락을 느끼게 해주고 싶었는데, 잘 할 수 있을지 자신이 없었어요. 당신은 어머니의 존재를 모르고 자랐으니까 당신이 얼마나 이해를 할 수 있을지 가늠이 되지 않았고요. 여기에 당신의 얼굴을 새기면 당신을 내게 이끌 수 있을 거라 생각했어요."

"그런 이유였다면 도니에 내 얼굴을 새기지 않아도 괜찮았어요. 당신이 아무런 준비 없이 내게 욕구를 풀고 싶어 했어도 난 기뻤을 거예요. 쾌락이라는 게 무엇인지 모르기 전에도."

존달라는 에일라와 도니 모두를 감싸 안았다.

"아니요, 에일라. 당신은 준비가 되어 있었을지도 모르지만, 나는 이번이 당신의 첫 경험이라는 것을 알아야 했어요. 몰랐다면 이토록 강렬하게 당신과 맺어지지 못했을 거예요."

에일라는 또다시 남자의 눈에 사로잡혔다. 그의 팔에 힘이 들어가더니 그녀를 더욱 가까이 끌어당겼다. 미처 깨닫기도 전에 그들은 열정적인 키스를 나누고 있었다. 머리가 아득해지며 간절한 욕망이 일어났다. 에일라는 남자가 언제 자신을 들어올려 잠자리까지 안고 갔는지도 몰랐다.

그는 에일라를 털가죽 위에 눕혔다. 두르개의 매듭을 풀려고 했지만 잘 되지 않자 두르개를 들어 올렸다. 에일라는 몸을 열어 단단해진 그의 남성을 받아들였다.

존달라는 격렬하다 못해 너무도 절실하다는 듯 여자의 몸에 그의 긴 남성을 깊게 밀어 넣었다. 그녀가 그를 위해 존재하며, 굳이 자신의 욕망을 참을 필요가 없다는 것을 확인하고 싶은, 간절한 바람이 깃든 몸짓이었다. 그녀는 그를 맞이하기 위해 허리를 들어 올려 그가 원하는 만큼 몸속 깊이 받아들였다.

몸을 뒤로 뺐다가 다시 돌진하는 순간, 흥분은 고조되었다. 에일라가 완벽하게 그의 남성을 꼭 감쌌다. 그는 자신의 욕망에 완전히 굴복해도 된다는 사실에 걷잡을 수 없는 희열을 느끼며 절정에 치달았다. 여자는 남자의 움직임에 맞춰 허리를 들어 점점 더 강한 힘으로 깊게 들어오는 남자를 자신에게로 끌어당겼다.

하지만 에일라가 느끼는 감각은 그녀의 깊은 계곡 속으로 들락거리는 움직임 그 너머에 있었다. 그가 그녀를 가득 채울 때마다 그녀는 오로지 남자를 강하게 의식했다. 그녀의 몸 전부가, 신경, 근육, 힘줄 하나하나가 남자로 가득 채워졌다. 마침내 흥분이 최고조에 달했다. 남자는 쾌감에 몸을 부르르 떨며 마지막으로 여자의 몸속에 돌진해 그녀를 가득 채웠다. 열락으로 온몸이 뜨거워진 남자를 맞이한 순간, 절정에 오른 쾌락의 감각이 폭발하며 척추를 타고 온몸으로 번져갔다.

29

　에일라는 뭔가 불편한 느낌에 잠이 덜 깬 채로 몸을 뒤척였
다. 뭔가가 배기는 느낌에 등 밑으로 손을 넣었다. 꺼져가는 희
미한 모닥불에 비춰보니 손안에 든 것은 도니 조각상이었다. 순
간 정신이 번쩍 든 그녀의 머릿속으로 전날의 일들이 생생하게
지나갔다. 그녀 곁에는 따뜻한 온기를 내뿜는 존달라가 누워
있었다.

　쾌락을 나누고서 잠들었나봐. 전날 밤을 떠올리며 그녀는
남자에게로 바싹 파고들어 눈을 감았다. 그러나 잠이 오지 않
았다. 마음속에 갈무리해둔 단편적인 장면들이 그때의 느낌들
과 함께 빠르게 스쳐갔다. 들소 사냥, 돌아온 아기, 초야 의식,
그리고 뒤이어 이어지는 장면들에서 존달라가 등장했다. 그에
대한 느낌은 그녀가 아는 어떤 말로도 표현할 수 없었지만 엄
청난 기쁨으로 그녀를 가득 채웠다. 남자 옆에 누워 그를 떠올

리니 가슴이 벅차올라 가만히 있을 수 없었다. 그녀는 도니를 들고 조용히 잠자리에서 빠져나왔다.

동굴 입구로 나오니 히힝이와 뜀박이가 서로에 기댄 채 서 있었다. 암말이 그녀를 알아보고는 나직하게 울었다. 에일라는 말들에게 다가갔다.

"히힝아, 너도 그런 느낌을 받았니?"

그녀가 부드러운 목소리로 말했다.

"너와 짝이었던 수말이 네게 쾌락을 주었니? 오, 히힝아, 그런 느낌은 처음이었어. 브라우드와 했을 때는 그토록 끔찍했는데, 존달라와는 어쩜 그리 좋을 수 있을까?"

망아지도 관심을 받고 싶은지 머리를 들이밀었다. 에일라는 뜀박이를 쓰다듬더니 녀석을 끌어안았다.

"히힝아, 존달라의 생각은 다른 것 같지만 내 생각에는 너와 짝짓기를 했던 그 수말이 뜀박이를 생기게 한 것 같아. 뜀박이도 수말과 똑같은 갈색이잖아. 갈색 털은 흔치 않은데. 정령이 새끼를 만드는 것 같지는 않아. 나도 아기를 가지면 얼마나 좋을까. 존달라의 아기. 하지만 안 돼. 그가 가면 어떡하라고?"

에일라는 그 순간 공포에 가까운 느낌에 사로잡혀 새하얗게 얼굴이 질렸다.

"그가 간다고! 오, 히힝아, 존달라가 떠나려고 해!"

에일라는 짙은 어둠 속에서 감에 의존해 비탈을 내려갔다. 눈물 때문에 시야가 흐려졌다. 강변을 지나 절벽 모퉁이까지 달려간 그녀는 그곳에 멈춰 선 채 흐느꼈다. 존달라가 떠난대. 그럼 난 어쩌지? 어떻게 견디지? 그를 머물게 할 방법이 없을까? 그런 방법 같은 건 없어!

에일라는 갑자기 날아오는 주먹을 피하는 것처럼 몸을 팔로 감싸더니 그대로 주저앉아 절벽에 기댔다. 존달라가 떠나면 다시 혼자가 될 터였다. 혼자라는 사실보다 더 끔찍한 것은 존달라가 없다는 사실이었다. 그 사람 없이 여기서 나 혼자 어쩌지? 나도 떠나야겠지. 다른 종족을 찾아서 그들과 살아야겠지. 아니, 그럴 수는 없어. 내가 어디에서 왔는지 물을 텐데, 다른 종족은 동굴곰족을 싫어해. 나는 그들에게 괴물 같은 존재일 거야. 내가 사실이 아닌 말을 하지 않는 이상.

하지만 그럴 수는 없어. 크렙과 이자를 모욕할 수는 없어. 그들은 나를 진심으로 아끼고 보살펴주었어. 우바는 내 동생이고, 내 아들을 맡아 키워주고 있어. 동굴곰족은 내 가족이야. 내게 아무도 없을 때 씨족이 나를 보살펴주었지. 하지만 다른 종족은 나를 받아들이지 않을 거야.

존달라가 떠나면 난 여기서 평생 혼자 살아야 할 거야. 차라리 죽는 게 나을 것 같아. 브라우드는 내게 저주를 내렸지. 결국 그가 이겼어. 존달라 없이 어찌 살아갈 수 있겠어?

에일라는 더 이상 눈물이 나오지 않을 때까지 흐느껴 울었다. 그녀의 마음은 외롭고 공허할 따름이었다. 손등으로 눈물을 닦는데, 손안에 꼭 쥐고 있는 도니가 눈에 띄었다. 조각상을 이리저리 돌려보며 상아로 여자의 형상을 만든다는 생각 자체에 다시 한 번 경탄했다. 달빛에 보이는 조각상은 더욱 자신을 닮아 보였다. 땋은 머리와 그늘진 눈, 코와 뺨의 모양을 보고 있으면 샘물에 비춰 봤던 자신의 얼굴이 떠올랐다.

존달라는 다른 종족 사람들이 숭배하는 대지의 어머니를 상징하는 조각상에 왜 내 얼굴을 새겼을까? 내 정령의 일부가 이 조각상에 깃들어 도니라고 부르는 어머니와 정말로 연결된 걸까? 크렙은 내 정령이 부적을 통해 동굴사자 정령과 씨족 전체의 토템인 위대한 동굴곰 우르수스의 보호를 받는다고 했어. 내가 주술 치료사가 되었을 때는 씨족 사람들의 정령을 조금씩 나눠 받았지. 하지만 죽음의 저주를 받고 나서 돌려줄 기회가 없었어.

동굴곰족과 다른 종족, 토템들과 어머니, 그 모두가 눈에 보이지 않는 내 정령을 나누어 갖고 있다는 말인가. 내 정령이 혼란스러울 것 같아, 나조차 이러한데.

쌀쌀한 바람에 에일라는 동굴로 발길을 돌렸다. 동굴에 도착한 그녀는 존달라를 깨우지 않으려고 조심하며 차갑게 식은 고기를 치우고, 차를 끓이기 위해 불을 피웠다. 잠이 오지 않을 것 같았다. 물이 끓기를 기다리는 동안 불꽃을 응시했다. 불을 보고 있노라면 마치 불꽃이 살아 움직이는 것 같다는 생각이 들 때가 많았다. 뜨거운 불이 혀를 날름거리며 장작을 집어삼켰다가 조금 잠잠해지는 것 같더니 다시 맹렬하게 타오르며 게 걸스럽게 나무를 삼켰다.

"도니! 도니! 당신이군요!"

존달라가 잠결에 소리쳤다. 에일라는 놀라서 그에게 갔다. 눈을 감은 채 몸부림을 치고 있는 것으로 보아 꿈을 꾸는 게 분명했다. 깨워야 할지 망설이던 사이, 그가 갑자기 눈을 번쩍 뜨더니 놀란 표정을 지었다.

"괜찮아요?"

"에일라? 에일라! 당신이에요?"

"네, 나예요."

그는 다시 눈을 감더니 알아들을 수 없는 말을 중얼거렸다. 그는 잠에서 깬 게 아니었다. 여전히 꿈을 꾸는 중이었다. 하지만 전보다는 더 편안해진 듯했다. 에일라는 잠시 그의 곁을 지키다가 모닥불로 돌아갔다. 불꽃이 사그라지게 내버려 둔 채 차츰 사그라지는 불꽃을 지켜보며 차를 조금씩 마셨다. 마침내 잠이 찾아오자 에일라는 두르개를 벗고 존달라 옆에 누워 털가죽을 둘렀다. 남자의 따뜻한 온기가 전해지자 그가 가버리면 이 동굴 안이 얼마나 차갑게 느껴질지 마음이 아려왔다. 그 엄청난 공허감을 떠올리자 또다시 눈물이 차올랐다. 그녀는 울다 지쳐 잠이 들었다.

존달라는 저 앞에 보이는 동굴 입구에 닿기 위해 가쁜 숨을 헐떡이며 달렸다. 고개를 들었을 때 언뜻 동굴사자가 보였다.

안 돼! 소놀란! 소놀란! 동굴사자가 그를 향해 돌아보더니 몸을 웅크렸다가 뛰어올랐다. 그 순간 갑자기 대지의 어머니가 나타나 동굴사자에게 명령을 내려 쫓아버렸다.

"도니! 당신이군요!"

어머니가 돌아서자 그녀의 얼굴이 보였다. 에일라의 눈, 코, 입을 새겨 넣은 도니의 얼굴이었다. 그는 소리쳤다.

"에일라? 당신이에요?"

상아를 조각한 얼굴이 살아나기 시작했다. 금빛으로 빛나는 그녀의 머리 둘레에 붉은 후광이 비쳤다.

"네, 나예요."

에일라의 모습을 한 도니가 점점 커지더니 그가 누군가에게 선물한 고대의 도니로 변했다. 그의 가족에게 대대로 내려오던 도니 조각상의 모습이었다. 그녀는 풍만한 어머니의 모습을 하고 있었다. 도니는 점점 커져 산처럼 우뚝 솟아올랐다. 그러더니 곧 어머니의 출산이 시작되었다. 솟구치는 양수와 함께 어머니의 깊은 동굴에서 바다 생물이 쏟아져 나왔다. 그 뒤를 이어 온갖 날벌레와 새들이 흘러나와 하늘을 가득 덮었다. 그다음은 육지에 사는 동물들—토끼, 사슴, 들소, 매머드, 동굴사자들—이 태어났다. 얼마간이 지나자 저 멀리 희미한 안개 속에서 사람들의 형체가 보였다.

안개가 걷히고 그들이 가까이 다가온 순간, 존달라는 그들이 누구인지 또렷하게 알아봤다. 납작머리였다! 납작머리들은 그를 보더니 달아났다. 그들을 뒤쫓아 가며 소리치자 한 여인이 뒤돌아봤다. 그녀는 에일라의 얼굴을 하고 있었다. 그가 그녀를 향해 달려갔지만 안개가 여자의 주위를 에워싸더니 그의 몸까지 뒤덮었다.

그는 붉은 안개 속을 더듬더듬 나아가다가 저 멀리서 꽝음을 들었다. 우레처럼 울리는 폭포 소리 같기도 했다. 그 소리는 점점 커지더니 갑자기 그를 덮쳤다. 그는 거대한 산처럼 커진 에일라의 얼굴을 한 어머니의 큼직한 자궁에서 쏟아져 나온 어마어마한 사람들의 물결에 휩쓸렸다.

그는 사람들을 헤치고 어머니에게 닿기 위해 안간힘을 썼다. 마침내 어머니의 깊고 거대한 동굴 입구에 이르렀다. 그는 어머니의 몸속으로 들어갔다. 따뜻한 몸속을 조심조심 탐색하듯 깊숙이 들어간 그의 남근이 완전히 감싸였다. 그는 걷잡을 수 없는 쾌락에 몸을 맡기고 격렬하게 몸을 움직였다. 그때 눈물로 범벅이 된 어머니의 얼굴이 보였다. 흐느낌으로 어머니의 몸이 떨리고 있었다. 그는 어머니를 위로하고 싶었다. 울지 말라고 말하고 싶었지만 입이 떨어지지 않았다. 그의 몸은 어머니에게서 밀려 나갔다.

그는 어머니의 자궁에서 쏟아져 내려온 엄청난 인파 한가운데 있었다. 모두들 구슬 장식이 달린 상의를 입고 있었다. 그는 다시 거슬러 어머니에게로 가려고 애썼지만 사람들의 물결에 휩쓸렸다. 마치 피 묻은 상의를 매단 채 위대한 어머니 강을 떠

내려가는 통나무처럼.

그는 뒤를 돌아 목을 길게 빼고 어머니 쪽을 바라봤다. 동굴 입구에 에일라가 서 있었다. 그녀의 울음소리가 귓전을 때렸다. 그러더니 천지를 울리는 우레 같은 소리와 함께 동굴이 허물어지며 바위들이 와르르 쏟아져 내렸다. 그는 홀로 선 채 울부짖었다.

존달라가 눈을 떴을 때 주위는 어두웠다. 에일라가 피워둔 작은 불은 이미 장작을 다 태우고 꺼져 있었다. 칠흑 같은 어둠 속에서 그는 잠에서 깼는지조차 가늠하지 못했다. 동굴 벽의 익숙한 윤곽도, 그가 어디에 있는지 가늠할 만한 익숙한 그 무엇도 전혀 보이지 않았다. 눈으로 볼 수 있었다고 해도 깊이를 가늠할 수 없는 공허 속에서 떠도는 느낌을 받았을 터였다. 차라리 꿈속에서 보았던 생생한 장면들이 실제 같았다. 단편적으로 떠오르던 장면들이 그의 머리를 스치며 의식 속에서 더욱 뚜렷하게 연결되었다.

밤이 물러가며 서서히 동굴 입구와 벽이 희미하게 형체를 드러낼 무렵, 존달라는 꿈에서 본 장면들의 의미를 곰곰이 생각하기 시작했다. 그는 꿈을 기억하는 일이 드물었다. 하지만 이번 꿈은 너무도 강렬하고 손에 잡힐 듯 생생했다. 어머니께서 내려주신 계시가 분명했다. 내게 무엇을 깨우쳐주려고 나타나신 것일까? 그의 꿈을 해석해줄 젤란도니가 곁에 있다면 좋으련만.

희미한 햇살이 동굴 안으로 들어오자 잠든 에일라의 얼굴 주변으로 흩어져 있는 금빛 머리카락이 보였다. 그제야 여자의 따뜻한 온기가 다시금 느껴졌다. 동굴 안이 서서히 밝아지는 동안, 그는 말없이 에일라를 지켜봤다. 충동적으로 키스하고 싶다는 생각이 강렬하게 타올랐지만 그녀를 깨우고 싶지 않았다. 그는 기다란 금빛 머리칼을 자신의 입가로 가져갔다. 그러더니 조용히 일어났다. 미지근한 차를 발견하고는 잔에 차를 담아 암붕으로 걸어갔다.

허리에 천 하나만 두른 그에게 아침 공기가 쌀쌀하게 느껴졌지만 아랑곳하지 않았다. 그런데 불쑥 에일라가 만들어준 따뜻한 옷이 떠올랐다. 동쪽 하늘이 밝아지면서 계곡의 풍경이 점차 뚜렷해졌다. 그는 다시 한 번 꿈의 장면들을 떠올렸다. 수수께끼를 풀고자 헝클어진 실타래처럼 엉켜 있는 장면들을 하나하나 풀어내기 시작했다. 도니는 어째서 모든 생명이 그녀에게서 시작되었다는 것을 보여준 것일까? 그 장면은 살아오는 내내 들었던 엄연한 진실이었다. 한데 어째서 도니가 꿈속에 나타나 모든 생명을 낳는 모습을 굳이 그에게 보여준 것일까? 물고기하며 새, 온갖 짐승들, 그리고……

납작머리! 바로 그 때문이었다! 대지의 어머니는 동굴곰족 사람들도 그녀의 아이들이라는 것을 그에게 보여준 것이다. 왜 전에는 누구도 그 사실을 똑바로 보지 못했을까? 모든 생명이

어머니에게서 나왔다는 것을 의심하지 않으면서, 왜 유독 그들
에 대해서는 그토록 경멸을 금치 못했을까? 모두가 그들을 짐
승이라고 부르며 사악하다고까지 생각했다. 어째서 납작머리들
이 사악하다는 오명을 쓰게 된 걸까? 그자들은 짐승이 **아니니**
까. 그들은 인간이야. 다른 종의 인간! 에일라도 줄곧 그렇게 말
했지. 그래서 그들 중 한 여자가 에일라의 얼굴을 하고 있었던
게 아닐까?

그는 그제야 도니 조각상에 에일라의 얼굴을 새겨 넣은 것
이 이해가 되었다. 자신의 꿈속에서 사자를 내쫓은 도니가 바
로 에일라였다. 하지만 누구도 에일라가 실제로 한 행동을 믿지
못할 것이었다. 꿈이라고 해도 믿기 힘든 일이었다. 하지만 어째
서 고대의 도니 또한 에일라의 얼굴을 하고 있었을까? 위대한
대지의 어머니는 어째서 에일라의 모습으로 나타난 것일까?

꿈의 의미를 완전히 이해하기란 불가능해 보였다. 하지만 여
전히 중요한 부분을 놓치고 있다는 느낌이 들었다. 다시 한 번
처음부터 꿈을 되짚어보던 그는 곧 무너지려는 동굴 앞에 서
있던 에일라를 떠올렸다. 그는 에일라에게 어서 비키라고 소리
를 지를 뻔했다.

그는 지평선을 응시하며 깊은 생각 속으로 빠져들었다. 꿈속
에서 에일라 없이 혼자 서 있을 때 느꼈던 적막감과 외로움이
고스란히 들이닥쳤다. 눈물이 얼굴을 적셨다. 왜 이토록 깊은
슬픔이 느껴지는 걸까? 그가 놓치고 있는 게 대체 뭘까?

문득 동굴 입구에서 떠내려오던 구슬 장식이 달린 옷을 입은 사람들이 떠올랐다. 에일라는 그를 위해 구슬이 달린 옷을 손질해 새로 만들어주었다. 바느질 하는 법도 몰랐다고 말했던 그녀가 새로 옷을 지어준 것이다. 다시 여행을 떠날 때 입을 옷을.

떠나? 에일라를 떠난다고? 지평선 위로 붉은 태양이 떠오르고 있었다. 그는 눈을 감았다. 감은 눈으로도 따뜻한 금빛 햇살이 느껴졌다.

위대한 어머니시여! 저는 어찌 이리 어리석단 말입니까. 에일라를 떠난다고? 어떻게 그녀를 떠날 수 있겠는가? 너는 그녀를 사랑하고 있어! 어찌 네 마음조차 알지 못했던 것이냐? 어린아이도 금방 알아차렸을 것을, 너는 어머니께서 나타나 꿈으로 보여줘야 겨우 깨닫느냐 말이다.

어깨를 짓누르던 무거운 짐을 벗어던진 것 같은 기분이 들었다. 나는 그녀를 사랑한다! 드디어 내게도 사랑하는 사람이 생겼어! 나는 그녀를 사랑해! 불가능할 거라고 생각했는데, 나는 에일라를 사랑해!

그는 감정이 벅차오른 나머지 세상에 대고 소리라도 치고 싶었다. 얼른 달려가서 그녀에게 말해주고 싶었다. 여자에게 한 번도 사랑한다고 말해본 적이 없어. 문득 그런 생각이 들었다. 그는 서둘러 동굴 안으로 들어갔지만 에일라는 여전히 곤하게 자고 있었다.

그는 밖으로 나가 땔감을 들고 들어와 부싯돌로 불을 피웠
다. 순식간에 불을 피울 수 있다는 사실은 여전히 놀라웠다. 이
번 한 번만이라도 그녀보다 먼저 일어나 따뜻한 차를 준비해
에일라를 놀래주고 싶었다. 박하 잎을 찾아 차를 우리는 동안
에도 에일라는 여전히 자고 있었다.

그는 숨소리를 내며 몸을 뒤척이는 에일라를 지켜봤다. 그는
긴 머리카락을 저렇게 늘어뜨린 것을 좋아했다. 어서 그녀를 깨
우고 싶었다. 아니야, 피곤한 게 틀림없어. 날이 밝았는데도 못
일어나고 있으니.

존달라는 강가로 내려가 나뭇가지로 이를 닦고 헤엄을 쳤다.
기분이 상쾌해지고 원기가 솟아났지만 갑자기 허기가 강하게
느껴졌다. 그러고 보니 끼니를 걸렀던 게 생각났다. 그는 그 이
유를 떠올리며 혼자 미소 지었다. 생각만으로도 다시 그의 남
성이 일어났다.

그는 너털웃음을 지었다. 존달라, 여름 내내 그렇게 외롭게
했으니 네 남성이 그토록 자주 흥분하는 것도 탓할 수 없지. 이
제야 그토록 간절히 원하던 게 무엇인지 알았으니. 하지만 너
무 밀어붙여서는 안 돼. 에일라는 쉬어야 할지도 몰라. 아직 익
숙하지 않을 테니까. 그는 한걸음에 비탈길을 올라가더니 조용
히 동굴 안으로 들어갔다. 말들은 들판에 나가고 없었다. 내가
헤엄을 치는 사이 나갔나보군. 에일라는 여전히 자고 있어. 어
디 아프기라도 한 걸까? 그녀가 몸을 뒤척여 맨가슴이 드러나

자 조금 전 느꼈던 흥분이 되살아났다.

그는 충동을 억누르고 모닥불로 가서 차를 한 잔 따르고는 기다렸다. 그때 뒤척이는 에일라의 몸짓이 눈에 들어왔다. 아까와는 다르게 뭔가를 잡으려는 듯 손을 휘젓고 있었다.

"존달라! 존달라! 어디 있어요?"

그녀가 벌떡 일어나며 외쳤다.

"나 여기 있어요."

그가 에일라에게 달려와 말했다. 그녀는 남자에게 매달리며 말했다.

"오, 존달라. 난 당신이 떠난 줄 알았어요."

"여기 있어요, 에일라. 바로 여기 있어요."

그는 에일라가 잠잠해질 때까지 꼭 안아주었다.

"이제 좀 괜찮나요? 차를 가져다줄게요."

그가 차를 따라 가져다주었다. 그녀는 한 모금 마시더니, 남은 차를 한 번에 다 들이켰다.

"누가 이 차를 만들었죠?"

그녀가 물었다.

"내가요. 따뜻한 차를 미리 준비해서 당신을 놀래주고 싶었는데, 식었네요."

"당신이요? 날 위해?"

"그럼요, 당신을 위해. 에일라, 난 한 번도 여자에게 이런 말을 해본 적이 없었어요. 당신을 사랑해요."

"사랑이요?"

에일라가 물었다. 어렴풋이 알 것도 같았지만 정말로 그녀가 생각하는 뜻으로 그가 말하는 것인지 확인하고 싶었다.

"사랑이 정확히 무슨 뜻이죠?"

"이런……! 존달라! 이 거만한 바보!"

그는 벌떡 일어났다.

"그 잘난 존달라, 모든 여자가 다 원하는 남자. 너 스스로도 그렇게 믿었지. 여자들이 그토록 듣고 싶어 하던 말을 하지 않으려고 그토록 조심하더니. 사실 어떤 여자에게도 그 말을 하지 않았다고 내심 뻐기는 마음도 있었지. 그러던 네가 마침내 사랑에 빠졌는데, 그 사실도 인정 못 한 놈! 도니가 꿈속에서 나타나 알려줄 정도로 둔한 놈! 결국 한 여인을 사랑하게 되었다는 것을 인정하고 그 말을 하기로 했는데. 내가 사랑한다고 하면, 그녀가 놀라서 까무러칠 줄 알았는데. 그녀는 그 말의 뜻조차 모르다니!"

에일라는 이리저리 동굴 안을 서성대며 혼자 지껄이는 존달라를 다소 놀란 눈으로 지켜봤다. 그녀는 그 말의 뜻을 정확히 알고 싶었다.

"존달라, 사랑이 무슨 뜻이냐고요?"

에일라는 진지했다. 그녀의 목소리에는 약간의 짜증도 묻어났다.

존달라는 그녀 앞에 무릎을 꿇고 앉았다.

"그건 내가 진작 설명했어야 하는 말이에요. 사랑은 누군가 좋아하는 사람에게 갖는 감정이에요. 어머니가 아이에게 느끼거나 남자가 형제에게 느끼는 감정. 남자와 여자 사이에도 그런 감정이 있어요. 함께 살고 싶을 정도로 서로를 아주 많이 좋아하는 거예요. 다시는 헤어지는 일 없이."

에일라는 남자의 말을 듣는 내내 눈을 감고 있었다. 그녀의 입술이 파르르 떨렸다. 내가 그의 말을 제대로 알아들은 걸까?

"존달라."

에일라가 입을 열었다.

"그 단어는 몰랐지만, 그 말의 뜻은 알고 있었어요. 당신이 여기 온 이후로, 그런 감정을 알게 되었어요. 당신과 함께 하는 날들이 하루하루 늘어갈수록, 그 감정을 더 잘 알게 되었고요. 그런 감정을 표현할 수 있는 말을 안다면 얼마나 좋을까 하는 생각도 여러 번 했어요."

에일라는 눈을 감았다. 하지만 이번에는 굳이 안도감과 기쁜 마음에 흘러내리는 눈물을 참지 않았다.

"존달라, 나도 사랑해요."

그는 에일라를 일으키더니 결코 잃어버리고 싶지 않은 보물을 찾은 듯이 그녀를 소중히 안고서 부드럽게 입을 맞췄다. 에일라도 놓치면 꿈처럼 사라지기라도 할 듯 존달라를 꼭 끌어안았다. 그는 에일라의 눈물을 느낄 수 있었다. 그녀가 머리를 그에게 기대자, 그는 여자의 헝클어진 머리에 얼굴을 묻고 눈물을 훔쳤다.

그는 아무런 말도 할 수 없었다. 그저 에일라를 안은 채 그녀를 찾게 된 믿지 못할 행운에 경탄하며 생각에 잠겼다. 그는 사랑할 수 있는 여인을 찾기 위해 지구 반대편까지 여행을 해야 했던 운명이리라. 이제 무슨 일이 있어도 절대로 그녀를 놓치지 않으리라.

"그냥 이곳에 머물면 안 될까요? 여기 계곡은 없는 게 없어요. 우리 둘이 함께라면 식량을 구하는 것도 훨씬 쉬울 거고. 우리에게는 창 던지개도 있잖아요. 히힝이도 도움이 되고. 머지 않아 뜀박이도 도움이 될 거예요."

에일라가 말했다.

그들은 특별한 목적 없이 이야기를 나누며 들판을 걷고 있었다. 곡물은 원하는 만큼 다 거뒀고 겨울 내내 먹을 고기도 다 말려둔 뒤였다. 잘 익은 과일과 뿌리, 그리고 약초와 푸성귀로 쓸 식물도 채집해 말려두고, 그 밖에도 겨울나기를 위한 준비들을 얼추 다 해놓았다. 에일라는 겨울 동안 옷에 장식을 다는 방법을 배우고 싶었고, 존달라는 놀이조각들을 만들어서 에일라에게 놀이 방법을 가르쳐줄 계획이었다. 하지만 에일라에게 진정한 즐거움은 존달라가 그녀를 사랑한다는 그 사실 자체였다. 그녀는 이제 혼자 남겨지지 않을 터였다.

"참 아름다운 계곡이에요."

존달라가 말했다. 그냥 이곳에 에일라와 함께 머물지 못할 이유가 뭐 있겠는가? 소놀란도 기꺼이 제타미오 곁에서 머물기로 했잖아. 그는 생각했다. 하지만 둘 곁에는 다른 사람들도 있었지. 내가 이토록 아무도 없는 곳에서 얼마나 오래 견딜 수 있을까? 에일라는 이미 3년이나 혼자 살았어. 굳이 둘이서만 살 필요는 없을 거야. 달라나도 그랬지. 새 동굴을 꾸려나가던 초창기만 해도 짝인 제리카와 짝의 어머니 호카만뿐이었어. 그러다가 시간이 흐르면서 사람들이 그의 동굴에 합류했고, 아이들도 태어났어. 어느새 란자도니족은 두 번째 동굴을 계획하고 있어. 우리도 달라나처럼 새롭게 동굴을 꾸려가면 되지 않을까? 존달라, 너도 할 수 있을 거야. 하지만 무엇을 하든, 꼭 에일라와 함께 해야 돼.

"에일라, 당신은 다른 사람들도 만나봐야 해요. 그리고 무엇보다 당신과 함께 내 고향에 돌아가고 싶어요. 긴 여행이 되겠지요. 한 1년 정도면 도착할 거예요. 내 어머니 마르소나를 만나면 좋은 분이라는 걸 알게 될 거예요. 마르소나는 분명 당신을 좋아할 거예요. 또 내 형 조하란과 누이동생 폴라라도. 폴라라는 지금쯤이면 다 자란 여인이 되었겠네요. 그리고 달라나도 만나보고요."

에일라는 고개를 푹 숙이고 있다가 다시 얼굴을 들었다.

"내가 한때 동굴곰족 사람이었다는 것을 알고 나서도 날 좋아할까요? 내가 그들과 살면서 아들까지 낳은 걸 알면 과연 나를 좋게 생각해줄까요? 괴물 같은 존재로 생각한다면서요."

"평생 숨어 지낼 수는 없어요. 그 여자…… 이자도 당신 종
족을 찾으라고 했다면서요? 이자 말이 옳아요. 당신도 알잖아
요. 물론 쉽지는 않을 거예요. 나도 진실을 숨기지는 않겠어요.
대다수 사람들은 동굴곰족이 인간이라는 것을 몰라요. 하지만
그들도 인간이라는 걸 당신이 내게 알려주었잖아요. 그들도 인
간이 아닐까, 궁금해하던 사람들도 있어요. 그리고 대다수 사
람들은 선량해요, 에일라. 당신에 대해 알게 되면 모두들 당신
을 좋아할 거예요. 내가 항상 당신 곁에 있을 거고요."

"아직은 잘 모르겠어요. 조금 더 생각해보면 안 될까요?"

"당연히 더 생각해도 되죠."

그가 말했다. 어차피 봄이 오기 전에 긴 여행을 떠나는 건
무리야. 그는 생각했다. 지금 출발하면 겨울이 오기 전에 샤라
무도이족 동굴까지는 도착할 수 있겠지. 하지만 여기서 겨울을
나는 것도 괜찮지. 에일라도 떠난다는 것에 대해서 충분히 생
각할 수 있을 테고.

그제야 마음이 놓인 에일라는 입가에 미소를 지으며 경쾌하
게 걸었다. 마음이 무겁다 보니 발걸음까지 무거워졌던 터였다.
존달라가 가족과 부족 사람들을 그리워하는 마음은 이해가 되
었다. 그가 고향에 돌아가겠다고 마음을 먹으면 그녀는 어디든
따라갈 작정이었다. 그럼에도 에일라는 이곳에서 함께 겨울을
지내는 동안 그가 마음을 바꿔 이 계곡에서 머물며 동굴을 꾸

리고 싶어 할지도 모른다는 희망을 품었다.

개울에서 꽤 떨어진 초원으로 이어지는 경사지를 오르고 있던 중, 에일라는 갑자기 멈춰서더니 몸을 숙여 낯이 익은 물체 하나를 집어 들었다.

"내 오록스 뿔이에요!"

에일라는 겉에 묻은 먼지를 털어내며 존달라에게 말했다. 안에는 새까맣게 탄 자국이 보였다.

"이 안에 불씨를 가지고 다녔어요. 씨족을 떠나서 이동을 하다가 찾아낸 거예요."

당시의 기억들이 물밀 듯 밀려왔다.

"처음으로 함정을 파서 말들을 몰았을 때 이 뿔 안에 불씨를 가지고 와서 횃불을 피웠어요. 그때 잡은 말이 히힝이의 어미였어요. 그리고 하이에나들이 새끼 말을 노려서 놈들을 쫓아내고 동굴로 망아지를 데려온 거예요. 그때 이후로 참 많은 일들이 일어났죠."

"여행을 할 때면 대개 불씨를 가지고 다니죠. 하지만 우리에게는 부싯돌이 있잖아요."

갑자기 남자는 미간을 찡그렸다. 에일라는 그가 무슨 생각을 하고 있는지 짐작했다.

"겨울나기에 필요한 준비는 다 끝난 거겠죠? 더 이상 할 일이 없을 것 같은데."

"네, 더는 준비하지 않아도 돼요."

"그럼 함께 여행을 다녀오면 어떨까요? 짧게요."

에일라의 표정을 본 그가 마지막 말을 덧붙였다.

"서쪽 지역은 가보지 못했다면서요. 식량과 천막, 잠자리 털 가죽을 챙겨서 잠시 다녀오면 어떨까요? 그리 멀리 갈 필요는 없고요."

"히힝이와 뜀박이는요?"

"데리고 가죠. 히힝이를 가끔씩 타도 될 테고, 아니면 식량이나 짐을 실어도 되고요. 재미있을 거예요, 에일라. 우리 둘이 함께 간다면."

그가 말했다. 에일라는 재미 삼아 여행을 한다는 생각은 한 번도 해본 적이 없어서 선뜻 받아들이기가 어려웠다. 하지만 굳이 반대할 이유가 없었다.

"그래도 될 것 같아요. 우리 둘이서…… 못 갈 이유가 없겠네요."

서쪽 지역을 탐사해보는 것도 나쁘지 않겠다고 에일라는 생각했다.

"여기는 저쪽만큼 흙이 깊게 쌓여 있지 않아요. 하지만 구덩이를 파서 식량을 저장하기에는 좋은 장소예요. 떨어진 돌을 가져와 덮으면 되고요."

에일라가 말하자 존달라는 횃불을 높이 들어 더 깊은 동굴까지 빛을 밝혔다.

"작은 구덩이를 여러 개 만들자는 거죠?"

"그러면 짐승이 동굴에 들어온다 해도 전부 가져가는 일은 없을 테니까요. 좋은 생각이네요."

존달라는 동굴의 가장 후미진 곳에 횃불을 비추더니 동굴 깊숙한 곳에 난 틈새들을 살폈다.

"전에 한 번 이쪽을 살펴봤었는데, 동굴사자의 흔적이 있는 것 같더군요."

"여기가 아기의 자리였어요. 하지만 이 동굴에 들어와 살기 전부터 아주 오래된 동굴사자의 흔적은 있었어요. 여기에서 겨울을 보내라는 토템의 계시라고 생각했죠. 이 동굴에서 이토록 오래 살 줄은 몰랐어요. 이제 와 생각해보니 여기에서 당신을 기다리라는 뜻이었던 것 같아요. 동굴사자의 정령이 당신을 여기로 인도했고, 당신의 토템이 나만큼 강해지도록 당신을 선택한 것이겠죠."

"나는 항상 도니가 나를 인도해주는 정령이라 생각했어요."

"어쩌면 도니도 당신을 인도했을 거예요. 하지만 동굴사자가 당신을 선택했다고 믿어요."

"당신 말이 맞을지 몰라요. 동굴사자를 비롯해 모든 생명의 정령들이 다 도니에게서 나왔으니까. 어머니께서 하시는 일은 모두 신비롭기 그지없어요."

"동굴사자의 토템을 지니고 살아가는 것은 어려운 일이에요, 존달라. 동굴사자의 시험은 항상 어려웠어요. 살아남지 못할 거란 생각도 여러 번 했었죠. 하지만 그 시험을 이겨내고 나면 그 뒤에 주어지는 선물은 그만큼 가치가 있어요. 내가 받은 선물 중 가장 값진 것은 바로 당신이에요."

에일라의 마지막 말은 감미롭게 들렸다. 존달라는 횃불을 벽에 난 틈에 꽂아두고 사랑하는 여인을 품에 안았다. 에일라는 가식이란 것을 모르고 언제나 솔직했다. 그가 입을 맞추자 에일라도 열정적으로 화답을 하는 바람에 그는 또 한 번 자신의 정욕에 굴복할 뻔했다.

"여기서 그만."

에일라의 어깨를 잡고 그녀에게서 입을 뗀 그가 말했다.

"안 그랬다가는 떠날 준비를 할 시간이 없을 거예요. 당신은 하두마의 손길을 가진 것 같아요."

"하두마의 손길이 뭔가요?"

"하두마는 여행 중에 만났던 노파예요. 아래로 여섯 세대나 둔 어머니인데, 후손들에게 큰 존경을 받더군요. 하두마에게는 어머니께서 주신 여러 능력이 있어요. 남자들은 하두마가 남근을 만져주면 원할 때마다 일어서고, 어떤 여자에게나 만족을 줄 수 있다고 믿어요. 모든 남자들이 하두마의 손길을 바라더군요. 몇몇 여자들은 남자를 부추기는 방법을 알고 있어요. 하지만 에일라, 당신은 그저 내 옆에 가까이만 와도 그렇게 할 수 있어요. 오늘 아침에도, 지난밤에도. 어제는 얼마나 많이 했던가요? 그리고 그 전날에도. 나는 지금껏 하루에 그렇게 많이 해

본 적도, 또 그렇게 자주 원했던 적도 없었어요. 하지만 지금은
좀 참아야 할 것 같아요. 안 그러면 오늘 아침에도 구덩이 파는
일을 끝내지 못할 거예요."

그들은 자잘한 돌들은 쓸어내고 큰 돌덩이는 지레를 이용해
옆으로 치워둔 뒤 어디에 구덩이를 팔지 정했다. 한데 시간이
지날수록 에일라는 평소와 달리 조신하게 행동했고 말수도 적
어졌다. 그는 자신이 무슨 실수라도 한 것인지 걱정이 되기 시
작했다. 어쩌면 너무 자주 욕구를 느낀다는 게 문제인 것 같았
다. 그가 에일라를 원할 때마다 항상 그를 맞을 준비가 되어 있
을 수는 없을 거란 생각이 들었다.

그는 많은 여자들이 인내심을 발휘하며 남자들이 먼저 쾌락
을 위해 적극적으로 다가오게 한다는 것을 알고 있었다. 물론
그는 원할 때면 언제든 쾌락을 나눌 여자가 주변에 있었다. 하
지만 그는 남자가 너무 간절해 보여서는 안 된다는 것을 배웠
다. 남자가 조금은 절제된 듯 보여야 여자 쪽에서도 더욱 몸이
달아오를 터였다.

그들이 모아둔 식량을 동굴 후미로 옮기기 시작할 무렵, 에
일라는 훨씬 더 가라앉아 보였다. 가죽에 싸놓은 말린 고기와
바구니에 담은 뿌리를 옮기기 전에는 시선을 아래에 둔 채 다
소곳하게 무릎을 꿇고 가만히 앉아 있기도 했다. 구덩이를 덮
을 돌들을 모으러 강가로 내려갔을 무렵에는 아예 마음이 상
한 듯한 기색이 역력했다. 존달라는 자신이 실수를 한 거라 확

신했지만 정확히 무엇 때문인지는 감이 오지 않았다. 늦은 오후 무렵, 에일라는 화가 잔뜩 나서 혼자서 옮기기에는 너무 무거운 바위와 씨름하고 있었다.

"그런 큰 돌은 필요 없어요, 에일라. 내 생각에는 쉬는 게 좋겠어요. 날도 더운데 하루 종일 일만 했으니 헤엄이나 치러 가죠."

에일라는 끌고 가던 돌에서 손을 놓고, 앞으로 흘러내린 머리카락을 뒤로 보내더니 허리끈의 매듭을 풀었다. 두르개가 스르륵 내려가는 사이, 그녀는 부적도 빼놓았다. 존달라는 또다시 아랫도리에서 익숙한 흥분을 느꼈다. 에일라의 몸을 볼 때마다 늘 있는 일이었다. 마치 사자 한 마리를 보는 것 같아. 그는 근육질의 날렵한 몸으로 물속에 뛰어드는 에일라의 모습에 감탄하며 생각했다. 그도 허리를 가린 천을 벗고 에일라를 뒤따랐다.

하지만 에일라가 어찌나 힘차게 상류로 거슬러 올라가던지 존달라는 에일라가 돌아올 때까지 기다리기로 했다. 한바탕 헤엄을 치고 오면 올라왔던 짜증도 내려가리란 기대도 있었다. 얼마 후 물살에 몸을 맡긴 채 유유히 내려오는 에일라가 보였다. 조금 전보다 기분이 풀린 듯 보였다. 그녀가 헤엄을 치기 위해 몸을 돌릴 때 존달라의 손이 에일라의 어깨에서 등줄기, 둥근 엉덩이를 스쳤다.

에일라는 갑자기 속도를 내서 그를 앞지르더니 물 밖으로 나갔다. 존달라가 기슭에 도착했을 무렵에 에일라는 이미 부적을 목에 걸고 두르개를 입고 있었다.

"에일라, 내가 무슨 잘못이라도 했나요?"

에일라 앞에 선 그는 몸에서 물을 뚝뚝 흘리며 물었다.

"당신 때문이 아니에요. 잘못한 사람은 나예요."

"당신은 아무런 잘못도 하지 않았어요."

"아니요. 하루 종일 당신을 부추기려고 했는데, 당신은 씨족의 몸짓을 알아보지 못하더군요."

에일라가 처음으로 월경을 시작해 여자가 되었을 때, 이자는 그에 관한 뒤처리는 물론 남자와 함께 한 후 몸을 씻는 법까지 알려주었다. 그리고 굳이 알려줄 필요가 있을까 의심하면서도 남자의 욕구를 부추기는 손짓과 자세를 가르쳐주었다.

"내 몸을 만진다거나 입술을 맞출 때, 난 그게 당신의 신호라는 걸 알아요. 하지만 당신을 부추기고 싶을 때 어떻게 신호를 보내야 할지 모르겠어요."

"에일라, 당신은 그냥 거기 그렇게 있는 것만으로도 나를 부추길 수 있어요."

"그런 뜻이 아니에요. 당신과 쾌락을 나누고 싶을 때 어떻게 말을 해야 할지 모르겠다고요. 그 방법을 몰라서……. 당신이 말했잖아요. 어떤 여자들은 남자를 부추기는 방법을 안다고요."

"오, 에일라, 그것 때문에 그렇게 하루 종일 고민했어요? 나를 부추기는 방법을 알고 싶어서?"

　고개를 끄덕이던 에일라는 창피함이 밀려와 고개를 숙였다. 동굴곰족 여자들은 자신의 마음을 그렇게 대놓고 드러내지 않았다. 자신을 압도할 만큼 남자다운 사내의 모습 앞에서 견디기 힘들다는 듯 극도로 수줍어하며 그들의 욕구를 넌지시 표현했다. 평소처럼 다소곳한 눈길과 얌전한 자세를 취하면서도 남자의 매력에 한껏 빠졌다는 듯한 신호를 은밀히 보내야 했다.

　"당신이 나를 얼마나 부추겨놓았는지 보라고요, 에일라."

　그녀에게 말하는 동안 그는 어느새 일어난 남성을 느끼고 있었다. 그도 어쩔 수 없는 일이었다. 감출 수 없이 흥분된 그를 보자 에일라의 입가에 미소가 번졌다.

　"에일라, 당신은 그저 내 곁에서 숨을 쉬는 것만으로도 나를 흥분시킨다는 것을 몰랐어요?"

　그는 에일라를 번쩍 안아 강변을 가로질러 비탈길을 오르기 시작했다.

　"당신을 보기만 해도 흥분이 돼요. 처음 봤을 때부터 당신을 원했어요."

　그에게 안겨 가던 에일라는 그의 말에 깜짝 놀랐다.

　"당신은 정말 대단한 여자예요. 남자를 부추기는 방법 따위는 필요 없다고요. 그런 건 배우지 않아도 돼요. 당신이 하는 행동 하나하나가 나로 하여금 더욱 당신을 원하게 해요."

그들은 동굴 입구에 닿았다.

"날 원하면, 그냥 말만 하면 돼요. 아니면 더 좋은 방법은 이렇게."

그가 에일라에게 키스했다. 그는 에일라를 동굴 안까지 안고 가서 털가죽 위에 눕혔다. 그러고는 다시 한 번 부드럽게 입을 맞췄다. 에일라는 다리 사이에서 단단해진 남성을 느꼈다. 그는 일어나 앉더니 얼굴 한가득 장난스러운 미소를 지었다.

"하루 종일 나를 부추기려고 애썼다고 했지요. 그런데 어째서 실패했다고 생각한 거죠?"

그는 갑자기 전혀 예상치도 못했던 행동을 했다. 그가 씨족 남자들이 쓰는 손짓을 한 것이다.

에일라는 놀라 눈이 커다래졌다.

"존달라! 그건…… 동굴곰족 신호예요."

"당신이 내게 동굴곰족 여자의 신호를 보냈으니 나도 그에 걸맞은 신호를 보내는 게 좋을 것 같아서요."

"하지만…… 난……."

에일라는 그다음 말을 이어갈 수 없었다. 반사적으로 몸이 움직일 따름이었다. 그녀는 일어나 몸을 돌리더니 무릎을 꿇고 엎드린 채 엉덩이를 들었다.

존달라는 그저 장난삼아 신호를 보낸 것뿐이었다. 그 신호 한 번에 에일라가 이토록 빠르게 반응을 보일 거라고는 생각하지 못했다. 순간, 에일라의 탄탄한 둥근 엉덩이가 눈에 들어왔

다. 그녀의 짙은 분홍빛 여성이 유혹하듯 열려 있는 것을 보자
더는 참을 수 없었다. 그는 자신도 모르게 무릎을 꿇고 그녀의
뒤에 바싹 다가가 여자의 따뜻하고 깊은 몸속으로 들어갔다.

에일라는 그 자세를 취한 순간, 브라우드가 떠올라 머릿속
이 잠시 복잡해졌다. 할 수만 있다면 거부하고 싶은 마음까지
들었다. 하지만 끔찍했던 순간의 기억이 강렬한 만큼, 반사적으
로 그 신호에 따라 몸이 움직였다.

남자는 여자의 몸을 덮치듯 돌진했다. 존달라가 들어온 순
간, 에일라는 전혀 예상치 못했던 쾌락에 소리를 내질렀다. 그
자세는 전과는 다른 몸의 부위를 자극하기 시작했다. 그가 몸
을 뒤로 뺐다가 다시 들어오자 살과 살이 부딪치며 새로운 흥
분이 일어났다. 그가 다시 여자에게로 파고든 순간, 그녀도 몸
을 앞으로 향했다가 다시 남성을 받아들였다. 남자가 에일라
뒤에서 격렬하게 몸을 움직일 때 에일라는 불현듯 히힝이와 수
말이 떠올랐다. 말들이 짝짓기를 하던 모습을 떠올리는 것만으
로도 온몸이 달아오르며 간질거리는 쾌감이 퍼져나갔다. 에일
라는 남자의 움직임에 맞춰 엉덩이를 움직이며 쾌락에 젖은 신
음을 내뱉었다. 서로의 몸을 자극하는 움직임이 빨라졌다.

"에일라, 오, 아름다운 야생의 여인이여."

그는 계속해서 격렬하게 움직이며 헐떡였다. 얼마 후, 에일라
의 엉덩이를 잡고 그에게로 더욱 바싹 끌어당겼다. 그가 에일라
를 가득 채웠을 때 에일라는 몸을 앞으로 뺐다가 그가 돌진하

는 순간 엉덩이를 들어 그를 받아들이며 쾌감에 온몸을 떨었다. 그들은 절정의 쾌락을 맛보고 있었다. 이윽고 에일라는 고개를 아래로 떨어뜨렸다. 존달라는 그녀를 안은 채 쓰러져 털가죽 위에 모로 누웠다. 에일라의 등은 남자에게 폭 안겨 있었고 그의 남성은 여전히 여자 안에 있었다. 그는 에일라를 안고서 한 손으로 가슴을 쥔 채 한동안 그대로 있었다. 얼마 후 존달라가 입을 열었다.

"그 신호도 나쁘지 않다는 걸 인정해야겠어요."

그는 에일라의 목 뒤를 입으로 애무하더니 귀로 옮겨갔다.

"처음에는 내키지 않았었는데. 존달라, 당신과 함께 하는 것은 모두 다 좋아요. 모든 게 다 쾌락이에요."

그녀는 남자에게로 더욱 파고들며 말했다.

"존달라, 뭘 찾고 있어요?"

에일라가 암붕 위에서 아래를 내려다보며 외쳤다.

"부싯돌이 더 있나 찾고 있어요."

"막 쓰기 시작한 돌도 새 것이나 다름없어요. 이 돌이면 충분히 오래 쓸 수 있을 거예요. 더는 필요 없어요."

"알아요. 하지만 하나 봐둔 게 있거든요. 몇 개 더 찾을 수 있나 보려고요."

"더는 필요 없을 것 같은데. 그리고 어서 출발하는 게 좋아요. 이맘때는 날씨가 금세 변하거든요. 아침에 더웠다가 저녁에 눈보라가 치기도 해요."

그녀가 비탈길을 내려오며 말했다. 존달라는 새로 찾은 돌 몇 개를 주머니에 넣고 주위를 둘러보고 나서야 에일라를 올려다보았다. 그러더니 그는 다시 한 번 에일라를 뚫어지게 바라보았다.

"에일라! 뭘 입고 있는 거예요?"

"이상한가요?"

"아니요, 아주 잘 어울려요. 어디서 났어요?"

"내가 만들었어요. 당신 옷을 만들 때처럼. 크기만 다르게 해서 당신 옷이랑 비슷하게 만들어봤어요. 내가 이런 옷을 입어도 되는 건지 모르겠지만. 남자들만 입는 옷은 아니겠지요? 그리고 구슬로 어떻게 장식을 하는지도 모르겠고."

"여자들의 옷이라고 크게 다르지는 않았어요. 상의가 조금 더 길었던 것도 같고. 장식도 조금 다를 거예요. 이 옷은 사실 마무토이족 옷이에요. 내가 입고 있던 옷은 위대한 어머니의 강 끝에 도착했을 때 잃어버렸거든요. 당신에게 아주 멋지게 잘 어울리네요, 에일라. 그리고 날이 추워지면 그 옷이 더 마음에 들걸요. 아주 따뜻하고 편해서."

"잘 어울린다니 다행이에요. 나도 입고 싶었어요. 당신 방식으로 만들어서."

"내 방식이라…… 글쎄요. 이제 더 이상 내 방식이라고 말할 수 없을 것 같군요. 우리를 좀 봐요! 남자와 여자, 그리고 말 두 마리! 말 하나가 우리의 천막과 식량과 여분의 옷까지 대신 짊어져주고. 거추장스러운 짐 하나 없이 여행에 나설 수 있다니 기분이 묘하네요. 들고 가는 것이라고는 창, 그리고 창 던지개뿐! 아, 주머니에는 부싯돌이 가득하고요. 누가 우리를 본다면 아주 놀라운 광경이 되겠어요. 나조차 나 자신을 보고 놀라니까요. 난 당신이 발견했던 그 남자가 아니에요. 당신이 나를 완전히 바꿔놓았어요. 그래서 당신을 더욱 사랑하고요."

"나도 다른 사람이 되었어요, 존달라. 나도 사랑해요."

"자, 그럼 어디로 갈까요?"

그들은 계곡을 따라 죽 걸었다. 암말과 망아지가 뒤를 따랐다. 계곡을 잠시나마 떠난다는 사실에 에일라는 심란한 마음이 들기도 했다. 계곡의 끝자락에 이르러 방향을 틀던 순간, 에일라는 뒤를 돌아다보았다.

"존달라! 저길 좀 봐요! 말들이 계곡에 돌아왔어요. 내가 처음 여기에 왔던 이후로 말들을 보지 못했었는데. 말들을 몰아 히힝이의 어미를 사냥한 직후, 무리가 다 떠나버렸거든요. 다시 돌아온 걸 보니까 정말 기쁘네요. 난 언제나 이곳이 말들의 계곡이라고 생각했어요."

"그때 떠났던 그 말들인가요?"

"모르겠어요. 수말은 황갈색이었어요. 히힝이처럼요. 수말은 안 보이고 우두머리 암말만 있네요. 벌써 오랜 시간이 흘렀으니까요."

히힝이도 말들을 보더니 힘차게 울었다. 그러자 화답하듯 말들의 울음소리가 들려왔다. 뜀박이도 궁금한지 무리가 보이는 쪽으로 고개를 돌렸다. 이내 암말은 에일라를 따라 발길을 돌렸고 망아지도 그 뒤를 따랐다.

에일라는 강을 따라 남쪽으로 가다가 가파른 경사지가 시작되는 반대편 기슭이 보일 때 물을 건넜다. 경사지에 올라 멈춰 선 그들은 히힝이의 등에 올랐다. 에일라는 전에 봐두었던 이정표를 확인한 뒤 남서쪽으로 방향을 잡았다. 바위투성이 협곡이 시작되는 주변 풍경은 전보다 더 거칠어진 듯 보였고, 가파른 경사지는 완만한 바위 언덕들로 이어지고 있었다. 삐죽빼죽한 절벽을 사이에 둔 협곡 입구에 이르자 에일라는 말에서 내려 땅을 자세히 살폈다. 최근에 찍힌 짐승의 발자국은 없었다. 그녀는 막다른 계곡을 향해 가더니 절벽에서 떨어져 나온 바위 위에 올랐다. 그 위에서 주변을 살핀 에일라는 바위에서 내려와 그 뒤쪽으로 걸음을 옮겼고, 존달라도 그녀를 따라 걸었다.

"이곳이에요, 존달라."

옷 안에서 주머니를 꺼내 건네며 말했다. 존달라도 그 장소를 기억했다.

"이게 뭐죠?"

그는 작은 가죽 주머니를 든 채 물었다.

"붉은 흙이에요, 존달라. 무덤에 뿌릴 흙."

그는 아무 말도 할 수 없어 고개만 주억거렸다. 눈물이 차올랐지만 굳이 참으려고 애쓰지 않았다. 그는 한 줌 가득 쥔 흙을 돌무더기 위에 뿌린 뒤, 또 한 번 흙을 주변에 골고루 뿌렸다. 그가 젖은 눈으로 절벽을 응시하는 동안, 에일라는 가만히 기다렸다. 그가 돌아서려는데 에일라가 손을 들더니 소놀란의 무덤 위에서 손짓언어로 무언가를 말했다.

그들은 한동안 아무 말 없이 말을 타고 이동했다. 마침내 존달라가 입을 열었다.

"동생은 어머니의 총애를 받았어요. 그래서 어머니가 일찍 데려가신 거죠. 그 손짓은 무슨 의미가 있나요?"

"정령의 세계로 가는 여행길에서 그를 보호해주십사 위대한 동굴곰 정령에게 기원했어요. 그리고 행운이 따르길 빌고요. '우르수스와 함께 걷기를.' 그런 의미예요."

"에일라, 내가 미처 고맙다는 말을 못 했어요. 지금 할게요. 동생을 묻어주어서, 그리고 씨족의 정령들에게 그를 보호해달라고 기원해주어서 고마워요. 당신 덕분에 동생이 정령의 세계로 가는 길을 잘 찾을 거라 믿어요."

"동생이 용감하다고 말했죠. 내 생각에는 용감한 이들은 길을 찾는 데 도움이 필요 없을 것 같아요. 두려움 없는 이들에게는 그조차 흥미진진한 모험이 되겠지요."

"네, 용감했어요. 그리고 모험을 사랑했죠. 그리고 오로지 그 순간만을 사는 것 마냥 생기가 넘쳤어요. 동생이 아니었더라면 난 여행을 시작하지도 못했을 거예요."

그는 뒤에서 에일라를 안아 자신 쪽으로 끌어당겼다.

"그리고 당신도 만나지 못했을 것이고. 이게 내 운명이라고 했던 샤무드의 말이 바로 이런 뜻이었군요! 샤무드가 그랬어요. 동생이 내가 가야만 할 곳으로 나를 이끌었다고. 동생이 아니었다면 가지 못했을 곳으로……. 소놀란이 나를 당신에게로 이끌어준 거예요. 그리고 동생은 자신의 사랑을 따라 정령의 세계로 갔고. 그땐 동생을 떠나보내고 싶지 않았는데, 이제는 동생이 이해가 되네요."

서쪽으로 계속 이동하자 절벽에서 떨어져 나온 돌투성이 지대가 끝나고 탁 트인 초원이 나타났다. 초원에는 거대한 북쪽의 빙하가 녹아 흘러내려온 물줄기가 강과 개울을 이루고 있었다. 물길은 높은 절벽으로 둘러싸인 협곡을 가르거나 완만한 경사를 이루는 계곡지대를 구불구불 흐르며 지나갔다. 삭막한 초원에 그나마 생기를 부여하는 나무들이 물길을 따라 뿌리를 내리며 강인한 생명력을 자랑했다. 하지만 거센 바람에 시달린 나무들은 모두 다 왜소하고 마치 비틀린 채 얼어붙은 듯한 모양이었다.

그들은 바람도 피하고 장작도 구할 겸 가능한 계곡과 가깝게 이동했다. 초원에 형성된 계곡에는 자작나무, 버드나무, 소나무, 낙엽송이 자랐다. 하지만 동물의 경우는 달랐다. 수많은 야생동물이 계곡이 아닌 초원에서 서식했다. 존달라와 에일라는 신선한 고기가 먹고 싶으면 언제든 새로 만든 무기로 사냥을 했다. 먹다 남은 고기는 다른 맹수와 청소동물을 위해 남겨두었다.

아침부터 유난히 덥고 바람 한 점 없던 그날은 길을 나선지 보름째 되는 날이었다. 그들은 오전 내내 걷다가 저 멀리 푸른빛이 도는 언덕이 눈에 들어오자 함께 말에 올랐다. 앞에 탄 에일라의 몸이 닿자 다시 달아오르기 시작한 존달라는 여자의 옷자락 아래로 손을 집어넣어 애무하기 시작했다. 언덕 위에 오르자 큰 개울이 흐르는 푸른 계곡이 내려다보였다. 그들이 물가에 도착했을 때 해는 중천에 떠 있었다.

"존달라, 북쪽으로 갈까요, 남쪽으로 갈까요?"

"어느 쪽으로도 가지 말고, 그냥 여기서 야영해요."

그가 말했다. 에일라는 아무 이유 없이 이렇게 일찍 이동을 그만두는 것에 익숙하지 않았다. 그래서 반대 의견을 말하려고 하는데 존달라가 그녀의 목에 입을 맞추더니 손으로 에일라의 가슴을 꼭 감싸 쥐었다. 에일라는 굳이 계속해서 이동할 이유도 없을 거라고 스스로를 타일렀다.

"좋아요, 여기서 쉬었다 가요."

그녀가 말했다. 에일라는 말에서 내렸다. 존달라도 말에서 내려와 히힝이가 쉬면서 풀을 뜯어 먹을 수 있도록 등에 실어놓았던 짐들을 내려주고서 바로 에일라를 안았다. 입맞춤을 나누는 동안, 어느새 그의 손은 옷자락 아래서 바쁘게 움직였다.

"그냥 내가 옷을 벗는 게 어떨까요?"

에일라가 말했다.

그는 에일라가 윗도리를 머리 위로 들어 올려 벗고, 허리끈을 풀어 스르륵 내려간 아랫도리에서 빠져나오는 모습을 보며 미소 지었다. 그도 윗도리를 머리 위로 들어 올려 벗는데 갑자기 쿡쿡대는 웃음소리가 들렸다. 고개를 들어 보니 에일라는 사라지고 없었다. 또 한 번 웃음소리가 들렸다. 에일라는 강물 속으로 풍덩 들어갔다.

"헤엄을 치려고요."

그녀가 말했다.

존달라는 활짝 웃더니 바지를 벗고 물속으로 뛰어들었다. 강은 깊고 차가웠다. 물살이 빠른 편이었지만 에일라는 팔을 힘차게 내저으며 빠르게 상류로 거슬러 올라갔다. 그는 에일라를 따라잡느라 애를 먹었다. 기슭 가까운 곳에서 에일라를 간신히 따라잡은 그는 선헤엄을 쳐서 에일라를 붙잡아 입을 맞추었다. 하지만 그녀는 금세 남자의 팔에서 빠져나와 깔깔대며 강변으로 달아났다.

에일라의 뒤를 쫓았지만 그가 강변에 도달했을 때 에일라는 어느새 골짜기 쪽으로 달리고 있었다. 그는 전력 질주해 마침내 에일라의 허리를 감싸 안았다.

"이번에는 못 빠져나갈걸요."

그가 에일라를 바싹 끌어당기며 말했다.

"당신을 쫓느라 기운을 다 쏟고 나면 내가 당신에게 쾌락을 줄 수 없을 거예요."

그는 에일라의 장난기에 즐거워하며 말했다.

"난 당신이 내게 쾌락을 주는 걸 원치 않아요."

에일라가 말했다. 그녀의 말에 존달라의 입이 떡 벌어지더니 이마에 주름이 잡혔다.

"원하지 않는다고요? 내가 당신에게……."

그는 안고 있던 에일라를 놓아주며 물었다.

"내가 당신에게 쾌락을 주고 싶어요."

에일라의 말에 그의 가슴이 두근대기 시작했다.

"당신은 늘 내게 쾌락을 선사해요, 에일라."

그가 에일라를 품으로 끌어당기며 말했다.

"나도 알아요. 당신이 내게 쾌락을 줄 때 당신도 쾌락을 느끼지요. 그런데 내가 말한 것은 그런 게 아니에요."

에일라의 눈빛은 진지했다.

"당신을 기쁘게 하는 방법을 배우고 싶어요."

에일라 앞에서 그의 인내심은 무용지물이었다. 그녀를 안고 있는 사이, 그의 남성은 단단해져 있었다. 그는 아무리 해도 성이 차지 않는 듯 에일라에게 오래오래 키스했다. 그들은 그렇게 서로의 입속을 탐사하듯 음미하고 애무하며 긴 입맞춤을 나눴다.

"어떻게 하면 날 기쁘게 할 수 있는지 보여줄게요, 에일라."

그는 에일라의 손을 잡고 물가 근처에 있는 풀밭으로 가며 말했다. 둘은 풀밭에 앉았다. 그가 다시 에일라에게 키스를 하더니 귀와 목을 애무하고는 그녀를 눕혔다. 한 손으로는 가슴을 쓸며 혀로는 다른 쪽 가슴을 애무하던 때, 에일라가 다시 일어나 앉았다.

"내가 당신을 기쁘게 하고 싶다고요."

그녀가 말했다.

"에일라, 난 당신을 기쁘게 하는 것만으로도 충분히 즐겁고 쾌락을 느껴요. 당신이 내게 쾌락을 주겠다고 하는데, 그게 얼마나 나를 즐겁게 할지 잘 모르겠어요."

"그러면 당신의 쾌락이 줄어들까요?"

존달라는 고개를 뒤로 젖히며 웃음을 터뜨리고는 에일라를 안았다. 그녀도 미소를 짓기는 했지만 무엇 때문에 그가 그렇게 웃는지 감이 오지 않았다.

"당신이 무엇을 하든 쾌락이 줄어드는 일은 없을 것 같은데요."

그러더니 파란 눈으로 에일라를 바라보며 말했다.

"사랑해요, 당신이란 여자를."

"나도 사랑해요, 존달라. 당신이 그런 눈빛으로 미소 지을 때면 사랑이 느껴져요. 당신이 크게 웃음을 터뜨릴 때도 사랑으로 마음이 벅차올라요. 씨족 사람들은 누구도 웃지 않았어요.

내가 웃는 것을 좋아하지 않았고요. 이제 다시는 웃지 못하게 하는 사람들과는 살고 싶지 않아요."

"에일라, 당신은 웃어야 해요. 미소도 짓고요. 당신이 미소를 지을 때 얼마나 아름다운데요."

그녀는 존달라의 말에 미소 짓지 않을 수 없었다.

"에일라, 오, 에일라."

그는 여자의 목에 얼굴을 묻고 애무하며 말했다.

"존달라, 난 당신이 그렇게 만져줄 때, 그리고 목에 입을 맞출 때 기분이 좋아요. 당신도 그렇게 하면 기분이 좋아지는지 궁금해요."

그는 에일라의 끈기에 두 손 두 발 다 들었다는 듯 웃었다.

"어쩔 수 없겠군요. 당신이 너무 끈질겨서. 에일라, 뭐가 하고 싶다고요? 아까 말한 대로 내게 해봐요, 그럼."

"당신도 좋아할까요?"

"한번 해보죠."

그녀는 남자를 들판에 눕히고는 허리를 숙여 그에게 입을 맞추었다. 에일라는 입을 벌려 혀를 움직이기 시작했다. 어느새 반응이 오기 시작한 그는 욕구를 참기 위해 노력해야 했다. 그 때 에일라가 가볍게 혀를 튕기듯 남자의 목에 입을 맞췄다. 그녀는 남자가 가볍게 몸을 떠는 것을 느꼈다. 그녀는 남자의 기분을 확인하고 싶어 그를 바라봤다.

"기분이 좋았어요?"

"그러네요, 에일라. 좋은데요."

정말로 그랬다. 자신의 몸 위에 올라탄 채 망설이듯 천천히 다가오는 에일라의 애무는 그가 생각했던 것보다 훨씬 더 그를 흥분시켰다. 가벼운 키스에도 온몸이 달아올랐다. 에일라는 사춘기에 이르긴 했지만 초야 의식을 치르지 않은 미숙한 소녀들처럼 자신이 하는 행동에 확신이 없었다. 하지만 그런 순진한 소녀들은 성적인 매력이 넘쳤다. 경험이 부족한 여자의 부드러운 키스는 마치 금단의 열매를 따 먹는 것처럼 그 어떤 노련한 여인의 열정적이고 관능적인 애무보다 더 자극적이었다.

남자들은 어떤 여자든 마음만 맞으면 사랑을 나눌 수 있었지만 초야 의식을 치르지 않은 숫처녀만은 예외였다. 하지만 경험이 없는 처녀들도 남자를 유혹해 동굴 구석에서 비밀스럽게 애무를 하는 일은 있었다. 딸이 있는 어머니들은 자기 딸이 여름 축제가 막 끝난 뒤 월경을 시작하며 여자가 될까봐 크게 걱정했다. 다음 여름 축제 때 치를 초야 의식 전까지 긴긴 겨울을 처녀로 지내야 하기 때문이었다. 대다수 소녀들이 초야 의식 전에 키스나 가벼운 애무 정도는 경험했다. 한데 존달라는 엄밀히 말해 처녀가 아닌 여자들과 초야 의식을 치른 적도 있었다. 그저 그 여자와 가족들에게 수치심을 주고 싶지 않아 입을 다물었을 뿐이었다.

그는 남자 경험이 없는 젊은 여자들의 매력을 잘 알았다. 초야 의식에 선택되는 게 즐거운 이유도 바로 그래서였다. 그런데 에일라에게는 바로 그런 숫처녀 같은 매력이 있었다. 에일라가 그의 목에 입을 맞췄다. 그는 몸을 가볍게 떨며 눈을 감은 채 여자의 애무에 몸을 맡겼다.

에일라는 남자의 몸을 간질이듯 혀로 동그란 원을 그리며 몸 아래로 내려갔다. 그녀 자신도 온몸이 화끈거리는 것 같았다. 그에게는 거의 고문과도 같았다. 너무도 강렬한 고문. 온몸이 간질거리며 뜨겁게 달아오르기 시작했다. 에일라의 혀가 배꼽에 닿았을 때 인내심은 극에 달했다. 남자는 에일라의 머리를 지그시 감싸더니 부드럽게 아래로 밀었다. 여자는 그의 뜨거워진 남성이 뺨에 닿는 것을 느꼈다. 그녀는 숨을 길게 들이마셨다. 몸 깊은 곳에서 그를 끌어당기고 싶은 강한 충동이 일었다. 간질이며 움직이는 여자의 혀에 더는 참을 수 없었다. 그는 단단하게 발기한 채 한껏 뻗은 성기 쪽으로 여자의 머리를 밀었다.

"존달라, 괜찮을까요?"

"당신만 괜찮다면, 에일라."

"당신에게 기쁨을 줄 수 있을까요?"

"그럴 것 같아요."

"그럼, 해볼래요."

그는 욱신대는 남성의 끝부분이 촉촉하고 따뜻한 기운으로 감싸지는 것을 느꼈다. 이내 그의 남성은 더 깊이 빨려 들어갔다. 그가 신음했다. 여자의 혀는 부드러운 머리와 갈라진 틈과 살갗을 탐색하듯 이리저리 조심스레 애무했다. 그녀의 입놀림에 남자가 쾌감의 신음을 토해내자 여자는 한층 대담해졌다. 스스로도 새로운 방식이 흥분되는 듯 깊은 곳에서 저릿저릿한 느낌이 솟아났다. 그녀는 혀로 남성을 둥글게 굴리듯 애무했다. 그가 여자의 이름을 외쳐대자 여자의 혀는 더욱 빠르게 움직였고 다리 사이가 촉촉이 젖어들었다. 그는 빨아 당기는 힘을 느꼈다. 촉촉하고 따뜻한 입이 빠르게 위아래로 움직였다.

"오, 도니! 오, 세상에! 에일라, 에일라! 이런 걸 어디에서 배웠나요!"

얼마나 깊이 담을 수 있는지 궁금해진 그녀는 숨이 막힐 정도로 깊게 남성을 빨아들였다. 남자의 신음이 커지자 에일라는 거듭해서 입속 가득 그를 받아들였다. 마침내 남자가 여자의 깊은 몸속으로 들어가기 위해 일어나 앉았다.

그녀의 깊은 계곡을 원하는 남자의 욕구와 그를 받아들이고 싶은 자신의 욕구를 감지한 그녀도 일어나 앉더니 한쪽 다리로 그의 등을 꼭 감싸 안은 채 그의 잔뜩 흥분한 남성을 찌르듯 꽂아 넣어 자신의 몸속으로 빨아들였다.

고개를 들어 바라본 그녀는 눈이 부실 듯 아름다웠다. 햇살이 비춰 그녀의 머리카락 주위로 금빛 후광을 이루고 있었다. 눈을 감은 채 살포시 벌어진 입을 한 그녀의 얼굴은 황홀경에 취해 있었다. 그녀가 상체를 뒤로 젖히자 팽팽하게 부풀어 오른 가슴과 그 위로 봉긋 솟아오른 옅은 빛깔의 유두가 눈에 들어왔다. 우아하게 곡선을 이룬 여자의 몸이 햇빛에 반짝였다. 그의 남성은 여자의 몸에 깊숙이 박힌 채 절정의 쾌락을 맞이할 준비를 하고 있었다.

그녀가 남자의 긴 남성을 따라 엉덩이를 들었다가 내려와 앉는 순간, 남자는 순간 호흡이 멎는 듯했다. 극도의 흥분이 밀려들었다. 그녀가 다시 몸을 들자 남자는 비명 같은 신음을 내질렀다. 그녀가 갑자기 쏟아져 내린 축축한 물기를 느끼며 몸을 내린 순간, 남자는 자신의 정기를 쏟아냈다. 쾌감에 온몸이 부르르 떨렸다.

남자는 여자의 몸을 바싹 끌어당기며 입술로는 여자의 유두를 애무했다. 진이 다 빠질 만큼 격렬했던 움직임이 끝나고 에일라는 깊은 만족감에 젖은 채 옆으로 누웠다. 존달라는 일어나더니 몸을 숙여 입을 맞춘 뒤 젖무덤 사이에 얼굴을 묻었다. 가슴을 한쪽씩 애무하고 다시 입을 맞췄다. 그러고 나서야 에일라에게 팔베개를 해주며 옆에 누웠다.

"당신에게 쾌락을 주는 게 좋아요, 존달라."

"누구도 내게 이토록 큰 쾌락을 준 적이 없었어요, 에일라."

"하지만 당신은 내게 쾌락을 줄 때가 더 좋다면서요."

"딱히 그렇지도 않은 것 같아요. 한데…… 어떻게 내 몸에 대해 그렇게 속속들이 아는 거죠?"

"뭔가를 배우는 것과 똑같은 과정이죠. 도구를 만드는 기술을 배우듯이."

그녀는 미소 짓더니 깔깔깔 웃음을 터뜨렸다.

"존달라에게는 두 가지 기술이 있어요. 하나는 도구를 만드는 기술, 다른 하나는 여자를 만드는 기술."

그녀는 진정한 여자로 거듭난 자신에게 만족한다는 듯 말했다. 그도 따라 웃었다.

"방금 농담한 거죠, 에일라."

그는 미심쩍은 듯 미소 지으며 말했다. 사실에 가까운 말이기도 했지만 농담조도 섞여 있는 게 분명했다.

"하지만 당신 말이 맞아요. 나는 당신에게 쾌락을 주는 게 너무 좋아요. 당신의 몸을 사랑해요. 아니, 당신의 모든 것을 다 사랑해요."

"나도 당신이 내게 쾌락을 줄 때 좋아요. 사랑이 내 안을 가득 채우는 느낌이에요. 당신이 내킬 때마다 언제든 내게 쾌락을 줘도 돼요. 하지만 나도 가끔씩은 당신에게 쾌락을 주고 싶어요."

그는 다시 웃었다.

"좋아요. 그리고 당신이 그토록 배우고 싶어 하니까 더 많은 걸 가르쳐줄게요. 서로에게 쾌락을 줄 수도 있고요. 하지만 다음번에는 내 차례예요. '사랑이 당신 안을 가득 채울 수 있게.' 여하간 대단한 솜씨였어요. 하두마의 손길만이 나를 일어나게 하는 건 아닌 것 같아요."

에일라는 잠시 아무 말도 않더니 얼마 후 입을 열었다.

"그게 꼭 중요한 것 같지는 않아요, 존달라."

"뭐가요?"

"당신의 남성이 다시 일어나지 못한다 해도 당신은 사랑으로 내 안을 가득 채울 거예요."

"그런 말은 하지 마요!"

그는 웃으며 말했지만 그럴 가능성을 떠올리기만 해도 소름이 돋았다.

"당신의 남성은 다시 일어날 것이다."

그녀가 대단히 엄숙하게 말하더니 이내 깔깔 웃음을 터뜨렸다.

"오늘따라 왜 이리 재치가 넘치는 거예요? 그래도 절대 농담거리로 삼으면 안 되는 게 있는 거예요."

그는 일부러 불쾌한 척 말하더니 이내 크게 웃었다. 그는 에일라의 장난기에 놀라기도 했지만 한편으로는 그녀가 농담의 세계에 발을 들였다는 게 기쁘기도 했다.

"나는 당신을 웃게 만드는 것도 좋아요. 당신과 함께 웃다 보면 당신과 사랑을 나눌 때처럼 기분이 좋아져요. 당신이 늘 나와 함께 웃어주면 좋겠어요. 그러면 당신의 사랑이 끝나는 일도 없을 것 같아요."

"내 사랑이 끝난다고요?"

그가 몸을 일으켜 세워 그녀를 내려다보며 말했다.

"에일라, 난 평생 동안 당신을 찾아 헤맸지만 찾게 되리라고

는 생각도 못 했어요. 당신에게는 내가 원하는 모든 게 담겨 있
어요. 내가 꿈꾸던 모든 것을 다 가진, 아니 그 이상을 가진 여
자. 대단히 매혹적인 수수께끼 같은 여자. 그리고 모순으로 가
득한 여인이죠. 당신은 자신의 마음을 터놓는 솔직한 여자지
만, 내가 만났던 여자 중에서 가장 알 수 없는 신비로운 여자예
요.

　강하고 독립적이고 누구의 도움도 없이 스스로를 돌볼 줄
알고, 또 나까지 보살폈죠. 하지만 수치심이나 분한 마음 없이
내 발치에 무릎을 꿇을 수도 있는 여자예요. 물론 내가 못 하게
하겠지만. 그런데 그럴 때 보면 마치 내가 도니 여신에게 기도
를 드릴 때 같은 태도를 하고 있어요. 또한 당신은 두려움을 모
르는 용감한 여자예요. 내 목숨을 구하고, 치료해주고, 날 위해
사냥을 하며 보살펴주었어요. 당신은 내 도움 없이도 잘 살 수
있어요. 하지만 당신을 보고 있으면 당신이 아무런 해도 입지
않도록 늘 보호하고 지켜주고 싶어요.

　당신과 평생을 함께 산다고 해도 당신에 대해 완전히 알 수
는 없을 것 같아요. 당신은 헤아릴 수 없는 깊이를 가진 사람이
라서 그 깊이를 알려면 몇 생이 걸릴 것 같아요. 고대의 어머니
처럼 지혜롭고 연륜도 있지만 마치 초야 의식을 치르는 처녀처
럼 젊고 생기 가득해요. 그리고 지금껏 본 여인들 중에 가장 아
름다운 여인이고요. 당신과 같은 여인을 만나다니 이런 큰 행
운이 찾아온 게 믿기지가 않네요. 난 누군가를 사랑할 수 없을

거라 생각했어요. 이젠 알아요. 내가 오직 당신만을 기다려왔
다는 것을. 에일라, 사랑이 찾아오지 않을 거라 믿었던 내가 이
제는 당신을 내 목숨보다 더 사랑해요."

에일라의 두 눈에 눈물이 가득 고였다. 존달라는 그녀의 눈
에 입을 맞추고서 마치 그녀를 잃어버릴까봐 두렵다는 듯 꼭
끌어안았다.

다음 날 아침, 잠에서 깨어났을 때 땅에는 눈이 얕게 쌓여
있었다. 바람에 펄렁 젖혀진 천막 덮개를 그대로 둔 채 존달라
와 에일라는 털가죽 속으로 파고들었다. 어쩐지 서운함이 밀려
왔다.

"돌아갈 시간이네요, 존달라."

"그런 것 같군요."

그는 숨을 내쉴 때마다 흘러나오는 입김을 바라보며 말했다.

"이제 겨울의 초입인걸요. 당장 거센 눈보라가 불어닥치지는
않을 거예요."

"그건 결코 모르는 일이에요. 날씨는 언제든 돌변할 수 있어
요."

그들은 마침내 일어나 천막을 정리하기 시작했다. 에일라의
눈에 땅속 둥지에서 나와 두 발로 빠르게 뛰어가는 큰 날쥐가
들어온 순간, 그녀는 줄팔매로 사냥감을 명중시켰다. 날쥐가
쓰러진 곳까지 걸어가 몸길이의 두 배쯤 되는 꼬리를 잡아 올

리더니 발굽처럼 생긴 며느리발톱을 쥐고서 그녀의 등 뒤에 척 걸쳤다. 야영지로 돌아온 그녀는 사냥해 온 날쥐를 빠른 손으로 가죽을 벗겨 꼬챙이에 꿰었다.

"돌아가야 한다니 서운한 생각이 드네요."

에일라가 말했다. 존달라는 불을 피우고 있었다.

"뭐랄까…… 재미있었어요. 그냥 여행하는 것이요. 마음 내키는 대로 아무데서나 머물고. 뭔가를 가지고 돌아가야 한다는 걱정도 없고. 헤엄을 치고 쾌락을 나누고 싶으면 낮부터 천막도 치고 말이죠. 이런 여행을 생각해줘서 고마워요."

"나도 여행이 끝나서 서운해요, 에일라. 즐거운 여행이었어요."

그는 땔감을 더 구하기 위해 일어나 강가로 걸어갔다. 에일라도 그를 도왔다. 물굽이를 돌아 걸어간 그들은 쓰러져 썩어가는 나무 한 무더기를 발견했다. 그때 갑자기 에일라의 귀에 무슨 소리가 들렸다. 그녀는 고개를 들더니 존달라의 팔을 붙잡았다.

"헤이오!"

한 목소리가 외쳤다. 작은 무리의 사람들이 손을 흔들며 그들을 향해 걸어왔다. 에일라는 존달라 곁에 더욱 바짝 붙어 섰다. 그는 에일라를 안심시키기 위해 팔로 감싸 안았다.

"괜찮아요, 에일라. 저들은 마무토이족이에요. 내가 말한 적 있죠? 저 부족은 스스로를 매머드 사냥꾼이라고 불러요. 우리도 마무토이족이라고 생각하는 것 같아요."

존달라가 말했다.

사람들이 가까이 다가오자 에일라는 놀라움과 감탄이 가득
한 표정으로 존달라를 바라봤다.

"저 사람들이, 존달라, 저들이 웃고 있어요."

그녀가 말했다.

"날 보며 미소 짓고 있어요."

《대지의 아이들 2부: 말들의 계곡》마침.

《대지의 아이들 3부: 매머드 사냥꾼》에서 계속됩니다.

옮긴이
정서진

이화여자대학교 통역번역대학원 한영 번역학과를 졸업하고 현재 번역가로 활동하고 있다. 옮긴 책으로는 《대지의 아이들 1부: 동굴곰족》《신이 토끼였을 때》《스카이 섬에서 온 편지》《미식 쇼쇼쇼》《우리가 몰랐던 도시》《문명과 식량》《인류세》 등이 있다.

대지의 아이들 II
말들의 계곡 3

2019년 4월 17일 초판 1쇄 인쇄
2019년 4월 25일 초판 1쇄 발행

지은이 | 진 M. 아우얼
옮긴이 | 정서진
발행인 | 이원주
책임편집 | 김혜정
책임마케팅 | 정재영

발행처 | (주)시공사
출판등록 | 1989년 5월 10일(제3-248호)

주소 | 서울특별시 서초구 사임당로 82(우편번호 06641)
전화 | 편집 (02)2046-2853 · 마케팅 (02)2046-2883
팩스 | 편집·마케팅 (02)585-1755
홈페이지 | www.sigongsa.com

ISBN 978-89-527-9865-7 04840
     978-89-527-8211-3 (set)

이 도서의 국립중앙도서관 출판예정도서목록(CIP)은 서지정보유통지원시스템 홈페이지(http://seoji.nl.go.kr)와 국가자료공동목록시스템(http://www.nl.go.kr/kolisnet)에서 이용하실 수 있습니다.(CIP제어번호: CIP2019014216)